天下の「逸民」革命の「新民」

日中近代の「文」の交錯

斉 金英 Qi Jinying

勁草書房

凡例

- ●使用したテクストについては、章末に注を付した上で、巻末参考文献一覧に示してある。
- ●引用文の日本語訳は特に註釈がない場合、拙訳による。また、引用中筆者が補ったものは［　］で示してある。
- ●引用や参考にした研究論文および著書は、単行本は『　』、雑誌掲載論文は「　」で示した。
- ●引用に際し、日本語は基本的に註釈の資料に基づいた。中国語の原文は漢字を日本語常用漢字に改めた。
- ●中国語テクストの発表日は原則西暦に基づいた。

天下の「逸民」革命の「新民」　目次

目次

目次

序章　明治日本・清末中国の「民」と文学表象

第一節　清末・明治後期の東京と満洲

程嬰と杵臼、月照と西郷の役割は、私とあなたで分かち合おう。

中国の清朝末期、若い知識人たちが中心となって光緒皇帝のもとで政治改革を推進する戊戌変法（一八九八年）が西太后ら保守派によるクーデターによって失敗する。逃げる道を選ばずに清朝政府につかまり刑死した譚嗣同《たんしどう》（一八六五―一八九八）は、このことばを共に変法運動を推進した梁啓超《りょうけいちょう》（一八七三―一九二九）に残した。[1]

程嬰《ていえい》と公孫杵臼《こうそんしょきゅう》の話は司馬遷《しばせん》（BC一四五またはBC一三五―?）の『史記』趙世家に登場する。

春秋時代（BC七七〇―BC四五三、またはBC四八一かBC四〇三）、晋国の趙朔《ちょうさく》一族が敵対する屠岸賈《とがんこ》に滅ぼされてしまう。そこで、趙朔の食客であった公孫杵臼は、趙の友人程嬰と共にある策を練った。それは、杵臼が死に、程嬰が生き残ることで主君の遺児を育てあげるというものだった。この策通りにことは進み、趙家は復興を遂げたという。[2]「月照と西郷」とは、月照（一八一三―一八五八）と西郷隆盛（一八二七―一八七七）のことだ。二人は尊皇攘夷を主張して幕府から追われ、入水する。その結果月照は死んでしまったが西郷は一命を取り留めて、のちに明治維新を成就した。

譚嗣同は、これらの故事になぞらえながら、自分の死を以て多くの中国人の国家存亡に対する危機意識を喚起することを望むと同時に、梁啓超に生きて維新改良を成就し、また西太后に幽閉された光緒帝を救出することを望んだのである。

譚嗣同は梁啓超に「絶命書」を残している。そこには、「周囲の強国が中国を分割する日は目前に迫っている。嗣同は人より先に死ぬことを恨みには思わぬが、嗣同より後れて死ぬ人々が虚しく生き長らえるとすれば、それを恨みに思う」と書かれている。[3]このような言葉を残した梁啓超の心情は想像に難くない。もっとも、中国思想史研究者の島田虔次は「死者と生者の役割分担のシェーマ」が、「梁啓超にではなく康有為に振り当てられている」、また「絶命書」自体が「康梁の偽作と見てよい」としている。[4]しかし、たとえそうであったとしても、梁啓超が同志である譚嗣同の遺志を自らの新しい出発の動機に据えようとしていた事実は揺るがないだろう。梁啓超は譚嗣同から託された責任の重みをひしひしと感じながらその遺志を実現するために戦うことを決心したに違いない。

日本公使館からの援助を得て日本に亡命してきたあとの梁啓超の行動は、その決心を物語っている。梁啓超にとって最善の手段は筆を以て戦うことであった。『清議報』（一八九八―一九〇一）の創刊から『新民叢報』（一九〇二―一九〇七）に至って、梁啓超は自ら「中国《ちゅうごく》之《の》新民《しんみん》」と名乗って、中国人の「新民」転換への呼びかけを始動した。文学雑誌『新小説』（一九〇二―一九〇六）もその流れの中にある。梁啓超は辛亥革命後の一九一二年に帰国するまで、一刻も緩むことなく文筆で戦った。彼が書いた文章は無数の中国人を維新や革命へと牽引した。

譚嗣同や梁啓超がここまで命をかけて戦った背景には、清末の厳しい国際情勢があった。アヘン戦争（一八四〇―一八四二）後に西洋列強との間で締結された一連の不平等条約や国内の太平天国（一八五一―一八六四）の動乱を経て清王朝は衰退の一途をたどった。日清戦争（一八九四―一八九五）は清朝政府の軟弱を一層露呈した。その後、中国は列強による一連の激しい帝国主義的進出に晒され、植民地的権益をめぐる競争の対象になる。康有為《こうゆうい》（一八五八―一九二七）や梁啓超ら知識人たちが政治変革を目指した戊戌変法が失敗する一方で、外国人の進出に抵抗する民衆の排外運動である義和団事件が一九〇〇年に起きる。列強の八国聯軍が北京に突入後義和団を鎮圧し、四億五千万両という多額の賠償金を清朝政府に要求した。この際、清国側との露清戦争（一九〇〇年七月―一九〇〇年一〇月）に勝利したロシアは、満洲全土を軍事支配下に置いた。その後、一九〇四年から一九〇五年にかけて、満洲と朝鮮の利権をめぐる日露戦争が中国の満洲を戦場に行われた。

こうした一連の混乱を経て、中国の知識人たちは近代的な「国民」を「救亡図存《きゅうぼうとそん》」（国を滅亡から救い、その存立を図る）の重要な手段として認識し始め、改革や革命を通して「国民国家」を創設しようと突き進んだ。その身近な「国民国家」のモデルは、多くの亡命者や留学生などの知識人が暮らしていた日本であった。二〇世紀初頭の東京は中国知識人の改革や革命の思想と「国民」意識を育む最前線であった。日本の「挙国一致」の「国民意識」を目の当たりにしていた国民以前の未「国民」である彼らは、帝国主義的対外拡張に加担する「国民」の暴力的な側面を認識しつつ、それを帝国主義時代における国家存続の必要手段として捉え、目指すべき目標とみるようになった。

ただし、日本は帝国主義的対外戦争の中で政府主導のもとで「国民」を醸成していったが、中国の場合、政権を取る清朝政府ではなく、在野の知識人たちが帝国主義的侵略から国を守るために「国民」形成が急務だと認識していた。日本に亡命し東京と横浜を拠点にしていた梁啓超は、朱子学から「新民《しんみん》」という語を取り上げ、新しい「国民」を創成しようと「新民」思想の宣伝を展開した。そして、一九〇五年には宮崎滔天《みやざきとうてん》（一八七一—一九二二）らのはからいにより、革命組織の同盟会が東京で生まれる。孫文《そんぶん》（一八六六—一九二五）、秋瑾《しゅうきん》（一八七五—一九〇七）、黄興《こうこう》（一八七四—一九一六）、章炳麟《しょうへいりん》（一八六九—一九三六）などの清末の革命に関わった重要人物たちはほぼ全員東京に集まって来ていた。東京は様々な意味で辛亥革命の機運を育んだ地であった。

一方、日清戦争、露清戦争、日露戦争の戦場となった中国の満洲では、日清露三ヵ国を中心に複雑な力関係が構成される。そうした状況のもとではさまざまな人々が満洲で暗躍する。とくに帝国主義時代の中で国家の存立を憂慮する日本人志士と、「俠」的精神をポリシーとする一部の満洲馬賊《ばぞく》との間では、相互に歩み寄りが見られるようになった。露清戦争の〈目撃者〉の一人である石光《いしみつ》真清《まきよ》（一八六八―一九四二）は、当時諜報活動のために、露清国境の町ブラゴヴェヒチエンスクを訪れていた。[5] そして、石光よりも早く露清国境で機密調査活動を展開していたのが、石光が手記で言及している花田《はなだ》仲之助《なかのすけ》少佐（一八六〇―一九四五）である。花田は日露戦争時、満洲の馬賊を動員して「満洲義軍」を組織し、ロシア軍に打撃を与えた。ロシアの満洲侵攻は日本政府だけではなく、民間の志士たちにも国家存亡の危機感をもたらした。ロシアとの植民地主義的領土競争のもとで、日本は一九〇〇年よりも前の時点ですでにロシアとの密かな戦いを露清国境で始めていたと言える。日清・日露戦争に勝利したことで列強の仲間入りを果たし、国家へ帰属する「国民」意識の醸成に成功した日本にとって、中国の満洲は帝国主義的進出を果たす重要な場であった。

第二節　夏目漱石が描いた「逸民」・「遊民」・流民

近代的な国民国家のシステムは一九世紀に東アジアにも波及し、日本も明治維新を経て国民国家へとシフトした。それまでの前近代の日本では、「民」は領主に支配され、税負担と労務負担が課されていたが、領地を守るために戦う義務がなかった。近代的な国民国家の成立に欠かせない要素は、「領土・国民・主権」である。明治政府は主権を持つ領土の確定を確実に進め、そのうえで、元「領民」たちの「国民意識」を「人工的」に醸成していった。その一つの「装置」は対外戦争であった。[6] 実際、日本の「国民」形成は日露戦争の戦中戦後だとみられている。[7] 同時に、かつての「領民」は領主の支配から解放され、個人として国家との間に権利義務関係を持つ「国民」に転じる。その結果、国単位の共同利益を追求するナショナリズムのもとで、「国民」の一体感が促がされていった。しかし、その反面では、帝国主義的対外拡張原理と表裏をなす均質的な「国民」意識に対して疎外感を感じる「民」もまた存在していた。

「大和魂！と新聞屋が云ふ。大和魂！と掏摸が云ふ」

「東郷大将が大和魂を有つて居る。肴屋の銀さんも大和魂を有つて居る。詐偽師、山師、人殺しも大和魂を有つて居る」

「三角なものが大和魂か、四角なものが大和魂か。大和魂は名前の示す如く魂である。魂であるから常にふら〳〵して居る」（『漱石全集』第一巻、岩波書店、一九九三年一二月、二六二―二六三頁）

これは夏目漱石《なつめそうせき》（一八六七―一九一六）のデビュー作『吾が輩は猫である』の苦沙弥先生が「座興」として作った「名文」のくだりである（二六二頁）。『吾が輩は猫である』は日露戦争のさなかに連載が始まった小説である。悲惨な旅順攻囲戦の最中、苦沙弥先生をはじめとする一風変わった「太平の逸民」たちが、戦争の昂揚感に包まれた世の中に背を向け、中国魏晋南北朝時代の「竹林の七賢」さながらの「清談《せいだん》」8に明け暮れる。上記の「大和魂」は主に国家の為に戦場で戦い、戦死も顧みない勇敢な「国民精神」を指し、日本民族特有の誇るべき民族精神として、他国との戦争に国民を奮い立たせる国民統合の精神的中枢を担うものである。しかし、このようなナショナリズムの観点から見ると畏敬すべき存在である「大和魂」の威厳を、「偏屈」な苦沙弥は軽々と地へと落とす。同じ漱石の作品である『趣味の遺伝』では、若い学者が「大下の逸民」として登場し、日露戦争の凱旋歓迎式で盛り上がる「帝国臣民」（立憲君主制国家である日本の国民）たちに囲まれながら、彼らと一体化できずにいる様子が描かれている。次作の『草枕』では、政治、文化の中心地である東京から山里に「非人情」の旅をしている画工の〈隠遁〉願望が浮き彫りにされている。日露戦争中の「現実世界」に強い疎外感を感じている画工もまちがいなく、「現代文明の弊」を剔抉する「逸民」であった。一方、『それから』では、高い教養を持つエリートとして東京帝国大学を卒業していながら、定職に就かず、世の中を避けるように「遊民」として生きている青年の、日露戦争当時の徴兵忌避のトラウマが、隠微なかたちで語られている。

「漱石」という筆名の由来は魏晋南北朝時代に成立した古典的小説集『世説新語《せせつしんご》』に記されている。東晋の孫楚《そんそ》が隠遁願望を王済《おうさい》に伝える際に、「石を枕とし、川の流れで口を漱ぐ」生活を願うという意味で「枕石漱流」と言うべきところを、誤って「漱石枕流」（流れを枕とし、石で口を漱ぐ）と言ってしまったという物語だ。[9] このことから、「漱石枕流」は「意地っ張りで負け惜しみの強い」ことを表すようになった。漱石がこのことを意識して「漱石」という筆名をつけたという井波律子の見方もある。[10] しかし、ここで重要なのは、「漱石枕流」はもともと隠遁を意味し、孫楚が逸民願望を伝えるための言葉だったという点である。敢えて「漱石」という筆名を選び取った夏目金之助は、国から授与された博士号を辞退し、陶淵明《とうえんめい》（三六五―四二七）の田園の詩を愛読していた。彼にもまた孫楚に共感を覚える、秘かな逸民願望が窺える。

周知のとおり、漱石は日清戦争直前の明治二五（一八九二）年に、徴兵が免除される北海道に送籍し、北海道の平民になることで徴兵忌避をした。この事実は彼のデビュー作『吾輩は猫である』では、「送籍と云ふ男が一夜といふ短篇をかきましたが」（『漱石全集』第一巻、岩波書店、一九九三年一二月、二六一頁）と言及されている。『一夜』は漱石自身が書いた小説だから、ここの

「送籍」は明らかに漱石自身の送籍をして徴兵忌避した過去を告白していることを意味する。実際、『点頭録』における人類の戦争の不毛やイギリスの強制徴兵制に対する批判からわかるように、漱石は近代国民国家の国民統制と対外拡張に冷ややかな視線を注いでいた[11]。世俗的な利害損得や人間同士の残虐な争いを嫌い、俗世間から逸脱しようとする逸民が、その極致である帝国主義的対外拡張戦争に与するはずがない。漱石の多くの作品が、「逸民」、「遊民」に焦点を当てた所以はここにあると言えよう。さらに、日露戦争後も、漱石は、満洲と朝鮮が日本の植民地支配下に取り込まれつつあるなか、本土から「外地」へと追われる存在になった流民も描いている。このような漂泊を余儀なくされた流民表象は主に『草枕』、『門』と『彼岸過迄』や『明暗』などで見られる。

第三節　わきたつ中国の「民」論と「新民」・「俠民」・「国民の母」

中国では、アヘン戦争、日清戦争・義和団事件・日露戦争を経て、国家が存亡の危機に直面し、民衆が外来の侵略者と腐敗した清王朝の二重の抑圧を受けるようになる。王朝体制の限界を見極めた知識人たちは、明確な領土と主権を持ち、個人が義務を果たすと同時に政治参加の権利が保証される近代国民国家への転換を夢見ていた。

長い王朝時代において、中国の「民」は君王や士卿の支配下に置かれ、教化される対象であった[12]。それに加え、易姓革命に伴う王朝交替が繰り返されていたため、国家観念が比較的希薄であり、「民」は国家に隷属するというよりは、「天の民として天下に帰属するという天下観念が伝統的に形成されていた[13]」。従って、「民は『天民』『生民』という語になじむが、『国民』という語にはなかなかなじめなかった[14]」。「天」は「中国人にとって秩序の根源であり」、「天下」とは「全世界を意味する概念」で、「ある秩序原理によって普遍的に支配されるはずの、地理的限定のない空間[15]」であった。従って、漱石が造型した「天下の逸民」や「太平の逸民」は、中国の王朝時代の「天民」「生民」を彷彿とさせる。そこには近代国民国家観念による個人に対する拘束や「国民」間の分断を拒否するメッセージが秘められていると思われる。

さらに、東アジアにおける絶対的な勢力を誇る中華帝国の朝貢体制《ちょうこうたいせい》にもとづいた「静的な儀礼の体系[16]」は、近代に入ると、西洋から押し寄せる弱肉強食の競争原理にもとづいた帝国主義の分嵐にさらされ、崩壊を余儀なくされる。旧態依然の清朝政府の無策と列強からの侵略と領土の分割が激しさを増す自国の現実に、危機感を持った知識人たちが「民」の変革に希望を見出そうとしていた。この時期は、「民」という名がついた雑誌や筆名が多く現れ、「民」論がわきたっていた[17]。

例えば、『国民報』の「説国民」では、「中国は開国以来、国民がなかった」、「進化と競争が激しき此の如く現今、国民を有する世界の国々は、こぞってアジア大陸の極東の地を狙っている」、「この適者生存の原理から逃れられるはずがない」、「是非とも国民の種を播かざるべからず」と嘆いている。[18] また、辛亥革命を導き、「国父」と呼ばれた孫文は『民報』（一九〇五―一九〇八）の「発刊詞」において、「民族」、「民権」、「民生」は西欧各国が近代国家になり得た基本理念で、この理念の根底にあるのは「民」であると説いている。[19] いわゆる「三民主義」である。

そして、「民」から「国民」への転換を誰よりも力説したのは梁啓超である。戊戌変法（一八九八）の失敗で日本に亡命してきた梁啓超は、横浜で発刊した『新民叢報』では、「中国之新民」という筆名で『新民説』（第一号から断続的に連載）を発表し、弱肉強食適者生存の時代に中国が生き残るために、「新民」（民を新たにする）、つまり固有の道徳や文化を洗練し、新しい「公徳」（国民が国家に義務を果たすことで国家が国家を形成するという近代的な国民道徳）を取り入れ、人にほどこす、人からほどこされるのではなく、わが民が各自自分自身を新たにすることが、「今日の中国の第一急務」だと力説した。[20]「新民」とは儒教の経書の一つである『大学』の「親民」（民衆が親しみ睦みあうようにする）[21] を朱熹《しゅき》（一一三〇―一二〇〇）が「新民」と読み替えたもので、梁啓超はそれに従い「民を新たにする」と解釈している。梁啓超は「我が国を維新するために、まずわが民を維新する」（『新民叢報』第一号、一九〇二年二月）を『新民叢報』の「宗旨」として掲げている。梁啓超が言う「新民《しんみん》」は、「民を新たにする」と「新しい民」の両方の意味を持つ。

この「新民」のために、梁啓超が注目したのは小説である。彼は一九〇二年一一月に横浜で創刊し、「中国唯一之文学報」（『新民叢報』一四号、一九〇二年八月）だと唱えた『新小説』の創刊号に、「小説と群治の関係を論ずる」を掲載し、一国の民を新たにするために、一国の小説を新たにせざるべからずと説いた。その実践として、梁啓超は生涯唯一の政治小説『新中国未来記』を『新小説』に連載した。この小説では、個人が「民」から「国民」へ転換し、列強の分割に喘ぐ中国も立憲制の「新中国」に生まれ変わった六〇年後の希望に満ちた「未来」が描かれている。しかし、日本亡命を余儀なくされていた梁啓超本人も含め、当時の「新民」たちが帰属する近代国家はなく、彼らはみな「国民」になり得ないまま彷徨っていた。

改良派の梁啓超の呼びかけにより覚醒した多くの「新民」たちは、清朝顚覆を目指す革命の主体になっていく。「新民」に「国民」が課された義務がなく、清朝政府からの厳しい弾圧の中で自発的に立ち上がったのは列強の分割から国を救うためだ。そして、彼ら「新民」たちが夢見ていたのは帝国主義的な侵略がない平和な世界であった。梁啓超が『新中国未来記』で夢みる六〇年後の「万国太平会議」は象徴的である。中華民国の国父孫文も、中国が強大になった暁に、列強が歩んだ「ひとの国家をほろぼす」帝国主義の道を歩むべきではなく、列強に対抗して弱小民族を助けるべきだと説いている。[22] 清末の「新民」が目指していたあるべき「国民」とは、自国の独立と帝国主義の消滅を目指し、弱肉強食の国家間原理に抗うポスト近代国民国家的な「国民」であったと言える。これは、多くの「新民」が共有していた、「弱きを扶け強きを挫く」という中国伝統の「俠」的なポリシーとも合致するものであった。

さらに、この時期の「民」論においてもう一つ看過できないのは、『新中国未来記』にも登場している女性「新民」への期待である。梁啓超は東西の教養を持つ憂国の女性像を造型し、「人権未必釵裙異」（女性も同じ人権を持つ）、「責任豈惟男子」（責任は男性だけのものではない）（『新小説』第三号、一九〇三年一月、六五、六六頁）という詩を詠ませている。女性の「民」の重要さに気づいたのは、改良派の梁啓超だけではない。革命派の知識人たちも、「民」の半分を占める女性を啓蒙し活躍させ、新たな「国民」の創出を果たそうと躍起になっていた。この時期に、『女子世界』、『中国女報』、『女学報』、『女報』、『留日女学会雑誌』など、女性の権利を主張し、自立を促し、国家への責任感を喚起する刊行物が多数登場している。そこでは、中国伝統の「女子無才是徳」（女性は教養を持たないことが徳）という、女性を無知化し、無力化させる伝統や、女性の身体を病弱化させる纏足などの弊害を批判し、女性も亡国の危機に目覚め、身心が自立した「国民《こくみん》の母《はは》」たる責任を果たすべきだと呼びかけている。その呼びかけの主体は多くが男性知識人だったが、秋瑾のような女性革命派や、陳擷芬《ちんけつふん》（一八八三―一九二三）、唐群英《とうぐんえい》（一八七一―一九三七）のような女権主義者や女性教育者もいた。女性誌のうち、『女学報』、『中国女報』、『留日女学会雑誌』の創刊者は女性であるが、『女報』、『女子世界』の創刊者は男性である。論説執筆者は男性と女性の両方がいるが、いずれも女性解放や女性の「国民」としての救国の責任や女性教育の必要性などを鼓吹している。[23]

　このような女性「新民」の理想を描いた作品の一つに、『新小説』に連載された『黄綉球』（一九〇五年四月―一九〇六年一月に『新小説』第一五―二四号に第一回から第二六回が掲載され、一九〇七年一〇月前後に二〇回まで補足され新小説社から単行本が出版された）がある。この作品の主人公黄綉球は、女子教育を通して内憂外患に苦しむ中国の未来を拓いていこうとする革命派や改良派両方の女性「新民」の理想像を体現している。

もう一つ救亡図存の重要な勢力と目されたのは馬賊である。馬賊を描いた作品である『中国興亡夢』（『新新小説』、一九〇四年九月―一九〇五年二月）の作者龔子英《きょうしえい》が「俠民《きょうみん》」というペンネームを使ったことは示唆的である。テクストの「夢」に「俠民」として登場してくるのは、国家の法的な秩序からはみ出している馬賊であった。彼らは自らの「義」の規範に基づき、ロシアの侵略に立ち向かおうとしていた。帝国主義のロシアに対して無法者の馬賊が立ち向かうことは、中国の歴史上、脈々と受けつがれる「弱きを扶け強きを挫く」任俠精神の息吹を感じさせる。同時に、馬賊も帝国主義に対抗する勢力として中国や日本の各集団から動員されていたことを物語っている。

一方、日露戦争に先立つ露清戦争の際、ロシア側に惨殺されたロシア在留中国人を〈棄民〉としてリアルに記録したのが、石光真清の『曠野の花』（初出は『諜報記』、一九四二年、育英書院。主な内容が書かれたのは明治末から大正元年の間とされている）である。東京にいた中国の改良派や革命派は、中国分割の縮図として満洲を想像していた。この満洲の地で、石光のような日本人の志士は馬賊と出会ったのである。

馬賊が体当たりでロシアに抵抗していたとするならば、革命派は体当たりで清朝政府に反発していたと言ってよいだろう。革命の気運が昂揚する中、一九〇七年六月（旧暦）に武装蜂起を計画する段階で清朝政府に捕まり処刑されたのが秋瑾である。日本に留学した経験を持ち、「鑑湖《かんこ》女俠《じょきょう》」というペンネームを使用していた秋瑾は後人に「女傑」、「女俠」と称えられ、彼女の犠牲を描いた小説『六月霜』が出版されたのは、辛亥革命前夜の一九一一年四月のことである。清朝転覆を目指す種族革命のために身命を投げ出した彼女の「女俠」としての死は辛亥革命の重要な道しるべとなった。

第四節　本書について

二〇世紀初頭の東アジアは西洋から押し寄せる帝国主義の波に巻き込まれていた。その波は西洋的政治理念と植民地的利権争いの戦争と体制変革をもたらした。人々はこのシビアな時代に如何に向き合うべきかが問われていた。この戦争と革命の時代において、決して政治権力の中心ではなく、むしろ周辺に置かれていた明治日本と清末中国の「民」がいた。

本書では、これらの「民」に焦点を当て、その物語を読み解きたい。主に二〇世紀初頭にあたる清朝末期・明治後期に創作された夏目漱石や梁啓超、及び石光真清、頤瑣《いさ》（湯宝栄《とうほうえい》、？―一九二二）、俠民（龔子英、一八七四―？）、静観子《せいかんし》（許俊銓《きょしゅんせん》、一八六六―一九二〇）らの文学作品を中心に扱う。「民」を活写したこれらの日中両言語の文学作品に対する考察を通して、帝国主義時代の日中の間で交錯連動する「民」の〈歴史〉の一断面を浮き彫りにすることを目指す。
なお、ここで扱おうとする「民」とは、「国民」でありながら「国民」から遊離した明治日本の「逸民」、「遊民」、流民と、清末中国の末「国民」としての「新民」、「俠民」などを指す。

前述したように、明治後期に当たる二〇世紀初頭の日本は明治維新以来の近代国民国家建設が完成に近づいていた。しかし、統合されていく「国民」と、そこからこぼれ落ちる「民」が存在していた。一方、清末の中国は前近代的な清王朝の専制支配下で列強に分割される国家存亡の危機に直面していた。救亡図存を図ろうと「民」から「国民」への転換が急務だと目されるなか、多様な「民」が歴史の舞台に現れた。

この転換期に多様に存在していた明治日本と清末中国の「民」の様相は、同時代の日中両言語の文学作品で表象されている。しかし、この近代国民国家の「国民」に収斂されない「民」について、文学研究の角度から体系的なアプローチがなされていない。特に、この時期の文学作品から見えてくる帝国主義的対外拡張戦争の主体と被体になった日本の「民」と中国の「民」の間の交錯連動に関して論じた先行研究がまだない。文学は等身大の、血や情の通った個人の内面に寄り添い、生の〈声〉を伝えることで、実証的な歴史から見えてこない〈歴史〉的な視点を提供する。そこから、「国家」、「国民」という実定法も内包した目に見えないボーダーにとらわれながらも、必ずしも「国家」、「国民」に収斂しきれない個人の内面が垣間見える。そこには「国家」、「国民」の枠組みを相対化し得る、また「国家」、「国民」の枠組みで切断できない精神的、文化的な連続性が底流している。文学はまさに実証的な歴史が配慮しきれない個々人の生に光を当てることを通して、この東アジアにおける連続性を浮き彫りにする。本書においては、それは日本と中国の間における「民」をめぐる交錯連動である。これは、本書が文学作品を通して「民」を考察する所以でもある。

なお、本書では、先行研究がなおざりにしてきた「国民」から遊離する「逸民」、「遊民」という対象に焦点を合わせながら夏目漱石の作品を読解すると同時に、梁啓超や頤瑣の二作品の相関関係に注目しながら、等身大の男女の「新民」を立体的に捉え、石光真清や俠民の作品を通して文学研究の角度からの露清戦争・日露戦争時の馬賊研究の希薄を埋めることを目指す。さらに、国家存亡の危機が如何に「女俠」を生み出し、革命が如何に「反清復明」（満洲族の征服王朝である清王朝に反対し、漢民族主導の明王朝を回復する）という漢民族ナショナリズムの伝統を持つ「会党」（秘密結社）とつながりを持っていたかについても考察する。

第一部では夏目漱石の作品分析を中心に、戦争当事国日本で、銃後の「逸民」や「遊民」たちが如何に帝国主義イデオロギーや近代国民国家と個人の間の緊張関係と向き合っていたかについて考察する。

第二部では、日清戦争後亡国の危機が一層迫るなか、帝国主義的戦争に巻き込まれた戦場の（様々なアイデンティティを持った）「満洲人」や、異国の占領支配に独自の抵抗を実行する満洲馬賊、理想的な近代国民国家の創成のために、維新や革命に突き進む男女「新民」の物語を読み解く。

終章では、清末、明治後期の日中両国における近代国民国家への転換期に現れた多様な「民」像を振り返りながら、戦争と革命の狭間における日中近代の「文」の交錯連動を再確認する。

1　丁文江・趙豊田編／島田虔次編訳『梁啓超年譜長編』第一巻一八七三―一八九九、岩波書店、二〇〇四年一月、二六五頁。

2　『史記』によれば、趙氏一族が滅ぼされた際、公孫杵臼が運よく殺されずに済んだ趙朔の孤児趙武を救う話を程嬰に持ち掛け、二人で役割分担をするという策略を練った。程嬰はわざと偽物の孤児と公孫杵臼の場所を告発し、公孫杵臼はわざと程嬰の不義を罵りながら偽の孤児と共に殺された。一方、程嬰は本物の孤児趙武を隠れて育て上げた。趙家が復興した後、程嬰も公孫杵臼に報いるために自殺したという（司馬遷撰『史記』、第六冊、巻四三―六〇、中華書局、二〇〇九年六月、一七八三―一七八五頁）。

3　前掲丁文江・趙豊田編／島田虔次編訳『梁啓超年譜長編』第一巻一八七三―一八九九、二六五頁。

4　『梁啓超年譜長編』の編訳者である島田虔次は注釈においてこのような見解を示している（前掲丁文江・趙豊田編／島田虔次編訳『梁啓超年譜長編』第一巻一八七三―一八九九、四〇四頁）。

5　本書で扱う石光真清『曠野の花――新編・石光真清の手記（二）義和団事件』（中央公論新社、二〇一七年一二月）では、露清戦争の交戦都市であるブラゴヴェヒチェンスクのロシア軍人の家に滞在していた石光が、虐殺の詳細を見聞きしたと書かれている。また、彼がウラジオストックで僧侶として諜報活動をしていた花田仲之助に会っていることも記録されている。

6　ここにおける前近代の日本の「領民」や「近代国家」、「国民」についての解釈は、加藤聖文『国民国家と戦争――挫折の日本近代史』に基づいている（加藤聖文『国民国家と戦争――挫折の日本近代史』、KADOKAWA、二〇一七年一一月、一七―四八頁）。

7　例えば、成田龍一は「日露戦争の戦時と戦後を貫いて『挙国一致』の様相」や「『国民』の形成」が見られると指摘している（成田龍一「『国民』の跛行的形成――日露戦争と民衆運動」、小森陽一・成田龍一編『日露戦争スタディーズ』、紀伊國屋書店、二〇〇四年二月、一一〇頁）。

8　三世紀の中国魏晋南北朝時代の汚濁した世俗に反発し、竹林に集まり酒を飲み、老荘のテクストをめぐり哲学談義（清談）をした、阮籍・嵆康・山濤・劉伶・向秀・王戎・阮咸を竹林の七賢という（吉川幸次郎『阮籍の「詠懐詩」について』、岩波書店、一九八一年四月、二〇―二一頁）。

9　原文は「孫子荊年少時欲隠。語王武子、当枕石漱流、誤曰、『漱石枕流』。王曰、『流可枕、石可漱乎』。孫曰、『所以枕流、欲洗其耳。所以漱石、欲礪其歯』。」（孫子荊は年少の時に隠れんと欲す。王武子に語るに、当に石に枕し流れに漱がんとすべきに、誤りて曰く「石に漱ぎ流れに枕す」と。王曰く、「流れは枕す可く、石は漱ぐ可きか」と。孫曰く、「流れに枕する所以は、其の耳を洗わんと欲す。石に漱ぐ所以は、其の歯を礪がんと欲す」と）、劉義慶撰、井波律子訳注『世説新語』第四巻、平凡社、二〇一四年五月、三五七、三五八頁。

10　前掲劉義慶撰、井波律子訳注『世説新語』第四巻、三五九頁。

11　夏目漱石は一九一六年の年初に『東京朝日新聞』と『大阪朝日新聞』に『点頭録』を掲載した。この『点頭録』において、「強制徴兵案」がイギリス議会で「通過した」ことを受け、「無理にも国民を兵籍に入れやうとするのには至大の困難がある」とした上で、戦争は、人類の未来に貢献するどころか、「馬鹿々々しく」て、「滑稽さへ感ずる」、と述べている（『漱石全集』第一六巻、岩波書店、一九九五年四月、六三一―六三三頁）。

12　奥崎裕司「民」、溝口雄三・丸山松幸・池田知久編『中国思想文化事典』、東京大学出版会、二〇〇一年七月、二二一—二三〇頁。
13　溝口雄三・池田知久・小島毅著『中国思想史』、東京大学出版会、二〇〇七年九月、二一六頁。
14　前掲溝口雄三・池田知久・小島毅著『中国思想史』、二一六、二一七頁。
15　豊田久・長谷部英一・小島毅・佐藤慎一「天下」、溝口雄三・丸山松幸・池田知久編『中国思想文化事典』、東京大学出版会、二〇〇一年七月、一三七頁。
16　漢代から、中国の皇帝が周辺諸国の長との間に君臣関係を設定する冊封体制が生まれ、周辺諸国が中国皇帝に恭順の意を表すために朝貢使節を派遣する朝貢体制が出現した。冊封・朝貢関係は「中国皇帝を秩序の求心点とする静的な儀礼の体系であった」（前掲豊田久・長谷部英一・小島毅・佐藤慎一「天下」、溝口雄三・丸山松幸・池田知久編『中国思想文化事典』、一四二—一四五頁による）。
17　二〇世紀初頭における「民」がつく中国語の雑誌名は、『国民報』、『民報』、『民声』、『新民叢報』、『覚民』、『民心』などがある。「民」がつく筆名は「新民」、「俠民」、「真民」、「覚民」、「憤民」など数多くある。
18　『国民報』は一九〇一年五月に中国から亡命してきた革命派の秦力山らが日本東京で創刊された月刊誌。引用は一九〇一年六月一〇日の第二期の内容による。
19　『民報』は一九〇五年一〇月に中国同盟会により日本東京で発行された革命派の機関刊行物。孫文は第一期の発刊詞において初めて「三民主義」を提示した。『民報』は一九〇八年一〇月に日本政府による発禁処分を受けている。
20　引用は『新民説』第二節（梁啓超『飲氷室合集』六、上海中華書局、一九三六年、二—五頁）による。『新民叢報』は日本亡命中の梁啓超が一九〇二年二月に横浜で創刊した半月刊である（日本語訳は拙訳による）。
21　金谷治訳注『大学・中庸』、岩波書店、一九九八年四月、三三頁。

22　孫文は一九二四年三月における「三民主義」に関する講演において、このような発言をしている（尚明軒主編『孫中山全集』第一巻、人民出版社、二〇一五年六月、三八八頁）。

23　『女学報』（一九〇二年五月に『女報』として創刊）は中国最初の女性誌である。陳擷芬が上海で創刊し、自ら主筆を担当した。『女報』（一九〇九年一月創刊）は陳以益（一八八四―一九六二）が上海で創刊した女性誌で、その前身は秋瑾の犠牲を記念するために一九〇七年一一月に創刊（後停刊）された『神州女報』である。秋瑾自身も一九〇七年一月に上海で『中国女報』を創刊した。呂碧城（一八八三―一九四三）が論説を多く載せている。このほかに、唐群英が一九一一年四月に東京で『留日女学会雑誌』を創刊し、自ら主編を担当している。また、『女子世界』は一九〇四年一月に上海で創刊された女性誌である。一九〇七年に停刊しているが、一番長く続いた優れた清末の女性誌だといわれている。創刊者は丁初我（一八七一―一九三〇）で、男性知識人が多く論説を載せている。（張枏・王忍之編《辛亥革命前十年間時論選集》第一巻〜第三巻、北京：生活・読書・新知三聯書店、一九七八年四月・中国社会科学院近代史研究所文化史研究室丁守和主編《辛亥革命時期期刊介紹》、人民出版社、一九八三年一一月による）。

第一部　帝国主義戦争と明治後期の「逸民」・「遊民」・流民

第一章　「国民」の身体と「逸民」の心のアポリア
——夏目漱石『吾輩は猫である』における猫・「逸民」・戦争

はじめに

夏目漱石『吾輩は猫である』（一九〇五年一月—一九〇六年八月『ホトトギス』に連載）が読者に提示しているのは、非凡な猫である「吾輩」が面白おかしく語り描く「逸民」の世界である。この作品は日露戦争の真っ最中、激戦で多くの将兵が命を落とすニュースばかりに接していた読者に提供され、読者の笑いを誘い、愛読され、長期連載された。作品の凡そ半分が日露戦争中に発表された。まさに血腥い殺戮の隣で都々逸を歌うかのような効果を持つ小説である。では、殺伐とした戦争や昂揚する戦時ナショナリズムからかけ離れた、作品中の呑気で滑稽な「太平の逸民」の会合は、なぜそこまで読者を引きつけたのであろうか。この問題を追究するために、この作品の「逸民」について検証することが重要である。

この「逸民」について、例えば古閑章は、苦沙弥をはじめとした「太平の逸民」の「非社会性」や、社会にとっての「無用者」であるが故の「正当性」――「無用であることによって撃てる時代の病弊」――の問題を指摘している。[1]また、清水孝純は「作者漱石の実生活上の苦しみ」や日常が、いかに「江戸戯作的天下の逸民グループという設定による笑いのユートピア空間へと転化され」ているか、に注目している。[2]さらに、「実業家」である金田家の人物を語り手が「逸民」と評する可能性を「われわれは捨てることが出来ない」ことや、苦沙弥たちと日露戦争との関係などを考慮すると、彼らを称する「『太平の逸民』という語にはいま少しの留保が要求される」という五井信の指摘もある。[3]

作者の実生活と物語をつなげる読みは作品に対する読解の視野を狭めるきらいがある。一方、社会的、時代的な視野で作品をとらえる場合、金田を代表とする実業者集団が「時代の有用者であったにも拘らず、彼らの性格の中には人間を、社会を、日本を、ひいては人類・世界を不幸に陥し入れる要素が存在する」[4]という古閑章の読みは、利欲に群がる「有用者」よりも利欲に無頓着な「無用者」のほうがかえって、弱肉強食の帝国主義「時代の病弊」を突いている、と理解できる。それは首肯できる。ただ、逸民の「非社会性」についてはまだ検討する余地がある。また、これまでの研究では、金田家の人物を「逸民」として語る可能性が提起されていたが、そのような解釈はやや逸民概念を取り違えている嫌いがある。時代背景から浮かび上がって来る「国民」と「逸民」との緊張関係に配慮しながら、「逸民」という言葉の内実について緻密に検証することが必要である。

「逸民」という言葉にはどんな意味合いが込められているのだろうか。東アジアというコンテクストにおける伝統的な逸民とは何か。これらの問題について、逸民の語源をいま一度たどって考察する必要がある。中国は数千年の歴史の中で、さまざまな逸民を輩出してきた。そして逸民の多くが世の中の戦乱と密接な関係にある。時空を超える逸民概念の普遍性と時代的な特異性に配慮しつつ多角的な分析をしたうえで、『吾輩は猫である』の逸民を読解する場合、もっと立体的な逸民像が、日露戦争を背景とする近代国民国家である日本社会の中で浮かび上がって来るだろう。従って、本章では猫である「吾輩」の語りを追いながら、日露戦争と逸民の関係性を考察する。同時に、動物としての猫の引き裂かれる身体と精神の狭間から浮かび上がって来る「国民」としての身体と「逸民」としての心の間に存在するアポリアについて追究する。

第一節　「逸民」とは

中国の隠遁者の最初の列伝は『後漢書』「逸民列伝」である。そこで紹介されている逸民は、たとえ仕官する才能があるとしても、「王侯に事え」ないことを「高尚」とし、「或いは隠居して以て其の志を求め、或いは回避して以て其の道を全うし、或いは己れを静かにして以て其の躁がしきを鎮め、或いは危うきを去って以て其の安きを図り、或いは俗を垢しとして以て其の概を動かし、或いは物を疵りて以て其の清きを激ます」[5]。つまり、小尾郊一が指摘しているように、逸民とは、「我が道を守りとおすためには宮仕えを拒否する人物」や、「官界、政治社会から逸脱した人々」であり、「自分の主義主張を貫くために」、「主君に仕えない」で、「政治社会から逸脱」していく知識人である。[6] 中国古来の隠遁思想の背景には政治的抑圧や政局の不安定及び戦乱があった。その中で生命の危険を感じ、あるいは自己の倫理的な節操を守り抜くために本来仕官できる知識階級が仕官から身を退き、山野や田園で質素または貧乏な生活に甘んじることを志した人々が「逸民」と呼ばれた。また、逸民は「仕官を望みながら、自分の主義主張をとおすために仕官から遠ざかる」という点で、「はじめから仕官を拒否する」ことと区別される場合もあり、この場合は「隠者」と呼ばれると小尾郊一が述べている。[7] しかし、両者はもとより明確に区分されてきたわけではないので、本書では特にこの二つを厳密に区別しないことにする。

総じて、逸民とは、明君のもとでの仕官なら望むが、政治的な暗黒時代には、節操、保身や消極的な政治的抵抗のために、政治社会の中心から物理的にまたは精神的に離れていく知識エリート階層のことを指している。このような意味で、逸民は政治的関心がむしろ強い人々だと言える。逸民になること自体が消極的な社会批判だと受け止めることができるからだ。よって、逸民は濃厚な〈社会性〉を示している。なお、中国古来の逸民の形態も、世の中を離れて山野に隠遁する、仕官せずに市井に隠遁する、仕官しながら政治社会的働きを極力減らして暮らすなどの様々なケースがあることをここで確認しておきたい。

では、中国の数千年の歴史の中で、どのような隠者／逸民が現れただろうか。井波律子によると、古く伝説の「三皇五帝」の時代の歴史に名を記されているのが許由である。漢代の司馬遷の『史記』にも、戦国時代の荘子《そうじ》（BC三六九？―BC二八六？）の『荘子』にも登場する「元祖隠者」許由は、優れた才智を持つが故に、三皇の一人である堯に後継者として選ばれるも、それを拒否し、その招きのことばも忌み嫌って「潁水の流れで耳を洗った」という。[8] また、後世の「逸民」の思想的根拠になった「老荘思想」の創始者である老子と荘子も逸民であったと言われる。『老子』という書物の作者として老子が実在していたのかどうかについて、今日の研究は否定的であるが、『史記』の記述に従えば、彼は周王朝の図書館に勤める役人であったが、「無為自然」を唱え、周の衰退に伴い隠遁したと言い伝えられている。一方、荘子は役人を辞めたあと、宰相招聘の誘いにも応じなかった。彼は「無為自然」と「内面的な絶対自由の世界」を追求し、草履売りの「路地裏の隠者」として逸民の思想的な真髄を後世に残したと井波律子がいう。[9]

この老荘的な「無為自然」と「内面的な絶対自由」の思想が　世を風靡したのが、漢の統一王朝体制が崩れ、複数の王朝が割拠し、戦乱が続いた魏晋南北朝の時代であった。中国歴史上の逸民の典型である竹林の七賢も、[10] 田園の詩人陶淵明もこの時代を生きた。「結 廬 在 人 境《ろをむすんでじんきょうにあり》、而 無 車 馬 喧《しかもしゃばのかまびすしきなし》。問 君 何 能 爾?《きみにとうなんぞよくしかるかと》心 遠 地 自 偏《こころとおければちおのずからへんなるなりと》」という詩句が示しているように、陶淵明は仕官を辞めた後も、「人境」で暮らしていた。彼は心という内面世界が政治社会から自由になることを目指した。一方、阮籍《げんせき》（二一〇―二六三）をはじめとする竹林の七賢の多くは仕官をしながら、政治社会的活動を最小限にまで排除して、権力者に左右されない内面の自由奔放さを保っていた。『吾輩は猫である』では、苦沙弥の家が「太平の逸民」が会合する「臥龍窟」（『漱石全集』第一巻、一五七頁）であったと、猫に称されている。この「臥龍」と称された有名な逸民は三国鼎立時代の諸葛亮《しょかつりょう》（字は孔明、一八一—二三四）である。臥龍崗に隠遁していた諸葛孔明は義理堅い劉備《りゅうび》（一六一—二二三）の三顧の礼に応じて彼の軍師として活躍した。彼は不義を働く権力者から遠ざかろうとするが、明君にであえばやはり仕える逸民の典型であったと言える。

総じて言うと、逸民の特徴はいくつかある。一つは逸民には教養と才智があるが、現実に不満を持ち、政治社会から遠ざかろうとするエリート階層である。もう一つは、一切仕官しないにせよ、仕官を辞めて隠遁するにせよ、仕官しても権力者のために働かないで通すにせよ、隠遁を辞めて明君に仕えるにせよ、彼らは独自の主義主張や独特の倫理道徳観を持っている。いま一つは、彼らは決して現実世界の権力に媚びたり利欲に動かされたりしないことである。『吾輩は猫である』では、中学教師の苦沙弥をはじめ、「臥龍窟」に集まってくる美術家の迷亭や理学士の寒月、それから俳劇者の東風や哲学者の独仙などは、このような特徴を帯びている。だから、猫は彼らを「太平の逸民」と称している。

緊迫した年末年始と「太平の逸民」

要するに主人も寒月も迷亭も太平の逸民で、彼等は糸瓜の如く風に吹かれて超然と澄し切つて居る様なものゝ、其実は矢張り娑婆気もあり慾気もある。競争の念、勝たう〳〵の心は彼等が日常の談笑中にもちら〳〵とほのめいて、一歩進めば彼等が平常罵倒して居る俗骨共と一つ穴の動物になるのは猫より見て気の毒の至りである。只其言語動作が普通の半可通の如く、文切り形の厭味を帯びてないのは聊かの取り得でもあらう。（八一―八二頁）

これは年始に「臥龍窟」（珍野苦沙弥家）に集まってきて、「去年の暮」の「不思議な経験」（六七頁）を競い合うように披露した苦沙弥と寒月と迷亭に対する猫の批評である。

その「不思議な経験」は、迷亭の虚実定かではない体験談から始まる。それは一二月二七日に母親から彼のところに送られてきた便りで、小学校時代の友人が日露戦争で戦死したり戦傷したりしていることを知らされた時の体験である。便りのなかで、母親が迷亭に向かって、「御前なんぞは実に仕合せ者だ」、「若い人達が大変な辛苦をして御国の為に働らいて居るのに」、「気楽に遊んで居る」（六八頁）というので、彼は厭世的な気分になり、「首懸の松」（六九頁）をみて自殺衝動に駆られたという。寒月も「同日同刻」（七一頁）に自分の身に起きた、迷亭と同じように死の衝動に駆られた「経験」を語る。そして、「負けぬ気になつて愚にもつかぬ駄弁を弄すれば何の所得があるだらう」（八一頁）と、猫に辛口評価された苦沙弥が、矢張り年の暮れの一二月二〇日頃に、「細君」の観劇に同行することを渋った時に自分の身体に起きた奇妙な不調の話を披露する。

日露戦場における悲惨な戦死に対して、虚実定かではない、荒唐無稽な死の衝動と身体や精神の異変が対置されるのは、滑稽なようで不気味でもある。一九〇四年の暮れから一九〇五年の年始と言えば、日露戦争の戦場ではちょうど激しい戦闘が続いていたころである。暮れの一二月末は旅順攻囲戦が緊迫した状態で、犠牲者が大量に出ていた。例えば、一二月二七日の『東京朝日新聞』「陸の誉、海の勲」では、旅順攻囲戦の「名誉戦死者」が紹介されている。そして、年始の一月二日に旅順陥落の号外が『朝日新聞』などで出された。とはいえ、日本側の決定的な勝利には至らず、激戦はまだ続いていた。いずれにせよ、この年末と年始は国中が日露戦争の話題で持ち切りだったはずである。このような緊迫した状態の中で、戦争に昂揚している世の中と全くかけ離れた、のらりくらりとした奇妙な体験を語る三人はいかにも読者の目に異様に映っていたはずであろう。中学教師、近視の美学者、大学院の理学士という三人の身分は、いずれも徴兵から免れる立場にある。彼等は緊迫した戦争の現実から目を逸らすことを許されている。

一方で、猫の目に映る彼らは「競争の念」と「慾気」を持ち、危うく「俗骨共と一つ穴の動物」になりそうだった。ただし、「其言語動作」に「文切り形の厭味」がないのは、彼等の「競争の念」も、「慾気」も、競って「不思議な体験」を披露する滑稽さだけが目立ち、世間一般の利害損得から出発した通人ぶる「俗骨共」と違い、利欲重視の世俗的な観点から見ると、全く無意味なものであるからだ。世間一般の思考回路はここで脱臼され、解体されていると言える。ここ「臥龍窟」では、当時の日本社会全体を包み込んでいた日露戦争の緊迫した空気が、のらくら話により醸し出される弛緩した「太平」の空気に取って代わられている。

しかし、だからといって、彼等は全く政治社会に無関心とは言えない、むしろそれぞれ強い関心を持っている。実際、苦沙弥は「戦争の通信」（四九頁）を熱心に読んでいるようであり、迷亭も身近な人達の戦死に衝撃を受けている。寒月も「旅順が落ちたので市中は大変な景気ですよ」（一一八頁）と言って、苦沙弥を散歩に誘い出しているので、戦争の行方に興味を持っていたと言える。彼らが政治社会に関心を持たずにいられなかったのは、その身体が「国民」として日露戦争中の時空の中に拘束されていたからだろう。しかし、一方で、そのような日露戦争と関連する緊迫した血腥い現実は、彼等の会話や思考にほとんどのぼらないか、のぼるとしても、茶化されて笑いの種と化してしまう。これは、彼らの心が「国民」としての身体から自由になることを切望しているからだ。彼らの死の衝動や身体の異変は、現実の中に取り残されている「国民」としての身体とそこから自由になろうとしている「逸民」の心との間の緊張関係を物語っているかのようである。彼らの「超然と澄し切つて居る」様相は、現実社会の中にいながらそれを遠ざけている姿であり、猫はそうした彼等を「太平の逸民」と呼ぶ。

苦沙弥の日記と日露戦争

猫が身近で観察できる苦沙弥の場合、日露戦争の現実から遠ざかろうとする様子が顕著に現れている。これは彼の日記から窺える。例えば、苦沙弥の一二月一日と一二月四日の日記を猫が覗き見し、その内容が読者に伝えられる。そこに登場するのは最近はまりだした水彩画についての愚痴と夢の話である。だが、ここでわざわざ断っている一二月一日と一二月四日という二つの日時は、いずれも日露戦争と深い関係があると覚しい。一日の『東京朝日新聞』では、「旅順公報二〇三高地激戦中　敵塁占領」の号外が出されている。四日も激しい戦闘の様子や死傷者の情報が『東京朝日新聞』や、珍野家が講読していると思われる『読売新聞』の紙面に溢れている。「戦争の通信」を熱心に読んでいるとしたら、苦沙弥はこの緊迫した戦況を知らないはずがない。しかし、それを知りながら、一番私的な思考領域である日記からその現実世界の一大関心事が完全に排除されている。

極めつけは一月二日に旅順陥落の知らせを持ち込んできた寒月と共に散歩に出かけたことを日記に記しているくだりである。旅順陥落で「市中は大変な景気」なのに、寒月と共に町に出かけた次の日に記した日記にはこの「景気」が全く言及されていない。芸者の品評や自己の胃病ばかり気にしているその内容は、「旅順の陥落より女連」（二八頁）に興味があるという猫の見方を傍証しているようである。ここまで来ると、猫も「人間の心理程解し難いものはない」（三二頁）と嘆く。そして、「世の中へ交りたいのだか、くだらぬ事に肝癪を起こして居るのか、物外に超然として居るのだか、薩張り見当が付かぬ」（三二頁）ようである。猫の目に映る苦沙弥はいかにも「裏表のある」（三二頁）、「虚栄心に富んで居る」（三四頁）人物だった。「裏表」と「虚栄心」があるにもかかわらず、「物外に超然として居る」とも評価されているのは、日記という私的思考空間において、日本社会の一大政治的関心事である日露戦争に対する思考が排除されているかからだ。日本社会にいながら、苦沙弥の心はその現実の日本社会を〈超脱〉し、〈自由〉に飄逸としている。

「不相変」の「太平の逸民の会合」

『吾輩は猫である』は全部で一一章からなる。その中の第一章から第五章は日露戦争中の一九〇五年一月一日から一九〇五年七月一日までに発表されている。第一章は一九〇四年の一二月ごろから執筆したとされ、第一章と第二章は年末年始にかけて日露戦争が緊迫した膠着状態にあったときにあたるが、前述したとおり、その中では「太平の逸民」の弛緩した談義が「臥龍窟」で繰り広げられており、戦地の緊張とは鮮明な対照をなしている。旅順陥落後も「逸民」たちの会合は相変わらず続いていく。

第三章では、苦沙弥が早世した親友「天然居士」のために「墓銘を撰して居る」（九一頁）ところに、迷亭が飄然と現れる。そこへ寒月もやって来て、「首縊りの力学と云う脱俗超凡な演題」の「演舌の御浚ひを始める」（九九頁）。二三日後にまたやって来た迷亭は「旅順陥落の号外を知らせに来た程の勢」で、越智東風がドイツ語がうまく出来ず狼狽した「高輪事件」（一〇四頁）を、吹聴する。そこへ金持ちであることを奢っている金田夫人こと「鼻子」（一〇七頁）が娘婿の候補として寒月を探りにやって来る。「鼻子」の後について金田家を探索した猫が戻って来たとき、寒月も加わり「鼻」談義に花を咲かせていた。年末年始と何も変わらず、日露戦争とは全く無関係な「太平の逸民の会合」が「不相変」（一三一頁）開かれていた。戦場の血腥い殺戮の緊迫感がそこにはなく、読者はしばし癒しの「太平」の世界へと誘われる。『吾輩は猫である』が徹底した戦争への〈無関心〉を貫くことで、かえって広く読者を魅了していることは、読者のなかにも隠れ「太平の逸民」支持者がいたことを物語っているだろう。

第四章では、昔の学友であり、今は実業界ではたらく鈴木藤十郎が金田夫婦に頼まれてやってきて、寒月が博士号を取るように働いて欲しいと苦沙弥に注文する。しかし、そこへまたもや迷亭がやって来て、「鼻」論を展開し、「利口者」（一七九頁）の藤十郎を狼狽させる。第五章では、猫の目撃した泥棒「陰士」（一九四頁）や猫のねずみ取りの話がまたもや滑稽に展開されている。

総じて言うと、珍野苦沙弥家、つまり「臥龍窟」に集まってくる「太平の逸民」たちは、重大な社会的関心事であるはずの戦争を〈無化〉した会話空間をつくり出している。国家の未来にかかわる政治的な事件に〈無関心〉を貫いているという意味で、彼等は「国民」から逸脱し、内面の自由をもつ「民」的存在である。では、日露戦争というコンテクストから彼等を抜き出して見た場合、まだ逸民と言えるだろうか。日常の利害損得に執着している金田家や車屋の夫婦も日露戦争への関心を見せていない。しかし、猫は彼等のことを逸民とは見なしていない。世俗的な利欲にまみれ、弱者に対する容赦ない攻撃に齷齪する人間は決して逸民とは言えない。日露戦争後に発表された『吾輩は猫である』の後半も検討しながら、苦沙弥たちの逸民性の普遍性を多角的に検討する必要がある。

第三節　「逸民」というスタンス

「天然」な「逸民」

『吾輩は猫である』では、猫の「吾輩」がその主人の苦沙弥に対して容赦ない批評をしている。「彼は性の悪い牡蠣の如く書斎に吸ひ付いて」、「達観した様な面構をして居る」（二四頁）、「人間も此位偏屈になれば申し分はない」（二五頁）、「我儘で偏狭な」（八一頁）「自分の無智に心付かんで高慢な顔をする教師」（二三頁）、などがそうだ。書斎に引きこもるように「吸ひ付」き、「無智」で「我儘」、「偏狭」とは何と気難しい人だろう。前述したように、日露戦争の緊迫した戦状と相容れない日記を書いたり、迷亭らと競って年末の「不思議な経験」を語るなど、苦沙弥の種々の奇抜な言動はこの偏屈な性格の所以なのだと、読者もついつい納得してしまう。さらに、「大町桂月は主人をつらまへて未だ稚気を免かれずと云ふて居る」(三四〇頁)と猫はいう。実際、大町桂月(一八六九—一九二九)は、『吾輩は猫である』の苦沙弥から漱石本人を推量して、漱石は神経質で趣味が狭い、「詩趣ある代りに、稚氣あるを免れず」と批評している。[12] これを漱石がさらに作品の中で猫に語らせているのだ。作者に対する批評をさらに作品の中で皮肉ることで、現実と虚構が入り混じった構造になっている。これは、苦沙弥と漱石本人を同一視する安易さに対する〈反論〉でもある。同時に、猫の語りもテクストの中で相対的にとらえる必要があるという注意喚起でもあると思われる。

実際、テクストは苦沙弥の別の一面も物語っている。そもそも捨て猫の「吾輩」を憐れみ、家に止まらせたのはほかではなく苦沙弥である。雑煮の餅に歯がはまり、「吾輩」が「眼を白黒させているとき、「餅をとつて遣れ」(三九頁)と、救ってくれたのも苦沙弥であった。日ごろ、「吾輩」はやはりこの命の恩人の膝の上や背中に乗って寛いでいる。ここに、苦沙弥の「偏屈」だけではない情け深い一面がある。これだけではない、苦沙弥は時々なき親友の「天然居士」を偲び、「墓銘」(九二頁)まで考案している。また、「偏屈」なすがたの影では、世俗的な利欲に動じない、人にも、動物にも、憐れみ深い優しい心も見え隠れしている。例えば、「鼻子」は苦沙弥に寒月のことを根掘り葉掘り聞いたあげくに、隣近所の人達も動員して珍野家を「探偵」

（一一二頁）までさせているが、その無法ぶりに憤った迷亭が金田令嬢との結婚は「断念になつた方が安全」（一三八頁）だと主張したというくだりがある。そこで苦沙弥は、いったん、「あんなもの、娘を誰が貰ふものか。寒月君もらつちゃいかんよ」（一三八頁）と迷亭に賛同しつつも、後日、金田家の依頼を受けた鈴木藤十郎に、「当人同士が嫌やでないなら中へ立つて纏めるのも、決して悪い事はないからね」（一六四頁）と言われて心を動かされる。実業家は嫌いでも、「娘には恩も恨みもなくて、寒月は自分が実の弟よりも愛して居る門下生である。もし鈴木君の云ふ如く、当人同士が好いた仲なら、間接にも之を妨害するのは君子の為すべき所作でない」（一六五頁）と思ったのだ。

たしかに、苦沙弥の「偏屈」と「無知」は、ホモソーシャルな性質を露呈する場合も存在する。寒月が結局金田富子ではなく、故郷の女性と結婚したことを聞いたときのことだ。このことを聞いた苦沙弥は、「女はい丶ものだ抔と思ふと飛んだ間違になる」（五五二頁）と、「女はどうせ碌でなし」（五五三頁）などと、一六世紀の「ダマス、ナツシ」論を展開している。しかし、他方で、珍野家は案外男女平等の先端を走っているとも言える。苦沙弥と細君との関係性からはその一端が窺える。「主人は平気で細君の尻の所へ頬杖を突き、細君は平気で主人の顔の先へ荘厳なる尻を据ゑ」、「御両人は結婚後一ヶ年も立たぬ間に礼儀作法抔と窮屈な境遇を脱却せられた超然的夫婦である」（一五三頁）、と猫は評する。少なくとも、苦沙弥の細君に対する家父長的な振る舞いが猫の目に映ることはない。一九〇五年ごろの日本では親が結婚相手を決めることが主流であった。家父長制の下で、家庭における男性優位も保証されていた。しかし、寒月の親代わりとも言える苦沙弥は結婚における本人同士の意思を尊重すべきだと思い、細君に対しても威圧的な言動をとっていない。つまり、苦沙弥の実生活における結婚観、男女観は決して時代のジェンダー規範に拘束されることがなく、彼自身の良心と自然のゆくままに任せていると言える。これは苦沙弥が猫に「純然たる天然居士の再来だ」（一〇四頁）と評される所以でもある。

その「天然」ぶりは他人との接し方にも現れている。例えば、「鼻子」は金持ちの実業家金田の夫人であることを振りかざして他人の「尊敬畏服の念」（一〇八頁）を引き出していた。だが、物質的利欲に無頓着な苦沙弥にとって、それは何の意味も持たない。学者は別だが、「いくら先方が勢力家でも、財産家でも、自分が世話になる見込のないと思ひ切つた人の利害には極めて無頓着」（一〇八頁）だからだ。苦沙弥は、「鼻子」が金持ちであることを知った後も彼女に対する「尊敬の度合は前と同様」（一〇八頁）のままである。彼は世俗的な利害と打算ではなく、あくまでも「天然」に動いている。

苦沙弥のこの「天然」ぶりは「歓言愉色、円転滑脱」（二九八頁）の俗世間と相容れないものである。苦沙弥は「頑冥不霊」（三四四頁）で、「智慧の発達した男ではない」（三三九頁）と猫にけなされ、「精神が朦朧として不得要領」（三七〇頁）、「心は天保銭の如く穴があいて居る」（三七〇頁）と酷評される。だが、この猫の語り（／騙り）に流されて、例えば大町桂月のように、苦沙弥を、ひいては作者漱石を「未だ稚気を免かれず」と断じてしまうのは早計である。世俗的な処世術に疎い苦沙弥こそ大智は愚の如しという哲理をそのまま体現している人物ではないか。そもそも、猫の古今東西縦横無尽の知識の源と言えば苦沙弥にほかならない。苦沙弥の脳内の知の宇宙は、彼の膝の上、背中に乗っている猫の「読心術」(四〇六頁)によって吸い取られていた。「吾輩」を「知識巨匠」(二一五頁)にたらしめたのはほかではなく「苦沙弥先生」であった。

「大和魂」批判と「国民精神」からの逸脱

迷亭は苦沙弥にとって十年前から付き合ってきた友人だった。その迷亭が細君に語った苦沙弥評からも苦沙弥の人格と碩学ぶりが垣間見える。迷亭はまず「地味に世帯向きに出来上つた」、「腹の中は毒のない善人」(九四頁)だと苦沙弥の「偏屈」を弁護する。さらに苦沙弥の文章が「行雲流水の如し」(九六頁)と褒め称えられていることを伝え、苦沙弥が本を買いすぎていることを細君に理解させようと努める。迷亭の言葉は虚実定かではないものが多いが、ここの苦沙弥評は納得できるものがある。猫を拾い、弟子を愛しているところを見ると、彼が善人であることは間違いない。猫の博識も苦沙弥の読書量と匹敵するので、苦沙弥が碩学であることも確かだ。しかも、「偏屈」な彼は、世間に対する見方も普通の世俗的な人間社会を超越している。これを最もよく物語る言動は彼の「大和魂」批判であろう。「大和魂!と新聞屋が云ふ。大和魂!と掏摸が云ふ」(二六二頁)、「東郷大将が大和魂を有つて居る。肴屋の銀さんも大和魂を有つて居る。詐偽師、山師、人殺しも大和魂を有つて居る」、「三角なものが大和魂か、四角なものが大和魂か。

大和魂は名前の示す如く魂である。魂であるから常にふら〳〵して居る」（二六三頁）などだ。

森正人によると、「大和魂」という言葉は一八九〇年代から新聞や雑誌などで言及されるようになり、「他国民と一線を画する日本人独特の」「国民の精神性」として「鋳直され[13]」、「戦闘状況」でも「維持される優美で廉潔で剛毅な心性」を指し示すようになった[14]。日露戦争が開戦したときから『東京朝日新聞』の多くの戦死者関連の報道には「大和魂」という見出しが目立ち始める[15]。例えば、一九〇四年五月二八日には「大和魂」という記事があり、その中では「戦場の余談」を紹介し、「忠肝義膽死を見る事歸するが如き我兵士」、「日本武士の大和魂」などの言葉が記されている。ここの「大和魂」は主に国家の為に戦場で戦い、戦死も顧みない勇敢な「国民精神」を指していると思われる。従って、「大和魂」は日本民族特有の誇るべき民族精神として、他国との戦争に国民を奮い立たせる国民統合の精神的中枢を担う高さまで持ち上げられた。しかし、このようなナショナリズムの観点から見ると畏敬すべき存在である「大和魂」の威厳を、「偏屈」な苦沙弥は軽々と地へと落とす。彼にとって、「大和魂」を騒いでいる新聞は掏摸と同格で、日露戦争で軍功を挙げた東郷大将も、肴屋や詐欺師、山師、人殺しなどと同じ心性を持ち、「大和魂」の中味も「三角」か「四角」か、定かではない。テクスト内では、「三角」という言葉に、実業家入りの鈴木藤十郎が金儲けのために「義理をかく、人情をかく、恥をかく」（一六一―一六二頁）という解釈を与えていた。つまり、「大和魂」という言葉が持つ畏敬すべき「国民精神」の真髄というポジティブな意味は、苦沙弥により反転されてしまっている。「国家」という共同体の利益を優先した、他国の領土を奪い合う帝国主義的な戦争のために奮い立たせられた「大和魂」は、実は個人の利欲のために詐欺や盗み、人殺しを働く犯罪者や、一部の「金と情死をする覚悟」の実業家の不徳な「三角術」（一六一頁）に通じるところがあるという解釈の可能性がここでほのめかされている。これは、「戦時下における軍事ナショナリズムを、ここまで茶化して批判した文章は他に見当たりません」と小森陽一が指摘する通りである。[16]

もっとも、「大和魂」の語源をたどっていけば、『源氏物語』にある。「才を本としてこそ、大和魂の世に用ひらるゝ方も、強う侍らめ」[17]は、光源氏が長男元服の際に発した言葉である。ここの「才」は「漢才」を指し、「大和魂」（和魂）と対になっている概念であり、それぞれ「学問（漢学）上の知識」と「実生活上の知恵・才能」[18]を指している。

江戸末期になると、西洋から押し寄せる帝国主義的進出の波に呑み込まれるのではないかと日本人の亡国の危機感が高まった。例えば、吉田松陰（一八三〇―一八五九）は、アメリカの軍艦に乗船しようとするも果たさず自首し、江戸に護送される途中で、「かくすればかくなるものと知りながらやむにやまれぬ大和魂」と詠み上げている。「欧米の勢力の迫り来る現状を憂慮し」、「国の根本の態度を樹立するために」、「世界の実情を確かめようと」した、と近藤啓吾が述べているように、[19]吉田松陰がここで言う「大和魂」は、西洋列強に対抗するために身命を惜しまず果敢に行動する日本人の精神という意味で使われている。そして、日清戦争を経て、日露戦争に至ると、前述したように、新聞は「名誉の戦死」を「大和魂」とつなげることで、「大和魂」は日本民族特有の、近代国民国家の帝国主義的な領土拡張戦争の為には生命の犠牲を辞さない「国民精神」に昇華されていく。

苦沙弥の「大和魂」批判は『源氏物語』由来の「大和魂」の意味を喚起している。同時に、もともとの意味から乖離した、帝国主義的な戦争のために犠牲となることや日本民族の優越性を誇示する解釈の虚偽を突いている。これは、帝国主義的対外拡張戦争に寄与する「大和魂」イデオロギーに対する、「逸民」ならではの皮肉にほかならない。

「偏屈」という隠れ蓑

「大和魂」諷刺から見えてくる苦沙弥の政治批判は明確で辛辣である。しかし、発表当時にあってこの作品は糾弾された痕跡がなかった。これは、苦沙弥が「偏屈」という隠れ蓑をかぶっていたからではないかと思われる。与謝野晶子（一八七八―一九四二）が日露戦争に出征した弟の身を案じて「君死にたまふことなかれ」を書いたが、大町桂月に、「皇室中心主義の眼を以て、晶子の詩を検すれば、乱臣なり、賊子なり、国家の刑罰を加ふべき罪人なりと絶叫せざるを得ざるもの也」と指弾されている。[20] 一方、漱石は「未だ稚気免れず」と評されるだけでその指弾から免れている。こう見ると、苦沙弥はただの「無智」で「偏屈」な中学教師とは言えない。彼は、「偏屈」故の、或いは意識的無意識的に「偏屈」な身振りをしている、近代的な「国民精神」に抗う「逸民」である。

前述したように、中国伝統の逸民は教養と才智があるエリートたちである。彼等は社会現実に批判的である故、政治社会から遠ざかろうとする。その特徴は強い主義主張や独特の倫理道徳観を持ち、決して現実世界の利欲に動かされないことにある。例えば、「竹林の七賢」の阮籍や嵇《けい》康《こう》（二二三―二六二）のような逸民の典型的な人物たちは、それぞれの形で政治批判と権力者への抵抗を展開していた。当時、司馬氏は曹氏の魏王朝を簒奪するために、儒教道徳から見ると不義不忠を働いていた。阮籍は酒浸りで役職を真面目に行うことを拒否していた。しかし、阮籍の才智が魏の権臣である司馬昭《しばしょう》（二一一―二六五）に気に入られていたこともあり、阮籍は「酒を隠れ蓑にし」、「魏晋の王朝交代期において、反抗と保身の危険な綱渡りをみごとに演じ切った」21。一方、阮籍のような徹底した逸民になれず、公然と司馬氏に刃向かった嵇康は司馬氏に不孝の罪を着せられ殺された。

阮籍とちがって苦沙弥は酒をさほど飲んでいないが、「天然」の「偏屈」を隠れ蓑にし、「大和魂」の不都合な内実に異議申し立てをしている。

「偶然童子」の「逸民」の芯

「偏屈」な「逸民」の苦沙弥は、その周りに同じような「逸民」の風格を有した仲間たちが集まってくる。

そのなかでも一番自由気ままに「逸民」気分を味わい得ている、或いは謳歌出来る身分にいるのが迷亭であろう。彼はもはやすべての世俗の係累から解放されている。「美学者」といわれている彼は、お金も時間もある故「遊んで」いられる。かつ近視のせいで眼鏡をかけている彼は徴兵される心配もない。世帯持ちの苦沙弥よりも、世俗の利害から超然と出来る立場にいる。実際、彼は世間のしきたり、礼儀作法、利害損得から自由になっている。まるで自分の家のように珍野家に出入りし、臆することなく「実は君あれ出鱈目だよ」（一八頁）と言い、現実の結婚制度も〈脱構築〉の対象にする。その姿はさながら「心配、遠慮、気兼、苦労、を生れる時どこかへ振り落した」「偶然童子」（九一頁）である。

　このような迷亭は、小学校時代の友人が日露戦争で戦死や負傷していることを知らされると、「何だか世の中が味気なくなつて人間もつまらないと云ふ気が起こ」り、「暮、戦死、老衰、無常迅速抔と云ふ奴が頭の中をぐるぐる駆け廻」り、「好い具合に撓る」松の枝に、「首がかゝつてふわ〳〵する所を想像して見ると嬉しくて堪らん」（六八―七〇頁）と言う。迷亭自身が首を縊るなどはとても考えられない。しかし、戦死、老衰、人生の無常迅速、さらに奇妙な自殺願望を優劣つけずに、迷亭は同じレベルで語っている。彼が「名誉の戦死」に対する世間一般の価値評価を無効化していることを示している。

　一方、この一見荒唐無稽な首縊り願望の話の裏には、迷亭の死への恐怖が垣間見える。死を意識しすぎていたからこそ、死の衝動に駆られていたとも言える。王瑶によると、竹林の七賢より少し後の時代を生きた顧栄《こえい》（?―三一二）は横暴な司馬冏《しばけい》（西晋の皇族、?―三〇二）に仕えていたとき、「災難が身に及ぶことを恐れ、終日酩酊し、役所を統轄しなかった」という。[22] その時に彼は友人に「常に禍いが身に及ぶのを恐れ、刀や縄を見るたびに自殺したいとまで思っていました」と語っている。[23] 人間は強い不安や恐怖に捕らわれた時、それから解放されるために自殺願望に捕らわれるということだ。酒に酩酊していた顧栄と、酒を飲んでいなくてもまるで酩酊したような迷亭は、死を恐れる余り自殺願望に駆られるという点では共鳴しあっていたと言える。

一方、迷亭と「同日同刻位」に「似た様な経験」（七一頁）をしていた寒月も、秘かな死の恐怖を感じていなかったとは言いがたい。当時、官立学校の学生の徴兵免除年齢は二八歳だったから、「年は二十六七歳」（一九二頁）だという寒月は徴兵免除ギリギリの年齢であった。実際、日露戦場では学士が戦場で戦死している報道もあったので、「苦味ばしつた好男子」（一九三頁）という立派な容姿と身体を持つ寒月は、もし徴兵検査を受けたら甲種合格する可能性が大きい。同世帯の青年たちが戦場で大量死していた時機に、寒月は言い表せない不安に駆られていたと思われる。川の底から自分を呼ぶ女性の声を幻聴して水に〈飛び込む〉行為は、日露戦争の戦場で若い兵士たちが絶体絶命の状態で塹壕に飛び込む行為を彷彿とさせる。いずれにせよ、迷亭と寒月の「不思議な体験」は、日露戦争の緊迫状態とどこか連動していたと言える。戦死情報は、「逸民」の心を持つ彼らに現実社会の中に取り残された「国民」の身体を強く意識させる。その「国民」の身体は彼等に持て余されてしまっているように思われる。

もっとも、「逸民」たちの破天荒な言動が指弾されずに済んでいるのは、やはり彼らがそれぞれ「天稟の奇人」（三五三頁）という隠れ蓑をまとっていたからではないか。迷亭は酒に酔いしれていなくても、周囲から見ると、まるで酩酊状態にいるも同然の振る舞いをしている。この迷亭／酩酊状態は彼の「逸民」としての隠れ蓑に違いない。

忘れてはいけないのは、「常規を以て律すべからざる、普通の人間以外の心理作用を有するかと怪まる、風来坊」（一八〇頁）である迷亭が、実は才気溢れる大学者であることである。『吾輩は猫である』の中で、「臥龍窟」でもっとも弁舌を振るっていたのは迷亭である。出鱈目を言って人を担ぐのも、人一倍の博識だから出来る離れ業である。細君が「よく色々な事を知って入らつしゃるのね、感心ね」と言うと、「え、大概の事は知つて居ますよ。知らないのは自分の馬鹿な事位なものです。しかし夫も薄々は知つてます」（二五四頁）と臆せずに茶化す。彼は自分の博識と機転にかなり自信を持っているようだ。しかし、そこにははっきりとした「逸民」的なスタンスがある。それは利欲に動じないことと他人へのやさしさである。苦沙弥と同様のものである。

前述したように、金持ちを誇示する「鼻子」に対して、苦沙弥は態度を変えていない。一方、迷亭もその金満家の奢りに動じる気配がない。「学問最高の府を第一位に卒業」（一七八頁）した「活動図書館」（一七九頁）である寒月と「活動切手」（一七八頁）である金田令嬢との結婚は、「提灯と釣鐘」だ、「我々朋友たる者が冷々黙過する訳に行かん」（一七七頁）と、迷亭は断固反対する。「黄白青銭が智識の匹敵でない」（一七八頁）と、知識にお金を勝る絶対価値があると迷亭は認識している。これは利欲損得で人の価値を計っている世俗の価値観と相容れないものである。

もともと金にも時間にも困らない彼は利欲のために動く必要がないかもしれない。だが、男女の非対称性も、階級の非対称性も、貧富の差も、彼はすべて取り払って、知と善に最高の価値を見出している。八木独仙は迷亭を評して、「考も何もない全く金魚麩だ」（三五三頁）というが、迷亭の「ふわふわ」とした外見の下に、しっかりとした「逸民」の志があるように思える。それは「臥龍窟」に集う苦沙弥をはじめとする、近代国民国家の「国民」から精神的に逸脱している「逸民」たちの共通のスタンスでもあると言えよう。

第四節　「吾輩」は「逸民」である

非凡な「吾輩」

『吾輩は猫である』では猫の見聞きしたこと、感じ取ったことが語られている。「吾輩」は、普通の猫はもとより、普通の人間をも凌駕する知力を持っている非凡な猫である。世渡り上手な上に、「読心術」という特異な能力を生まれつき持っているが故、猫の世界だけではなく、人間世界の観察者、批評者としての視点を獲得し、さまざまな「真理」を感得していく。『吾輩は猫である』は猫の非凡さが日に日に増し、「知識巨匠」へと「進化」（八七頁）していく物語でもある。「吾輩」は気の毒な捨て猫であった。苦沙弥の憐れみにより珍野家の家猫になった。この出自もあってか、「吾輩」は本能的に世渡り上手である。猫界では、周囲の猫に対して対応を工夫してうまく関係を維持している。例えば、横暴な車屋の黒とも「知己」になり、「彼の気焔を感心した様に咽喉をころころ鳴らして謹聴し」、相手をおだてて「茶を濁す」（一五頁）手際を見せる。また、かわいい三毛子の前では、「理詰の虚言を吐かねばならぬ事がある」（四三頁）とも割り切っている。一方、人間が「強力を頼んで」猫界に与える「不人情」や「掠奪」（八頁）に対して、「猫の時節を待つがよからう」と「楽天」（八頁）的である。

「吾輩」は、お雑煮に引っかかって踊るなどの猫らしいドジもする。珍野家の人間にも猫らしくあしらわれる。しかし、「読心術」という超能力のおかげか、段々と〈碩学〉へと「進化」していくのである。この「読心術」とは、「人間の膝の上へ乗つて眠つてゐるうちに、吾輩は吾輩の柔かな毛衣をそつと人間の腹にこすり付ける。すると一道の電気が起つて彼の腹の中の行きさつが手にとる様に吾輩の心眼に映ずる」（四〇六頁）、という神妙なものである。「吾輩」は「幸にして苦沙弥先生門下の猫児となつて朝夕虎皮の前に侍べるので先生は無論の事迷亭、寒月乃至東風抔と云ふ広い東京にさへ余り例のない一騎当千の豪傑連の挙止動作を寝ながら拝見する」「光栄」（二五五頁）に恵まれている。苦沙弥と迷亭という碩学の脳内情報が自然と「吾輩」の頭の中へと流れ込む。その上に、寒月や東風など気鋭の俊才が加わった激論も聴講できる。従って、猫の精神世界は古今東西、縦横無尽の知識で構成されていく。さらに「吾輩」が優れているのは、これらの知識を活用して、独自の批評判断、ひいては「真理」まで織り出すことが出来ることである。

「進化」する「吾輩」

「吾輩」は、「臥龍窟」に集まってくる「逸民」たちの脳内意識を「読心術」で〈スキミング〉したり、その弁舌を見聞きしたりして自己の頭脳の拡充を図っていた。従って、彼の精神世界も猫という外見とかけ離れたものへと日々「進化」していく。どうやら苦沙弥も「吾輩の普通一般の猫でないと云ふ事を知つて居る」（八六頁）らしい。だから、猫の本分だと思われている鼠取りを怠っても「吾輩」は放逐されることはない。そして、「人間に知己が出来」、「己が猫である事は漸く忘却して」来て、人間と「雌雄を決しやう」どころか、「人間同等の気位で彼等の思想、言行を評隲したくなる」（八七頁）境地にたどり着く。実際、猫は作品全篇を通して、人間を、特に「逸民」たちを「評隲」している。例えば、「鼻子」が隣近所も動員して珍野家や寒月を「探偵」していることについて、寒月は「能がなさ過ぎる」とか、苦沙弥は「無頓着で且つ余りに銭がなさ過ぎる」とか、迷亭は「偶然童子だから、寒月に援けを与へる便宜は尠からう」（一二三頁）と「評隲」する。この時点で、「吾輩は猫として進化の極度に達して居るのみならず、脳力の発達に於ては敢て中学の三年生に劣らざる積りである」（一二四頁）という自覚を持っている。

「吾輩」の「進化」はさらに加速していく。彼は人間的な「正義」、「人道」、「義務」（一二四頁）

まで会得するようになる。彼は自身を「世間一般の痴猫、愚猫」と差異化した上で、金田家を「偵察」するのは「公平を好み中庸を愛する天意を現実にする天晴な美挙だ」（一一三頁）という。また、烟草が人間の嗜好品であるように、「金田邸は吾輩の烟草である」（一四〇頁）と自己弁護する。続いて、寒月と酷似した「泥棒陰士」が登場するくだりでは、「全智全能」の神が時には「無智無能」であるという「パラドックス」論を「道破した者は天地開闢以来吾輩のみであらう」（一八九頁）と嘯く。

ところが、鼠をとらない故に書生の多々良三平に食われる危険性に直面すると、自分を暗に「知識巨匠」にたとえ、鼠をとらないことを弁解する。そして、「廓然無聖」の理窟を考える達磨や静坐工夫する儒家は足が腐るまで坐禅するのは、「脳中の活力は人一倍熾に燃えて居る」（二一五頁）からだと言う。だがそうかと思えば、「吾輩は頭を以て活動すべき天命を受けて此娑婆に出現した程の古今来の猫」（二一六頁）である故、大事な身体を保全するために鼠取りを敢行しようと決心する。「猫の一年は人間の十年」（二六六頁）とはいえ、「一歳何ケ月に足らぬ」（二六七頁）猫にしては異例の「進化」としか言い様がない。結局「吾輩」は鼠取りの能力がないことが証明されてしまうが、「世を憂ひ時を憤る」（二六七頁）高度な人間的、社会的精神性を持っていることがますますアピールされるようになる。

「吾輩」は次々と真理を感得し、博識を駆使して持論を長々と開陳していく。例えば、お雑煮の「餅の魔と戦つて居る」時にも、「危きに臨めば平常なし能はざる所のものを為し能ふ。之を天祐といふ」という具合に、次々と「真理に逢着」（三八―三九頁）する非凡さを示している。また、「洗湯」を覗いて古今東西の博識を駆使して服装論から裸体論まで展開した上で、「西洋人は強いから無理でも馬鹿気て居ても真似なければ遣り切れないのだらう。長いものには捲かれろ、強いものには折れろ、重いものには圧されろと、さうれろ尽くしでは気が利かんではないか」（二八七頁）、と西洋的な弱肉強食の論理に追随する風潮に対する批判まで開陳する。さらに、「自然は真空を忌む如く、人間は平等を嫌ふと云ふ事だ」（二八九頁）、と人間社会全体を俯瞰するような「真理」を導き出す。ここでは、人間の競争を好む本質を鋭く突いている。

さらに、「吾輩」は読者に対しても自己の非凡さをアピールすることに余念がない。「凡て吾輩のかく事は、口から出任せのいゝ加減と思ふ読者もあるかも知れないが決してそんな軽卒な猫ではない。一字一句の裏に宇宙の一大哲理を包含するは無論の事、其一字一句が層々連続すると首尾相応じ前後相照らして、瑣談繊話と思つてうつかりと読んで居たものが忽然豹変して容易ならざる法語となるんだから」（三四〇頁）と、自分の語りをしっかり吟味することを促す。一介の宿無しの子猫から、たまたま「逸民」である苦沙弥に拾われ、「逸民」たちの薫陶のもとで人間的な精神世界を獲得したばかりではなく、遂に、人間社会を超越した智を感得したと、「吾輩」は自己評価しているのだ。

「吾輩」の「逸民」傾向

前述したように、「読心術」に長け、常日頃「逸民」談義の薫陶を受けている「吾輩」の精神世界を構成しているのは、「逸民」である苦沙弥をはじめとした、迷亭や寒月、東風、独仙などの思想そのものである。従って、「吾輩」の精神世界は彼等の博識で構成されると同時に「逸民」色に染まってくるのは自然の成り行きである。いわば、「逸民」たちが感知しない所で、「吾輩」は「逸民」思想に染まっていたとも言える。従って、猫の身体を持ちながら、精神はすでに「逸民」的傾向を示している。実際、「吾輩」は苦沙弥をはじめとした「逸民」たちに対して、独自の思考判断で「評隲」する特権を持ちながら、いつの間にか「逸民」全体の声の代弁者と化していく傾向が現れる。「吾輩」は一匹の猫でありながら、「我々」の意味を持つ「吾輩」で自称するのも妥当なようである。「吾輩」が「知識巨匠」に「進化」していく過程は同時に「逸民」に「進化」していく過程でもあるのだ。

「吾輩」は非凡な頭脳を駆使して、とりわけ、身近で観察してきた苦沙弥に対して、かなり辛口の批評をしてきた。「牡蠣」（二四頁）のようだとか、「偏屈」で「頑固」（二九八頁）だとか、「精神病の徴候」（三六四頁）があるとか、「狂人と常人の差別さへなし得ぬ位の凡倉である」（四〇六頁）等々、容赦ない〈毒舌〉を振るっている。これにより、苦沙弥はさらに忌憚のない「駄弁」を振るう〈免罪符〉を〈獲得〉した。

一方で、「吾輩」の「逸民」たちに対する擁護も見逃せない。例えば、前述したように、苦沙弥や迷亭、寒月らの「娑婆気」、「欲気」を指摘した上で、彼等に「俗骨共」の「文切り形の厭味」がないことを認めている。この「文切り形の厭味」というのは、やはり俗世間で通用する利欲損得と関係あるものではないかと思われる。俗世間の人間なら利欲に動かされて競争するが、「逸民」たちは利欲と関係ない「競争」をしている。俗世間から見れば、彼等の「逸民」談議は全く無意味な「駄弁」にしか見えない。しかし、猫はまさにそこが「逸民」たちの「取り得」だとし、「逸民」擁護の姿勢を打ち出している。また、三毛子の死の元凶にされた猫は、「何だか世間が慵うく感ぜらるゝ。主人に劣らぬ程の無性猫となつた」（八五頁）という。まるで書斎に閉じこもっている苦沙弥の心情が伝染したようである。そして、世俗的な財力を誇る「鼻子」と「逸民」たちのやり取りの一部始終を傍観した「吾輩」は、猫故に「諸先生と三寸の古頭に相互の思想を交換する技倆はない」ことを残念がりながら、金田邸を「偵察」しようと「大決烈心」（一二四頁）を起こし、それを「正義の為」、「人道の為」（一二四頁）だと位置づけている。「吾輩」はすっかり「逸民」に同調している。寒月が金田令嬢との結婚を断念すべきだという迷亭らの意見にも「にゃーく〳〵」（二三八頁）と賛成の声をあげる。そもそも、鼠を捕るという猫としての〈社会的役割〉を果たさない「吾輩」は、社会に「無用」な「逸民」だと言ってもよい。さらに、一見社会に無用な「知識巨匠」を「無用な長物とか穀潰し」と「誹謗」するのは「不具なる視覚」の「凡眼」（二一五頁）だと主張する。多々良三平に食われると脅され仕方なく鼠取りに挑むものの失敗し、「戦争が名誉だと云ふ感じが消えて悪くいと云ふ念丈残る」（二二三頁）と悟る。

結局、「吾輩」の「逸民」傾向は濃くなっていく一方である。彼は、「娘の教育に関して絶対的放任主義を執る」（四二五頁）「働きのない」苦沙弥が「上等な人間」（四二六頁）だという。なぜなら、「世の働きのあると云ふ人を拝見すると、嘘をついて人を釣る事と、先に廻つて馬の眼玉を抜く事と、虚勢を張つて人をおどかす事と、鎌をかけて人を陥れる事より外に何も知らない様だ」（四二五頁）からだ。こんな「働き手」は「国家の恥辱」であり、国家の衰えを招くから、苦沙弥のような「逸民」の、（世俗的にみると）「意気地のない所」、「無能な所」、「猪口才でない所」が「上等」（四二六頁）だと主張する。さすが「臥龍窟」で「逸民」たちの精神の真髄を吸収し、その「駄弁」を傍聴してきた「霊猫」だけあって、明確な「逸民」擁護論を開陳している。

世俗的な「働き」は往々にして利己的な打算を前提に行われることが多いので、他人に害を及ぼすことが多く、結局国家という共同体の利益も損なうことになる。だから、「働きのない」ことが他人と国家に及ぼす害がかえって少なくて済む、というのが「吾輩」の発想だと思われる。そこに人間世界と宇宙との調和への観照と消極的な社会批判が込められているので、猫は「逸民」が「無用な長物とか穀潰し」と「誹謗」されることを拒否し、「逸民」こそが「上等」だと主張する。これは、「吾輩」がすでに「逸民」の精神的な真髄を感得する境地にまで「進化」したことを示している。

おわりに

失敗をしでかした学生に対して冷淡さを隠さない苦沙弥のことを、「吾輩」は「正直」な「善人」(四六三—四六四頁)だと判断している。この「善人」である苦沙弥が、「今の人はどうしたら己れの利になるか、損になるかと寐ても醒めても考へつゞけだから勢探偵泥棒と同じく自覚心が強くならざるを得ない。二六時中キヨト〳〵、コソ〳〵して墓に入る迄一刻の安心も得ないのは今の人の心だ。文明の呪詛だ。馬鹿々々しい」(五三二頁)という。

また、彼は独特な自殺論を開陳する。

「死ぬ事は苦しい、然し死ぬ事が出来なければ猶苦しい。神経衰弱の国民には生きて居る事が死よりも甚しき苦痛である。従つて死を苦にする。死ぬのが厭だから苦にするのではない、どうして死ぬのが一番よからうと心配するのである」(五三七頁)。

「神経衰弱の国民」の典型である苦沙弥は生きていることでさえ「余り好いては居らん」(三一〇頁)ようだ。帝国主義時代を生きる個人も弱肉強食の国家原理の下で自国の集団的な利益を追求する国家も利欲損得を追求する。このような近代「文明」のもとで、「正直」な「善人」の生きる空間は狭まるばかりである。たとえ精神的にこのような「文明」社会を逸脱して「逸民」として生きようとしても、「国民」としての身体が現実の中に取り残されてしまう。死んで身体が寂滅しない限り、「逸民」は精神と身体が引き裂かれた状態におかれることになる。だから、「生きて居る事が死ぬよりも甚しき苦痛である」。

苦沙弥の自殺論をはじめ、独仙の無為自然論、迷亭の独身論等々を傍聴し終えた「吾輩」の精神世界はまた一段と「進化」したようである。「呑気と見える人々も、心の底を叩いて見ると、どこか悲しい音がする。悟つた様でも独仙君の足は矢張り地面の外を踏まぬ。気楽かも知れないが迷亭君の世の中は絵にかいた世の中ではない。寒月君は球磨りをやめてとう〳〵御国から奥さんを連れて来た」（五六三頁）と猫は言う。「吾輩」は「逸民」たちの超越し得ない身体の問題を悟っている。そして、「主人は早晩胃病で死ぬ」、「死ぬのが万物の定業で、生きてゐてもあんまり役に立たないなら、早く死ぬ丈が賢こいのかも知れない。諸先生の説に従へば人間の運命は自殺に帰するさうだ」、「何だか気がくさ〳〵して来た」（五六四頁）などと言う。「吾輩」は完全に「逸民」に感化され、否、「逸民」以上に現世を超脱する思考に到達したように見える。

結局、「吾輩」はビールを飲んで死ぬ。「竹林の七賢」をはじめ、陶淵明、李白など、中国の歴史上の多くの「逸民」たちが酒に生き、酒に死んでいたことを考えると、この死に方もいかにも「逸民」らしい。水甕に沈んで藻掻いていたときも、彼の精神は働いていた。苦しいのは、「上がれないのは知れ切つて」いながら、「甕から上へあがりたい」（五六七頁）からだというのだ。そして、藻掻くことをあきらめた途端に感じたのは「楽」である。それは、「日月を切り落し、天地を粉韲して不可思議の太平に入る」（五六八頁）境地である。「吾輩」は死ぬことで究極の「太平の逸民」になる。こうして、「吾輩」は自身の「逸民」としての精神と猫としての身体の引き裂かれたアポリアを乗り越えるのである。

注

1　古閑章「登場人物名称考――『吾輩は猫である』の場合」、浅野洋・太田登編『漱石作品論集成【第一巻】『吾輩は猫である』』、桜楓社、一九九一年三月、一七一―一七四頁。
2　清水孝純『笑いのユートピア　『吾輩は猫である』の世界』、翰林書房、二〇〇二年一〇月、四五頁。
3　五井信「「太平の逸民」の日露戦争」、小森陽一・石原千秋編『漱石研究』第一四号、特集『吾輩は猫である』、翰林書房、二〇〇一年一〇月、八〇頁。
4　前掲古閑章「登場人物名称考――『吾輩は猫である』の場合」、一七四頁。
5　『後漢書』は、中国後漢朝について書かれた全百二十巻からなる紀伝体の歴史書。二十四史の一つである。成立は五世紀南北朝時代の南朝宋（四二〇―四七九）の時代で、編者は范曄（三九八―四四五）である。引用文は吉川忠夫訓注『後漢書』第九冊、列伝七（岩波書店、二〇〇五年五月、五三三頁）による。
6　小尾郊一『中国の隠遁思想　陶淵明の心の軌跡』、中央公論社、一九八八年一二月、一八―二七頁。
7　前掲小尾郊一『中国の隠遁思想　陶淵明の心の軌跡』、三五頁。
8　井波律子『中国の隠者』、文藝春秋、二〇〇一年三月、八頁。
9　この部分の内容も前掲井波律子『中国の隠者』、一八―二〇頁による。

10　中国三世紀の魏晋時代に老荘思想を尊び、礼教を軽視し、世俗に背を向けた嵇康、阮籍、山濤、向秀、劉伶、王戎及び阮咸の七人がよく竹林に遊んでいたことから「竹林の七賢」と呼ばれている。

11　『吾輩は猫である』の本文引用は『漱石全集』第一巻（岩波書店、一九九三年一一月）による。

12　『太陽』、第一一巻、第一六号、一九〇五年一二月、一五九―一六〇頁。

13　森正人『展示される大和魂〈国民精神〉の系譜』、新曜社、二〇一七年三月、二八―三三頁。

14　前掲森正人『展示される大和魂〈国民精神〉の系譜』、三二頁。

15　例えば、『東京朝日新聞』では、一九〇四年五月二八日に「大和魂」の社説があり、一九〇四年五月二九日、六月三日、二六日に「大和魂」の見出しで戦死者を紹介している。

16　小森陽一『戦争の時代と夏目漱石――明治維新一五〇年に当たって』、かもがわ出版、二〇一八年一二月、一六五頁。

17　山岸徳平校注『源氏物語』第二巻、岩波文庫、一九六五年一〇月、二八三頁。

18　新村出編『広辞苑』第四版、一九九一年一一月、二五八九頁。

19　吉田松陰著、近藤啓吾全訳注『講孟劄記』（下）、講談社、一九八〇年一〇月、六三〇、六三一頁。

20　与謝野晶子が『明星』（一九〇四年九月）に載せた「君死にたまふこと勿れ」について、一九〇五年一月の『太陽』の「詩歌の骨髄」において、晶子を国家の「罪人」として糾弾した大町桂月の発言である（『太陽』、第一一巻、第一号、一九〇五年一月、一四二頁）。大町桂月は『太陽』に載せた「雑評録」でも、晶子の詩を「戦争を非とするもの」とし、「家が大事也、妻が大事也、国は亡びてもよし、商人は戦ふべき義務なしと言ふは、餘りに大膽すぐる言葉也」といち早く糾弾している（『太陽』、第一〇巻、第一三号、一九〇四年一〇月、一五七頁）。『太陽』からの引用は一部旧字体を新字体にあらためた。

21 前掲井波律子『中国の隠者』、四〇頁。
22 王瑶著、石川忠久・松岡栄志訳『中国の文人 「竹林の七賢」とその時代』、大修館書店、一九九一年一一月、一八六頁。
23 前掲王瑶著、石川忠久・松岡栄志訳『中国の文人 「竹林の七賢」とその時代』、一八六頁。

第二章　「帝国臣民」と「天下の逸民」の距離

――夏目漱石『趣味の遺伝』と「諷語」

はじめに

夏目漱石『趣味の遺伝』が『帝国文学』に発表されたのは一九〇六年一月である。作品の内部時間は一九〇五年の晩秋から初冬に設定されている。つまり、日露戦争後に締結されたポーツマス講和条約の結果に不満を持った民衆が日比谷焼き討ち事件（一九〇五年九月五日）を引き起こした後のことである。物語は、戦場から凱旋した将兵が新橋駅で迎えられる場面から始まっている。第一章で言及したように、漱石はすでに戦時中から執筆していた『吾輩は猫である』（一九〇五年一月―一九〇六年八月）で、日露戦争に昂揚する世の中に背を向け、無用な「駄弁」を繰り広げ、「国民精神」を体現する「大和魂」を皮肉る「太平の逸民」たちを活写している。だが、『吾輩は猫である』では、戦争で国民が強いられた犠牲にさほど言及したわけではない。しかし、

『趣味の遺伝』においては、冒頭から日露戦争の凄まじい暴力、残虐な殺し合い、悲惨な犠牲という現実がいきなり読者の目の前に提示される。語り手の「余」はこれを「詩想」（『漱石全集』第二巻[1]、一八六頁）と称している。

> 陽気の所為で神も気違になる。「人を屠りて餓えたる犬を救へ」と雲の裡より叫ぶ声が、逆しまに日本海を撼かして満洲の果迄響き渡つた時、日人と露人ははつと応へて百里に余る一大屠場を朔北の野に開いた。すると渺々たる平原の尽くる下より、眼にあまる獒狗の群が、腥き風を横に截り縦に裂いて、四つ足の銃丸を一度に打ち出した様に飛んで来た。狂へる神が小躍りして「血を啜れ」と云ふを合図に、ぺら〳〵と吐く焔の舌は暗き大地を照らして咽喉を越す血潮の湧き返る音が聞えた。今度は黒雲の端を踏み鳴らして「肉を食へ」と神が号ぶと「肉を食へ！肉を食へ！」と犬共も一度に咆え立てる。やがてめり〳〵と腕を食ひ切る、深い口をあけて耳の根迄胴にかぶり付く、一つの脛を啣へて左右から引き合ふ。（一八五頁）

しかし、この戦争の残虐さに浸る間もなく、読者はその直後に、「余」が新橋駅で戦場から凱旋した将兵たちと熱狂する群衆に遭遇する場面に引き込まれる。「余」には群衆の万歳がなぜか戦場における生死の狭間の兵士たちの「咄喊」（一九一頁）に聞こえてしまう。戦争の惨烈さを心身に刻み込んだ将軍を見た「余」の身体的な反応は、万歳の歓呼ではなく「涼しい涙」（一九二頁〉を流すことであった。さらに「余」は、戦死した親友「浩さん」とその母親を思い出し、その翌日、早速「浩さん」の墓参りに行く。そこではまた、「浩さん」の戦死の〈現場〉が〈再現〉されている。このように、「余」の意識をたどっていくと、喜ばしい凱旋風景の陰画である凄惨な戦争とそれに伴う犠牲の問題に読者はぶつからざるを得ない。一方で、「浩さん」の墓参りに現れた若くて美しい女性「寂光院さん」が登場したくだりから、「余」は「好奇獣」(二二四頁)として、「浩さん」と「寂光院さん」との間の神秘的な儚い恋を彷彿とさせる「趣味の遺伝」(二四二頁)の物語を〈立証〉していく。一見、読者も思わず「余」の「清き涼しき涙」(二四六頁)に感傷を誘われて、冒頭の戦争の現実が〈忘れ去られて〉いく形で、テクストはその結末まで「趣味の遺伝」の物語として語られることになる。

表層の語りに不可解な謎と空白が存在しているのは、漱石の作品に多く見られる傾向であるが、『趣味の遺伝』においてもそれは同様である。物語の主題は、一見「趣味の遺伝」へと収斂されていくが、「寂光院さん」がどのような経緯で「浩さん」の墓参りに来ているのかは明確に語られていない。「余」がたどり着いた「趣味の遺伝」説も神秘的な域を脱していない。特に重要な謎は、このテクストに内包されている戦争のリアリティと男女の神秘的な恋情が「分裂した二つの主題」[2]として、テクストの中でどのように統合されているのかという問題である。つまり、日露戦争の現実がこのテクストの全篇にどのように織り込まれているのかという問題が存在する。創作に当たる作家の意識を分析することを通して、この作品を厭戦文学、戦争文学として位置づける駒尺喜美や大岡昇平の議論もある。[3] だが、同時に、大岡昇平は、「国家意識に関する限り、『余』は一種の仮死の状態にある」と指摘しているように、[4] 確かに「戦争批判」の「叙述を積極的に担う主体としては」「あまりにも弱い」[5] という五島慶一の読みも可能である。しかし、同じ時空を共有している周りの「帝国臣民」(一八八頁)との異質性を見逃すのは、語りの行間に広がるテクスト空間への目配りが欠けており、「余」への理解が表層にとどまっていると言わざるを得ない。一方、「未帰還の死屍がるいるいと横たわっていることを、この語り手は忘れ得ない」という竹盛天雄の指摘や、[6]「彼は自らが帝国臣民であると本気で信じてはいない」という堀井一摩の指摘もあるが、[7]「余」が自称する「天下の逸民」(一九〇、一九一頁)と「帝国臣民」の関係性についてさらに解明する必要がある。また、「余」の語りのレベルで二つの主題がテクストの中で具体的にどのように統合されているのかについて、先行研究では十分に検証されてこなかった。

では、戦争という現実の残虐な事件と対照的な「趣味の遺伝」という神秘的な主題との間にどのようなレトリックが仕掛けられているのだろうか。この謎解きには、テクストで「余」により提示されている「諷語」に大きな可能性が隠されているだろう。「余」は「寂光院事件の説明が此篇の骨子」(二四四頁)だと言うと同時に、「寂光院事件」の説明に「諷語」の概念を導入している。従って、「寂光院事件」と密接な関係を持つ「趣味の遺伝」説はテクストが提示している最も重要な「諷語」である可能性が浮上する。本章では、「余」の語りに寄り添い、謎への肉薄を試みつつ、この「諷語」的な構造を通して何が浮き彫りにされているのかを考察してみたい。

そこでは、「帝国臣民」から疎外された「天下の逸民」の姿も明らかになってくるだろう。

第一節 「諷語」とは

「諷語」について、「世間には諷語と云ふがある。諷語は皆表裏二面の意義を有して」、「表面の意味が強ければ強い程、裏側の含蓄も漸く深くなる」（二一八頁）と「余」はいう。そして、「余」が「諷語」の説明に取り上げたのはシェークスピアの『マクベス』である。

魔女と妻に唆された勇将マクベスは、夫婦で共謀して主君のダンカンを自宅に招き、寝室で殺害してしまう。その直後に、ダンカンの臣下がマクベスの城に訪ねてきて、門を敲く。その応対に出てきた泥酔した門番は、陽気で滑稽なことをしゃべりたてる。

「是が対照だ。対照も対照も一通りの対照ではない。人殺しの傍で都々逸を歌ふ位の対照だ」（二一六頁）という。この表裏対照的な要素が「融合」（二一五頁）し合い、「滑稽の裏には真面目がくつ付いて居る。大笑の奥には熱涙が潜んで居る。雑談の底には啾々たる鬼哭が聞える」（二一八頁）という。

実は、「余」がレクチャーする「諷語」は、漱石が『文学論』（一九〇七年）で提示している「仮対法」と類似している。この「仮対法」について、漱石は、「かの *Macbeth* の門衛の場の如きは其適例とするに足らんか」、「弑逆の血未だ乾かざる時に登場し来る」門番の「囈語」という

「配合」は「対置なるに拘はらず」、「緩和法にあらず」、「強勢法にあらず」、「仮対法は自から分明なり」としている（『漱石全集』第一四巻、三四七頁）。「対置法」とは「異種殊に反対のfを配合する場合[8]」（同上、三三二頁）を指す。「対置法」の中で「緩和法」（「f－f′」）と「強勢法」（「2f或は2f′」）と区別されているのが「仮対法」（「f＋f′」）である（同上、三四六頁）。

一方、「余」は、「マクベスの門番が解けたら寂光院の美人も解ける筈だ」（二一九頁）と言い切る。「古き空、古き銀杏、古き伽藍と古き墳墓」と「花の様な佳人」が「円熟無礙」な感動を呼び起こすように「融合」していると言っている（二一四、二一五頁）。『文学論』における漱石の「仮対法」に対する解釈にせよ、『趣味の遺伝』における「余」の「諷語」に対する語りにせよ、そこにおける表裏対照的な要素から共通項として浮かび上がるのは、「表裏二面」の〈併存〉である。これが「余」の語りに織り込まれた「諷語」を読み解いていく上で重要な要素になるだろう。

第二節　「諷語」としての戦勝凱旋式

「帝国臣民」から疎外された「天下の逸民」

自称「学者」（二一五頁）である「余」の冒頭の「詩想」から、日露戦争に対する彼の意識と無意識が垣間見られる。まず「神も気違になる」という言葉は、この戦争においては、善悪も大義名分も成立していないことと、無意味な殺し合いと犠牲が伴っていることを示している。周知のとおり、当時日本が日露戦争に踏み入った背景には、日本とロシアが主に朝鮮（韓国）と中国の満洲をめぐって植民地的利権を争っていたことがある。同様に、アメリカやイギリスも満洲における経済的利権を狙っていた。そこで、日本はロシアの満洲への不法占拠を開戦の大義名分とした。だが、「余」の「詩想」はこの大義名分を軽々しく崩壊させている。ここでは、軍人たちの戦場での悲惨な戦死は「犬に食はれ」（一八六頁）るに等しく、その犠牲に積極的な意味合いが全く感じられない。

しかし、このような彼の特異な「詩想」はストーリーの進展に伴い時々揺らいでいるように見える。新橋駅で日露戦争から凱旋した将兵を出迎えに来た群衆の中で西洋人を見かけた「余」は、「帝国臣民たる吾輩」（一八八頁）として意気込む。この時の「余」は立憲君主制の近代国民国家である日本の「国民」――「帝国臣民」――の一員であることを、日本「国民」の外部的な存在である西洋人によって、触発され認識させられている。だが、いざ将軍を見た群衆が万歳を唱えだすと、なぜか万歳の声が出てこない。その代わりに、「胸の中に名状しがたい波動が込み上げて来て、両眼から二雫ばかり涙が落ちた」（一九〇頁）。西洋人を見て警戒感や対抗意識の中で煽り立てられたナショナリスティックな感情は、周囲の日本国民という共同体意識を持つ民衆とうまく一体化できていない。彼は、一種の疎外感を覚えている。将軍の「日に焦げた色」と「胡麻塩」の髭と、「頗る瘠せて居た」様子を見た途端、「いくら戦争が続いても戦争らしい感じがしない」、「天下の逸民」である自分が、「満洲の大野を蔽ふ大戦争の光景があり〳〵と脳裏に描出せられた」（一九〇、一九一頁）と、「余」は自己分析している。周囲の歓呼の万歳がいつの間にか戦場の兵士たちの「よくせきを煎じ詰めて、煮詰めて缶詰にした」「咄喊」の反響と化し、「余が将軍を見て流した涼しい涙は此玄境の反応だらう」（一九二頁）という。さらに、その後、凱旋した兵士たちを見て、「余」は旅順攻撃の戦場で戦死した親友の「浩さん」を思い出す。つまり、「余」の意識は万歳を歓呼する「帝国臣民」の盛り上がる戦勝ムードに同化しそうでいながら、同化を回避して戦場の「詩想」に引き戻されている。「余」の語りのレベルでは、凱旋歓迎式は「諷語」的要素が濃厚である。群衆が戦勝ムードに熱狂し歓呼する万歳と戦場で「よくせきを煎じ詰めて」発する「咄喊」は、凱旋歓迎式の表裏を成して、「余」の中で〈併存〉しているのだ。

「余」が「帝国臣民」との間で保つ精神的な距離は、彼の「天下の逸民」と自称する所以を示している。「天下」という概念はもともと「上古から近代にいたるまで一貫して、中国人の世界像を表象する中核概念」で、天命を受けた天子が秩序の求心点となる「地理的限定のない空間」を指す。[9]「天下」概念に、明確な国境意識はない。その「民」が国家への帰属意識が希薄である。従って、「余」が自称する「天下の逸民」とは、近代国民国家の「国民」以前の、明確な国境や国家意識がないゆるい天下システムのもとの「民」に近い。さらに、「逸民」であることは国家権力や政治社会からも遠ざかった存在であることを意味している。「余の如きは黄巻青帙の間に起臥して書斎以外に如何なる出来事が起るか知らんでも済む天下の逸民である」（一九〇、一九一頁）というのは、学校講師である彼が徴兵制から自由であることを意味する上に、彼が「帝国臣民」と違う視点から戦勝凱旋式を「表裏二面」のある「諷語」として捉えていることも意味している。

読者に訴える「余」の語り

「諷語」的な要素を何より強く示しているのは、「余」が想像の中で再現する「浩さん」の戦死の場面であろう。「偉大な男である」「浩さん」も「鍬の先に掘り崩された蟻群の一匹の如く」、「杓の水を喰つた蜘蛛の子の如く蠢めいて」（二〇〇頁）、人間として生きる権利を奪われ、塹壕に「死ぬ為めに飛び込」（二〇三頁）む以外の選択はなかつた。そこで、「余」は繰り返し「浩さんはまだ坑から上がつて来ない」（二〇四、二〇五頁）と訴える。この一句は同じ時空を生きる当時の読者に届く力を強く持っていたに違いない。つまり、凱旋歓迎式という表の戦勝ムードの裏には、払拭しえない戦争のリアリティが常に「余」の意識の中で召喚されている。読者も「余」の語りに沿っていけば、もちろんこの戦勝ムード（「万歳」）から「詩想」（「咄喊」）へ、再度戦勝ムード（凱旋した軍曹とその息子を迎えに来た母親）から「詩想」（「浩さん」の戦死の場面）へと繰り返したどることになる。たとえ「余」が麻布云々を持ち出して茶化そうとしても、その語りには読者の意識が戦場に連れ戻される効果が備わっている。さらに言うと、この麻布の挿話にも「諷語」的な要素が付随している。開戦間もない「去年の春」、「麻布のさる町」の「高い練塀のある広い屋敷のうち」(一九三頁)から聞こえてきた、上流階層の女性たちの楽しそうな笑い声の背後には、夫や息子をやむなく戦場に送り出した、また送り出そうとしている妻や母親たちの涙が想像できる。「余」が見ていたのは日露戦争の開戦(去年の春)と終戦(凱旋歓迎式)を彩る二つの「諷語」的な存在であろう。

実は、この凱旋式にはもう一つのトリックが仕掛けられている。「余」が見た「凱旋将軍」はテクストに出てくる「乃木大将」であると思われがちだが、[10]当時の『朝日新聞』を見ればわかるように、ここの「凱旋将軍」は決して現実の乃木希典ではない。テクストの内部時間は「冬の取つ付き」(二〇八頁)の初冬である。乃木将軍が同じ新橋駅に凱旋したのは一九〇六年一月一四日だから、読者が『趣味の遺伝』(初出は一九〇六年一月一〇日発行の『帝国文学』)を読んでいるのは、ちょうど乃木将軍凱旋の直前である。テクストの中では「凱旋将軍」の名前がはっきりと示されていないが、「浩さん」は「乃木将軍が目出度凱旋しても上がる事は出来ん」(二〇四頁)、と「余」は語っている。従って、読者は「余」が遭遇したのは乃木将軍の凱旋式だと錯覚を起こしやすい。日露戦争時、乃木が率いた第三軍は一番過酷な旅順攻囲戦を担当し、三回にわたる旅順攻撃に当たって、おびただしい若い兵士が命を落とした。「浩さん」も、一九〇四年一一月二六日午後一時に行われた「松樹山の突撃」、つまり第三回旅順総攻撃で命を落とした。よって、「乃木将軍」を仄めかすことでテクストは読者に強い臨場感をもたらし、同時代の読者が「余」

の語りに〈同化〉しやすく仕向ける。

第三節　「諷語」としての乃木凱旋

乃木と「狂神」

一方、見逃せないのは、乃木希典こそ「諷語」的な要素を色濃く纏っている存在であることだ。現実の乃木将軍が凱旋した前後の『東京朝日新聞』は、「乃木大将凱旋」の記事で持ち切りだった。特に一月一五日「凱旋門　乃木大将凱旋（無比の大歓迎）」では、「東京市民の歓迎は何に譬へん様もなき盛大を極めたり」、「煙花」に「祝砲」に「萬歳大歓呼」の「怒涛狂瀾」の様子が書かれている。しかし、この「目出度」い凱旋と表裏となっているのはおぞましい現実である。日露戦争で乃木自身も二人の息子を戦死させている。その上、旅順攻囲戦において正攻法を取り、三回にわたる旅順攻撃を敢行し、悪戦苦闘の末多くの若い将兵を戦死に追いやらざるを得なかった現実が横たわっている。「乃木大将」の凱旋で盛り上がれば盛り上がるほど、戦場における将兵たちの悲惨な犠牲が当時の読者の中で喚起されるだろう。

旅順攻囲戦で司令官を務めた乃木将軍は、その「作戦の不首尾」により兵士たちを「犬死」させたとして、「狂神」に見立てられがちである。[11] 一理があるが、たとえ戦場で乃木が進撃の命令を出したり、作戦で失策したりしているにしても、それらの行為は、ただ当時の日本政府と天皇の命令に従ったに過ぎない。明治天皇に「殉死」した乃木は「聖将」[12]として、部下の将兵たちの戦死を断腸の思いで見つめていたはずである。実際、「余」が目撃している「凱旋将軍」も戦争の「結果の一片」(一九一頁)にすぎず、決して「狂神」ではない。しかも、乃木自身も二人の息子を〈犠牲〉として「狂神」に〈差し出し〉ているのだ。まるでアブラハムが一人息子のイサクを神の指示に従い屠って神への犠牲にしようとした如く[13]。

では、ここの「狂神」とは何を意味しているのだろうか。もちろん日露両国の戦場の司令官ではない。彼らも国の命令に従っているに過ぎない。漱石が戦争中に発表した詩「従軍行」(一九〇四年五月)に書かれている「天子の命ぞ、吾讐撃つは」、「臣子の分ぞ、遠く赴く」(『漱石全集』第一七巻、五三〇、五三一頁)は、この「狂神」の意味を物語っているようである。そこには、国家と天皇の影がある。だが、さらに日露両帝国の背後に中国の満洲における植民地的経済利益を狙っていたイギリスやアメリカなどの列強がある。そして、戦場で国民を犠牲にすることも厭わないように列強を駆り立てていたのは当時世界を席巻していた帝国主義の嵐である。この「狂神」は当時の人々の精神世界を支配していた帝国主義イデオロギーそのものというのが最も妥当かもしれない。さらに、注目すべきなのは、「吾讐撃つ」の「讐」とは日本が初めて発動した帝国主義的戦争である日清戦争の〈遺恨〉であろう。ロシア、フランス、ドイツの「三国干渉」に強いられた遼東半島の還付には多くの日本国民が当初から屈辱を感じ、「臥薪嘗胆」が広く唱道された[14]。日清戦争において獲得した植民地的利権をロシアに横取りされた「讐」を打つのは、日露戦争の大義名分の背後にあるもう一つの動機だろう。帝国主義的戦争の一つの目立つ特徴は領土をはじめとする植民地的利権の争奪である。そこには一種の「犠牲」の論理が働いていた。

「犠牲」の論理

「乃木大将」をはじめとする凱旋将兵が盛大に歓迎される背景には、帝国とその国民が、彼ら戦争に駆り出される将兵たちを帝国主義という「狂神」に「犠牲」としてささげるその先に、植民地的利権の見返りを見込んでいることが垣間見られる。犠牲の大きさに見合わない講和条約に対する民衆の反発と位置付けられている日比谷焼き討ち事件は、まさにその期待が裏切られた時の民衆の心理を端的に物語っていると言えよう。成田龍一が指摘しているように、講和条約に反対する民衆により、「『十万の碧血如何せん』と記した風船が飛ばされ[15]」ていたことが、これを示唆している。同時に、『趣味の遺伝』の描写からも凱旋将兵歓迎式は盛大に行われていたことがうかがえるが、その一方で、戦場における「悲惨さも無惨さもおぞましさもきれいに拭い去られ[16]」ていることは見逃せない。そこには「犠牲」の論理が過不足なく表現されているからだ。

高橋哲哉は『国家と犠牲』のなかで、「イサク奉献」に見る古代からの「犠牲」文化と現代日本の「犠牲」の論理の共通点について指摘している。高橋によると、第二次世界大戦後、日本の平和と繁栄は「種々の歴史的要因が作用して」もたらされたにもかかわらず、日本の「平和と繁栄」のための「尊い犠牲」としてアジア太平洋戦争中に戦死した将兵を位置づけることにより、「将兵の戦死の無惨さ、おぞましさを隠蔽し、抹消するという効果」を得たという。[17]同様の「犠牲」の論理は『趣味の遺伝』の凱旋歓迎式の文脈に置き換えることが可能である。凱旋歓迎式に熱狂する群衆が「万歳」を歓呼する裏で、植民地的利権のための「尊い犠牲」が前提になっているのは自明であろう。だが、「余」がこの「犠牲」の論理に囚われていないのもまた明らかである。「余」は凱旋歓迎式の群衆に同化しかけたところで、戦場を想起し、「浩さんはまだ坑から上がつて来ない」と繰り返し読者に訴えている。この「余」の語りには「乃木凱旋」の「諷語」的な要素を読者の中で喚起する可能性を備えている。まるで、「余」がこの「犠牲」の論理に抗おうとしているように。こう見ると、「余」の〈気楽〉な、〈諧謔的〉な語りも、一種の韜晦にしか見えない。当時の帝国主義や植民地主義的利権を争奪するために展開している列強同士の戦争の本質を、「余」はかなり見抜いていると言えよう。

さらに、「犠牲」の論理は「国民」と切っても切れない関係がある。明治二二（一八八九）年の徴兵制改正以来、国民が広く徴兵の義務を負うようになった。戦場に赴く若い兵士だけではなく、銃後の家族もその「犠牲」を負わされることになる。

「寂光院さん」の謎

「余」は「寂光院事件の説明が此篇の骨子」だと言うと同時に、「寂光院事件」の説明に「諷語」の概念を導入している。「寂光院事件」とは「余」が「浩さん」の墓参りに「寂光院」にやってきたところ、「浩さんも同居して眠つて居る河上家代々之墓」（二一一頁）の前で「しやがんだ儘熱心」に「礼拝」（二一二頁）している女性に遭遇したことを指している。「余」は非常に驚き、華やかな装いをしたその女性の美しさに目を奪われていた。すると女性は顔を真っ赤にして「余」とすれ違って去っていく。寂光院の「古き空、古き銀杏、古き伽藍と古き墳墓が寂寞として存在する間に、美しい若い女が立つて居る」、「非常な対照である」（二一四頁）と「余」はいう。さらにこの華やかな女性が寂光院の「蕭条」たる「光景と映帯して索寞の観を添へる」のは、「是も諷語だからだ」（二一九、二二〇頁）という。

実際、「寂光院事件」の「諷語」的な要素はこれにとどまらない。「浩さん」が「こんな美人が、こんな美しい花を提げて御詣りに来るのも知らずに寐て居る」（二一一頁）のも対照的ではないだろうか。実際、花まで提げて墓参りに来たこの美しい女性に対する詮索は、「余」に「浩さんは去年の十一月塹壕に飛び込んだぎり、今日迄上がつて来ない」（二一一頁）という対照的な事象を想起させるからだ。一方で、この「寂光院事件」の「探究」（二二七頁）の末に「余」がたどり着いたのは、「趣味の遺伝」という仮説である。紀州藩の歴史に詳しい老人から、「浩さん」と「寂光院さん」の祖父母世代の成就できなかった恋の話を聞き、「浩さん」と「寂光院さん」はその先祖から容姿を受け継いだだけではなく、「父母未生以前に受けた記憶と情緒が、長い時間を隔て丶脳中に再現」（二四二頁）されたのではないかと推論する。

しかし、結局、「趣味の遺伝」という神秘的な悲恋物語の謎は「余」の語りにより解かれていない。「寂光院さん」は、どのような経緯で河上家のお墓参りに来て、どのようにして「浩さん」の日記の内容を知ったのかは定かでない。この謎は当時の戦争犠牲者の遺族のケアと関連して考える場合、一つの答えが得られるかもしれない。

「浩さん」の日記にはこう書いてある。「只二三分の間、顔を見た許りの女を、程経て夢に見るのは不思議である」、「旅順へ来てから是で三度見た」（二二九頁）。つまり、たとえ「浩さん」と「寂光院さん」が本当に郵便局で邂逅していたとしても、一緒にいたのはほんの二三分のことだった。この短い間に、良家の令嬢である「寂光院さん」が見知らぬ男性「浩さん」の「宿所姓名を其時に覚え込んだ」（二三〇頁）という「余」の推測はほぼ可能性がないだろう。ましてやお墓の位置まで知りうるはずがない。しかも、もし本当に「余」が導き出した「父母未生以前」の「趣味の遺伝」により、「寂光院さん」も何か感じたのかと言えば、そうでもないようである。「浩さん」の日記を見せられた彼女は、「それだから私は御寺参をして居りました」（二四六頁）

と答えている。多くの指摘があるように、この「それ」には確定した解釈ができない。ただし、「浩さん」は「死は早晩余を襲ひ来らん」（二三一頁）という緊張状態のなかで、気になる女性の夢を見ても不思議ではない。一方、「寂光院さん」の「それ」というのは、現実的に考える場合、彼女が日記の内容についてどこかで耳にしている可能性を示唆しているだろう。

大江志乃夫によると、日露戦争時には徴兵制のもとで、「天皇と国民との本質的な緊張関係」が表面化し、国民の犠牲に対して国家が「扶助政策を講じなければならなくなった」。そこで、「下士卒の遺家族の生活の面倒」は、まずその親族が、およばない場合は村落共同体が、さらにその上に地方名望家などが中心となった民間団体が見るという原則が国家により制度化されていたという[18]。すると、周りに面倒を見てもらっていた「浩さん」の母親は、親戚や藩邸との間で「浩さん」の情報を共有している可能性が大きい。日記のことも藩邸に伝わっていただろう。一方、藩邸に出入りしていた「寂光院さん」はそれを聞き、日記に書いたとおりに白い菊を「浩さん」のお墓に供えた。「それだから私は御寺参をして居りました」という「それ」は、彼女が日記の内容を知っていることを示していると言える。国家の政策として犠牲者と遺族への扶助がその周りの国民に求められていたのであるから、彼女に「浩さん」の母親を慰めてあげてほしいという「余」の願いをその兄が「一も二もなく承諾してくれた」（二四六頁）のもこのためだったのだとわかる。

「清き涼しき涙」が物語るもの

しかし、「余」は直接彼女に真実を聞き出そうとしない。そして、自分の中で都合よく「趣味の遺伝」の物語を完結させている。実際、彼は「学問上」の問題として奔走して「研究」(二三五頁)した結果、「寂光院さん」と「浩さん」の母親を引き合わせ、「余は此両人の睦まじき様を目撃する度に、将軍を見た時よりも、軍曹を見た時よりも、清き涼しき涙を流す」(二四六頁)として、読者を感傷へと誘っている。

「余」が将軍を見て流した涙の理由は、死に追いやられていく戦場の兵士たちの「咄喊」を想像しているからだ。そこには凱旋歓迎式の「諷語」的な存在が明らかにされている。では、ここで「清き涼しき涙を流す」時に、「余」は何を想像しているだろうか。

前述したように、このテクストでは、「余」が明らかに示している「諷語」的な存在は「寂光院さん」である。そして、「マクベスの門番が解けたら寂光院の美人も解ける筈だ」とさながら読者に「諷語」のレクチャーをしている。そうであれば、将軍を見た涙が解けるなら「寂光院さん」と「浩さん」の母親を見た時の涙も解けるはずである。つまり、「余」の「花の様な佳人」への好奇心あるいは恋心から作り出されたものとおぼしき、一見ほのぼのとした「趣味の遺伝」の物語が、実は表裏の対照的な要素を内包していることを示唆していると言えよう。

「趣味の遺伝」説は二代の悲恋物語を通して成立しているが、そのどちらにおいても、二人の男女の純粋で美しい恋が、「御上」の意志により無惨に引き裂かれるという現実と表裏をなしている。日露戦争と同時期の作品として、夏目漱石には一九〇五年の『幻影の盾』がある。その中では現実の戦争への言及はないが、「君の為め国の為めなる美しき名を藉りて、豪釐の争に千里の恨を報ぜんとする心からである」(『漱石全集』第二巻、五五頁)と戦争の不条理を想起させるくだりがある。この作品では、城主としての「御上」の「御意」(二四一頁)により引き裂かれた一対の男女が、「幻影の盾」の中のユートピアの世界で再度巡り合うという「趣味の遺伝」と似通った結末を迎えている。しかし、「幻影の盾」の世界は結局幻影と現実が融合している「諷語」に過ぎない。

これらの作品が日露戦争中から凱旋に盛り上がる戦争直後にかけての間に書かれていることは非常に示唆的である。残虐な戦争と、それとは対照的なユートピア的な世界とを作品の中に共存させながら、後者の物語を提示する作品の題名自体が、すでにテクストの「諷語」的構造を物語っている。『趣味の遺伝』では、「余」が「将軍を見た時よりも、軍曹を見た時よりも、清き涼しき涙を流す」のは、彼が目撃している「両人の睦まじき様」が「趣味の遺伝」というユートピアを最も体現しているからだ。つまり、その「両人の睦まじき様」と表裏となって現れるのは「浩さんはまだ坑から上がつて来ない」という現実と、息子を失った母親と〈恋人〉を失った若い女性の計り知れない悲しみである。さらに、「余」は無意識のうちに知覚しているかもしれないが、ここでの「両人の睦まじき様」もやがて消えゆく幻影にすぎない。「寂光院さん」と「浩さん」

の母は偽の嫁姑関係にすぎず、「寂光院さん」がやがて嫁いでしまえば、この関係も自然と解消して母親が一人残されるのだ。「余」は二人と会う度にこれらのことを意識的無意識的に頭の中で繰り返すことになり、憐れさに涙を流していただろう。一方、「余」の語りはさらに「御母さんも坑の中へ飛び込むかも知れない」（二〇六頁）という現実を読者に想起させてやまない。精神的な危機に陥っている「御母さん」も「趣味の遺伝」というユートピアを必要としている。これはまた「趣味の遺伝」説の「諷語」的要素を同時に補強している。このような意味でも、「余」が編み出した「趣味の遺伝」説は『趣味の遺伝』における最も重要な「諷語」として機能しているのである。

おわりに

このテクストで、『マクベス』の門番の狂言に見る「諷語」に一番当てはまるのは凱旋歓迎式だろう。膨大な「犠牲」を「狂神」に捧げたあとの戦勝ムードがまさに「人殺しの傍で都々逸を歌ふ位の対照」的な要素を内包しているからだ。「乃木大将」の凱旋騒ぎはその端的な表象とも言える。次は、「寂光院さん」と「御母さん」の「両人の睦まじき様」というユートピアと、それに覆い隠された現実が織り成す「諷語」であろう。その現実というのは、戦争により引き裂かれた男女と銃後の遺族の精神的な危機である。この作品は、このように、幾重にも「諷語」が織り込まれ、「趣味の遺伝」というユートピアと日露戦争の悲惨なリアリティを対置させている。実際、「余」の意識と語りをたどっていくと、読者は度々表裏対照的な「諷語」に逢着する。「余」の「諷語」についてのレクチャーがさらに読者に「諷語」への知覚を促す装置として働く。よって、「寂光院さん」の兄にあたる小野田博士のような「何も知らぬらしい」(二四六頁)読者も「余」と同じ「諷語」を辿って「詩想」に引き戻される可能性がテクストに秘められているのである。

では、なぜ「余」がこのような「諷語」的な現実を知覚できたのだろうか。それはほかでもなく、「余」が「帝国臣民」になりきれていない「天下の逸民」であるからだ。彼は高揚感漂う「凱旋歓迎式」で巻き込まれた「帝国臣民」たちによる「万歳」の嵐の中で、近代国民国家や「国民」の外部を意識させるナショナリスティックな衝動と共に、常に帝国主義的戦争の暗部を想起していた。そして、「凱旋」のために「国民」が払わされた凄惨な犠牲を忘れることも出来なかった。それは「天下の逸民」である「余」が「帝国臣民」と一体化できない所以でもある。そして、「余」はこの「帝国臣民」との間で距離を保つことで知覚できた現実を読者に「諷語」を通して訴えている。この「余」からのメッセージを最初に受け取るのは、ほかでもなく『趣味の遺伝』が掲載された『帝国文学』の読者であろう。『帝国文学』は東京帝国大学文科関係者による帝国文学会の機関雑誌である。従って、その読者も東京帝国大学文科関係者のエリートたちが中心である。

この点で、テクストの結末が「博士は何も知らぬらしい」（二四六頁）といういかにも余韻を残す言葉で結ばれているのは示唆的である。この言葉は銃後の「何も知らぬらしい」同時代のエリート階層である「小野田博士」たちへのメッセージとして理解できよう。このテクストは「諷語」的な全体構造を通して、神秘的な「趣味の遺伝」の物語と日露戦争のリアリティという「分裂した二つの主題」を巧みに統合しているばかりではなく、「諷語」への読解を期待する語り手から読者への積極的な働きかけも仕掛けられていると言えよう。このような「天下の逸民」の語りに訴えられて、銃後の読者はもはや戦争と犠牲の残虐さから目を逸らすことができなくなったにちがいない。

1　『趣味の遺伝』からの引用はすべて『漱石全集』第二巻（岩波書店、一九九四年一月）に拠る。
2　大岡昇平「漱石と国家意識――『趣味の遺伝』をめぐって」『世界』（三三六）、岩波書店、一九七三年一月、三一五頁。
3　駒尺喜美は「漱石は戦争に対する批判をひそかにいだいていた」、「『趣味の遺伝』は、漱石における厭戦文学であった」と指摘している（駒尺喜美「漱石における厭戦文学――『趣味の遺伝』」『日本文学』二一（六）、日本文学協会、一九七二年六月、四六頁）。また大岡昇平は「漱石の意識は国家にも社会にも権力にも還元され得ない部分がある」と述べ、『趣味の遺伝』を戦争文学と位置づけている（大岡昇平「戦争と愛と――続・『趣味の遺伝』をめぐって」『世界』（三三七）、岩波書店、一九七三年二月、二六五頁）。

4　前掲大岡昇平「戦争と愛と——続・『趣味の遺伝』をめぐって」『世界』(三二七)、二六五頁。
5　五島慶一「表現・構造から考える『趣味の遺伝』——戦争への想像力と慰問者・慰霊者としての語り手「余」」『三田国文』四八、慶應義塾大学国文学研究室、二〇〇八年一二月、七三頁。
6　竹盛天雄は「余」自体が「諷語」的な存在であると指摘しているが、テクストの「諷語」的な構造に言及していない。(竹盛天雄「『趣味の遺伝』……「諷語」の仕掛け」『漱石　文学の端緒』、筑摩書房、一九九一年六月、一八四頁)。
7　堀井一摩「〈銃後〉の戦争表象——夏目漱石『趣味の遺伝』」「社会文学」三一号、特集日露戦争と文学、日本社会文学会、二〇一〇年六月、四九頁。
8　漱石が『文学論』で提示している中心命題である「F＋f」の「Fは焦点的印象または観念を意味し、fはこれに附着する情緒を意味す」ることになっている(『漱石全集』第一四巻、二七頁)。
9　豊田久・長谷部英一・小島毅・佐藤慎一「天下」、丸山松幸「華夷」、溝口雄三・丸山松幸・池田知久編『中国思想文化事典』、東京大学出版会、二〇〇一年七月、一三七頁。
10　例えば、堀井一摩は硲香文の指摘に賛同し、ここでの将軍は乃木将軍だと読み取っている(前掲堀井一摩「〈銃後〉の戦争表象——夏目漱石『趣味の遺伝』」、四九—五七頁)。
11　前掲堀井一摩「〈銃後〉の戦争表象——夏目漱石『趣味の遺伝』」、四九—五六頁。
12　大江志乃夫『日露戦争と日本軍隊』、立風書房、一九八七年九月。二七五頁。
13　新共同訳『聖書』、日本聖書協会、一九八七年、三一頁。
14　例えば、一八九七年八月一五日の『東京朝日新聞』「臥薪嘗胆實行談」では、『遼東還附の汚辱』や「臥薪嘗胆」が言及されている。
15　成田龍一『大正デモクラシー』シリーズ日本近現代史④、岩波新書、二〇〇七年四月、四頁。
16　高橋哲哉『国家と犠牲』、NHK出版、二〇〇五年八月、二九頁。

17　前掲高橋哲哉『国家と犠牲』、一八―二九頁。

18　前掲大江志乃夫『日露戦争と日本軍隊』、一五〇、一五一頁。

第三章　「逸民」と「気狂」を「立方的」に読む

——夏目漱石『草枕』における「文明」・戦争・「憐れ」

はじめに

『草枕』（初出一九〇六年九月『新小説』〔日本〕）は「人の世」から逃避したいという画工の願望とその不可能性が表裏をなしているテクストである。那古井というまるで「桃源郷」のような世界にやってきても、画工はこのアポリアから逃れられない。そこで彼が辿り着いたのは「非人情」という境地であった。この「非人情」は、中国古代の隠遁詩人陶淵明（三六五—四二七）や、唐代の山水詩人王維《おうい》（七〇一—七六一）の詩境と共鳴している。これらの詩は「超然と出世間的に利害損得の汗を流し去つた心持ちになれる」「別乾坤」（別天地）を「建立して居る」（『漱石全集』第三巻、一〇頁[1]）からだ。画工の「非人情」も、「利害は棚へ上げ」、「俗念を放棄して」、「塵界を離れた」「心持ち」（九頁）が肝心である。つまり、「非人情」とは、俗世間の人間の間の利害損得を離れた悠然とした精神的な境地を指している。

では、常に俗世間に身を置きながら、画工はいかに利害が交錯する現実から心理的な距離をおき、現実を超脱する「別乾坤」を獲得できるだろうか。そのためには、世の中の様々な利害や葛藤が交錯する「立方的」(一二頁)な現実の中にいる自身をも含めた人間を、利害や葛藤をそぎ落として芸術的な美に収斂させた「平面」的な「画中の人物」(一二頁)に見立てる内面操作が必要である。つまり、社会の中で人間同士が利害交渉を持つのは当然だが、画工はそれを「平面」的な「画中」に封じ込め、自分との利害交渉を限りなく稀薄にし、「芸術の方面から」「美か美でないか」、「遠き上から見物する気」(一三頁)である。そのために、画工は自己の内面を統制し、作為的に情報の排除や思考停止を行う必要性がある。

しかし、画工のこの作為的な内面操作はそううまくいかない。「画中の人間」も「おのがじ、勝手な真似をする」(一二頁)ものである。画工の意識は常に外部、すなわち周りの人間とその言動から来る利害葛藤の刺激に晒されている。だから、外部から侵蝕してくる利害葛藤に反応しようとする意識と、それを遮断しようとする意識とのせめぎ合いが生じる。このせめぎ合いの中で、画工の心は度々揺さぶられ、「非人情」に時折亀裂がはしる。登場人物たちの「人事葛藤」への「詮議立て」(一二頁)を不自然に中断しようとする画工の言動にこの痕跡が認められる。そして、読者もテクストのこの「平面」的な語り——不自然な中断によって生まれる登場人物の物語をめぐる空白や謎や欠落が内在する語り——を突きつけられることになる。無論、語りに同化して『草枕』を「平面」的に読むことは可能である。と同時に、語りの不自然な中断や欠落の痕跡が、却って索引として作用し、テクスト内外の情報を動員して読みの願望充足を図るように読者を駆り立てる。『草枕』を読む読者は、常に「非人情」という名の下の不十分な語りによる欲求不満に駆られながら、テクストがほのめかす、現実の利害交渉にまつわる物語の生成にしらずしらずに寄与することになる。

この作品の内部時間は日露戦争の最中であったことを考慮すると、[2] 画工の日露戦争とのかかわりも看過できない。日露戦争のさなか、「挙国一致」の高揚感に包まれる東京から、戦争で客足が途絶えた温泉郷にぽつんと現れた画工は、明らかに「挙国一致」の「国民」意識にそぐわない存在である。[3] 画工は、『吾輩は猫である』の「太平の逸民」や『趣味の遺伝』に登場する「天下の逸民」を彷彿とさせる存在なのだ。『趣味の遺伝』の語り手「余」は戦勝凱旋歓迎式の万歳の嵐の中で、一人万歳を唱えることなくただ涙を流していた。一方で、画工は、青年久一と「野武士」を満洲の戦場に連れていく列車を見て、心の中で痛烈な「現代文明」批判を始める。それは政治社会に対する「逸民」ならではの批判精神である。さらに、典型的な逸民である陶淵明に共感する画工は、「余自らも社会の一員を以て任じては居らぬ。純粋なる専門画家として、己れさへ、纏綿たる利害の累索を絶つて、優に画布裏に往来して居る」（一四九頁）と述べているから、彼は紛れもなくもう一人の漱石的な「逸民」である。

一方、日露戦争の影響で婚姻が破綻し、種々の奇抜な言動で度々画工を驚かせ、村人から「狂印」（六六頁）呼ばわりされる那美も、明らかに近代日本のジェンダー規範からはみ出した存在である。彼女の部屋にかけてある「竹影払階塵不動《ちくえいかいをはらってちりうごかず》」（二九頁）の額は、揺れ動く竹の影に動じない塵のような、彼女の禅的な「出世間」の境地を示している。

『草枕』で描出されている、日露戦争という遠景を以て前景化されている画工の現実逃避願望と作為的な「非人情」、及び那美の奇抜な振る舞いと禅的境地は、何を物語り、どのような意味をもつのか。これらの問題を追究していく過程で見えてくる画工の「逸民」的な要素と那美の「芝居」の真意は、この作品の奥義ともいえよう。本章では、テクストの語りにおいて曖昧化されている登場人物の利害交渉に対する、同時代の読者の詮索と想像を追いながら、上記の問題について考察したい。中国的隠遁思想の影響を濃厚に醸し出す画工の「非人情」と、禅的超脱を彷彿とさせる那美の影に動じない塵の心が「立方的」に織り出す物語はそこから浮かび上がってくるだろう。

第一節　「酔興」の旅をする「逸民」

陶淵明に共感する画工

第一章で言及したように、中国では古くから隠遁の伝統があった。隠遁する逸民とは、主に自らの意志で仕官を辞め、下野していく知識階級を指している。逸民の行為は節義を守るために利欲から遠ざかる特徴を持つ。

『論語』では、殷を滅ぼした周の俸禄を得ることを潔しとせず、首陽山で餓死した伯夷《はくい》、叔斉《しゅくせい》を逸民の代表として見ている。[4] また、阮籍（二一〇—二六三）を代表とする、世俗に背を向け竹林で酒を飲み老荘風の清談（哲学談義）にふけった「竹林の七賢」も知識人のあこがれの逸民であったとは第一章でも言及したとおりである。[5] だが、古来逸民といえば誰しもやはり陶淵明を思い起こすであろう。

「桃花源記」である種のユートピアを描いたことでよく知られている陶淵明は、政局の不安定と戦乱が続いていた東晋（三一七—四二〇）の時代を生きた。この時代は「多くの知識人が不慮の死を遂げた時代」でもある。[6] 東晋の没落貴族の家に生まれた陶淵明は三〇代から軍閥のもとで仕官と辞退を繰り返したが、四一歳の時、遂に郷里に隠遁した。東晋の帝側と乱立する軍閥の間の大義なき権力争いに巻き込まれ、あまりにも多くの「戦火による災害」や「酷薄無惨な事件」を目撃していたからだ。[7] 戦争のない「桃源郷」を描き出した陶淵明はどれほど平和な世界に憧れていただろう。一方、釜谷武志が指摘しているように、彼の一見「田園」的な「詩に秘められた痛烈な批判精神」は後人に見抜かれている。[8] 従って、陶淵明の隠遁は自己の保身だけではなく、為政者に背を向ける意味合いを持つ。

陶淵明の「採菊東籬下《きくをとるとうりのもと》、悠然見南山《ゆうぜんとしてなんざんをみる》」（「飲酒」其五）、王維の「独坐幽篁裏《ひとりゆうこうのうちにざし》、弾琴《きんをだんじて》

復長嘯《またちょうしょうす》、深林人不知《しんりんひとしらず》、明月来相照《めいげつきたりてあいてらす》」（「竹里館」）は、「暑苦しい世の中を丸で忘れた」、「別乾坤を建立して居る」（一〇頁）と、画工の共鳴を誘っている。実は、上記の「飲酒」其五において、陶淵明は、「結廬在人境《ろをむすんでじんきょうにあり》、而無車馬喧《しかもしゃばのかまびすしきなし》。問君何能爾《きみにとうなんぞよくしかるかと》?心遠地《こころとおければち》自偏《おのずからへんなるなりと》」と前置きをしている。「人境」に住みながら戦争や官界を思わせる「車馬喧《しゃばのかまびすしき》」から離れられるのは心の持ちようによるものである。陶淵明を慕っていた唐代の王維に至っては、仕官をしながら隠居に近い山水と詩画に親しむ生活をしていた。

そして、陶淵明が悠然と見ていた「南山」（廬山。現在の中国江西省）とは、その十数年前に軍閥同士が死闘を繰り広げた場所である。[9] 一方、日露両軍が激戦した戦場としての満洲の「南山」は画工にとって、「親友が奉職して居る」（一〇頁）場所でもある。画工は生きた時代も国も境遇も陶淵明とは違うが、「心持ち」一つで「別乾坤」を「建立」しようとしている点では共通している。陶淵明同様、画工も戦乱の世の中からの〈隠遁〉を渇望していたと見える。

「逸民」が捉える「現代文明」

土田健次郎は、中国の儒教は「単なる知性ではなく」、「道徳的認識判断力」である「智」や「限りなく外へと拡大していく」「差等のある愛」を指す「仁」を唱えているが、他方で、儒教の中心理念であり、君臣や親子の間に適用される実践道徳である「忠」、「孝」は、ヒエラルキーを内包する共同体内部の規範となるという。[10] 帝国主義的戦争に際し、この「忠」、「孝」は、近代国民国家にシフトした日本が「帝国臣民」である「国民」を統合する「義」（規範意識）に変質する。戦争の高揚感が国全体を包み込む中で、「酔興」（一一頁）な「非人情」の旅に出た画工は、「義の為めに命を捨てるのは惜しい」（一四七頁）と読者に公言する。彼は「義」を体現する「忠君愛国」（八頁）の国民規範意識から逸脱している。画工のこうした現実世界に対する批判は、「人情界を離れたる」、「自らも社会の一員を以て任じては居らぬ」、「純粋なる専門画家」（一四九頁）としてこそ堂々と開陳できるものである。画工は自分の「逸民」性をはっきりと自覚している。同時に、これは、『吾輩は猫である』の「太平の逸民」がそうであったように、彼が政治批判をするための隠れ蓑でもあった。

画工にとって、「文明」の「現実世界」とは、「個人の個性に寸毫の注意をだに払はざる」「鉄車」（一六八頁）にほかならない。「現代の文明」（一六八頁）のもとで、国家間の境界線が確定され、国家へ帰属する「国民」意識が補強され、個人の自由が国家に回収されていく、画工の心の声はこの有様を垣間見せている。久一はまさに「国家の為めだから」（一六二頁）という「大義」のもとで、異国の領土争奪のための帝国主義的戦争の戦場へと送り出されようとしている。そこでは悲惨な戦死も「名誉なる戦死」へと昇華されてしまうのだ。「野武士」に至っては、戦争が資本主義経済に及ぼす余波に煽られ、日本本土で生きる術をなくし、「外地」へと押し出された流民の一人である。

成田龍一は、「日露戦争の戦時と戦後を貫いて『挙国一致』の様相」や「『国民』の形成」が見えるという。「国家と一体化し、戦捷を祝す」「国民」は、「声を合わせて『万歳』を唱え、身体と声、感情を共有してもいる」と指摘している。[11] 画工の「写生帖へかく訳にも行かず、人に話す必要もない」、「あぶない」（一六八頁）という心の声に、「二十世紀」の「文明」や近代国民国家に対する疎外感が内包されている。この疎外感は明らかに「挙国一致」の「国民」感情とは異質のものである。「国家と一体化」できない彼の心の声は、「自らも社会の一員を以て任じては居らぬ」「逸民」であるゆえに開陳できるものである。それは周りの「国民」たちから理解されないばかりか非難される可能性すらも示唆されている。「人は汽車へ乗ると云ふ。余は積み込まれると云ふ。人は汽車で行くと云ふ。余は運搬されると云ふ」（一六七頁）と画工は語っている。この言葉の深意は、小森陽一が指摘しているとおりである。多くの「国民」は、「知らぬ間に別な主体によって受動的にそうさせられているという認識」すらなく、「無意識的な構造や共同的なシステムに拘束されたものでしかないこと」[12] に無自覚でいるのだ。

「国民」を「運搬」する汽車が目指していく日露戦争が、画工の批判の射程に入っているのは間違いないだろう。彼は、「悠然見南山」の「南山」から「詩境に入らしむる」（八頁）自然の尊さと同時に、「親友が奉職して居る」という「利害の旋風に捲き込まれ」（八、九頁）る現実を見出している。彼が「非人情」を持って自分の視野と内面から排除しようとしているものの中心に、「現代文明」（一六九頁）がもたらした帝国主義の結果の一つである日露戦争の影が差している。画工の心の声は、彼が「現代文明」に対する「逸民」ならではの視点を示している。

第二節　日本美術界と芸術家の「資格」

「屁の勘定」と日本美術界の〈乱世〉

しかし、画工を那古井の旅へと駆り立てた要因は案外複雑である。直接の原因は「世の中はしつこい、毒々しい、こせ〳〵した、其上づう〳〵しい、いやな奴で埋つてゐる」（一三一頁）ことのようだ。この「いやな奴」の端的な行動は、「五年も十年も人の臀に探偵をつけて、人のひる屁の勘定をして」（一三一頁）いることだ。非常に曖昧模糊な表現になっているが、画工という表現者の自由が監視または拘束されていることを窺わせている。その背景として、日露戦争時の出版法に基づき画工の描いた画も検閲の対象になったことが推測できる。[13]

また、「屁を勘定するのは人身攻撃の方針で、屁をひるのは正当防禦の方針」、「人の邪魔になる方針は差し控へるのが礼義だ」（一三二頁）という。「人身攻撃」や「正当防禦」、「礼義」という表現から、実定法だけではなく、日本社会を空気のように包み込み、人々の言動の指標となっていた倫理観念や、暗黙の規範や秩序、言説、あるいはそこはかとなく漂っている雰囲気により、画工が批判された可能性が窺える。同時代の読者ならここからすぐ想起されるのが与謝野晶子のことだろう。第一章で言及したように、与謝野晶子は旅順包囲戦に参加した弟の身を案じて、

「君死にたまふことなかれ」（『明星』、一九〇四年九月）を書いた。これが、「皇室中心主義の眼を以て、晶子の詩を検すれば、乱臣なり賊子なり、国家の刑罰を加ふべき罪人なりと絶叫せざるを得ざるものなり」と、『太陽』（一九〇五年一月）誌上で大町桂月に非難されている。この事例はこの時代に表現のタブーが存在していたことを示していよう。

さらに、「人の屁を分析して、臀の穴が三角だの、四角だのつて余計な事をやりますよ」、「屁の勘定をされちや」、「（画工に）なり切れませんよ」（一四〇、一四一頁）と、画工は大徹和尚に訴えている。この「三角だの、四角だの」という「余計」な「分析」は、画工に創作の危機をもたらしている。「屁を分析」することは、「三角」、「四角」という一面的な杓子定規を通して画工の作品を評価しようとしたことだと理解できる。実際、明治時代の日本美術界は西洋絵画理念と国粋思想が拮抗する中で、様々な思惑が飛び交い、論争が展開されていた。また、西洋画界や日本画界にそれぞれ保守と革新の軋轢が存在し、シビアな画評がなされていた。

洋画界においては、黒田清輝（一八六六―一九二四）の《朝妝》を発端に始まった裸体画批判や裸体画に対する検閲取り締まりや美術雑誌の発禁などがあった。一方で、岡倉天心（一八六二―一九一三）が率いる画家たちによる日本画の輪郭をぼかして画いた手法は「朦朧体」として罵倒されていた。このような美術界の〈乱世〉の中で画工を画が描けなくなるほどまでに追いつめていたものはいったい何か。語りによる情報が暈かされれば暈かされるほど、同じ〈乱世〉におかれていた読者の想像は一層膨らんでいっただろう。

まず、画工が西洋画家であるという設定から誘発される想像は裸体画批判であろう。中村義一によると、黒田清輝の裸体画《朝妝》は、一八九五年に第四回内国勧業博覧会で公開されると、博覧会審査官を筆頭に、「博覧会の汚点であり醜画である」と世間から攻撃され批判されはじめる[14]。その後、一八九七年に創作した裸体画《智・感・情》がやはり問題になり、一九〇一年になると、白馬会に出品した裸体画の下半部が警察の手で布を巻かれて展示されるという、所謂「腰巻事件」が起こる[15]。『草枕』のテクスト内部時間の一九〇五年に至るまで「五年も十年も」、黒田清輝の裸体画が批判されていたのである。

「怪文書」と《寡婦と孤児》

しかし、画工はむしろ裸体画に対して批判的である。「今世仏国の画家が命と頼む裸体画を見る度に、あまりに露骨な肉の美を、極端迄描がき尽さうとする痕跡が、あり〳〵と見えるので、どことなく気韻に乏しい心持が、今迄われを苦しめてならなかつた」（九〇頁）、と写実的な技巧を過度に追求する裸体画に対して手厳しい。画工の所謂「屁の勘定」は裸体画には起因していないようである。

画工が開陳している独自の絵画観は、むしろ読者にもう一つの美術界の事件を想起させるように仕向けている。まだ三〇歳の画工は「五年も十年も」「探偵」に付きまとわれている。この時間に注目した場合、当時の読者なら一つの事件と一人の画家を想起するだろう。それは一八九八年に起きた東京美術学校事件と、「朦朧体」として攻撃されてきた日本美術院の日本画家菱田春草（一八七四―一九一一）である。

当時の日本美術界を震撼させた東京美術学校騒動の発端は、学校長岡倉覚三（天心）を攻撃する「怪文書」から始まった。児島孝によると、それは、岡倉が「怪奇なる精神遺伝病」や「非常なる惨忍の性」や「獣欲」をもつゆえ、彼を「片時も教育者たるの地位に置くべから」ずと主張するもので、一八九八年三月に政官界や美術界、報道関係のみならず、学生父兄にまで郵送された。[16]これを受けて岡倉天心は辞職を余儀なくされ、彼を慕っていた教授十数人も連袂辞任した。当然この事件は当時の美術界の内紛として各新聞の紙面をにぎわせた。『東京朝日新聞』の社説は、「美術なるもの」は、「俗塵の外に超然として以て社会を下観する」べきだが、「今回の排斥運動」は「唯自家の功名心に駆られ私心に殉ひ猜疑は変じて嫉妬となり」、「其心事の陋劣にして」「嘔吐を催さしむるものあり」と、その下劣さを糾弾している（「美術界の紛擾」、一八九八年四月三日『東京朝日新聞』）。九鬼隆一（一八五二―一九三一、帝国博物館初代総長）の妻波津子と天心が不倫関係にあったのは事実であった。だが、「怪文書」をばらまいて「東京美術学校運営に対する誹謗中傷にとどまらず、極めて悪意に満ちた言辞を弄して、校長天心の私的行状を暴露する」行為は、[17]まさに「人の臀に探偵をつけて、人のひる屁の勘定」をするような、「しつこい、毒々しい、こせ〳〵した、其上づう〳〵しい」さまを彷彿とさせるものである。

この「怪文書」の背後にいたのは同じ東京美術学校の教授であった福地復一（一八六二―一九

〇九）と大村西崖（一八六八―一九二七）だと児島孝は言っている[18]。そして、菱田春草の盟友であった横山大観（一八六八―一九五八）は、この紛擾が「菱田春草君の絵から起こった」と見ている[19]。ここで言われているのは、春草が一八九五年に東京美術学院の卒業作品として描いた歴史画《寡婦と孤児[20]》の合否をめぐり、教官の間で意見が紏紛した事件である。時はちょうど日清戦争の勝利に湧いていた時期である。

孤児を抱きかかえた寡婦の心細い姿が描かれているこの画は、戦死した出征兵士の遺族を想像させ、日清戦争の影の一面が滲み出るものであった。児島孝によると、この戦勝ムードにそぐわない作品は、福地から「ボロ簾」が問題視され、「これではお化けだ」と酷評された。だが、橋本雅邦（一八三五―一九〇八、当時東京美術学校の教授）は激賞し、判断を委ねられた校長の天心がこの画を首席にした[21]。

《寡婦と孤児》（1895 年）

『草枕』の画工は三〇歳位だから、春草とほぼ同年齢になる。画工がこだわる「十年前」とは、ちょうど春草の卒業作品をめぐる紏紛が起きた年に相当する。この紏紛事件後、福地復一と大村西崖が美術学校を辞任している（西崖は一八九八年に復職）。一八九八年の美術学校紛擾で職を辞した天心は、美術学校を辞任した画家たちを率いて日本美術院を立ち上げた。だが、佐藤志乃によれば、天心の思想のもとで創作された革新的な作品は「朦朧体」という蔑称で呼ばれるようになり、大村西崖をはじめとする人々から広く批判され続けた[22]。天心を中心にした日本美術院派を「生理的に毛嫌いしていた」大村は、自ら発刊した『美術評論』で日本美術院派の画風に対する批判を繰り広げた[23]。

「朦朧体」批判と「真の芸術家」の資格

西崖は、「神韻とか心持とかいふもの」をテーマに据えた「朦朧体」を「依体の分らぬ妖画」だと非難しているが、この「神韻」と「心持」は雅邦をはじめとする日本美術院の中心的な指導理念であった、と佐藤志乃が指摘している[24]。奇しくも、『草枕』の画工が尊ぶ絵画理念はまさに「物外の神韻」と「心持ち」（七六頁）であった。さらに示唆的なのは、「朦朧たる影法師」（三二頁）や「朧夜の姿」（三四頁）、「朦朧と、黒きかとも思はる、程の髪を暈して、真白な姿が雲の底から次第に浮き上がつて来る」（九一頁）など、「朦朧」たる画面が『草枕』では美的雰囲気を漂わせながら頻出している。画工はこれを「芸術的に観じて申し分」がない（九二頁）と評価している。これらの絵画理念における、画工と日本美術院派との〈偶然〉な一致は、読者に画工が洋画家であることを忘却させ、春草や大観などの革新的な日本画家の姿と重なるように錯覚を与えている。

この「朦朧体」批判のピークはテクストの内部時間からするとちょうど「五年前」の一九〇〇

年にあたる。そして、古田亮によると、各種の画評に度々登場した「朦朧体」批判の主な対象は、「朦朧体の実験」の「先鋒」であった春草とその〈戦友〉である横山大観であった[25]。決して正統ではない日本美術院の新しい試みが、一種の脅威として受けとめられたのか、彼らは保守派と欧化派の両方から斥けられ、その批判の言辞も、「妖怪画」、「化物画」、「鵺画」、「雑種画」という、批評としては「理性を逸した」ものであった、と佐藤志乃が述べている[26]。それは、画工を「化物」として映し出す「髪結所」の鏡のようでもある。また、「臀の穴」を「分析」し、「屁の勘定」をするような下劣なものでもある。

《寡婦や孤児》に対する評価の相違から始まった「怪文書」騒動やその後の『朦朧体』批判の根底にあったのは、芸術家が問われるべき倫理性の問題ではないか。そこには、芸術家は「俗塵の外に超然として以て社会を下観する」べき、という『東京朝日新聞』の社説の観点にそぐわない、「功名心」や「猜疑」、「嫉妬」等の、「陋劣」な「嘔吐を催さしむるもの」があった。この背景を踏まえると、芸術家の人格に関する画工の観点は興味深い。

画工は、大徹和尚を評して「心は底のない嚢の様に行き抜け」であって「芸術家の資格がある」（一四三頁）という。大徹には利欲や執着の「塵滓」（一四三頁）がまったくない。そして、山里にやってきた自分もやっと「真の芸術家たるべき」「境界」（一四四頁）に入れたという。ここで得られた境地は、まさに「俗塵の外に超然として以て社会を下観する」態度そのものである。一方、「探偵に屁の数を勘定される間は、到底画家にはなれない」（一四四頁）ともいう。否が応でも人事の葛藤や利害損得に巻き込まれてしまうからだ。もちろん、「屁の勘定」をしている「探偵」に「真の芸術家たるべき」資格がないのはなおさらのことであろう。

同時期に、「朦朧体」批判の矢面に立たされた日本美術院の画家たち（主に菱田春草と横山大観）の画が売れないなか、一九〇五年から一九〇六年にかけて、日本美術院は経営難に直面し、その打開策として、茨城県の五浦に移転する計画を実行しようとしていた。その下見や心構えのために、一九〇五年の夏と一九〇六年六月に春草らは五浦に一時滞在していたと藤本陽子が述べている。[27]五浦は海が一望できる海岸に面し、那古井を彷彿とする風光明媚な〈桃源郷〉であった。[28]まるで『草枕』の画工の「現実世界」からの逃避願望を実現するように、『草枕』が発表された二ヶ月後に、岡倉天心が率いる日本美術院の主要メンバーは、家族と共に海辺の五浦に移転し、〈隠遁〉したのである。

実際、画工の姿は、日本美術院の画家たちの「逸民」ぶりを読者に想起させて止まない。もっとも、『草枕』の画工は西洋画家であり、春草が日本画家であったのとは異なっている上に、一九〇五年の春には、日本で画が売れない春草はアメリカに旅していた。読者の解釈のコードは全面的に導入されながら現実のなかで〈朦朧〉化していると言えよう。だが、「十年前」、「五年前」という時間が《寡婦と孤児》事件や「朦朧体」批判に符合することは明らかであり、『草枕』は美術院派の美術表現に対する攻撃や拘束が読者の中で「立方的」にフラッシュバックする可能性を秘めている。読者の詮索を攪乱しながら加速させる語りは、重層的な意味作用の生成を促し、日本美術界の〈乱世〉の中で苦しみ藻掻き、「現実世界」からの〈隠遁〉を夢みる画工の「逸民」の姿を一層際立たせている。

第三節　鬩ぎ合いの中の「非人情」

茶店に差す日露戦争の影

「現実世界」は画工を〈隠遁〉へと駆り立て、「非人情」の旅を志向させる。だが、日露戦争が那古井の人々にもたらしている苦境や那美の「人事葛藤」は、画工の「非人情」願望とは無関係であるかのように、終始彼の旅路について回る。その「人事葛藤」の付きまといは彼が山路の途中で「非人情」を決意して雨でずぶ濡れになった姿で立ち寄った茶店から始まった。那古井について、「戦争が始まりましてから、頓と参るものは御座いません。丸で締め切り同様で御座います」（二〇頁）と婆さんは言う。「締め切り同様」になっているのは那古井の温泉場だけではなく、この婆さんが営んでいる峠の茶店も同じである。ただ、画工に「春の山路の景物」（一九頁）と見立てられた婆さんの姿からは、現実の生活の大変さが読者に伝わってこない。しかし、婆さんは那美とその夫「野武士」の身の上話を始める。

所へ今度の戦争で、旦那様の勤めて御出の銀行がつぶれました。それから嬢様は又那古井の方へ御帰りになります。世間では嬢様の事を不人情だとか、薄情だとか色々申します。もとは極々内気の優しいかたが、此頃では大分気が荒くなつて、何だか心配だと源兵衛が来るたびに申します。（二六頁）

戦争により経済不況が起こり、会社が破綻し、職を失い、家庭が崩壊しかけている。この人事葛藤まみれの話に対して、画工ははげしい拒否反応を示す。「是からさきを聞くと、折角の趣向が壊れる」、「さう無暗に俗界に引きずり下されては、飄然と家を出た甲斐がない」（二七頁）という具合だ。彼は、急いで婆さんの茶店を後にする。

「優しい」那美が「不人情」で「薄情」だと周りに非難されるようになったきっかけは「今度の戦争」である。日露戦争がもたらした「現代文明の弊」（一六九頁）そのものを、画工に痛感させるにたる事象である。戦争の暴力が及ぶのは、戦場の将兵だけではない。銃後の庶民もまた異なる〈暴力〉のなかにおかれているのだ。若き春草が画いた現実もまさにこのことであった。《寡婦と孤児》を見た人は、戦争の弱き犠牲者に向けられた春草の憐れみの視線に自然と同化することができただろう。

画工の「俗念」と惻隠の心

もちろん那美の不幸は近代日本のジェンダー構造や忠孝の道徳規範に基づいて制定された明治民法にも起因している。周知のとおり、当時の女性（二五歳以下）は結婚相手を自由に選ぶ権利を認められておらず、離婚の可否も男性優位の社会的規範によって判断される。那美が指弾される「不人情」とは「世間」が男女の非対称性のもとで形成したジェンダー的規範からはみ出した女性への〈断罪〉である。画工は、理不尽に虐げられている人間の痛みに対して非常に敏感に反応している。画工に対する「探偵」の「屁の勘定」もよく似た理不尽さを含んでいるからだ。だから、婆さんの言葉には、那美の「人事葛藤」だけではなく、画工自身の「人事葛藤」をも喚起してしまう危険性が潜んでいる。彼の「非人情」を脅かすのは当然である。

しかし、その「人事葛藤」は自己コントロールが効かない夢の世界まで追いかけてくる。那古井に泊まった初めての夜、画工は夢を見る。夢の中では、那美とおぼしき花嫁姿で現れた「長良の乙女」が、『ハムレット』のオフェリヤ（オフィーリア）に化して川を流れていく。そしてそれを目撃した画工は、「救ってやらうと思つて」、「追懸けて行く」（三〇頁）のだ。「長良の乙女」は自分に思いを寄せる二人の男の間で思い悩み、ついにはオフェリア同様に水死する。那美は好きな男ではなく、親が選んだ男に嫁がされ、結局離縁していたのだった。画工の夢の中では、オフェリヤ、「長良の乙女」、那美の三者が重なり合っている。彼女らは、恋や孝に悩んだ女性であり、そこには水と死のイメージが相伴っている。

死のうとしている弱い女性を目のあたりにして思わず「救つてやらう」とする画工のこの「俗念」（三〇頁）は、孟子が提示した「惻隠《そくいん》の心《こころ》」を想起させる。性善説を主張する孟子に「惻隠之心、人皆有之」ということばがある。人間には誰でも他人の不幸を憐れむ同情心を持っているというほどの意味だ。[29] これは、土田健次郎が指摘しているように、「井戸に落ちそうになっている幼児を見た時に人は条件反射的に同情し助けようとする」ような情緒を指している。[30] 画工もまたこの「惻隠の心」によって他人の苦しみに心を動かさずにはいられない。「非人情」たらんとする彼もまた自己の内面にあるコントロールし得ない「俗念」に脅かされているのだ。このような「俗念」を避けるために、彼は那美の身の上話を聞くことを拒否しようと努めるが、それは容易ではない。彼は那古井にいる間中様々な場面で揺さぶりをかけられることになる。

髪結所と「世間」の言説

その一つの場面は「髪結所」である。「親方」は「おもちゃの日英同盟国旗」（五九頁）を店に飾って、「現代文明」をアピールしている。だが、客を乱暴に扱う彼は「毫も文明の法則を解して居らん」（六〇頁）ようだ。この「親方」にとって、那美は「あぶねえ」「出返り」（六一頁）である。「銀行が潰れて贅沢が出来ねえつて、出ちまつたんだから、義理が悪るいやね。隠居さんがあゝして居るうちはいゝが、もしもの事があつた日にや、法返しがつかねえ訳になりまさあ」

（六一、六二頁）、「村のものは、みんな気狂だつて云つてるんでさあ」（六二頁）という。村人が常日頃集まってくる髪結所の「親方」の言説は、そのまま「世間」の言説を体現していると言えよう。不本意で嫁いだが、日露戦争により経済的な能力を失って嫁ぎ先からもどってこざるを得なくなったのを「義理が悪るい」と判断されている。村人の常識から見ると那美の行為は、「女」の枠をはみ出て男性優位の社会を脅かす、もはや「気狂」である。

那美に対する「親方」の非難は勿論画工の「非人情」にも響いてくる。彼は内心の動揺を隠せないようにして、「いくら江戸っ子でも、どれ程たんかを切つても、此渾然として駘蕩たる天地の大気象には叶はない」、「此親方も中々画にも、詩にもなる男だ」（六七、六八頁）と自己の意識を操作しようとしている。

しかし、髪結所の鏡は、「親方」が代表する「世間」の言説の妖しさを映し出しているようだ。画工が「此鏡に対する間は一人で色々な化物を兼勤しなくてはならぬ」（五九頁）からだ。この鏡は、画工の姿をさまざまに映し出す。しかも、「顔中鼻になる」ようであったり、「口が耳元迄裂ける」ようであったり、また「蟇蛙」や「福禄寿の祈誓児」に見えたりするようにして、「真価以下」の「化物」へと歪曲していながら映し出しているのだ（五九頁）。自身も「醜態を極めて居る」（五九頁）髪結所の鏡は、「世間」が捉えた「気狂」の那美像の妖しさを物語っているようだ。「小人から罵詈されるとき、罵詈其れ自身は別に痛痒を感ぜぬが、其小人の面前に起臥しなければならぬとすれば、誰しも不愉快だらう」（五九頁）と思う画工は、自分の「屁の勘定」

をする「いやな奴」から遠く離れようと那古井にやってきた。しかし、まさにこの那古井で「罵詈され」ている那美にはもはや逃げる場所はあり得ない。彼女は朝夕その「不愉快」と向き合わざるを得ない。

第四節　那美と影に動じない塵の心

「気狂」としての抵抗

画工の「非人情」がもっとも動揺したのは、那美の「芝居」に遭遇したときかも知れない。那美が初めて画工に「芝居」を見せるのは、彼が那古井に泊まる初日の夜である。唯一の客が泊まる部屋の外で、彼女は夜中の一時半ごろ、「長良の乙女」が入水自殺の直前に詠んだと言われている歌を繰り返し歌う。彼女は親の決めた結婚で悩んでいた五年前に、茶店の婆さんにこの歌を教え込んでいた。そのころにはすでに、恋に悩み自死に追いつめられた「長良の乙女」の溢れる情緒に強く共鳴を覚えていたのだ。「嬢様と長良の乙女とはよく似て居ります」（二五頁）と婆さんはいう。「現代文明」の世の中において、那美は「長良の乙女」の恋の不幸を反復せざるを得ない状況にあった。親の意向で結婚相手が決められるという意味で那美がもっと不幸だったかもしれない。

那美は当初親の意思に従い、自身が望んだ人ではなく、「城下で随一の物持ち」（二六頁）の家に嫁いだ。しかし、日露戦争の余波で、銀行勤めの夫は銀行がつぶれることにより「野武士」へと落ちぶれる。満洲行きのお金も那美から無心する「野武士」に、那美を養う経済力などもはやあるはずもない。那美が実家に戻ることで、「野武士」はむしろ現実的に助けられている。しかし、女性である那美の出戻りは世間の義理からの逸脱だとみなされ、薄情だと非難される。那美が出征する久一にかけた言葉は示唆的である。「御前も死ぬがいゝ。生きて帰つちや外聞がわるい」（一六二頁）と。「外聞」に苦しめられている彼女だからこそ、発せられた言葉であろう。このような「外聞」は「髪結所」の歪んだ鏡に似たような形で那美に「罵詈」を浴びせているのではないか。彼女が真夜中に眠らないで歌っていたのもこの「外聞」故ではないだろうか。しかし、「長良の乙女」の歌が「憐れな歌」だと画工に言われ、「憐れでせうか。私ならあんな歌は詠みませんね。第一、淵川へ身を投げるなんて、つまらないぢやありませんか」、「さゝだ男もさゝべ男も、男妾にする許りですわ」（五五、五六頁）と彼女はいう。隠居の父親を頼って生きている彼女の虚しい強がりとしか思えないが、それは、従順に生きてきた彼女の「世間」に対するせめてもの抵抗ではないだろうか。非対称性を内包する近代日本のジェンダー規範から逸脱した「気狂」ぶりを、那美は鮮やかに打ち出している。

「非人情」と、「人事葛藤」に心が動かされる「人情」との間で揺れていたのは画工だけではない。那美もまたそうであった。画工の目からは、初めて出会ったときの彼女の顔が、表情に静と動という対照的な両義性が溢れ統一感が欠けているように見えた。画工が那美の顔から読みとったものはあながち間違いではないだろう。そこには彼女が周囲からの非難に心が揺さぶられ、藻掻いている痕跡が刻まれていたにちがいない。しかも、画工が実行しようとする「非人情」に類似した試みを、那美は彼が那古井に来る前からすでに実行していたようである。

影に動じない塵の心

彼女の部屋に懸けてある「竹影払階塵不動《ちくえいかいをはらってちりうごかず》」の額がそれを物語っている。これは中国明代の洪自誠《こうじせい》（一五七二―一六一九）が書いた随想集『菜根譚《さいこんたん》』に出てくる禅語である。原文は「古徳云、竹影掃階塵不動、月輪穿沼水無痕。吾儒云、水流任急境常静、花落雖頻意自閒。人常持此意、以應事接物、身心何等自在」（古徳云う、「竹影、階を掃うも塵動かず、月輪、沼を穿つも水に痕なし」と。吾が儒云う、「水流、急に任せて境常に静かなり、花落つること頻なりと雖も意自から閒なり」と。人常に此の意を持して、以て事に応じ物に接すれば、身心何等の自在ぞ）である[31]。

江戸時代に来日し禅宗黄檗宗の開祖となった明の隠元《いんげん》禅師（一五九二―一六七三）は、明の禅僧高泉《こうせん》（一六三三―一六九五）を日本に招いた。観海寺の大徹は高泉の筆跡を模してこの額を書いた。「竹影払階塵不動」は「風に吹かれて竹の揺れる影が、しきりにきざはしを掃くが、（もとより影であるから）、きざはしの塵は少しも動かない[32]」というように、「外境に煩わされない心境[3]」、つまり周囲の動きに動じないおだやかで長閑な心の持ち方を説いている。「非人情」になりきるつもりで那古井にやってきた画工には、初日の夜から試練が待ち受けていた。那古井の寂れた人気のない雰囲気は、彼に昔房州を旅した時、ある晩泊まった宿の竹と波の音に、心が落ち着かず一睡もできなかった経験を思い出させる。この時と同じ心情になり、胸騒ぎを覚えるうちに不意に目についたのがこの大徹和尚が書いた「竹影払階塵不動」の額であった。その後、彼は「若冲の鶴の図」を眺めているうちに、「すやくと寐入る」（三〇頁）。何かに「威嚇」されるようなおどおどした「怪し気」（二九頁）な気持ちから心の落ち着きを取りもどし、「すやくと寐入る」に辿り着く過程で気づいたのが、「竹影払階塵不動」の額と若冲の鶴の画であった。詩人画家は「人の世を長閑にし、人の心を豊かにする」（三頁）、という画工の主張を端的に体現する場面である。この部屋の主である那美もまた朝夕この画と額と向かい合って心の平静を保っていたであろうことは想像に難くない。特に、詩的に語ってくる「竹影払階塵不動」は、那美の心情に大きく影響を及ぼしていたと推察できる。

離縁したことは「義理が悪い」、「薄情」だと周囲からの非難を招く。これに耐えきれず、那美は禅師大徹の禅門を潜った。わざわざ部屋に懸けてあったことからすると、この額の禅味は、大徹が那美に最も会得して欲しかったものであろう。同時に、これは那美にとって最も重要な行動指標になっていた。まるで竹の影の揺れ動きに動じない塵のように、周囲からの非難を脱力させること。このような禅的修行のもとで那美が獲得したのは、「長良の乙女」のような死を拒否し、その上に、男を妾にするという、現実の男女のジェンダー的立場を逆転させるような境地ではないだろうか。

大徹も、弟子の了念も、このような那美を「気狂」とは思っていない。かえって「大分出来てきて」いる、「中々機鋒の鋭どい女」（一四一、一四二頁）だと評価している。観海寺の泰安和尚と那美との間の男女関係が噂された事件に関しては、「現代文明」の「国民」である「親方」が代表する村の世俗的秩序の中で、那美が泰安を死まで追いつめたというストーリーが仕立て上げられ、彼女は「あぶねえ」女というレッテルを貼られる。だが、観海寺の禅僧の世界では、那美は、「大事を窮明せんならん因縁に逢着」させ、「よい智識になる」（一四二頁）ように泰安を導いた存在だと認識されていた。三好隼人も指摘しているように、俗の世界と禅の世界で那美に対する評価は二分している。[34]しかし、ここにこそ、『草枕』を「立方的」に読み解く重要なヒントが読者に示唆されている。村人から「気狂」と噂され、刺激が強すぎると画工が疎んじている那美の「芝居」を、禅的修行の視点から読み解く必要性がある。

「芝居」という「修業」

那美は「長良の乙女」の歌を繰り返し様々な場面でうたっているにもかかわらず、決して「長良の乙女」のように入水自殺はしない。なぜだろうか。それは『菜根譚』にいう「水流任急境常静、花落雖頻意自閒」（「水の流れは急であるが、あたりは常に静かである。また、花はしきり落ちるが、眺めている心は自然にのどかである[3]）の境地を思わせる。人情の強い刺激を前にしても、自然に身をまかせ心の長閑さをたもつ。那美は自己の利害を想起させる物事に付着している美しい芸術的な一面を「芝居」で表現し、「芝居」の反復の中でその苦痛の一面を忘却しようとしている。これは、画工の「非人情」の理想を体現しているとも言える。ただ、画工が俗世間の苦痛の元から物理的また心的な距離を保ち、「出世間」を目指しているのに対し、那美は苦痛をもたらす世間に入っていきながら周囲に動じない心をもつことを目指している。彼女は実際、「蚤も蚊も居ない国」が存在するとは思っていないし、「平面」の世界にも興味がない（五四頁）。つまり、那美は煩わしい人事葛藤がない世界などどこにもないことを悟っている。画工のようになるべく見聞きしないように、或いは思考停止するようにして「人情」の部分を排除した「平面」の世界を求めてはいないのだ。彼女は、「世の中は気の持ち様一つでどうでもなります」（五四頁）と、あくまでも「立方的」に動く世の中での超脱を目指している。

結局、「立方的」な「人事葛藤」を避け、利害交渉の稀薄な「平面」の世界で「非人情」を通そうとする画工は、那美の種々の「芝居」にいちいち驚かされる。「花下に余を驚かし、まぼろしに余を驚ろかし、振袖に余を驚かし、風呂場に余を驚かし」（一二九頁）と、画工の「非人情」は強く衝撃を受けている。那美はいかにも「立方的」に働いて見せるからだ。「私が身を投げて浮いて居る所を」「奇麗な画にかいて下さい」（一一七頁）という那美の言葉に驚くばかりでなく、鏡の池の巌頭に突如現れ、まるで飛び込むような仕草をする那美にもまた驚かされる。「驚ろいた、驚ろいた、驚ろいたでせう」（一一七頁）と彼女は笑う。画工は泰安のように悟りを得ていない。彼の「非人情」は、せめぎ合いの中で、外部から揺さぶられている。

一方、那美の「芝居」は画工の「非人情」を揺さぶると同時に、実演を通して「非人情」を促しているともとれる。画工もそれに薄々気づいていたのではないだろうか。那美に「ホ、、、大変非人情が御好きだこと」と言われ、彼は「あなた、だつて嫌な方ぢやありますまい」（一一四頁）と返す。実際、画工は那美のことを「只の女ぢやない」（一四二頁）と思い始める。画工は、振袖姿を見せたときと同じように、風呂場での場面も自分に対する「親切」（一一五頁）なのかと那美に問いかけるが、那美は「何喰はぬ顔」で、「竹影払階塵不動」、と「口のうちで静かに読み了つて」、「何ですつて」と聞き返す（一一五頁）。振袖姿は画工の見たい願望を満足させるという理由が成立するが、真夜中に朧月の花の下でうたってみせたり、風呂場の湯気に紛れて裸体を曝け出すことは、もはや「親切」だけとは言いきれない。

これら一つ一つの画面を縁取っているのは、「竹影払階塵不動」のことばだろう。大徹が那美を「中々機鋒の鋭どい女」だと褒めるのは、彼女が自分にとっていちばん苦しい記憶であるはずの恋や孝を、「うつくしい所作」（一四七頁）で演じているからではないだろうか。「長良の乙女」の歌は、死へと追いつめられている彼女の絶望的な情緒を濃厚に醸し出す。振袖の花嫁姿には好きな人と結ばれず、親の意向に従い不本意の結婚をせざるを得なかった記憶が付着している。一方、「鏡が池」に飛び込む「芝居」は、死への逃避の欲望を強くほのめかしている。これらのはずだ。

「所作」は、画工にとっては初めてだったが、那古井の人々はおそらく何度も繰り返し見てきたはずだ。

月夜に画工が繰り返し聞かされた「長良の乙女」の歌は、茶店の婆さんでさえ暗唱できるという。頼めば見せてくれると婆さんが保障していたように、振袖姿で廊下を延々と往復するのも初めてのことではなかったはずだ。「鏡が池」にも彼女は何度も何度も訪れているのではないだろうか。「鏡が池」に絵を描きに来た久一も、柴刈りのついでに訪れた源兵衛も、すでに那美の飛び込むシーンを目撃している可能性がある。那美はこれらの所作を反復することを通じて、揺れ動く竹の影に動じない塵のような心を鍛えていたのではないだろうか。泰安の「頸つ玉へかぢりついた」(六六頁)のも、裸体で風呂場に現れたのも、彼女の男性に対する誘惑というよりは、恋に動じない心を実演していたのではないだろうか。彼女は画工に向かって、「そんなに年をとつても、矢っ張り、惚れたの、腫れたの、にきびが出来たのつてえ事が面白いんですか」(一〇八頁)と言う時、「非人情」の画工にも増して恋の情念に動かされないように心を鍛えていたと言えよう。

彼女の種々の奇抜な行動は、世の中にいながらそこから逸脱する方向を目指している。自分のところに「修業」(一四二頁)に来ている那美を、「中々気鋒の鋭どい女」と褒めた大徹は、庭に差し込む松の影を見て、「あの松の影を御覧」、「奇麗な上に、風が吹いても苦にしない」(一四二頁)と画工に言う。那美は大徹に禅法を乞うていたのだった。彼女が画工に見せている「芝居」

は、世間の「外聞」や自己の苦悩を、風に身をまかせる松の影のように受け流すための、また、揺れ動く影に動じない塵になるための、彼女の「修業」ではないだろうか。彼女は世の中から、女性「国民」に課せられた規範から禅的な離脱を目指している。

第五節　「憐れ」を〈画く〉

「竹影払階塵不動」の境地

大徹は「屁の勘定」に悩んでいる画工に向かって言う。

「わしが小坊主のとき、先代がよう云はれた。人間は日本橋の真中に臓腑をさらけ出して、恥づかしくない様にしなければ修業を積んだとは云はれんてな。あなたもそれ迄修業をしたらよかろ。旅抔せんでも済む様になる」（一四一頁）

大徹がここで画工に勧めているのは、物理的ではなく、高度な精神的な「出世間」である。那美の「芝居」は大徹の禅味を体現している。那美が手元に置いて読んでいると思われる白隠『遠良天釜（遠羅天釜）』では、「不断坐禅」が重要視され、「動中の工夫は静中に勝る」ことが説かれている。[36] 従って、心の正念工夫ができていれば「亂軍中に在りとも、無人の曠野に立つが如けん」、と将兵たる者の「動中の工夫」が勧められている。[37] 画工の「非人情」は「現実世界」から、物理的にも心理的にも遠く離れて、利害に満ちている世間を「平面」と見做すことで「出世間」を目指している。一方、大徹の指導の下にいる那美が目指しているのは、「日本橋の真中に臓腑をさらけ出して、恥づかしくない」境地であり、「立方的」な現実世界の中で心の持ち様で到達しようとする「竹影払階塵不動」の禅的境地である。この境地は物理的な距離による隠遁や心の距離による「非人情」よりも高次の「動中の工夫」が目指されている。しかし、この境地は、「随処に動き去り」、「些の塵滓の腹部に沈澱する景色がない」、「底のない嚢の様」（一四三頁）な心を持つことが前提である。森三樹三郎が言うように、それはまるで鏡のように「差別無く」「一切のものを広く受け容れる」という老荘の「無心や虚心」にも通じるものである。[38] 一方で、現実世界の中にいながらその現実世界の規範秩序からの逸脱を目指している故、その言動が奇抜に見える。これは「修業」する那美が「狂印」と呼ばれる所以でもある。

「憐れ」という「人間の情」

中島隆博が指摘するように、他者に対する「無関心という忘却に徹し、世俗を超出し、悠々と自足することは、極めて困難である」[39]。那美が満洲行きの「野武士」を見て「憐れ」を顔に浮かべるシーンがまさにこれを示している。「非人情」を志向している画工も、「丸で人情を棄てる訳には行くまい」（一二頁）と認識している。「非人情」でありながら、なお捨て去れないものは、「神の知らぬ情で」、「神に尤も近き人間の情」（一二三頁）としての「憐れ」であろう。それは死や危険に直面している他者を見て自然と湧きでる、惻隠の心としての「俗念」でもある。水に流されていくオフェリア（「長良の乙女」または那美）も、死を覚悟して出征する久一も、すべての「文明の国民」も、画工の「憐れ」な情緒を引き出している。画工の「平面」的な「非人情」の裏には、隠微な「立方的」な「人間の情」が潜んでいる。

一方で、禅的「修業」を積んでいる那美は、画工よりも一層世俗から超脱しているようである。だから、久一が戦死するだろうという苦しみも短刀の「芝居」で乗り越えようとする。しかし、戦場行きの汽車に乗り合わせた「野武士」の突如の出現は、彼女の「修業」で固められた心を強く揺さぶる。心構えや反省をするまもなく、ふいに彼女の顔に覗かせた「憐れ」は、彼女の心が動いた証左である。これは「竹影払階塵不動」の境地にも、惻隠の心という「人間の情」が通っていることを物語っている。

「心持ち」を〈画く〉

「どこへ越しても住みにくいと悟った」（三頁）画工においても、俗世間から離れることは空間的な問題というより、むしろ「心持ち」という観念の問題である。俗世間からの逃げ場としての詩画や芝居などの芸術的な領域においても同じことが言える。創作するにしても、鑑賞するにしても、「俗念を放棄して」、「塵界を離れ」た「心持ち」（九頁）が肝心である。画工が追求する絵画的理想は、「只眼前の人事風光を有の儘」にかく「普通の画」ではなく、「わが感じたる物象を、わが感じたる儘の趣を添へて、画布の上に淋漓として生動させる」（七五頁）ものである。画工は洋画家として、西洋絵画の写実手法ではなく、「ある特別の感興」（七五頁）としての「心持ち」を重要視して表現しようとしている。この「心持ち」は、「神往の気韻」や「物外の神韻」とも言うが、「自然界に存するものとは丸で趣を異にする」「抽象的な考」（七六―七七頁）を指す。この「難事業」に「指を染め得た」（七六頁）のは、中国の宋代の画家文与可（文同《ぶんじう》、一〇一八―一〇七九）、日本の雲谷（一五四七―一六一八）や池大雅（一七二三―一七七六）等、東洋の画家たちだという。

　同時代の読者なら、「心持ち」は日本美術院の画家たちの指導に当たった橋本雅邦（一八三五―一九〇八）が主張したものであることにすぐ思いつくかもしれない。佐藤志乃によると、それは、「外形を正確に写すことよりも『生気』をとらえる」ことを重要視し、「趣き」や「理想と云ふことにも通ずる」[40]ものである。佐藤志乃は雅邦の画論には、「表面的な写実に終わることなく理想化を求めたところに、西洋化に流されまいとする国粋主義的な思想があった」と指摘している。[41]

　この思想的な内容を作品に盛り込もうとする傾向が、春草、大観らの「考へ」をかく絵にはよく現れていた。[42]「心持ち」とは、意識に浮かんでくる抽象的な観念にほかならない。しかも、そこには芸術的、思想的、哲学的、歴史的、道徳的な理想という意味合いが込められている。画工が「胸中の画面」で表現しようとしているのは、まさにこの種の抽象的な、なお理想的な観念である「考へ」、つまり「心持ち」である。

　画工は、「長良の乙女」が身を投げたという伝説の鏡が池のほとりで、「年々落ち尽す幾万輪の椿」の様子を見て、「こんな所へ美しい女の浮いてゐる所をかいたら」（一二二頁）、と思案する。そして、「私が身を投げて浮いて居る所を」「奇麗な画にかいて下さい」（一一七頁）と挑発してくる那美の顔が、この「画面」に一番似合うと思い定める。「野武士」を見て「憐れ」を漂わせる那美の顔をそのまま鏡が池に浮いている那美に移植し、視線の先に、「血を塗つた、人魂の様に」、「ぽたり〳〵と」、「長へに落ちて」（一二二頁）いる椿の花を配置する構図である。

　服部徹也が指摘する通り、「椿の花の赤いイメージは」「大量死のイメージ」を喚起する。[43] 椿の花は日露戦争における生々しい犠牲の〈画面〉を読者の内面に投影するように働く。しかし、これだけではない。椿を見つめるときの画工の内面には、実に様々な「心持ち」が呼び起こされる。画工は「ぱつと燃え立つ」「深山椿」から、「黒い眼で人を釣り寄せて、しらぬ間に、嫣然たる毒を血管に吹く」「魔力」を持つ「妖女」を想像する（一二一頁）。那美もまた、「帯の間に椿の花の如く赤いもの」（一二九頁）をちらつかせ、「常住芝居をして居る」（一四七頁）ことで、「魔女」的な要素を仄めかしている。中世ヨーロッパでは、人々の様々な不安や恐怖から来る妄想が彼らを魔女狩りに駆り立てた。「親方」が代表する村人たちの不安や恐怖も、那美を「あぶねえ」「狂印」だと思い込ませているのではないだろうか。もちろん、ヨーロッパの魔女狩りがすでに衰退した二〇世紀初頭において、博識な画工が魔女の存在を信じるわけがない。実際、彼自身も「屁の勘定」という名の美術的な「魔女狩り」にあっているからだ。

次に、「ぽたりと落ち、ぱつと咲いて、幾百年の星霜を、人目にかゝらぬ山陰に落ち付き払つて暮らしてゐる」(一二一頁)と、画工は椿から永久の時間の流れという「心持ち」を感じ取っている。そして、「椿が長へに落ちて、女が長へに水に浮いてゐる」(一二二頁)「胸中の画面」(一七一頁)に一瞬と永遠が閉じ込められている。それは時空を超越した抽象的な「人間を離れないで人間以上の永久と云ふ感じ」(一二二頁)であろう。

しかし、画工が一番こだわったのは那美の顔に〈画き〉込むつもりの「憐れ」ではないだろうか。それは、「御金を拾ひに行くんだか、死にゝ行くんだか」(一五八頁)の「野武士」が、日露戦争の戦場である満洲にいく列車に乗っているところを、那美が見かけて咄嗟に浮かべた表情である。この場面から判断すると、ここでの「憐れ」は、人為的な意識操作が伴わない、本能に近い、気の毒がる感情、つまり惻隠の心である。「人を馬鹿にする微笑と、勝たう、勝たうと焦る八の字のみである」那美の「眉宇」に、「咄嗟の衝動で」、「此情」(一二三頁)が現れることを、画工は前もって確信していたようだ。

「胸中の画面」に希望の「憐れ」を

ここで孟子の惻隠の心について、もう一度振り返っておこう。孟子は惻隠の心は誰にでも具わっている身内から他人へと広がる愛の情の端緒であり、惻隠の心を持たないものは、もはや人間ではないと言っていたのだった。孟子はこの「惻隠之心」を「不忍人之心」（「他人の苦痛や不幸を見るに忍びないあわれみの心」）とも言っている。[44] その具体的な現れは、例えば次の場合である。

今人乍見孺子将入於井、皆有怵惕惻隠之心、非所以内交於孺子父母也、非所以要譽於郷黨朋友也、非悪其聲而然也。

（ヨチヨチ歩く幼な子が今にも井戸に落ちこみそうなのを見かければ、誰しも思わず知らずハッとしてかけつけて助けようとする。これは可哀想だ、助けてやろうと「の一念から」とっさにすることで、もちろんこれ（助けたこと）を縁故にその子の親と近づきになろうとか、村人や友達からほめてもらおうとかのためではなく、また、見殺しにしたら非難されるからと恐れてのためでもない。[45]）

つまり、幼い幼児が井戸に落ちそうになっているところを見かけたら、誰でもヒヤリとして憐れみの心にとらわれ助けようとする。これに何か功利的な目的があるわけでもない。ただ、この惻隠の心は他者に対する愛の情の端緒にすぎないゆえ、非常に淡いものである。そして、一切の利害損得から自由になっているのがその特徴である。それは人間が咄嗟に出てくる反応であり、自身の利害を顧みる間もない。このような意味で、那美が汽車に乗っている「野武士」を見て茫然自失する顔に現れてくる「憐れ」は、惻隠の心とほぼ重なる。それはまさに「咄嗟の衝動で」、那美の「眉宇にひらめいた」「人間の情」（一二三頁）そのものである。

画工が見た那美は、その表情に「勝とう、勝とうと焦る八の字」を「普段充満」（一二三頁）させている。那古井で「不人情」と非難されている彼女は、「竹影払階塵不動」という禅的修業のもとで、周囲の動静に心を動かされないように努め、「常住芝居をして居る」。しかし、元夫「野武士」が戦場行きの汽車に乗っているところを見た瞬間、彼女は「芝居」をすることを忘れる。それは自己防衛を忘れた、反省する暇も無い、「不忍人之心」の現れである。

フランソワ・ジュリアンは、この「いかなる個人的な利害関心」も持たない、「他者の死に直面して心が深く動かされる」「憐れみ」において、「ルソーは孟子とそっくりである」という。つまり、「反応の即応性、現象の普遍性、そして利害関心から離れている」意味で、「東西両方の側で、まさに同じ根源的な経験が問題にされている」と指摘している。[46]

ルソー（一七一二―一七七八）は『人間不平等起源論』のなかで、「社会と法律」が「自然の自由を永久に破壊してしまい」、「人類全体をその善意のなかに抱擁する」「自然の憐れみ」は、「幾人かの偉大な世界市民的な人々の魂のなかにしかもはや存在しなくなった」と嘆いている。[47] その結果、「自然を戦慄させ、理性を苦しめる国民間の戦争や戦闘や殺戮や復讐が、それにまた人間の血を流すという名誉を美徳の列に加えるあのすべての恐ろしい偏見が、そのような状態から生れた」と述べている。[48]このルソーの言葉は、人為的に国境が画定され、「国民」が「鉄車」で他国との戦争の戦場に運ばれていく「現代文明」の世界の有様を言い当てている。人間同士の殺し合いにはもはやこの「憐れみ」が完全に欠落している。それは『趣味の遺伝』に描かれていた満洲の戦場を思い起こせば自明である。このように連想すると、「自然の徳は高く塵界を超越して、絶対の平等観を無辺際に樹立して居る」（一一九頁）という画工の見解もまたルソーの思想と通じるように見えてくる。「非人情」を掲げ人間の利害葛藤から離れようとしている画工が「憐れ」にこだわる所以ももはや明らかであろう。画工にとって「人間の情」の「自然」な発露である「憐れ」、つまり「憐れみ」は「現代文明」のもとで人間にとって尊い存在であるからだ。そこに「理性を苦しめる国民間の戦争や戦闘や殺戮や復讐」、「それにまた人間の血を流すという名誉を美徳の列に加えるあのすべての恐ろしい偏見」から人間を取り戻す希望が見出せるからだ。

孟子は、犠牲に供される牛を不憫に思い、羊に代えさせた国王に向かって、「王様は戦争をひき起したり、家来を危険な目にあわせたり、諸侯に恨みの種子をまくようなことをなされて、それでお心は愉快でございますか」と問う。[49]「憐れみの反応は、仁の徳の出発点か突『端』にすぎない」が、「拡充され」、「普遍性にまで至る」契機を秘めているからだ。[50]つまり、結局羊を犠牲に供しているのではないかと疑問に思えるが、それでも牛を不憫に思った国王は「憐れみ」を持っていると孟子は判断している、そして、孟子はこのような国王から戦争を避ける希望を見出そうとしている。

言葉こそ違うが、ルソーも、孟子も、この「憐れみ」という「人間の情」に、悲惨な戦争をせき止める希望の端緒を見出している。すると、ジェンダー的ヒエラルキーに苦しむ那美や、戦場に送り出される久一、またすべての「憐れむべき文明の国民」（二六八頁）を、画工がただ「其儘」「見るより外に致し方がない」（二四九頁）ことを意味しているわけではない。「胸中の画面」にかき込まれる「憐れ」は、やがて、読者の「憐れみ」を喚起し、弱者の苦しみや戦争の残虐をなくそうという契機になり得るという希望を「逸民」である画工も見出そうとしていたに違いない。画工が拘る「胸中の画面」には、まるで陶淵明が「桃源郷」に憧れるような、人類の平和な明るい未来につながる微かな希望という理想的な観念が画き込まれているのだ。

おわりに

『草枕』は語りの「平面」と読者の「詮議立て」との往復運動の中で、物語の「立方的」な多層構造が立ち上がってくるテクストである。「屁の勘定」に苦しむ画工は「非人情」の旅を通して「別乾坤」を求めるが、「狂印」呼ばわりされた那美は「芝居」で禅的修業を積む。「非人情」も「竹影払階塵不動」も個人の内面を操作することにこだわっている。だが、「神に尤も近き人間の情」としての「憐れ」がその意識操作を超越した存在として現れる。この「憐れ」が通う両方の境地に、「現代文明」に妥協しようとはしない意地が秘められている。それは画工が抽象的な観念である「理想」を画き込もうと拘っていることにも通じるものである。自国の利益を追求した結果戦争によって大量の「国民」が犠牲となり、しかもその犠牲は「名誉」や「美徳」と称えられた。そうした中で、「憐れみ」の情を呼び戻すことに一抹の希望がかけられていたのだ。このことは菱田春草の《寡婦と孤児》にも通底している。この意味で、小尾郊一が述べているように、どの時代の「逸民」であれ、「いずれも自分の主義主張を守りとおした人物たち[51]」であったことを、『草枕』は我々に再認識させている。

丁国旗によると、中国の隠逸思想は平安時代から日本に影響を及ぼしてきた。『陶淵明集』は中国の隋唐時代に日本に伝わって以来、多くの文人墨客に愛された[52]。「飄逸」と「神韻」が漂う画風が画工に称えられている与謝蕪村や池大雅も隠逸的な画題を愛した。一方、古田亮によると、菱田春草が早世したとき、彼の一番の理解者である横山大観は追悼作を描いた。それは、自らが尊崇する陶淵明をモデルとした《五柳先生》である[53]。「朦朧体」批判の矢面に立たされていた春草は、複雑な思いで「逸民」の陶淵明に共鳴を覚えていたはずである。それは帝国主義時代の一画家として、「非人情」に憧れる画工においても同様だった。

そして、『草枕』の作者漱石も、画工に劣らぬほど陶淵明に引かれ、『陶淵明集』を愛読していた。彼は日露戦争中のデビュー作『吾輩は猫である』で「太平の逸民」を活写して以降、多くの作品で明治時代の「逸民」や「遊民」を描いている。漱石自身が日清戦争時北海道に送籍して徴兵忌避をした経験があるように、その作品に描かれる「逸民」や「遊民」が、近代国民国家の

「国民」と距離をおいた存在であることは見逃せない。「遊民」については第四章で詳しく検討することにしよう。

周知のとおり、晩年の漱石は文人画を愛し、漢詩文を創作することで「塵界を離れた」心持ちに癒されていた。春草について直接の言及こそなかったが、漱石は一九一二年に大観の画について、「脱俗の気は高士禅僧のそれと違つて、もつと平民的に呑気なものである」だと評価している。[54]なお、「酬横山画伯恵画」(一九一二年七月作)では、「信手時揮灑、雲煙筆底生」(手に信せて 時に揮灑すれば、雲煙 筆底より生ず)と称えている。[55]「雲煙」ということばが示唆しているとおり、漱石もまた「朦朧体」を愛したのだった。「脱俗」と詩文絵画において、陶淵明、菱田春草、横山大観らと夏目漱石は時空を超えて通じ合っていたのだ。しかもそれは架空の人物である画工にも通じる。そして、「逸民」である画工の「胸中の画面」に書き込まれた「憐れ」に対して、多くの読者もまた共感を覚えたはずである。

注

1 本章における『草枕』の本文引用はすべて『漱石全集』第三巻(岩波書店、一九九四年二月)に拠る。

2 小森陽一は、一九〇五年に出版されたオスカー・ワイルドの『獄中記』の一節が作品に登場したことをあげ、テクスト内時間は一九〇五年の春だと推定している。石原千秋・小森陽一『漱石激読』、河出書房新社、二〇一七年四月、七四頁。

3　成田龍一は、「日露戦争の戦時と戦後を貫いて『挙国一致』の様相」や「『国民』の形成」が見えると指摘している（成田龍一「「国民」の跛行的形成――日露戦争と民衆運動」、小森陽一・成田龍一編『日露戦争スタディーズ』、紀伊國屋書店、二〇〇四年二月、一一〇頁）。

4　二人は紀元前千年頃の殷王朝の孤竹君の王子であった。（井波律子『完訳　論語』、岩波書店、二〇一六年六月、五五〇頁）。

5　湯浅邦弘『入門　老荘思想』、筑摩書房、二〇一四年七月、二一〇、二一一頁。

6　小尾郊一『中国の隠遁思想　陶淵明の心の軌跡』、中央公論社、一九八八年一二月、六八頁。

7　松枝茂夫・和田武司『中国の詩人2　陶淵明』、集英社、一九八三年九月、一一五頁。

8　釜谷武志によると、『詩品』の著者である鐘嶸（四六九？―五一八？）は、陶淵明の詩からその批判精神を見抜いている。また、魯迅も、陶淵明は全く政治と無縁ではなく、ただ態度が「竹林の七賢」より穏やかだったと強調しているという（釜谷武志『陶淵明――〈距離〉の発見』、岩波書店、二〇一二年九月、一九―二二、七〇、七一頁）。

9　四〇〇年に軍閥の劉裕が孫恩を南山で破っている（前掲釜谷武志『陶淵明――〈距離〉の発見』、二〇一頁）。

10　以上の儒教概念に関しては、土田健次郎『儒教入門』、東京大学出版会、二〇一一年一一月、一九―二九頁を参照した。

11　成田龍一「「国民」の跛行的形成――日露戦争と民衆運動」、小森陽一・成田龍一編『日露戦争スタディーズ』、紀伊國屋書店、二〇〇四年二月、一一〇頁。

12　小森陽一『漱石論　二一世紀を生き抜くために』、岩波書店、二〇一〇年五月、三二九頁。

13　紅野謙介によると、一八九三年（明治二六年）に公布された「出版法」は、「安寧秩序ヲ妨害シ又ハ風俗ヲ壊乱スルモノト認ムル文書図画ヲ出版シタルトキハ内務大臣ニ於テ其ノ発売頒布ヲ禁シ其ノ刻版及印本ヲ差押フルコトヲ得」と、「印刷発行された文書図画を主として取り締ま」

った。紅野謙介「明治期文学者とメディア規制の攻防」、鈴木登美ら編集『検閲・メディア・文学――江戸から戦後まで』、新曜社、二〇一二年四月、五八、五九頁。

14 中村義一『日本近代美術論争史』、精興社、一九八一年四月、六八、六九頁。

15 前掲中村義一『日本近代美術論争史』、七一頁。

16 児島孝『近代日本画、産声のとき――岡倉天心と横山大観、菱田春草』、思文閣出版、二〇〇四年八月、一一〇頁。

17 藤本陽子「天心と日本美術院の画家たち」、森田義之・小泉晋弥編『岡倉天心と五浦』、中央公論美術出版、一九九八年五月、一八六頁。

18 前掲児島孝『近代日本画、産声のとき――岡倉天心と横山大観、菱田春草』、一一一頁。

19 横山大観『大観自伝』、講談社、一九八一年三月、四六頁。

20 古田亮によると、『太平記』「北山殿謀叛事」の一節に取材している可能性が高い。古田亮「問題作!?――《寡婦と孤児》論争を呼んだ卒業制作作品」、別冊『太陽』二二二（「不熟の天才画家菱田春草」）、平凡社、二〇一四年九月、二二頁。

21 前掲児島孝『近代日本画、産声のとき――岡倉天心と横山大観、菱田春草』、一一一頁。

22 佐藤志乃によると、「朦朧体」の呼称が初めて使われたのは一九〇〇年、日本美術院の絵画共進会出品作に対する大村西崖による批判においてである。例えば、春草の《煙雨楼台》に対して、「あんまり楼台の腰が幽霊じみて居るではないか」、「そこがこの朦朧体の朦朧体たる所以だから是非もない」と批判している（佐藤志乃、『「朦朧」の時代――大観、春草らと近代日本画の成立』、人文書院、二〇一三年四月、一〇二、一〇三頁）。

23 前掲佐藤志乃『「朦朧」の時代――大観、春草らと近代日本画の成立』、一〇五、一〇六頁。

24 前掲佐藤志乃『「朦朧」の時代――大観、春草らと近代日本画の成立』、五七、五八、一五〇頁。

25 古田亮『特講　漱石の美術世界』、岩波書店、二〇一四年六月、一八一頁。

26　前掲佐藤志乃『「朦朧」の時代――大観、春草らと近代日本画の成立』、一四九、一五〇頁。
27　前掲藤本陽子「天心と日本美術院の画家たち」、森田義之・小泉晋弥編『岡倉天心と五浦』、一九九八、一九九頁による。
28　那古井のモデルは、漱石が一八九七年に訪れた熊本県の小天を想起させると、今迄多くの論者が指摘してきた。例えば、安住恭子はその著書『『草枕』の那美と辛亥革命』（白水社、二〇一二年三月）において、那古井と小天、那美と小天の前田卓との関連性を詳しく分析している。本書では那古井を具体的なモデルに還元するのではなく、その虚構のユートピア性に注目する。
29　小林勝人訳注『孟子』下、岩波書店、一九七二年六月、二三一―二三五頁。
30　前掲土田健次郎『儒教入門』、三〇、三一頁。
31　洪自誠著、今井宇三郎訳注『菜根譚』、岩波書店、一九七五年一月、二九〇頁。
32　前掲洪自誠著、今井宇三郎訳注『菜根譚』、二九一頁。
33　前掲洪自誠著、今井宇三郎訳注『菜根譚』、二九一頁。
34　三好隼人も「大轍から見た那美の姿は共同体の共通認識とは異なっている」と見ている。（三好隼人「『草枕』論――「不思議にも今迄かつて見た事のない『憐れ』」」、『日本文芸論叢』、二〇一三年三月、三七頁）。
35　前掲洪自誠著、今井宇三郎訳注『菜根譚』、二九一頁。
36　白隠は「枯坐黙照」より労働などの動的な場における修行である「不断坐禅」を肯定している（白隠『遠羅天釜・禅林法話集』、有朋堂、一九二七年一一月、三六三―三六六、三八三頁）。
37　前掲白隠『遠羅天釜・禅林法話集』、四〇二頁。
38　森三樹三郎『無為自然の思想――老荘と道教・仏教』、人文書院、一九九二年五月、二二、二三頁。
39　中島隆博『『荘子』――鶏となって時を告げよ』、岩波書店、二〇〇九年六月、七五頁。

40　ここにおける「心持」理解は、佐藤志乃が橋本雅邦に師事した川合玉堂の回想に基づいた雅邦の「心持」に対する解釈によるものである（前掲佐藤志乃『「朦朧」の時代――大観、春草らと近代日本画の成立』、五七、五八頁）。
41　前掲佐藤志乃『「朦朧」の時代――大観、春草らと近代日本画の成立』、五七頁。
42　代表的な作品は、春草《水鏡》（「天女の衰えた姿が水面に映るというテーマを取り上げている」が、「美人はいつまでも美人にあらず終に衰へる時があるといふ考へ」を表現している）や横山大観《寂静》（「一見風景画のようで実は、悟りの境地をあらわす〝仏教画〟」である）がある（前掲佐藤志乃『「朦朧」の時代――大観、春草らと近代日本画の成立』、二五、四七、四八頁）。
43　服部徹也「《描写論》の臨界点――漱石『文学論』生成における視覚性の問題と『草枕』」、『日本近代文学』第九四集、日本近代文学会、二〇一六年五月、一一頁。
44　小林勝人訳注『孟子』上、岩波書店、一九七二年六月、一四〇頁。
45　前掲小林勝人訳注『孟子』上、一三九―一四一頁。
46　フランソワ・ジュリアン著、中島隆博・志野好伸訳『道徳を基礎づける　孟子 vs. カント、ルソー、ニーチェ』、講談社、二〇一七年一〇月、五五頁。
47　ルソー著、本田喜代治・平岡昇訳『人間不平等起源論』、岩波書店、一九三三年一〇月、一〇六―一〇七頁。
48　前掲ルソー著、本田喜代治・平岡昇訳『人間不平等起源論』、一〇七―一〇八頁。
49　前掲小林勝人訳注『孟子』上、五七―六一頁。
50　前掲フランソワ・ジュリアン著、中島隆博・志野好伸訳『道徳を基礎づける　孟子 vs. カント、ルソー、ニーチェ』、八五頁。
51　前掲小尾郊一『中国の隠遁思想　陶淵明の心の軌跡』、二七頁。
52　丁国旗『日本隐逸文学中的中国要素』、北京人民出版社、二〇一五年九月、三一〇頁による。

53 古田亮「横山大観《五柳先生》」、前掲別冊『太陽』二二二、一四一頁。
54 夏目漱石「文展と芸術」、『漱石全集』第一六巻、岩波書店、一九九五年四月、五二七頁。
55 『漱石全集』第一八巻、岩波書店、一九九五年一〇月、二九四頁。

第四章　徴兵忌避する「遊民」の「沈黙した声」

——夏目漱石『それから』における青年の危機

はじめに

夏目漱石『それから』（一九〇九年六月二七日から一〇月一四日まで『東京朝日新聞』と『大阪朝日新聞』に掲載）は、「それから」の時空間を豊かに内包した作品である。「それから」という言葉自体には、過去のある時点から、現在に至るまでの時間の広がりがあるが、『それから』の語り手はたびたび過去に遡上し、「それから」の時空間を読者の前に手繰り寄せている。また、登場人物の会話に現れる「それから」は、「登場人物の情緒を牽引し、その輪郭を露わにする」と同時に、「登場人物や読者の意識が運動する」ように仕組む、と野網摩利子が指摘しているように[1]、このテクストの多層的な時間が入り混じった構造は、単に過去を召喚することに止まらず、「それから」への認識を改め、「それから」の情緒を甦らせることにもつながっている。これが端的に表れているのは、代助が「自然の昔」（『漱石全集』第六巻、二七一頁）[2]に回帰し、三千代との間の「自然の愛」（二二五頁）を発見し、それを全うするために「戦ふ」（二八六頁）という恋愛ストーリーにおいてである。一方、語りの表層から掬い取れるもの以外にも、主人公の意識や無意識の狭間でさまよう情緒から浮かび上がってくるもの、また、語られていないにもかかわらず、テクストの行間でほのめかされているものがある。

ベンヤミンは、「歴史の概念について」のなかで、「過去という本にはひそかな索引が付されていて、その索引は過去の解放を指示している」、「ぼくらが耳を傾けるさまざまな声のなかには、いまや沈黙した声のこだまが混じってはいないか？」という。[3]個人的または社会的な過去を豊かに内包する文学テクストの読解にもこれは適用できるだろう。『それから』では、言葉はもちろんのこと、音、色、香、髪形、花、指輪、さらには登場人物たちのさりげない目つきや仕草の一つひとつまでもが、過去を甦らせるモチーフとして機能している。そして、テクストにしばしば現れる謎や空白は、語り手により明確な解釈をあたえられていないにもかかわらず、ひそかに「索引」が付された「沈黙した声」で何かを物語っている。『それから』の先行研究では、語りにより前景化された代助の「自然の愛」について多角的に読解されてきた。また、代助と三千代との間の情緒や記憶が重層的な「それから」の時間創出のなかで浮かび上がってくる様相についても、緻密な先行研究がすでにある。[4]本章では、代助の無意識の所作言動が物語っている彼自身の「それから」、および父親との関係性から浮かび上がってくる日清日露戦争以来の時代的、社会的

「それから」や、またこれらが「自然の愛」と如何に連動しているのかを検討してみたい。

例えば、『それから』の冒頭では、なぜか異常に心臓を気にする代助の「近来の癖」（三頁）が前景化されている。先行研究では、「『時計』『心臓』『死』『赤ん坊』――このシリーズ化された名詞群の指し示す宛先は、たった一つ、三千代しかない」という石原千秋の論考や、[5]三千代を平岡に周旋した代助の身体がここで「心臓を患った三千代に共鳴」しているという野網真理子の論考があるように、[6]冒頭のシーンと三千代との関連性がたびたび指摘されてきた。しかし、三千代との関連だけでは済まされない何かがここでほのめかされているのも間違いない。ここの椿の花について、浜野京子は「『迸しる血』を連想させる」[7]と述べ、多田道太郎は「首がおちるような椿の花は伝統的に不吉の象徴である」[8]と指摘しているように、冒頭シーンが引きおこす死の恐怖は、肉体が破壊され突然命が中断されるイメージを醸し出す。では、何が代助にこのような恐怖をもたらしているのか。代助の年齢と身分から考えると、日露戦争前後の徴兵制を想起させる。実際、テクストが召喚する四、五年前の時間はちょうど日露戦争中にあたる。第二章で言及したように、「天下の逸民」の「詩想」の中では、日本人とロシア人が「狂神」に唆されて、「はつと応へて百里に余る一大屠場を朔北の野に開いた」（『漱石全集』第二巻、岩波書店、一九九四年一月、一八五頁）とされ、残酷極まりない戦場の場面が展開されている。実際、戦場の満洲では日露両国の大量の若者がその肉体を最新兵器によって破壊され、無残に命が突然中断されていた。一方、銃後の若者は兵員補充のための徴兵対象になっていた。しかし、代助の死への忌避と徴兵制との関係は、今迄の先行研究では看過されてきた。そこで本章では、時代的、社会的な事象と密接な関係にある代助個人の「それから」に関する「沈黙した声」をテクストの中から掬い上げていくことを目指したい。

第一節　冒頭の「沈黙した声」

「心臓」と「それから」

『それから』の冒頭は、謎めいた描写から始まる。誰かが門前をあわただしく走り通る音を聞きながら、主人公代助は明け方の夢とうつつの狭間で「大きな俎下駄が空から、ぶら下つてゐ」る（三頁）朦朧とした意識に包まれていた。その少し前の夜中には、一輪の椿が畳に落ちる音が代助の耳に「護謨毬を天井裏から投げ付けた程に響いた」（三頁）。代助はこの時なぜか心臓を気にしていた。眠りの中で様々な恐怖観念に捕らわれていた代助が目覚めた途端、「赤ん坊の頭程もある大きな花の色を見詰めて」、「又心臓の鼓動を検し始めた」（三頁）。彼は「時計の針に似た響は、自分を死に誘ふ警鐘の様」だと考えると同時に、「静かな心臓を想像するに堪へぬ程に」「生きたがる男である」（四頁）。「時計」、「赤ん坊」の「死」、三千代を平岡に周旋した代助の「身体」――。確かにこれらはこの時点ですでに代助の意識の中に存在していた。これらの事象はその後のプロットの展開を暗示しているようでもある。だが、確認すべきことは、この冒頭の時点で、つまり三千代夫婦が帰京する前に、代助がすでに三千代の心臓の病を察知していたかどうかということである。この肝心なところが、テクストのなかではなぜか曖昧にぼかされている。

帰京後の平岡に初めて会ったときに、代助はすかさず「それから、以後何うだい」（一六頁）と訊ねる。先行研究ですでに言及されているように、ここでの「それから」とは、結婚後すぐ三千代を連れて「京坂地方」に行ってしまった平岡との頻繁だった「手紙の遣り取りが疎遠になつて」（二〇頁）からのことであると推察できる。[9] 代助は明らかにその後の夫婦の状況を知りたがっている。平岡もまた明らかにこの問題から逃げようとしている。「何うの、斯うのつて、――まあ色々話すがね」（一六頁）と逃げ腰のようすで、「僕より君はどうだい」（一七頁）と話を逸らす。代助が三千代のことを聞こうと切りだしたのは、ようやく別れ際になってからのことだった。

「子供は惜しい事をしたね」（代助）
「うん。可哀想な事をした。其節は又御叮嚀に難有う。どうせ死ぬ位なら生れない方が好かつた」（平岡）
「その後は何うだい。まだ後は出来ないか」
「うん、未だにも何にも、もう駄目だらう。身体があんまり好くないものだからね」
「こんなに動く時は子供のない方が却つて便利で可いかも知れない」

「夫もさうさ。一層君の様に一人身なら、猶の事、気楽で可いかも知れない」（三〇頁）

三年ぶりに再会した二人の会話からはいくつかの問題が浮かび上がってくる。一つは、子供が死んだことについて話題になる一方で、三千代の心臓の病の話は全く言及されていない。もう一つは、三千代を連れてきていない理由について、平岡は「何だか汽車に揺れたんで頭が悪いといふ」（三〇頁）ことにして、子供ができない理由を「身体があんまり好くない」とぼかし、三千代の心臓の病をわざと隠しているように見える。今一つは、もしこの段階で仮に代助が三千代の心臓の病を知っていたとしたら、「まだ後は出来ないか」と三千代の心臓の病ではなく子供のことを訊ねるのは不自然である。三千代がかかったのが「根治は覚束ないと宣告された」「六づかしい名の心臓病かも知れない」（六二頁）ことだと知っていたなら、子供を作るのが困難であることは代助にもわかるはずである。

テクストの中で、三千代の心臓に関する詳しい話が語りの表面に現れるのは、彼女が初めて一人で代助に会いに来た時まで待たなければならない。そこでは「三千代は東京を出て一年目に産をした。生れた子供はぢき死んだが、それから心臓を痛めたと見えて……（中略）是は三千代が直に代助に話した所である」（六二頁）と記されている。ここでの「それから」は代助が平岡に尋ねた「それから、以後何うだい」の「それから」と一致しているとも言える。平岡がわざわざ遮断したい情報は、三千代が直に代助に教えないかぎり、代助に伝わるはずもない。心臓の問題が曖昧に語られることによって、代助のこの「近来の癖」に、三千代以外の原因が潜んでいる可能性が示唆されている。心臓の響きが「自分の死を誘う警鐘」という表現にあるように、それはむしろ代助自身の死への恐れに関わる問題である。

上述の冒頭シーンでは、音に対しても関心が払われねばならないだろう。「大きな俎下駄が空から、ぶら下つてゐた」のは、「誰か慌たゞしく門前を馳けて行く足音がした時」であり、それはまた「足音の遠退くに従つて」（三頁）消えている。また、代助が夜中に心臓を気にし出したのも落ち椿の音に怯えた時である。この音と共に現れる「俎下駄」や「護謨毬」のイメージは、どちらも無防備に横になっている肉体にダメージが与えられることへの恐怖につながる。それは、心臓の部位を「鉄槌で一つ撲されたなら」（四頁）という恐怖観念でもある。代助の「鋭どい」「聴神経」（一六一頁）が捉えた音のイメージは、代助の意識と無意識の狭間でみえかくれする、彼の肉体破壊への恐怖と不安を物語っている。

「近来の癖」と徴兵忌避

まず、心臓を気にする「近来の癖」の「近来」も「年数をぼやかした表現」であり、「三千代という解釈コードを導入することで」、「三年程の間」であると読めるという石原千秋の見解がある。[10] 長井家の人たちは、代助の神経質な癖について「又神経だ」（八九頁）と言っており、それをもう長い間見てきたようだ。書生の門野も「此間から代助の癖を知つてゐる」（一一三頁）。一方、代助自身は「もう病気ですよ」（一三頁）と自認してしまう。確かに、門前の足音や落ち椿の些細な音、さらに赤だろうと推測される椿の色に過剰に刺激されて戦く反応は、過去のトラウマ（心的外傷）が何かのきっかけで不意に思い出されるフラッシュバックのような症状でもある。代助は「何事によらず一度気にかゝり出すと、何処迄も気にかゝる男である」（七二頁）。彼は過去のある時点で強い衝撃や死の恐怖を体験し、その記憶が時々脳裏によみがえるのだろう。音や色に神経が過敏に反応する冒頭のシーンは、代助の意識と無意識の狭間で彼を脅かすイメージが構成されていることを思わせる。「近来の癖」とは代助の「それから」に通じる〈索引〉なのだ。

「代助は子供の頃非常な肝癪持で、十八九の時分親爺と組打をした事が一二返ある位だが、成長して学校を卒業して、しばらくすると、此肝癪がぱたりと已んで仕舞つた」（三四頁）という。大学を卒業したての四年前が一つの転換点であるようだ。三〇歳という今の年齢から逆算すると、この時の代助は二六歳前後であった。四年前の一九〇五年は日露戦争中であったこと、二六歳という年齢、また東京帝国大学を卒業間近であったことなどから想起できる代助にとっての衝撃的な事件とは、徴兵検査のほかにあるまい。徴兵検査には心臓の検査が必須であった。この時の検査をきっかけに心臓を異常に気にする「癖」が付いたと思われる。作品が発表されたのは一九〇九年で、日露戦争から「四五年後の今日」（二四六頁）である作品の内部時間がほぼ外部の現実的な時間と同時進行だと仮定した場合、四年前の一九〇五年春は、まだ日露戦争の真最中であった。加藤陽子によると、このころ、日本側の死傷者が予想以上に多くなったことを受け、一九〇四年の徴兵令改正のもとで、補充兵が大量に増徴されていた[11]。椿をはじめ、多くの場面で代助が忌避している赤は、まさに血の色であり、召集令状の「赤紙」の色である。ただし、休戦協定が結ばれたのは一九〇五年九月一日で[12]、七月に卒業した代助は卒業ぎりぎりで戦争参加の恐怖から免れる僥倖に恵まれたと推察できる。

しかし、この恐怖体験は根深い痕跡を代助の心に刻んでいるようだ。日露戦争開戦直後に「軍神と迄崇められた」（二四六頁）広瀬中佐のことを代助は未だに鮮明に記憶している。第一章でも言及したように、このころの新聞では戦況報道が紙面を賑わし、また大量の戦死者の報道をしていた。広瀬中佐の戦死情報も代助は新聞から手に入れたはずである。アンドレーフ（アンドレーエフ）の「七刑人」（『七死刑囚物語』）における刑死の場面を読んで[13]、代助は「万一自分がこんな場に臨んだら、どうしたら宜からうといふ心配」（五四頁）をしてしまう。そうであれば、日露戦争の戦死報道は彼に「万一自分が」という想像を当然もたらしただろう。『草枕』の久一のように徴兵されて戦場に赴く可能性があった代助にとっては、戦場における若者の戦死の方が、「七刑人」における刑死よりもリアリティを持つ存在であるからだ。「迸しる血の色を見て、清い心の迷乱を引き起さないものはあるまいと感ずる」ほど「神経の鋭どい」（一五一頁）代助が、「七刑人」を読んだ時よりも激しい恐怖体験を四、五年前に新聞の戦時報道を読みながら余儀なくされていたことは、想像にかたくない。容易に殺戮の場面を脳裏に浮かべていた代助は、「心の迷乱を引き起さない」はずがあろうか。代助の恐怖は否が応でも増長したに違いない。この時の恐怖が特に赤という血の色に凝縮して記憶され、意識のコントロールを逸脱した形で不意に彼を襲っている。

大江志乃夫によると、日本の徴兵制は一八七三年に発足し、それが例外を認めない「国民皆兵」にシフトしたのは一八八九年の改正後である。そのときに「日本帝国臣民にして満十七歳より満四十歳迄の男子は総て兵役に服する義務のあるものとす」と定められた[14]。ただし一八八九年改正徴兵令第二十一条に、（官立や政府が認定した私立）「学校ニ在校ノ者ハ本人ノ願ニ由リ満二十六歳迄徴集ヲ猶予ス其事故満二十六歳迄ニ止ミ又ハ二十六歳ヲ過クルモ仍ホ止マサル者ハ抽選ノ法ニ依ラスシテ之ヲ徴集ス但第十一条ニ依リ一年志願兵ヲ志願スル者ハ此限に在ラス」という文言がある[15]。これについて、加藤陽子は、満一七歳以上満二六歳以下の中等学校以上の在校生は本人の願いにより徴集されないが、二六歳を過ぎると一年間の志願兵に志願しない場合抽選しないで徴集すると「脅しておいて」、「積極的に志願させる工夫もなされていた」と見ている[16]。大江志乃夫は、この猶予年齢は一八九三年に満二八歳以下と改正された（大正七年まで変わっていない）が、一年志願兵制度を利用すれば、「現役在営期間短縮の特権」を利用できると見ている[17]。上記の二六歳という一八八九年に定められた年齢が最も人々の記憶に残り、学生における徴兵の象徴的な年齢になっていた可能性がある。いずれにせよ、代助は一年間の志願兵に応募していないうえに、徴兵免除が適用される「官吏及び市町村長[18]」でもないので、卒業すれば必然的に徴兵検査の対象になる。一九〇四年度の徴兵数は一〇一万八二四七人であったが[19]、日露戦争の膠着によって大量の死傷者が出たことを受けて、翌年には「四個師団が急増され」[20]、日露戦争後も「軍備大拡張」が続いた[21]。こう考えると、「健全に生きてゐながら、此生きてゐるといふ大丈夫な事実を、殆んど奇蹟の如き僥倖とのみ自覚し出す事さへある」（四頁）という代助の気持ちも理解できる。代助を含め、多くの「健全」な若者たちは、徴兵の危機に直面していたはずである。つまり、彼らは死を覚悟せざるを得ない状況下におかれていたのだ。

大江志乃夫によると、徴兵では、検査で甲種、乙種に合格した青年から優先的に抽選で召集が行われる。一方、「近視」などの場合に認定される丙種は、召集される可能性がほぼなく、「実質的には平時免役にひとしかった」[22]。眼鏡をかけていたのでおそらく丙種に分類されると思われる平岡と違い、「脊の低い方ではない」（七五頁）、「二三年このかた風邪を引いた事も」（三九頁）ない、「健全」な身体を持つ代助は甲種か乙種に合格する可能性が大きい。

代助が徴兵を免れた理由は明らかではないが、「学校を出た時少々芸者買をし過ぎ」（八〇頁）たことが一つの手掛かりを示している。徴兵検査では性病が伝染病として厳しい取り締まりの対象とされていたからだ。実際、当時の学生の性病罹患率が三、四割であったという渋谷知美の論考[23]から推察するとこの可能性は否めない。また、ほぼ同じ時期に、代助は「気狂になる時の状態と似て居はせぬかと考へ」、「不明瞭な意識」を「明瞭な意識」で「回顧しやう」と「試み」（七三頁）ている。それはあたかも彼が精神的な不安に陥っていたかのようだ。代助は学校を卒業したあと徴兵忌避に苦心していたと思われる。

代助のこの窃かな〈戦い〉を応援してくれたのは兄の誠吾であろう。代助は「芸者買をし過ぎて」、「其尻を兄になすり付けた覚はある。其時兄は叱るかと思ひの外、さうか、困り者だな、親爺には内々で置けと云つて嫂を通して、奇麗に借金を払つてくれた。さうして代助には一口の小言も云はなかつた」（八〇頁）。誠吾が「親爺には内々で」と言ったのは、代助の性的放蕩ではなく、徴兵忌避を父親の得に知られては困るからである。この時は気前よく代助の窮状を救った誠吾だが、代助に三千代のために金策を頼まれた時には断っている。その理由に挙げたのは、「徴兵検査で急に国へ帰らなければならな」い（八一頁）人のための金策を断ったという話であった。「動かすのは、同じ仲間の実業家でなくつちや駄目」（八三頁）だという誠吾は、金銭の貸し借りに厳格であった。にもかかわらず、弟の「放蕩費を苦情も云はずに弁償して呉れた事」（八三頁）の意味がここから示唆される。誠吾は徴兵忌避のためなら「放蕩費」でも惜しみなく出すが、それと無関係なことなら断るのだ。これもまた明らかにテクストに仕掛けられた〈索引〉である。代助に金策を頼まれた誠吾は昔弟の徴兵忌避のための借金を払った記憶が甦り、その延長線上に徴兵検査で国へ帰る若者のことが意識に浮上し、ついでにそれを話したと思われる。徴兵検査で国へ帰る人のための金策を断ったという話は、そうした誠吾の考えを暗示するためにしかけられた〈索引〉と読むことができるのだ。これは同時に、誠吾が徴兵制や徴兵検査を支持していないというスタンスの表明でもある。誠吾が弟代助の徴兵忌避を暗に助けたという理解が妥当である証左でもある。とにかく、この時の誠吾の助けが功を奏したか、代助は結果的に徴兵されなかっった。だが、日露戦争が終結後も、彼は徴兵されて戦場で殺される恐怖から簡単には解放されなかったのである。

「国民の義務」と青年の危機

代助の代わりに「放蕩費」を払った誠吾が「親爺には内々で」と言ったのは、父親の得が代助の戦争参加を期待していたからだ。「胆力修養」(三六頁)を重視する得の「薫育」(三四頁)により、代助は「子供のうちは心魂に徹して困却した事がある」(三四頁)。その結果、三〇歳の今は面従腹背の冷淡な関係を保っている。得は自分が戦争に参加したことを自慢し、代助にも「度胸」と「胆力」を一番に求めている。「御前抔はまだ戦争をした事がないから、度胸が据らなくつて不可ん」(三五頁)と言い、また「世の中もある、国家もある。少しは人の為に何かしなくつては心持のわるいものだ」(三七頁)、「奮発して何か為るが好い。国民の義務としてするが好い」、「金は取らんでも構はない」(三八頁)とも言う。得は維新後、時代の波に乗り、武士から実業家に転身した。時代の気運をうまくキャッチして自身の利益のために計らうことに長けている彼は、近代国民国家における一番重要な国民の義務が徴兵義務であることを明確に認識しているはずである。そして、家を継ぐ長男の誠吾よりも次男の代助が、徴兵されて戦争に参加し、自分の家のために「名誉」を獲得することが理想であると思っていたであろう。従って、戦争に参加することを誇りに思い、度胸を重視する彼による「胆力の講釈」(三五頁)は、徴兵を忌避せんがために藻掻いていた代助にも発せられ続けただろう。得にとって、度胸を鍛え、「国民の義務」を果たすもっともたる手段は戦争に参加することだ。だから、得は代助が徴兵に応じることを望むが、徴兵忌避することを決して許せないだろう。

得の代助に対する〈英才〉教育は代助がまだ幼いころから始まっている。父の期待と裏腹に、代助は「胆力修養」を決して快く受け入れていない。むしろ反発している。代助の父親に対する「肝癪」は、卒業まもなく「ぱたりと已んで仕舞つた」（三四頁）。それは、代助自身が「臆病」は「自分の本来」（三六頁）だと信じるようになったことが一因であろうし、同時に、卒業後間もなくして、日露戦争の終結により現実的な戦死の脅威がなくなったからでもあるだろう。だが、日露戦争が代助にもたらした死への恐怖は、彼の「不明瞭な意識」に身を潜めただけである。それはまるでアンドレーエフの『血笑記』（一九〇五年、日本語訳は一九〇八年に出版されている）に描かれているロシア人兄弟のようだ。彼らは日露戦争の戦死者の最期の「赤い笑」の名残に囚われて狂気に陥ったのだった。[24]ドイツ語訳と思われる「七刑人」を一九〇九年の時点で代助が読んでいるということは、彼がまた『血笑記』も読んでいた可能性が高い。

日露戦争を描いた『血笑記』は、代助をとりまく現実とも密接に関連している。『血笑記』の内容は実に衝撃的なものである。

志願兵が何か言はうとして口元を動かした時、不思議な、奇怪な、何とも合點の行かぬ事が起つた。右の頬へふわりと生温い風が吹付けて、私はガクッとなつた——唯其丈だつたが、眼前には今迄蒼褪めた面の在つた處に、何だかプツリと丈の蹙つた、真紅な物が見えて、其處から鮮血が栓を抜いた壜の口からでも出るやうに、……（中略）血がドク〳〵と流れる處に、歯の無い顔でニタリと笑つて赤い笑の名残が見える。（『二葉亭四迷全集』第四巻、岩波書店、一九六四年一二月、二四三頁）

このような場面を目撃してしまった兄は、家に帰ってきた後に精神が狂い始め、やがて死んでゆく。そして、戦争に参加しなかった弟まで精神が崩壊する。赤い色から異常な刺激を受け取る「神経の鋭どい」代助は、まるでこの『血笑記』の弟のように、戦場に行っていないにもかかわらず精神の狂いに苦しんでいる。「もう病気ですよ」という代助の自覚はそれを示唆している。

実際、代助は自分の頭の「其底には微塵の如き本体の分らぬものが無数に押し合つてゐた」（八五頁）ことを自覚している。しかし、この無意識に押し込まれた恐怖は、些細なきっかけで召喚される。例えばそれは落ちた椿の花の音と色である。それらは代助において、心臓が破壊されるイメージへといとも簡単に変換されるのであった。『草枕』（一九〇六年九月）の中では、椿の色が「屠られたる囚人の血」のような「異様な赤」だと描写され、花の「ぽたりと」落ちる様子が「血を塗つた、人魂の様」に写し出されている（『漱石全集』第三巻、岩波書店、一九九四年二月、一二一、一二二頁）。志願兵として満洲の戦場に赴く青年久一を前に、画工は「朔北の曠野を染むる血潮の何万分の一かは、此青年の動脈から迸る時が来るかも知れない」（同一〇五頁）と思いを馳せる。一方、那美は久一に「死んで御出で」（同一七〇頁）と声をかける。画工も那美も同じ結末を想像していたのだ。久一の徴兵は一九〇五年春だと推定できる。旅順包囲戦を始め、日本側が凄惨極まりない戦闘を強いられ、夥しい戦死者を出したあとのことだ。そうした中で戦場に赴くことは、否応なく死を想像させるであろう。戦争終結までの間、代助のような多くの青年が死の恐怖に戦いていたはずである。

落ち椿の冒頭シーンもまた、〈索引〉として機能し、テクストの時間に亀裂を走らせ、徴兵忌避していた「それから」を手繰り寄せる。そして、徴兵と死に対して孤独に怯えていたのは代助だけではない。日露戦争当時の青年たちは多くが同様の危機的状態におかれ、徴兵忌避という人知れないタブーは、彼らの「沈黙した声」として語られるのだ。

第二節　死生観と「知行合一」の虚偽

こうした危機的状態におかれていたからこそ、代助は父親や日本の「それから」に思索をめぐらせることができた。得は元武士出身で、切腹の危機を潜り抜け、維新の戦争にも参加していたという。「誠之進」から「得」への転身（改名）は、二つの時代における彼の生きざまを物語っている。「此十四五年来は大分の財産家になつた」（三一頁）彼は、時代の波に乗り、日清日露戦争の都度財産を増やし、その名の通り「得」をしてきた。一方、三千代の父親の場合、「日露戦争の当時、人の勧に応じて、株に手を出して全く遣り損なつて」、「潔よく祖先の地を売り払つて、北海道へ渡つた」（一三四頁）。三千代夫婦もまた、「此十数年来の物価騰貴に伴れて、中流社会が次第々々に切り詰められて行く有様」（九一頁）を「代表する最好の象徴」（九二頁）となっている。このように、三千代の実家菅沼家の人々は、得とは対照的に日露戦争で財産を失っているのであり、まさにその「暗黒」（一〇二頁）の部分を映し出している。これと対照的に、得は日本の帝国主義戦争で得をした部類に入る。

得は、代助への「薫育」において、「胆力」以外に「誠実と熱心」（四二頁）を中心課題に据えた。しかし、代助は父の教えに対して、「論語だの、王陽明だのといふ、金の延金を呑んで」、「延金の儘出て来る」（四二、四三頁）ようだと批判している。彼には、得は「熱誠」を会得していないものと見えた。

代助は父の人格を信頼していない。「生活慾の為に腐蝕されつゝ、今日に至つた」にもかかわらず、「誠実と熱心」を唱える父は、「自己を隠蔽する偽君子か、もしくは分別の足らない愚物か」（一四三頁）のように映じたのである。「父と兄の財産が、彼らの脳力と手腕丈で、誰が見ても尤と認める様に、作り上げられたとは肯はなかつた」、「人為的に且政略的に、暖室を造つて、拵え上げたんだらうと代助は鑑定してゐた」（一二六頁）。つまり、「誠者天之道也《まことはてんのみちなり》」（四一頁）を誇るべき「知」として掲げる得は、決してそれに従って行動しているとは限らない。

儒学の代表的な経典「四書」の一つである『中庸』では、「誠者、天之道也、誠之者、人之道也」(「誠なる者は、天の道なり。これを誠にする者は、人の道なり」)とある。[25]金谷治によると、「誠」は「天の働きそのもので」、「宇宙万物の存在にまでも影響を及ぼす」「窮極的な根源性」を持つ「最高絶対の徳目」とされている。[26]ここの「誠」は「もはや単なる日常的な誠実の徳にとどまるもの」ではなく、それは「天の道」(「絶対的窮極的規範性」を持つ「天の働き」)を指し、人間が「地上でその実現を目指す」ことが「人の道」である。[27]「人為的に且政略的に」財産を増やしてきた得はこのような崇高な「誠」の地上の体現者とはとても言えない。だから、まるで「金の延金を呑んで」、「延金の儘出て来る」ように、まったく儒教古典を理解消化できていないと、代助は得を見ている。

王陽明《おうようめい》(一四七二―一五二八)に関しても同じことが言える。中国明代の儒家王陽明は、『伝習録』において、「知が、(心の本体において)真切篤実に発見する、そのところがとりもなおさず行ないであり、行ないが、澄明な自覚と精察において機能する、そのところがとりもなおさず知であり、知と行の功夫は、もともと不可分のもの」だと説いている。[28]つまり、「そもそも知っているという以上、それは必ず行ないにあらわれるものだ。知っていながら行なわないというのは、要するに知らないということだ[29]」と説く王陽明は、孔子や孟子から受け継いだ儒教の倫理的思想の根幹をなす孝、誠、仁が現実の中で実際に行動に移されて、やっと知として認められるとして「致良知」(良知を推し究め発見すること)の重要さを主張している。「生活慾の為に腐蝕され」

て利己的に働いてきた得は、王陽明の思想の真髄を顚倒している。代助が言う「偽君子」であろう。代助は、父親における「知行合一」（知ることと実行することが一致すること）ならぬ、「知行」の分裂を見抜いていたのだ。得が迫る戦争参加の圧力に抗するためにも、代助は得の実像を捉える必要があった。

看過できないのは、得の説く青年への教化言説は時代遅れでも何でもなく、実は時代の教化言説そのものであったという現実だ。この時期の死生観の代表的な言説に、加藤咄堂『死生観』（一九〇四年）や新渡戸稲造『武士道』（*Bushido: The Soul of Japan* は一八九九年にアメリカで出版されたあと一九〇〇年に日本でも出版され、一九〇八年に日本語訳が出版された）がある。島薗進によれば、武士道は「軍隊を代表とする天皇への忠誠心に日本の精神的伝統の神髄を」見ようとする思想で、「新しい時代の精神的欠落を埋める有望な精神的資源」だと見なされたという。[30]「死を意識しつつ悟りを得る」とか、[31]「生命より価値があると考えるに足るものがあれば、きわめて心穏やかに、そしてすみやかに生命を棄て」るという死生観は、[32]日露戦争前後の日本社会では支配的であった。『伝習録』には「人にとって生死の念」は「消し去ろうとすることは無理だ」が、「もしそこのところを看破し、そこに透徹できたら、心は全体くまなくそのはたらきを発揮して、自由無礙となる」と説いている。[33]ここには咄堂や新渡戸のいう「悟り」の死生観に相通じているところがあるだろう。だが、彼らの武士道的死生観が近代的な、天皇への忠誠という外在的な倫理道徳規準に結びついていたことには注意すべきだろう。つまりそれは、忠君愛国という近代的国民精神のもとで織り出された「名誉の戦死」のイデオロギーである。

近代国民国家以前の日本において、同じ陽明学とは言え、小島毅が指摘するように、「他者や外界に倫理道徳の規準を求めるのではなく、自分のなかに、その心の自然なはたらきにおいて、道徳性を見ようとする」ことを「『良知』の発動」であると認識した大塩平八郎のような例もたしかにあった。[34] その後、近代になると陽明学が大きな力を持つようになる。明治四一年（一九〇八年）に陽明学会が組織されると、その機関紙『陽明学』の「発刊の辞」では、陽明学は「現在の軽佻浮薄な風潮を正す効果が」あり、「日露戦争における日本軍人の壮烈剛毅が平素の精神修養に由来する」ものだと位置づけられ、「陽明学の普及は今日の使命である」と謳われるようになったと小島毅が述べている。[35] つまり、近代陽明学は「明代に王陽明が唱えた教説の一部を、換骨奪胎して近代日本に適応させようとした」のだと小島毅が見ている。[36]

例えば井上哲次郎は、「陽明学の思想が、国民道徳の理解を助ける」ために、「国民のための道徳の一環として」、「内外の峻別をつけると同時に、天皇を中心とする体制の秩序を護持しようとする」「国家主義」に援用しようとした痕跡がある、と山村奨が述べている。[37] そこには帝国主義時代において、日本の「対外的な危機意識から、国内の安定を図るために儒教思想を道徳として用いる意図」があったと山村奨が言う。[38] 近代日本の陽明学が、帝国主義領土拡張のための戦争における国民の戦死を「国民の義務」とし、国家や天皇のための「名誉」の死として正当化する言説を、社会という外部から青年たちの内面に提供することになったのは確かである。

代助の死に関する恐怖と忌避は、同時代に支配的だった死生観の道徳規範から逸脱している。かといって、彼の身体はその死生言説から逃れられない。ましてや未だに実家から経済援助を受けている彼には、もとより得の説教に抵抗する力は乏しかった。だが、結果的に徴兵を免れて「国民の義務」を果たすことがなかった（帝国大学卒のエリートでありながら定職に就かず、実家からの経済援助により生活している）「遊民」としての代助の生き方は、帝国主義的拡張原理に寄与する武士道的死生観に亀裂を走らせ、時代の支配的な言説を脱臼させる効果を持っている。代助の死に対する忌避の物語において戦場と銃後の犠牲者たちの内面に潜んでいた本来の声が解放されるだろう。日露戦争当時メディアにあふれていたのは、「名誉なる戦死」や「義侠心」であった。その背後で、戦死を遂げて英雄に祭り上げられた若者や、死への恐れから徴兵義務に戦いていた「健全」な若者たちが抱えていたはずの声なき叫びは黙殺される。しかし、その声は、生きることを望む人間としての本来の声だったはずだ。得と代助親子の「国民の義務」をめぐる攻防の中に、時代的な要素が「保存され、止揚されている」[39]のである。

第三節　「名誉」と徴兵忌避

「鍍金」と「名誉」

得が代助に求める「熱誠」は、もう一つの心的外傷を代助にもたらしている。東京で親友平岡と再会した代助は、つくづく「自分が三四年の間に、是迄変化した」（九七頁）と意識している。彼が「自分から三四年前の自分を回顧して見ると、慥かに、自分の道念を誇張して、得意に使ひ回してゐた」と思うのは、「親爺が捺摺り付けた」「鍍金」を「自分で剥がして来た」（九六頁）からだ。三四年前とは、ちょうど平岡と「兄弟の様に親しく往来した」（一九頁）頃であった。その頃、得に「捺摺り付け」られた代助の「道念」の「鍍金」はまだ完全に剥がれ落ちていなかった。そして、「親爺」も、「相当の教育を受けたもの」も、「みな金に見えた」（九七頁）。代助が平岡に三千代を「周旋」（一四一頁）したのはまさにこのころだった。つまり、「自分の鍍金が辛」く、「早く金になりたいと焦つて」（九七頁）いたころのことである。これもまた、ちょうど日露戦争が終結する時期と重なる。父親の標榜する「胆力」や「熱誠」の価値基準や、「名誉の戦死」という社会の支配的な死生観から判断すると、代助の臆病な徴兵忌避は明らかに不名誉そのものだった。名誉の志願兵にならず、名誉の戦死もしたくなかった代助が、自分のことを「金」ではなく「鍍金」だと認識していた所以でもある。裏返すと、名誉を獲得することが本物の「金」

になる近道でもあった。従って、「過去を照らす鮮かな名誉」（一四一頁）を獲得する唯一の方法として、彼は三千代を親友の平岡に「周旋」することを選んだのに違いない。

だが、ここには彼の誤算があった。新橋駅で見送られる場面で平岡が見せる「眼鏡の裏」の「得意の色」（一九頁）から、代助は平岡の「地金」（九七頁）を見てしまう。彼の「熱誠」を、平岡は「名誉」と「義俠心」（三三〇頁）であるとは認定せず、彼は結局「鍍金」から「金」にはなれなかったのだ。「代助は急に此友達を憎らしく思つた。家へ帰つて、一日部屋へ這入つたなり考へ込んでゐた」（一九、二〇頁）ほどショックを受ける。実際、この日を境に、代助は得の言葉を捉え直し、「誠実と熱心」は「当事者二人の間」で「相手次第」（四二頁）に起こるものだと、自分と平岡、また自分と三千代の関係を繰り返し咀嚼し始めたと思われる。

「自然の愛」と「名誉」

その三年後、代助は東京に帰ってきた三千代と再会する。そして、会う度に「自然の昔」を取り戻していく有り様がプロットを追いながら見えてくる。三千代が初めて代助を訪ねてきたとき、代助は「沈んでゐた」「此女の持調子」から「其昔を憶ひ出」している（六三頁）。「例の眼を認めて、思はず瞬を一つした」（六三頁）「例の眼」とは、「三千代の顔を頭の中に浮べやうとすると」（六二頁）、「ぽつと出て来る」「黒い、湿んだ様に暈された眼」（六三頁）である。代助がここで「思はず瞬を一つした」のは、三千代の眼に感じるものがある証拠である。三千代が代助に自分が子供を産んだ後の「それから」を語ったのはこの時であった。次に、三千代に頼まれた金策に応じて代助が小切手を持っていったときに、彼女は始めて「奥さん」と呼ばれ「眼を睜つて凝と代助を見てゐた」（一三三頁）。この時の三千代は、平岡の「それから」の放蕩ぶりを代助に語った。二人がその次に会った時、三千代は「銀杏返」を結い、手に三本の百合を提げて、「代助に眼と顎で招かれて」（一六三頁）書斎に入ってくる。銀杏返も百合も「自然の昔」を喚起するモチーフである。ここでは、かつて菅沼兄と三人で谷中の家で百合を眺めていた時空間が甦ってくる。その次の再会では、代助は平岡を介さずに「明治民法上の夫の扶養義務を」「侵犯してしまっている」[40]「紙の指環」（お金）を三千代に渡す。このときから、代助は三千代に対する「自然の愛」をはっきり意識するようになる。ついに、「代助は二人の過去を順次に遡ぼつて見て、いづれの断面にも、二人の間に燃る愛の炎を見出さない事はなかつた」（二三六頁）と思うようになる。そして、「今日始めて自然の昔に帰るんだ」（二七一頁）、「僕の存在には貴方が必要だ。何うしても必要だ」（二七九頁）と代助は三千代に告白するのである。

　姦通罪で裁かれる危険があるなかで、「死ぬ積で覚悟を極めてゐる」（三〇九頁）三千代、「凡てと戦ふ覚悟をした」（二八六頁）代助。悲壮とも言える男女の悲恋物語がここに成立する。しかし、ここでいくつかの疑問が残る。一つは「自然の昔」に、二人の間に「自然の愛」が存在していたとすれば、なぜ代助は「平岡に嫁ぐ前、既に自分に嫁いでゐたのも同じ事だ」（二三六頁）という三千代を「棄て丶仕舞つた」（二八〇頁）のだろうか。

新橋駅での一幕後の「それから」において、代助にとって三千代の「眼」は忘れがたいものであった。「三千代が細君にならない前、代助はよく、三千代の斯う云ふ眼遣を見た」（六二頁）からだ。二人にとってお互いの眼はその気持ちを読み取る窓口になっていたと言える。帰京後の二人は単独で会う回数を追うごとに、眼で会話する場面が増えていく。この眼は代助に「自然の愛」を蘇らせる。だが、平岡に三千代を「周旋」した際にも、代助は三千代の眼を直視できただろうか。実は、この肝心なところがテクストのなかでは空白になっている。代助が平岡に三千代を「周旋」しようと菅沼家を訪れた時、また、平岡三千代夫婦を新橋駅で見送ったとき、三千代はどんな眼で代助を見ていただろうか。これについて代助は全く言及していない。つまり、代助はここで故意に三千代の眼を避けていたことが推測されるのだ。それまで、よくお互い見つめ合っていたので、三千代は代助に好かれていたと自覚していただろう。だから自分を他人に「周旋」した代助が自分を「棄て、仕舞つた」と三千代は思っている。すると、代助は「名誉」のために「自然の愛」を犠牲にしたと推察できる。

また、代助が三千代と「自然の愛」を取り戻していく過程は、同時に平岡との「隔離」（一四〇頁）が深まっていく過程でもある。代助に三千代との関係を打ち明けられた平岡は、「僕は君の推察通り夫程三千代を愛して居なかつたかも知れない」（三三一頁）と半ば認めている。と同時に、「僕の毀損された名誉が、回復出来る様な手段が、世の中にあり得ると、君は思つてゐるのか」（三二五頁）、「法律や社会の制裁は僕には何にもならない」、「名誉を回復する手段があるかと聞くんだね」（三二六頁）とも平岡は言う。眼鏡をかけているがゆえに徴兵免除が自明である平岡は、それでもやはり名誉にこだわっている。徴兵から免れて名誉に与ることのできなかった代助と平岡は、名誉への執着を三千代との関係性においてあらわにしている。

また、代助が家庭にもっと責任を持てと言うつもりで平岡の職場を訪れた場面では、「家庭もあまり下さつたものぢやない」（二四四頁）と平岡に跳ね返され、代助は「其代わり細君を奪つちまふぞと判然知らせたかつた」（二四四頁）と思う。実際、代助は「三千代の顔や、容子や、言葉や、夫婦の関係や、病気や、身分を一纏にしたものを、わが情調にしつくり合ふ対象として、発見し」（一九七頁）、自分の三千代への「愛情」が、「夫婦の現在の関係を、必須条件として募りつゝある」（二三三頁）と確認している。代助が求めているのは、もはや「自然の昔」の三千代ではなかった。自分を裏切った平岡から三千代を奪い取ることは、代助にとって名誉の奪還でもあったのだ。

おわりに

『それから』は主人公代助のさまざまな「それから」を内包しているテクストである。その中のひとつの「それから」は、日露戦争中に徴兵忌避したあとの「それから」と言えるだろう。この徴兵忌避があって代助周辺の物事は狂い始めた。父親の標榜する「胆力」や「熱誠」の価値基準や、社会の支配的な死生観から判断すると、戦死を恐れる代助の「臆病」な徴兵忌避は明らかに不名誉そのものだった。名誉を獲得するために唯一残された方法として、彼は三千代を親友の平岡に「周旋」することを選んだ。口にこそしなかったとは言え、すでに眼でお互いの愛を確かめていた三千代を平岡に差し出したのだ。しかし、その名誉への期待は結局平岡に裏切られてしまう。こうして代助の心には二重のトラウマが残る。徴兵されて戦場で殺されることへの恐怖に発した心臓を異常に気にする「近来の癖」には、誰にも言えない代助の「沈黙の声」が潜んでいる。また、彼の所謂「熱誠」が友人に裏切られ、三千代を彼女が愛してもいない平岡に周旋した悔しさと引け目もそこにある。

徴兵忌避によりもたらされた一連の狂いは代助の「それから」に深い傷痕を残した。彼の神経は「もう病気ですよ」と自嘲的にならざるを得ないほど異常な域に達している。東京帝国大学卒業後、エリートであるにもかかわらず、「遊民」として暮らしている代助は、「国民の義務」を果たさない生き方を自ら選択した一面がある。と同時に、些細なことに脅かされる彼は神経が極度にまでデリケートになり、普通の社会生活もままならない状態になっている故、「遊民」という生活スタイルを取らざるを得なかった一面もある。「国民の義務」、「名誉の戦死」が青年たちに求められた時代は、代助のような「遊民」を生み出したのだ。

従って、代助という人物はきわめて複雑な思考回路をもった主人公となっている。鋭い神経に「遊民」という特殊な身分が相俟って、彼は思索する余裕を有している。だが一方で、彼は「始終論理に苦しめられ」(一七五頁)、「願望嗜欲を遂行するのを自分の目的とし」、「無目的な行為を目的として活動してゐた」(一七七頁)。これは彼が目的の手前で思考停止していることを意味する一方で、その「願望嗜欲」の背後に、本人も掌握仕切れない無意識が存在することをも意味している。

このような代助の意識の重層構造は、テクストの「それから」の重層構造を生み出す。そこには語り手により語られているものと、語られていないにもかかわらず「沈黙した声」で読者に訴えてくるものが生じる。落ち椿により立ち上がる心臓が破壊される死のイメージは、徴兵を忌避する代助の恐怖を甦らせる。彼の表層意識で前景化される「自然の昔」の「自然の愛」の向こう側にも、徴兵と戦死の「名誉」を手に入れられなかった男性の屈折した名誉への憧憬が見え隠れしている。

周知の通り、漱石もベンヤミンも徴兵を忌避した過去を持っている。菊池邦作によると、逃亡による徴兵忌避は徴兵令の初期からあり、一八九六年まで累計七万四千人以上になり、その他仮病や身体毀損、犯罪による徴兵忌避も多数あった[41]。合法非合法を含めた徴兵忌避がかなり普遍的な問題であったこの時代に、多くの人が孤独と恐怖に戦いて生きていたと思われる。目に入るすべてが真っ赤に染められていく結末の場面は、『血笑記』の狂気に捉えられたロシア人兄弟を彷彿とさせる。これは代助の内面に潜んでいる死への恐怖が甦っていることを示唆していると同時に、神経を病んでしまった彼が「遊民」からも脱却せざるを得なくなってしまうという絶望的な結末をも暗示している。日露戦争後まもない一九〇九年に文学作品が不名誉な徴兵忌避を正面から取り上げることはもちろんタブーであった。しかし、『それから』では、この徴兵忌避の「沈黙した声」が作品の底流をなして読者の我々に訴え続けているのだ。

注

1　野網摩利子『夏目漱石の時間の創出』、東京大学出版会、二〇一二年三月、四二、四三頁。

2　本章の『それから』からの本文引用は『漱石全集』第六巻（岩波書店、一九九四年五月）に拠る。

3　ヴァルター・ベンヤミン著、野村修訳「歴史の概念について」、今村仁司、『ベンヤミン「歴史哲学テーゼ」精読』、岩波書店、二〇〇〇年一一月、五四頁。

4　例えば、野網摩利子は登場人物の会話に現れるいくつの「それから」にそれぞれ込められた時間が何時からかについて詳しく分析し、「それから」がいかに、「代助の情緒や神経の秘められた進行と結合とを現し」、「三千代と代助とを結ぶ要として、この小説に張り巡らされ、働いている」かについて指摘している（前掲野網摩利子『夏目漱石の時間の創出』、四六、六〇頁）。

5　石原千秋『反転する漱石』（増補新版）、青土社、二〇一六年九月、二四六頁。

6　前掲野網摩利子『夏目漱石の時間の創出』、四四頁。

7　浜野京子「〈自然の愛〉の両儀性――『それから』における〈花〉の問題」、太田登・木股知史・萬田務『漱石作品論集成』【第六巻】『それから』、桜楓社、一九九一年九月、一四九頁。

8　多田道太郎「香りの奥にひそむもの」、太田登・木股知史・萬田務『漱石作品論集成』【第六巻】『それから』、桜楓社、一九九一年九月、一七二頁。

9　野網摩利子はここの「それから」について同様な指摘をしている（前掲野網摩利子『夏目漱石

の時間の創出』四〇、四一頁）。
10　前掲石原千秋『反転する漱石』（増補新版）、二四六頁。
11　加藤陽子『徴兵制と近代日本　1868-1945』、吉川弘文館、一九九六年一〇月、一四五―一四七頁。
12　原田敬一『日清・日露戦争』シリーズ日本近現代史③、岩波書店、二〇〇七年二月、二一九頁。
13　「七刑人」はアンドレーエフの一九〇八年の作品である。日本語訳『七死刑囚物語』（相馬御風訳、海外文芸社　海外文芸叢書）が出版されたのは一九一三年である。一九〇九年三月一二日の漱石の日記に「アンドレーフの独訳ジーベン、ゲヘンクテンの一章を豊隆に読んでもらふ」（「ジーベン、ゲヘンクテン」は『七死刑囚物語』である。『漱石全集』第二〇巻、岩波書店、一九九六年七月、七、五六七頁による。）と記されてあるように、この時期は日本でアンドレーエフの作品のドイツ語訳を手に入れることが可能だったことがわかる。すると、ドイツ語ができる代助が読んでいたのはドイツ語訳だと推察できる。
14　大江志乃夫『徴兵制』、岩波新書、一九八一年一月、八三頁。
15　菊池邦作『徴兵忌避の研究』、立風書房、一九七八年一月、一九三、一九四頁。
16　前掲加藤陽子『徴兵制と近代日本　1868-1945』、八四頁。
17　前掲大江志乃夫『徴兵制』、八五頁。
18　前掲菊池邦作『徴兵忌避の研究』、二五三頁。
19　前掲大江志乃夫『徴兵制』、九三頁。
20　前掲加藤陽子『徴兵制と近代日本　1868-1945』、一四六頁。
21　前掲大江志乃夫『徴兵制』、一〇〇頁。
22　大江志乃夫は近視による丙種合格は高学歴層に多く、「国民皆兵」原則の「最大の不公平」だと見ている（前掲大江志乃夫『徴兵制』、八七頁）。

23　澁谷知美『立身出世と下半身　男子学生の性的身体の管理の歴史』、洛北出版、二〇一三年三月、三七四―三九九頁。
24　『血笑記』はアンドレーエフの一九〇五年の作品である。日露戦争の死と血の恐怖体験とその後の狂気に満ちた心的外傷を赤裸々に描いている。二葉亭四迷による日本語訳は易風社から一九〇八年に出されている。漱石の作品にも度々登場しているが、アンドレーエフの作品は当時日本で広く読まれていた。
25　金谷治訳注『大学・中庸』、岩波書店、一九九八年四月、二〇二頁。
26　前掲金谷治訳注『大学・中庸』、一二九頁。
27　前掲金谷治訳注『大学・中庸』、一二九頁。
28　王陽明著、溝口雄三訳『伝習録』、中央公論新社、二〇〇五年九月、一五四頁。
29　前掲王陽明著、溝口雄三訳『伝習録』、一八頁。
30　島薗進『日本人の死生観を読む　明治武士道から〈おくりびと〉へ』、朝日新聞出版、二〇一二年二月、八〇―八三頁による。
31　前掲島薗進『日本人の死生観を読む　明治武士道から〈おくりびと〉へ』、一六八頁。
32　新渡戸稲造著、山本博文訳『現代語訳　武士道』、ちくま新書、二〇一〇年一〇月、九五頁。
33　前掲王陽明著、溝口雄三訳『伝習録』、三七四頁。
34　小島毅『近代日本の陽明学』、講談社、二〇〇六年八月、二七頁。
35　前掲小島毅『近代日本の陽明学』、一一四、一一五頁。
36　前掲小島毅『近代日本の陽明学』、一二〇頁。
37　山村奨「章炳麟の陽明学思想――日中近代における儒学思想の意義」、楊際開・伊藤貴之編著『「明治日本と革命中国」の思想史――近代東アジアにおける「知」とナショナリズムの相互還流』、ミネルヴァ書房、二〇二一年七月、二五九頁。

38　前掲山村奨「章炳麟の陽明学思想――日中近代における儒学思想の意義」、楊際開・伊藤貴之編著『「明治日本と革命中国」の思想史――近代東アジアにおける「知」とナショナリズムの相互還流』、二六二頁。
39　前掲ヴァルター・ベンヤミン著、野村修訳「歴史の概念について」、七八頁。
40　小森陽一『漱石論――二一世紀を生き抜くために』、岩波書店、二〇一〇年五月、一五六頁。
41　前掲菊池邦作『徴兵忌避の研究』、二八〇、三五八頁。

第五章　東京から想像する満洲と流民
――夏目漱石『門』・『彼岸過迄』を中心に

はじめに

夏目漱石『門』（一九一〇年三月一日から六月一二日まで『東京朝日新聞』と『大阪朝日新聞』に掲載）の主人公宗助とその妻の御米が結ばれるプロセスは実に不可解である。このことは今まで多くの論者によって指摘されてきた[1]。このような不可解さが成り立つ事由として、突出するものが二つあげられる。ひとつは、御米の実家についての語りの回避、すなわち、物語の内部では御米の実家が不在という形になっていることである。もう一つは宗助と御米が不倫によって結ばれたプロセスが非常に抽象的に語られていることである。「生死の戦」、「大風」、「砂だらけ」（『漱石全集』、第六巻、五三四頁[2]）など一連の言葉にはセックスや愛、事故だけに収斂しきれない何ものかが含意されている。それらはまるで戦場を想起させるものでもある。結ばれたのが「六年程」

前（五一一頁）という時間に注目した場合、その戦場は日露戦争の戦場である満洲すら彷彿とさせる。そして、この「生死の戦」により、内地での居場所を失い、流民として満洲へと流されていったのが安井であった。

一方、漱石のもうひとつの作品、『彼岸過迄』（一九一二年一月二日から四月二九日まで『東京朝日新聞』と『大阪朝日新聞』に掲載）が発表されたのは、日露戦争と第一次世界大戦に挟まれた一九一二年だった。ほぼテクストの外部時間と共時的に進行しながら、テクストには外部の現実を想起させる事項が数多く登場してくる。だが、外部現実を反映する諸事象と男女の恋愛物語との関連性が語りにより提示されることはない。ただし、語り手によって規定されたのとは異なるパースペクティヴから、テクスト全体の世界を俯瞰して見れば、語りによって前景化された世界を遥かにはみ出すものが見えてくる。蛇の頭を持つ「妙な洋杖」はまさに語りが前景化する世界からはみ出し、謎的な存在として男女の恋愛物語としてのテクストの表層を揺さぶっている。洋杖は様々な曖昧さや両義性を纏う存在として、語りはそれに対して何一つ確実な解釈を与えていない。しかし、そうであるにもかかわらず、それは主人公敬太郎に伴われ、テクストの冒頭から結末までの全体を貫いている。そして同時に、洋杖の生みの親である森本が流民として赴いた満洲との切っても切れない関連が行間で示唆される。

前後に書かれたこの二部の作品において、主人公と深い関わりを持つ安井と森本はともに満洲へと流されていった人たちである。彼等は自ら満洲行きを選んだというより、日露戦中戦後の厳しい経済状況の中で、日本国内で生きる術を失い、迫られてそのような選択をしている感がある。彼らの満洲行きは周囲にも決してポジティブなものとして受けとめられていない。実際、宗助夫婦が安井を満洲に駆り遣ったことに罪悪感を抱いている。そして、敬太郎も森本の残していった洋杖に不可思議な畏怖感を抱いている。本章では、『門』と『彼岸過迄』において、銃後の東京から日露戦争や満洲が如何に想像され、また日露戦争の戦中戦後の日本社会がいかに流民を生み出していったかについて考察する。

第一節　御米と満洲

『門』の冒頭の会話で伊藤博文（一八四一—一九〇九）暗殺事件が語られていることにより、読者の視野には韓国併合問題が一気に前景化されてくる。その結果、『門』を植民地問題の視点から論じる際には、多くの先行研究が日本による韓国併合問題を焦点化してきた[3]。日露戦争をめぐる国際関係の中で韓国併合問題は確かに重要な問題である。一方、日露戦争には、もうひとつの〈当事者〉として満洲の問題があったことを見逃してはならない。満洲という土地は、日露戦争時、清国から遊離した状態で、実質的にロシアの軍事占領下に置かれていた。これは、日本が戦争に乗り出す理由にもなっている。ここでは、清国を無視して、二つの帝国がひとつの領土をめぐって奪い合う三角構図が際立つ。確かに、朝鮮半島は長い間日本が自国を列強から守るために植民地として支配下に置きたかった対象であった。そのような日本にとって一番警戒すべきだったのは帝国ロシアの勢力だった。加藤陽子によれば、満韓交換論に基づいた日露間の交渉は続いていたが、日本政府は戦争を正当化し、アメリカやイギリスなどの列強の支持を得るために、韓国問題にあまり言及することなく、満洲問題を前面に出していた。[4] 一方、日本国内では、一九〇三年六月、東京帝国大学などの教授が「満洲問題に関する七博士の意見書」を起草し、時の桂太郎首相や外相、元老たちに提出し、「満洲問題を解決せざれば朝鮮空しかるべく朝鮮空しければ日本の防禦は得て望むべからず」、「根底的に満洲問題を解決せざるべから」ずと、対露開戦を主張した。[5] この「意見書」においては、満洲がロシアに譲れない植民地化の対象だと認識されている。さらに、日露戦争を機に、日本が韓国に対する支配権を数年かけて段階的に獲得していく一方で、満洲の鉄道権益や遼東半島を「租借という名」で事実上の植民地にしたのは、戦争直後のことだった。[6]

『門』の連載が『朝日新聞』で始まったのは一九一〇年三月のことだが、小森陽一が検証しているように、テクスト内部の物語は一九〇九年一〇月三一日に始まっている。[7] 韓国が併合されたのは一九一〇年八月であるので、ちょうど韓国併合問題をめぐってメディアが沸いていたころだ。テクスト内部の時間と、読者が当時置かれていた時空の重なりは、『門』の読みにおいても、韓国併合問題を容易に前景化する。このような文脈の中で、『門』が読まれている時間の六年前に満洲をめぐってロシアと戦った戦争のことは、すでに背景に退き、読者の記憶から遠のいていたのかもしれない。しかし、前景化される韓国問題と同時に、満洲問題も回避できない仕掛けがテクストにすでに埋め込まれている。

テクストの中では、主人公の宗助御米夫婦にとって、「六年程」前が二人の男女関係の始まりであった。この「六年程」前と深い関係があったのは、御米と恋人関係にあったと思われる安井であった。安井は、親友の宗助と恋人の御米に裏切られたことがきっかけとなってエリート大学生から転落し、満洲へと流されていった、言わば流民であった。物語は「安井」が満洲から返ってくることによってクライマックスを迎える。だが、その「安井」が宗助御米夫婦と関係がある安井であるかどうかは定かではない。しかし、宗助は「六年程」前の罪を否が応でも想起せざるを得なくなる。読者も必然的に、同じ「六年程」をさかのぼって、その時展開されていた日露戦争、満洲、帝国の争いを記憶の底深くから甦らせる可能性に巡り会う。そして、そこに横たわっているのは、日本帝国が韓国を植民地化しようとする現実だけではなく、戦争の暴力を駆使し、もうひとつの帝国ロシアと満洲を争奪する現実であった。それは、世界中で繰り広げられている暴力的な領土争奪や植民地支配の帝国主義の現実でもあった。テクストが提示しているのは単に韓国問題には止まらない世界史的な意味なのだ。

宗助と御米夫婦が一緒になったのは「六年程」前であった。この物語内部の時間について、物語が始まる一九〇九年一〇月三一日から逆算すると、「御米と宗助が安井を裏切って、性的交渉をもったのは、一九〇三年」だったという小森陽一の指摘がある[8]。物語の内部時間軸に沿ってみれば、「六年程」前と言い出したのは、一九〇九年の暮れ、一九一〇年の年明け直前のことである。読者が読んでいるのは一九一〇年三月以降である。物語が始まる時間、言い出された時間、読者が錯覚する時間も含めて「六年程」を考える場合、六年前後あるいは六年近くと、この時間にはある程度の幅がある。二人が一緒になったのは早春のことなので、「六年程」前という時間は一九〇四年の春に近いという理解も可能である。いずれにせよ、宗助が御米を安井から奪い取った時間は日露戦争の開戦前後にあたる。

一九〇三年の秋頃から、日露両国の満洲をめぐる睨み合いは加速している。『報知新聞』は、一九〇三年一〇月一日の「雨か、風か、和か、戦か　十月八日　撤兵の期は迫る」という社説で、駐満洲ロシア軍の動向次第では開戦が避けられないという見通しを述べている。ロシアは清国との間で交わされた撤兵期限を守らず、日露間の緊張関係は続き、翌年の一九〇四年二月一〇日、日露戦争が本格的に勃発する。一方、『門』の中では、同じ一九〇三年の秋頃から、安井抜きで、宗助と御米が二人きりで会うようになっている。そして、翌年の「冬の下から春が頭を擡げる時分に始まつて、散り尽した桜の花が若葉に色を易へる頃に終わつた」「生死の戦」（五三三、五三四頁）により二人は結ばれる。二人が結ばれるプロセスにおいて用いられた「戦」や「大風」のような、非常に抽象的な言葉も、前述した『報知新聞』の社説の題目の「雨か、風か、和か、戦か」を想起させるものである。「砂だらけ」のその砂と言えば荒涼な満洲の大地の戦場の砂を髣髴とさせると言えよう。

『門』の語り手は、さらにいくつかのレトリックをこの作品にしのばせている。その一つは、前述したように、御米の実家の不在である。宗助と御米が出会った当初、安井は御米のことを妹だと宗助に紹介している。宗助は本当に妹であるかどうかについて疑っているが、実家との関わりも一切語られていないことから、安井と御米の関係の不自然さが自ら醸し出されている。御米は実家から遊離した存在であり、安井と一緒になった経緯も、果たして自己意志によるものか、それとも、何か外部からの働きかけによるものか、まったく不明である。「女学生に共通な一種の調子」（三四八頁）でしゃべる御米は、実家を離れて若い男性と放浪しているのだから、良家の娘と言うにはそぐわないどころか、未婚女性に対する性的束縛が厳しい当時においては、明らかに社会通念から逸脱している。二人の曖昧な関係は安井が御米を〈不法〉に所有していることを示唆している。このような二人を放任している御米の実家には何かよっぽどの事情があるにちがいないと思わせる。

一方、満洲は地理的に中国の東北地域を指す。この地域は清王朝を創立した満洲人の発祥の地であり、紛れもなく清国の領土である。日露戦争時、清国が厳正局外中立を宣言したにもかかわらず、実際には東北地域は遼河以東すべてが戦闘地域だった。清国はもはや日露両帝国の蛮行に抵抗する力を持たず、東北地方の民衆は戦場と化した満洲の地に見捨てられた。満洲は日露両帝国のはざまで戦火に苦しめられ、果ては、ロシアから取って代わった日本の支配下に置かれるようになる。清という〈実家〉に見捨てられた満洲の日露戦争における境遇が、そのまま、実家が不在で男たちの奪い合う対象となる御米のそれに置換できると言えよう。御米は領土の隠喩として、二人の男（二つの帝国）の間に配置され、欲望される対象として語られる。

テクストの中では、御米と安井の京都の家の「門口に誰の所有とも付かない柳が一本あつて」（五二四頁）、「御米は傘を差した儘、それ程涼しくもない柳の下に寄つた」ところを、宗助が眺めている（五二九頁）。「誰の所有とも付かない柳」を、安井と曖昧な関係を持つ御米――「誰の所有とも付かない」女――と合わせて見る宗助の視線には、既に奪い取る兆候が含意されていたであろう。漱石は一九〇九年秋に満洲と韓国を旅し、『満韓ところどころ』で旅の感想を綴っている。そのなかでは柳について「全く支那めいてゐた」（『漱石全集』第一二巻、岩波書店、一九九四年一二月、三〇七頁）と描写する場面がある。『門』では、柳は一種の「支那めい」たものとして登場し、再度御米と満洲の関連性を読者に想起させるメタファーとして機能していると言えよう。

第二節　日露戦後の困窮と流民

宗助御米夫婦は結婚して既に六年程が経っている。前述したように、この「六年程」は、日露戦争が始まる一九〇四年の春から数えた時間の経過だと理解できる。つまり満洲権益がロシアから日本に転換する契機とほぼ重なっている。その後、夫婦は広島や福岡、東京と住まいを転々としてきた。夫婦の生活を囲繞する経済状況は、決して明るいものではなかった。それはまるで日露戦争後の日本の不況と満洲経営の影を浮き彫りにする装置として機能しているようである。

そこへ、宗助の弟で、高等学校生である小六の金銭的な面倒を見ることも、宗助夫婦にのしかかってきた。宗助夫婦と小六が直面する経済的困窮の最も大きな原因は焼けてしまった家にある。無論、叔母の言葉の信憑性はさだかではないが、宗助兄弟の財産であり、叔父が投機目的で買った家が焼けてしまったのだ。また、宗助はもう一人の男からその〈所有〉する女を奪い取ったことにより廃嫡されかかり、父の残した財産も堂々と相続できなくなる。彼らの財産はこうして烏有に帰してしまった。これが、後に宗助夫婦や小六の生活に大きな影響をもたらすことになる。夫婦の家計は益々逼迫し、小六は学業を中断する羽目に追い込まれ、御米は六畳の和室の「避難所」（四六三頁）を小六に〈奪われ〉、そしてヒステリー発作を起こしている。これらすべては宗助が御米と結ばれる時点から始まっている。姦通の「罪」により、エリートの道から滑り落ちた宗助の不遇は極まる。宗助が御米と「一所になつ」た（五一一頁）代償は大きい。

一方、日本は日清日露両戦争を通して、莫大な戦費を費やした。井口和起によると、日露戦争では一七億一六四四万円が費やされたが、その額は日清戦争の二億円を遙かに上回る。そして、この戦火で失われた日本人の厖大な財産は、内外債や増税によって、国民の日常生活を圧迫する形で補われようとする。[9] 御米は「御肴の切り身なんか、私が東京へ来てからでも、もう倍になつてるんですもの」（四五三頁）と小六に訴えているが、物価の高騰はかなり深刻であった。さらに、籠谷次郎によると、増税による地方財政の困窮は教育にも飛び火した。教育費が緊迫する中で、それでも政府は教育重視の姿勢を打ち出したことから、一般住民への重い経費負担は拡散されてのしかかることになった[10]。

こうした戦争ゆえの財政困難により、庶民の生活が大きく影響を受ける中、宗助と御米の家計も益々苦しくなり、宗助は底が敗れた靴を我慢して履き、親からもらえた唯一の「抱一の屏風」を売り払ってやっと冬越しの外套がこしらえられるという窮境に陥る。その上、弟の小六の学費問題が浮上し、結局小六は御米の「避難所」を奪うかのように兄夫婦と同居することになってしまう。この、夫婦と小舅が同居する〈家庭〉は、戦後の経済的な困窮と増税による庶民の生活苦や子供たちの教育費問題を抱えた日本帝国の縮図として現れている。六年程前から宗助夫婦のごく日常レベルで抱えるようになった問題自体が、日本帝国が同じ時間の中で抱えこんだ問題と重なっている。「生死の戦」を経て御米と「一所にな」ったからこその宗助の困窮と、戦って勝利を手に入れたからこその日本帝国のジレンマは、またも一致する。

戦争が終結した一九〇五年一〇月以降、日本は正式に満洲権益〈主に遼東半島や長春—旅順間の鉄道租借権などを含む一連の権益〉をロシアから奪い取った。塚瀬進によると、日本人が合法的に居住できた場所は、「①関東都督府の管轄する関東州〈遼東半島〉、②満鉄が管轄する満鉄付属地、③領事館が管轄する開放地」であった[11]。ところが、およそ二〇億円の戦費と一〇万人の犠牲者により獲得した満洲の権益は、それほど芳しいものではなかった。上述した日本国内のジレンマはもとより、実際満洲における日本人の経済営為も採算性に乏しいものであり、一九一〇年の満洲移住日本人が七万六千人程度に留まる現実に直面し、「満洲経営悲観論」が呟かれるようになった[12]。

宗助の〈罪〉とは、安井から御米を奪い取ったことだけではなく、その行為が結局日本国内に止まることのできない流民として、安井を満洲へと追いやったことである。宗助は安井に対して罪悪感を抱いている。宗助が最もおそれていたその人物が、六年後になって突然、すでに日本帝国が一部占領支配していた満洲から帰ってきたのだ。読者はここで日本帝国の植民地主義という現実に引き戻されることになる。そして、それに伴って、もう一つの現実に直面させられる。それは日露戦争が国民の生命の犠牲と多大な経済的負担をもたらし、多くの庶民が経済的な困窮に陥らされた現実である。安井は宗助に御米を奪われたばかりではなく、日本国内で生きる術を失い、極寒の満洲へと流民として流されていった。もともとからだも丈夫ではない安井にとって、気候の厳しい、馬賊が出没する満洲は住みやすい場所とは言いがたいだろう。それも、宗助夫婦が安井に対して罪悪感を抱いている理由の一つであろう。安井は、結局宗助との「生死の戦」に敗北し、日露戦争の戦後不況を蒙る被害者として、満洲への流民になることを自ら選択しただろう。

御米が「其内には又屹度好い事があつてよ」（三八四頁）と明るく振る舞おうとすると、宗助は「我々は、そんな好い事を予期する権利のない人間ぢやないか」（三八五頁）という。語り手も「彼等は自業自得で、彼等の未来を塗抹した」（三八五頁）と宗助に同調する。決定的だったのは易者の次の言葉である。

貴方は人に対して済まない事をした覚がある。其罪が祟つてゐるから、子供は決して育たない。（五一〇頁）

この易者の一言に、御米は「心臓を射抜かれる思」いをする（五一〇頁）。「其罪」について、御米は心当たりがあるからだ。「済まない事をした」相手は他ではなく安井である。もし、安井はその後人生が順調に発展していたなら、宗助と御米夫婦は心が救われたかもしれない。しかし、日露戦後の経済不況の中で、安井の人生は夫婦が望む方向と逆方向に進んでいたようだ。

当初彼等の頭脳に痛く応へたのは、彼等の過が安井の前途に及ぼした影響であつた。二人の頭の中で沸き返つた凄い泡の様なものが漸く静まつた時、二人は安井も亦半途で学校を退いたといふ消息を耳にした。彼等は固より安井の前途を傷けた原因をなしたに違いなかつた。次に安井が郷里に帰つたという噂を聞いた。次に病気に罹つて家に寐てゐるといふ報知を得た。二人はそれを聞くたびに重い胸を痛めた。最後に安井が満洲に行つたと云ふ音信が来た。（五五四頁）

結局、彼等の間の「生死の戦」を経て、安井もエリートコースから転落した。そして、日露戦後の厳しい経済状況の中で、彼がたどった途は宗助夫婦よりも過酷なようであった。安井には満洲行きしか道がなかったかも知れない。『門』の次作『彼岸過迄』でも、漱石はこのような流民を描いている。それは森本である。森本の場合、日本国内における生活の困窮ぶりがもっとリアルに描き出され、そして、一本の洋杖を通して森本と満洲との奇妙な関係性が浮き彫りにされている。そこで次節では『彼岸過迄』を、特にその中に出てくる「洋杖」という奇妙なアイテムについてみてみよう。

第三節　洋杖と満洲と流民

過去の『彼岸過迄』論において、洋杖に言及するものは複数ある。例えば、「欧米ハイカラ品」としての洋杖は、「蛇の頭と結びつけることで、一人の冒険者の運を代表させている」という荒正人の論考[13]や、洋杖は「迷信」への「回帰を予感させ」ながら、「敬太郎の未来を変えるような役割を与えられることはなかった」「物語の『幽霊』である」という井内美由起の論考[14]がある。しかし、これらの論考において、洋杖の謎めいた部分が解明されたわけではなく、語りにより前景化された次元が突き破られていない。

敬太郎は森本という男から冒険談を聞かされるのだが、その森本が携えているのが洋杖である。それは、森本が自分で竹を伐って彫ったものだ。だがその形は奇妙なものだった。テクストはそれを、蛇の「頭が口を開けて」、「蛙だか鶏卵だか」の「何か呑み掛けてゐる所を握にしたもの」であると描写している（『漱石全集』第七巻、五〇頁）[15]。下宿代を踏み倒して満洲に行ってしまった森本は、敬太郎への手紙で「是非貴方に進上したい」（三五頁）と言ってくる。しかし、敬太郎はこの洋杖に「自分にも説明の出来ない妙な感じ」（五一頁）を抱いている。

> たゞ森本の浮世の風にあたる運命が近いうちに終りを告げるとする。（恐らくはのたれ死といふ終わりを告げるのだらう。）其憐れな最期を今から予想して、此洋杖が傘入の中に立つてゐるとする。さうして多能な彼の手によつて刻まれた、胴から下のない蛇の首が、何物かを呑まうとして呑まず、吐かうとして吐かず、何時迄も竹の棒の先に、口を開いた儘喰付いてゐるとする。――斯ういふ風に森本の運命と其運命を黙つて代表してゐる蛇の頭とを結び付けて考へた上に、其代表者たる蛇の頭を毎日握つて歩くべく、近い内にのたれ死をする人から頼まれたとすると、敬太郎は其時に始めて妙な感じが起るのである。（五一頁）

ここでは、森本と洋杖をめぐる敬太郎の不可解な連想が展開されている。蛇そのものが与える嫌悪感や畏怖感を敬太郎が抱いたであろうことは容易に想像できる。だが、なぜそれが森本の運命を代表し、またなぜ森本が「近い内にのたれ死をする」という「憐れな最期」を迎える運命だと予想されるのだろうか。

敬太郎に送った手紙によれば、満洲に行った森本は満鉄（日露戦争後日本が獲得した南満洲鉄道会社）の電気公園に就職している。電気公園は大連にあった、日本が世界に誇る当時としては最先端の遊園地である。日本の国内にもなかった先進的な施設が租借地につくられたのだ。さらに森本は、当時はまだ珍しかったはずの活動写真を買いに東京まで来るのだとも書いている。最先端の職場で働き、最新の活動写真を購入しようとする森本の姿に、むしろ敬太郎は喜ぶべきではないか。現在の森本は「のたれ死」からほど遠い生活をしているはずではないか。漱石は『東京朝日新聞』に寄せた「満韓の文明」のなかで、「この度旅行して感心したのは、日本人は進取の気象に富んで居て、貧乏世帯ながら分相応に何処迄も発展して行くと云ふ事実と之に伴ふ経営者の気概であります。満韓を遊歴して見ると成程日本人は頼母しい国民だと云ふ気が起ります」と書いている。[16]森本はまさに「頼母しい国民」の具現であったはずだ。

また、「何物かを呑まうとして呑まず、吐かうとして吐かず」という「蛇の頭」と森本の運命そのものとの関連も唐突である。「浪漫趣味」で空想好きな敬太郎に特有の突飛な想像なのかもしれないが、植民地にポジティブな幻想を持っている敬太郎がなぜネガティブな連想をしてしまうのだろうか。この一連の連想を成り立たせている敬太郎の無自覚な意識、つまり無意識を問うことは無意味ではなかろう。

ここで注目すべきなのは、敬太郎が「妙な感じ」を抱いたタイミングである。森本がまだ東京にいるころに彼が洋杖をついて仕事探しに出かけるところを見かけたとき、敬太郎は決して「妙な感じ」を起こさなかった。森本が満洲にいることを知って、初めて敬太郎は「妙な感じ」を起こす。しかも、それは下宿の主人に「森本の居所」を告げられない「弱味」からきたものでもなく、森本からの「好意を空くする」ことを苦にするためでもない（五一頁）。すると、その契機になったのは森本の背景にある満洲しかない。「妙な感じ」は森本の先に連想される満洲と緊密な関わりがあることがここから窺える。

そもそも森本はどのような思いを持ってこの一風変わった洋杖を作ったのだろうか。森本は敬太郎に「浮浪の徒」（三一頁）と言われているように、社会の底辺で生きてきた人間である。彼の過去の「冒険」にはやむを得ずの事情があってこその部分があるだろう。彼が半年も家賃を滞納するようになったのも、日露戦争後の東京の家賃の高騰と無関係ではない。御米が東京の物価の高騰に弱音を吐いているが、家賃高騰もその一因であろう。実際、漱石は一九〇七年に家賃が二七円から三〇円に、また三〇円から三五円になることを苦に引っ越ししたいことを友人たちに打ち明けている。[17] 日露戦争に費やされた莫大な戦費は戦後の継続増税でまかなわれ、それが庶民の生活を圧迫し、戦後不況をもたらした。『門』のなかでは、腰弁の宗助御米夫婦の生活が切り詰められて行く様子が描かれていたが、そこからも窺えるように、主に中流以下の人達の生活が打撃を被っている。地方地主の子息として「二十や三十の下宿代に窮する身分ではなかつた」

（四五頁）という敬太郎と違って、森本の月収はせいぜい三〇円ぐらいしかなかったはずだ。安い給料でぎりぎりの生活すらも危うくなってきたところで、満洲が次なる希望を寄せる新天地として森本に選ばれたのだろう。

満洲行きの準備にあたると推定できる時期に森本がこの洋杖をついて出かけていることは興味深い。「位置が有つて無い」（二六頁）と思うようになった森本は、満洲行きを画策しながら、この洋杖を彫っていたと思われる。日露戦争直後の一九〇五年九月に、ポーツマス講和条約の結果に憤った民衆は日比谷焼き討ち事件を引き起こしている。この事件は日露戦争後獲得した満洲権益について日本社会の各階層で広く知れ渡っていたことを示している。満洲行きを画策していた森本はなおさら日露戦争後日本が獲得した満洲権益を熟知していたはずである。ところで、塚瀬進によると、当時、森本が就職した満鉄には、「延々と続く線路に、時折駅となっている大きな付属地が現れること」から、「蛇が蛙を呑んだ」[19]というイメージが付随していたという。皮肉にも、満洲権益獲得のための日露戦争により、日本国内で生きる術を失い満洲への流民になることを余儀なくされた森本の満洲への思いは、実はこの洋杖に如実に反映されている。なぜなら、洋杖の「蛇の首が、何物かを呑まうとして呑まず、吐かうとして吐かず」の形がそのまま日本の満洲権益を映したものになっているからだ。

日露戦争後に日本がロシアから譲り受けた満洲権益は、主に「二五年期限の旅順・大連租借地（関東州――引用者注）と、長春以南の鉄道支線ならびに鉱山採掘権など」を指している。[20]当時の

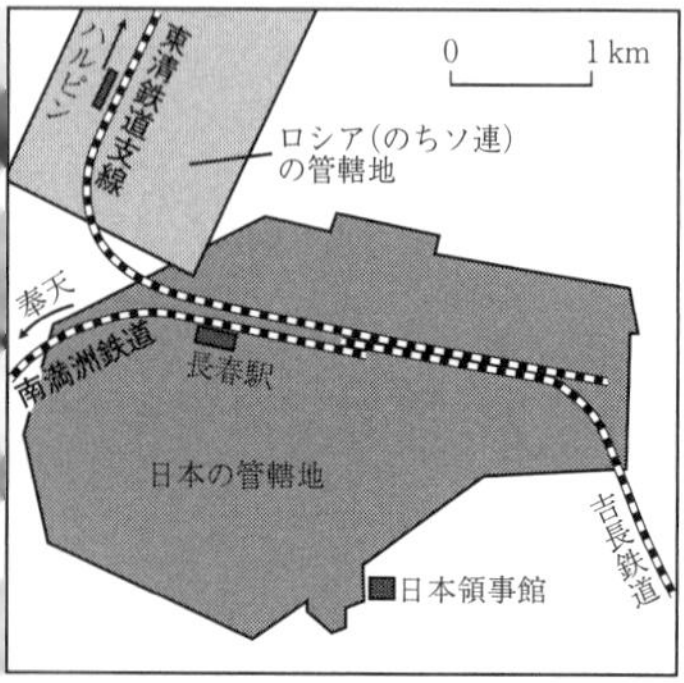

図1　日露戦争後の長春駅における日露双方の管轄地

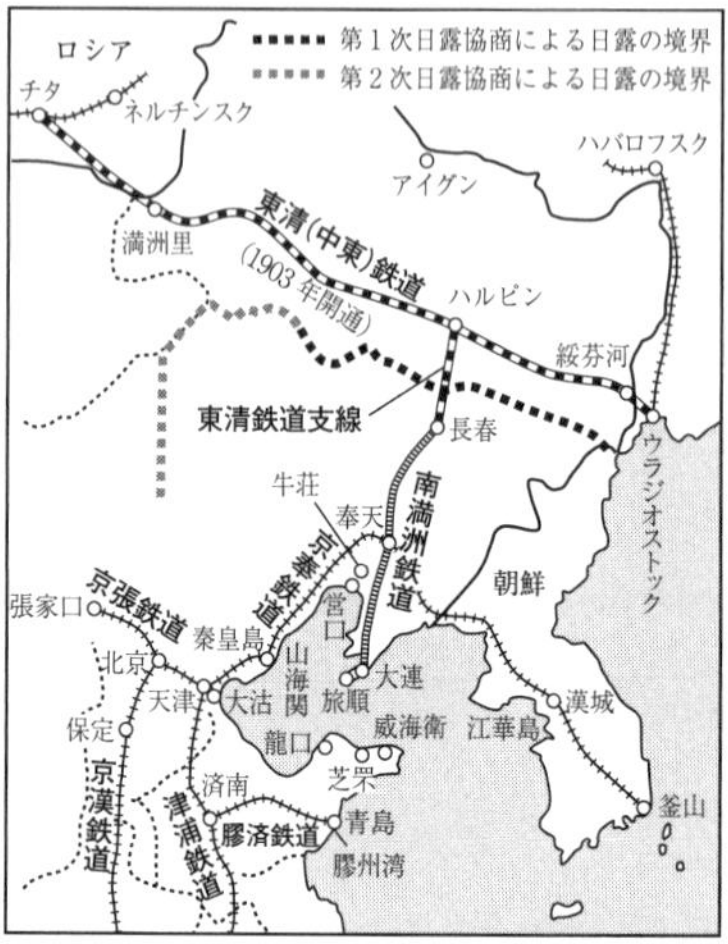

図2　19世紀〜20世紀初頭の満洲

（川島真『近代国家への模索 1894-1925』シリーズ中国近現代史②、岩波書店、2010年12月、60頁より）

満洲の地図（図1・図2）で見ると、南満洲鉄道の区間には点在する付属地が「蛇が蛙を呑んだ」形で時折現れ、関東州が蛇の頭のような形を呈してその先端に位置している。『彼岸過迄』が発表された一九一二年当時、日本が獲得した鉄道権益は、ロシアが建設した東支鉄道の長春以南の部分で、長春以北はロシアが掌握したままだった。あたかも洋杖となった竹の棒が途中で切り取られているかのように、そこで鉄道権益が切れている。このように見ると、竹のふくれあがった節々が、満鉄各駅と周辺の附属地であるかのようにすら思えてくる。さらには、租借権を持つ関東州がまとまった領土として蛇の頭の形に見えてくる。「細長い胴と、匙の先に似た短かい頭」（九九頁）という洋杖の形は、かくも満洲権益の形状に酷似しているのである。あたかも、森本が求めていた新天地のイメージが洋杖に刻み込まれているかのように。

しかし、森本がはっきりとこれを意識しながら彫っていたかどうかは不明であるし、敬太郎の表層意識にも洋杖と満洲との関連性は現れていない。敬太郎については、彼の浪漫趣味と密接な関係があるだろう。彼の浪漫趣味が物事のとらえ方において欠落した部分があるのは語りの中で明らかである。例えば、南洋の「蛸狩」の話において、彼は植民地主義的に美化された冒険的な部分に魅了される一方で、蛸をピストルで撃つという南洋行の暗部には痛痒を感じない。それはしかも小蛸が見物している前で行われた残虐な行為だったのだ。また、シンガポールの護謨林監督について空想していた際には、バンガローの壁に「鉄砲を懸け、猶其下に錦の袋に入れた儘の日本刀を置く」（一三頁）場面が登場している。鉄砲や日本刀はここで敬太郎のロマンチックな幻想を飾る道具立てになっている。それは敬太郎の意識の底に隠れているものを浮かび上がらせているかのようだ。つまり、敬太郎の浪漫趣味は、植民地の暴力的な現実から無意識のうちに目をそらすことによって、植民地に対するユートピア的な願望充足を実現するためのものだった。これは彼が森本の過去の冒険談だけに興味を持ち、その切実な現在の現実に全く興味がないことと共通している。

満洲について、敬太郎も同じように「刺戟」（一六頁）を求めている。形から満洲権益に酷似する洋杖、またその持ち主の森本と運命の共同体になった満洲、これらは敬太郎に刺激をもたらしていただろう。しかし、満洲をめぐる現実は、彼の浪漫趣味に反するものだった。それらの現実は、敬太郎の意識下に押し込められている。その結果、自分の連想を左右しているものの正体に対して、敬太郎は無自覚なままであり、したがって、語りもそれを明らかにしようとはしない。だが、満洲をめぐる現実は、彼に死の恐怖をもたらすものであった。

これまで論じてきたとおり、漱石のほかの作品にも満洲はたびたび登場している。そしてそれらの満洲描写の中には、死と殺戮が言及されている。第二章ですでに言及しているが、『趣味の遺伝』（一九〇六年）の冒頭では、「陽気の所為で神も気違になる。『人を屠りて餓えたる犬を救へ』と雲の裡より叫ぶ声が、逆しまに日本海を撼かして満洲の果迄響き渡つた時、日人と露人ははつと応へて百里に余る一大屠場を朔北の野に開いた」（『漱石全集』第二巻、岩波書店、一九九四年一月、一八五頁）とある。そして主人公の青年「余」は、両国の兵士たちが「犬に食はれに戦地へ行」（同一八六頁）き、凄惨に殺されていく惨さのことを空想している。また、同じ一九〇六年に発表された『草枕』では、那美が離縁された亭主の満洲行きについて、「御金を拾ひに行くんだか、死にに行くんだか、分りません」（『漱石全集』第三巻、岩波書店、一九九四年二月、一五八頁）と言っている。さらに、『門』では、伊藤博文が満洲で暗殺されたことが話題に出てきた時、「兎に角満洲だの、哈爾賓だのつて物騒な所ですね、僕は何だか危険な様な心持がしてならない」（『漱石全集』第六巻、三六九頁）と高等学校生の小六が言っている。宗助夫婦も安井をこのような満洲に駆り遣ったことで心を痛めている。これは漱石の作品だけに見られる特徴であると言うよりも、当時の日本人は満洲のことに触れるたびに死を連想せずにいられなかったことを示しているだろう。そうであれば、「満洲の霜や風は嘸凌ぎ悪いだらう」（五二頁）と、森本への手紙に書き込んでいる敬太郎も決して例外ではなかったはずである。だが、彼の浪漫趣味志向はそのような意識が表層に浮上するのを拒む。

戦死者八万四千人を出した日露戦争の記憶は、一九一〇年代には決してまだ色褪せていなかったはずだ。したがって、当時の満洲に付随するイメージは決してロマンチックな幻想だけではなかったはずである。しかし、一方で、当時の世界や日本社会に流通していた支配的言説は、「浪漫」という美しい幻想的な外衣を纏った新しい領土への欲望を肯定するものでもあった。南洋の「蛸狩」の話やシンガポールの護謨林監督についての空想がこれを示している。二十世紀初頭の世界には、植民地獲得の熱気が充満し、それは、未開の地への幻想的な欲望と共に冒険を美化していた。日本でもそれは同様であり、敬太郎はそのような世界を生きていたのである。幻想的な浪漫趣味は、暴力と犠牲の上で成り立つ植民地支配の現実を、往々にして遠景に追いやってしまう。敬太郎の無自覚な連想は、そうした時代の欲望をなぞるものだった。そうだとすれば、「森本の運命と其運命を黙つて代表してゐる蛇の頭」は、実は〈満洲の運命とその運命を代表する蛇の頭〉であると言い換えることができるのかもしれない。

第四節　洋杖と満洲の両義性

満洲イメージに浪漫趣味と死の双方が共存していたのと同様に、敬太郎は洋杖にも畏怖とは相反するものを感じ取っていた。「占なひの婆さん」の言葉を聞き、敬太郎の一連の連想は洋杖につながっていく。そして、敬太郎にとっての洋杖は、畏怖の対象から一転して、自分の行動に役立つ「験」が期待される運命共同体であるかのように思われるようになる。

「貴方は自分の様な又他人の様な、長い様な又短かい様な、出る様な又這入る様なものを持つて居らつしやるから、今度事件が起つたら、第一にそれを忘れないやうになさい。左様すれば旨く行きます」（八七―八八頁）

敬太郎はありったけの知恵を絞ってこの婆さんの言葉の謎解きをしようとした。様々な観念が彼の脳裏を駆け巡る中、突如観念に森本が現れ、そして、「突然電流に感じた人の様に」（九七―九八頁）、「洋杖」に連想が届く。もちろん、「占なひの婆さん」の言葉の信憑性も、敬太郎の連想の合理性も、語りのレベルでは思考不能の謎である。だが、敬太郎が「占なひの婆さん」の言葉と洋杖を結び付けるためには満洲にいる森本を媒介にしている。その上に、洋杖に付与された両義性が、敬太郎が洋杖の延長線上で畏怖感すら感じ取っていた満洲にも共通している。これは非常に示唆的である。

『彼岸過迄』が発表された一九一二年当時、日本の植民地は、主に、日清戦争で獲得した台湾や一九一〇年に併合した韓国があった。完全に植民地化した台湾や韓国と違って、満洲権益は租借期限付きのものであった。一九〇六年、政府・軍首脳を集めて開催された満洲問題に関する協議会の席上で、伊藤博文は「満洲方面における日本の権利は（中略）遼東半島租借地と鉄道のほかには何物もない」、「満洲は決して我が国の属地ではない。純然たる清国領土の一部である」と発言している。[21] この意味で、日本にとっての満洲権益は「自分の様な又他人の様な」ものでもある。また、竹の棒が切られた形を想像させる長春以南の南満洲鉄道や、一九一二年ですでに期限の半分以上を消化している関東州の二五年間（ロシアは一八九八年に取得）という租借期限も「長い様な又短かい様な」という表現と重なる。さらに、関東州や満鉄付属地が蛇の頭に象徴される、何かを呑み込もうとしているイメージに重なることはすでに述べたとおりだ。その上に、「中国側の潜在的な主権が認められる」租借地は、[22]「常に利権回収要求にさらされる可能性をもち、かつ中国情勢の変動と列強の力学とに影響される」立場にあることから、[23]「出る様な又這入る様な」属性を持つ。つまり、洋杖に対する描述は、当時の満洲権益の現実を想像させずにはおかない象徴的な言説なのである。日本国民にとって、満洲権益は洋杖のような贈り物である。「御金を拾ひに行くんだか、死に行くんだか、分りません」という那美の言葉が象徴的であるように、それは死の恐怖をもたらしながらも幻想的な希望と夢を見させてくれるものでもある。

しかも、持ち主が不明な洋杖同様、満洲も当時日本と中国の間の懸案だった。日露戦争後、ロシアとのポーツマス条約や清国との北京条約を経て、日本は満洲権益を獲得した。しかし、それは台湾や後に併合された韓国のような完全な植民地と違い、清国の主権が及ぶ領域における部分的な利権であった。川島真が日中間では最初から「満洲問題が一大懸案となっていく」と言うのもこの事実に関係している。[24] 有馬学によると、一九〇九年四月に山県有朋は意見書（「第二対清政策」）を著して、清が利権の回収を目論もうとする可能性に対して、「我が利権を増加し、及び強固にする」ために何らかの手段を講じるべきだと主張している。[25] 租借期限付きの満洲権益は日本にとっては宙吊り状態であり、かろうじてバランスを取りながらも、いつどのような変化があってもおかしくない状態に置かれていたのだった。

おわりに

『門』と『彼岸過迄』からは、満洲問題の歴史的連続性が読み取れる。『門』は御米をめぐる二人の男の「生死の戦」を描くことによって、六年前に日本とロシアが戦争によって奪い合った中国の満洲をめぐる記憶を読者の脳裏に召喚していた。一方、『彼岸過迄』は、森本が残した洋杖を通じて、日露戦争後に日本が獲得した満洲権益を想像するように仕向けている。

『彼岸過迄』の語り手は敬太郎を分析して次のように述べている。

年の若い彼の眼には、人間といふ大きな世界があまり判切分らない代りに、男女といふ小さな宇宙は斯く鮮やかに映つた。従つて彼は大抵の社会的関係を、出来る丈此一点迄切落して楽んでゐた。（一五〇頁）

確かに、敬太郎の内面に寄り添う語り手によって前景化されるのは、敬太郎が興味を持っている男女の恋愛関係ばかりである。森本が敬太郎から遠ざかっていたのと同じように、満洲は敬太郎の視野から遠く離れていき、テクストの遠景に配置される。だが、森本が洋杖を通じてたびたび敬太郎の意識に浮かび上がってくるように、森本により喚起される満洲の様々なイメージは、洋杖に媒介されながらたびたび読者の脳裏に召還されてくる。

一方、『門』では、安井は宗助の罪悪感を喚起し、また読者に満洲に関するさまざまな想像を駆り立てる媒介になっている。六年前に宗助御米夫婦が結ばれたという物語は日露戦争やその戦場となった満洲を読者の脳裏に召喚するだけではなく、満洲へと流される流民の現実を認識させている。宗助夫婦は、安井が自分たちのせいでエリートコースから転落し、満洲に渡ったことに深い悔恨の気持ちを持っている。それは次のような言葉に表れている。

彼等は安井を半途で退学させ、郷里へ帰らせ、病気に罹らせ、もしくは満洲に駆り遣つた罪

に対して、如何に悔恨の苦しみを重ねても、何うする事も出来ない地位に立つてゐた。（五五四頁）

安井は「身体から云つても、性質から云つても、満洲や台湾に向く男ではなかつた」（五五四頁）はずだった。だから宗助夫婦にとって、安井の満洲行きは日本国内に居場所がなくなった彼のやむを得ずの選択だったにちがいない。宗助は罪悪感から解放されるために、禅の修業に出かける。しかし、宗助夫婦は認識できていないかも知れないが、安井を満洲へと駆り立てた要因は他にもあった。それは、日露戦後の日本の逼迫した経済状況である。

安井と同様に、森本の満洲行きは「のたれ死」という敬太郎の想像を駆り立てている。「満洲の霜や風は嘸凌ぎ悪いだらう」という敬太郎の言葉からそれが窺える。安井や森本のような、漱石が描いた、日露戦後に満洲へ押し出されていく流民には、死のイメージがまといついている。『草枕』に登場する「野武士」もまた満洲に行った流民であった。彼は、日露戦争中に銀行が倒産し、那美との離婚を余儀なくされた結果、日本国内で生きる術をなくしたのだった。この満洲ゆきの「野武士」を見た瞬間、禅的修業で動じない心を鍛えたはずの那美も、思わず顔一面に「憐れ」を映し出す。帝国主義的対外拡張戦争と流民は切っても切れない関係にあった。そして、それは一種の負のスパイラルでもあった。

1　例えば、中山和子は「そもそも御米は安井のどこに魅かれ、どんないきさつで京都についてきたのか、その安井を捨てて、親友宗助を愛するにいたるどんなプロセスと葛藤を経験したのか、いっさいが空白である」と述べている（中山和子、『中山和子コレクション1　漱石・女性・ジェンダー』、翰林書房、二〇〇三年一二月、一〇一―一〇二頁）。また、押野武志は、宗助が「親友から御米を奪ったプロセスは」、「誇張されたレトリックで抽象的に語られる」と指摘している（押野武志「「平凡」をめぐる冒険　『門』の同時代性」、『漱石研究』一七号、翰林書房、二〇〇四年一一月、三九頁）。

2　『門』の本文引用は『漱石全集』第六巻（岩波書店、一九九四年五月）に拠る。

3　例えば、小森陽一は、「『門』という小説は、日露戦争とそれ以後の韓国の植民地的支配の過程と、それに対する伊藤博文という一人の政治家の深い関与とを、その小説の時間構造それ自体が想起させる仕掛けになっている」と指摘している（小森陽一『ポストコロニアル』、岩波書店、二〇〇一年四月、七三頁）。また、柴田勝二は「宗助が安井から御米を〈奪い取った〉ことと、日本が韓国人民から国土を〈奪い取ろう〉としている」ことが重なっている、日本と韓国の宗主国と植民地関係が宗助と御米の夫婦関係に見たてられていると指摘している（柴田勝二、『漱石の中の〈帝国〉――「国民作家」と近代日本』、翰林書房、二〇〇六年一二月、一四六―一五〇頁）。

4　加藤陽子によると、「満韓交換論」とは、日本が韓国における優越権とロシアが満洲における優越権をお互いに承認することを指している（加藤陽子『それでも、日本人は戦争を選んだ』、朝日出版社、二〇〇九年七月、一六八―一七四頁）。

5　一九〇三年六月二四日の『東京朝日新聞』では、富井政章、戸水寛人、寺尾亨、高橋作衛、中村進午、金井延、小野塚喜平次らの対露強硬意見を発表した所謂「大学七博士の意見書」を掲載している。

6　前掲小森陽一『ポストコロニアル』、五三頁。
7　小森陽一は伊藤博文が暗殺された一九〇九年一〇月二六日から五、六日経った日曜日を同一〇月三一日だと見ている（小森陽一「漱石文学と植民地主義」、『国文学　解釈と教材の研究』46（1）、二〇〇一年一月、五四頁）。
8　前掲小森陽一「漱石文学と植民地主義」、『国文学　解釈と教材の研究』46（1）、五四頁。
9　井口和起「日露戦争」、井口和起編『近代日本の軌跡3　日清・日露戦争』、吉川弘文館、一九九四年九月、八三―八五頁。
10　龍谷次郎「国民教育の展開」、前掲井口和起編『近代日本の軌跡3　日清・日露戦争』、一八五―一九〇頁。
11　塚瀬進『満洲の日本人』、吉川弘文館、二〇〇四年九月、二〇頁。
12　前掲塚瀬進『満洲の日本人』、三八頁。
13　荒正人「『彼岸過迄』論――「妙な洋杖」」、玉井敬之・坪内稔典編『漱石作品論集成』【第八巻『彼岸過迄』】、桜楓社、一九九一年八月、一四九―一五四頁。
14　井内美由起「「洋杖」と「傘」――『彼岸過迄』論」、『文学・語学』二〇三号、二〇一二年七月、三六頁。
15　『彼岸過迄』の本文引用は『漱石全集』第七巻（岩波書店、一九九四年六月）による。
16　「満韓の文明」（『東京朝日新聞』、一九〇九年一〇月一八日）、『漱石全集』第二五巻、岩波書店、一九九六年五月、三六八頁。
17　漱石は一九〇七年九月二日の畔柳芥舟への書簡で、九月二日の野村伝四へのはがきで、九月四日の戸川秋骨への書簡で、それぞれ家賃の高騰についての言及がある（『漱石全集』第二三巻、岩波書店、一九九六年九月、一一七―一二一頁）。
18　下川耿史によると、一九一三年当時の都市部の若夫婦の標準月収は三〇円で、うち住居費に七円ぐらい使われていた（下川耿史、家庭総合研究会編『明治・大正家庭史年表一八六八→一九二五』、河出書房新社、二〇〇〇年三月、三九〇頁）。

19 塚瀬進によると、「満鉄付属地とは駅、線路、操車場、社員の住宅などに使われた場所」で、「延々と続く線路に、時折駅となっている大きな付属地が現れることから、『蛇が蛙を呑んだ』ようだと形容されていた」（前掲塚瀬進、『満洲の日本人』、三三頁）。

20 川島真『近代国家への模索　1894-1925』シリーズ中国近現代史②、岩波書店、二〇一〇年一二月、六一頁。

21 有馬学『「国際化」の中の帝国日本 1905〜1924』、日本の近代4、中央公論新社、一九九九年五月、七四頁。

22 前掲川島真『近代国家への模索　1894-1925』、二一頁。

23 前掲有馬学『「国際化」の中の帝国日本 1905〜1924』、七七頁。

24 前掲川島真『近代国家への模索　1894-1925』、六一頁。

25 前掲有馬学『「国際化」の中の帝国日本 1905〜1924』、七六頁。

第一部を振り返って

第一部で扱った夏目漱石の作品は、どれも日露戦争や満洲を遠景に配置しながら、明治日本の「逸民」や「遊民」、または内地から満洲へ流れるように移動する流民を前景化している。「太平の逸民」や「天下の逸民」、「遊民」が選び取った生き方は、「国民」としての身体とそこから遊離しようとする精神の両義性を伴って、近代的国民国家の時代においては周辺的なものである。彼らの「詩想」や心の声、「沈黙した声」が映し出しているのは、不条理な「狂神」である帝国主義が荒れ狂う戦場の無残な殺戮の場面であり、「現代文明」のもとで、他国との領土争奪のための戦場に運ばれていく「国民」や、戦争がもたらした経済不況のあおりで満洲に押し出されていく流民の「憐れ」な姿であり、さらには健全な身体が突然破壊される恐怖である。これら周縁的な「民」の諸相と近代国民国家の「国民」との間には精神的な亀裂が生じている。その亀裂から浮かび上がってくるのは「名誉の戦死」を礼賛する「大和魂」イデオロギーや、銃後の家族も巻き込んでいく「犠牲」の論理、そして忠君愛国の国民精神に対する抵抗である。このような意味で、「逸民」や「遊民」というスタンスは、漱石の作品の登場人物たちが国民国家体制がこの時期に帰結した帝国主義に真剣に向き合い、「現代文明」の弊を鋭く剔抉する方法だったと言える。

満洲はまさに「現代文明」の弊を映し出す場であった。日清戦争、露清戦争、日露戦争の一連の戦争はいずれも満洲が戦場となっている。帝国主義領土拡張戦争の暗部を見つめる「逸民」、「遊民」がいれば、帝国主義時代における日本の存立に危機感を持つ「国民」もいた。自らの意志で諜報活動のためにロシア留学の名目で露清国境にやってきた石光真清は、露清戦争の様子を目撃する。そこで見たのは、ロシアに虐殺される清末の棄民のような満洲人や、ロシアに抵抗する満洲の馬賊であった。一方、亡国の危機感が深まる中国人にとって、満洲は中国が列強に瓜分《かぶん》される縮図として映っていた。彼らは漱石の「逸民」、「遊民」が生活していた東京から満洲想像を膨らませていた。東京は清国からの留学生を受け入れただけではなく、梁啓超のような亡命人士や孫文、章炳麟などの革命人士も受け入れた。従って、東京（と横浜）は彼らが改良思想や革命思想を宣伝し、政治活動を画策する地でもあった。この東京の地で、梁啓超の新民論が構想、宣伝され、孫文らによる様々な反清革命団体が組織された。同時に、梁啓超の政治宣伝により覚醒した青年たちがさらに激しい反清革命運動に走った。そこから秋瑾のような「女俠」も生まれてきた。

そこで第二部では、清末中国の虐げられる民衆と、自ら覚醒した「新民」、「女俠」及び満洲の馬賊が帝国主義時代に向き合う物語を追っていく。

第二部　救亡図存と清末の「新民」・「俠民」

第二部の作家紹介

石光《いしみつ》真清《まきよ》（一八六八―一九四二）

石光真清は熊本藩士石光真民の長男として生まれ、一八八三年に陸軍幼年学校に、一八八六年に陸軍士官学校に入学した。一八八九年に陸軍士官学校を卒業後、少尉として陸軍に勤務し、一八九五年に中尉として台湾に出征している。一八九九年に陸軍を休職しロシア留学の名義で露清国境に赴く。ここで馬賊と接触し、一九〇〇年の義和団事件時の露清戦争を目撃している。彼は露清国境にやってきた直後から日露戦争が開戦する直前まで諜報活動を展開し、日本軍部に諜報を提供した。日露戦争中、日本軍の召集を受け日本軍人の身分で再び満洲に赴く。日露戦争後、復員した石光は再度満洲にやってきて海賊とも接触したことがある。また、ロシア革命が起きた際、ロシアでも諜報活動に従事した。石光は自分の数奇な人生を記録した自伝四部作（『城下の人』、『曠野の花』、『望郷の歌』、『誰のために』）を書き残している。

飲氷室主人《いんぴょうしつしゅじん》／梁啓超《りょうけいちょう》（一八七三―一九二九）

清末の文人作家たちはその時々の心情や保身などの考慮から多くが本名ではなく筆名を多用していた。例えば、梁啓超は「吉田晋」、「任公」、「哀時客」、「中国之新民」、「飲氷室主人」などの筆名をその時々の状況や心情などに合わせて使い分けていた。「中国之新民」という筆名は主に『新民説』で、「飲氷室主人」は主に『新中国未来記』で使われた筆名である。梁啓超は中国広東省出身の清末のエリートである。康有為に師事し、変法維新を推進する戊戌変法に参加するも、その挫折後日本に亡命した。日本では、『清議報』（一八九八―一九〇一）、『新民叢報』（一九〇二―一九〇七）、『新小説』（一九〇二―一九〇六）などを創刊し、文筆活動で維新改良思想を精力的に宣伝した。その一つの中心テーゼは自ら亡国の危機から中国を救う責任を担うべきことを唱えた「新民」思想である。梁啓超の政治宣伝は多くの同時代の青年に多大な影響を与え、反清革命の機運が高まることに寄与した。辛亥革命は梁啓超の「文」の革命と密接な関係があると言えよう。梁啓超が亡命生活を終えて中国に帰れたのは辛亥革命後の一九一二年であった。

侠民《きょうみん》／龔《きょう》子《し》英《えい》（龔傑《きょうけつ》）（一八七九―？）

杜慧敏「『侠民』小議」（『現代中文学刊』、二〇一〇年第四期、華東師範大学）によると、侠民は「三楚《さんそ》侠民《きょうみん》」ともいい、本名は龔子英（龔傑）で、『新新小説』の発起人であり、編集者も務めた。龔子英は一八七九年に蘇州の実業家の家系に生まれ、兄弟四人の末っ子であったが、科挙の秀才の位を持ち、算学にたけ、学堂経営もしていたという。侠民は小説『中国興亡夢』以外に、歴史小説『フィリピン外史』などを『新新小説』に掲載している。また、『中国近現代人物名号大辞典』全編増訂本（陳玉堂主編、浙江古籍出版社、二〇〇五年一月）では、龔子英は上海『時報』の記者を務めたこともあるという。『時報』は一九〇四年に上海で創刊された保皇立憲派の新聞で、康有為や梁啓超もかかわっていたといわれている。

頤瑣《いさ》／湯宝栄《とうほうえい》（？―一九三二または一九三六）

上海で創刊された保皇立憲派の新聞である『時報』に一九〇七年九月に掲載された『黄綉球』の広告では、作者が「呉中名士頤瑣君」と紹介されていた。「呉中」は当時の江蘇省、浙江省一帯を指している。広東省出身の梁啓超と政治理念や小説理念の一致や類似した言語表現が多数あることから、『黄綉球』は梁啓超作で、「頤瑣」は梁啓超本人だという主張もある。だが、梁啓超の全集に当たる『飲氷室合集』（中華書局、一九八九年）に『黄綉球』が収録されていないことや、『梁啓超年譜長編』（丁文江・趙豊田編、世紀出版集団、二〇〇九年四月）でも、『黄綉球』が言及されていないことから、頤瑣は梁啓超ではない可能性が高い。陳玉堂編著『中国近現代人物名号大辞典』（全編増訂本、浙江古籍出版社、二〇〇五年一月）によれば、「頤瑣」は湯宝栄（?—一九三二または一九三六）である。湯宝栄は江蘇省呉県（蘇州）の人で、『黄綉球』の著者であり、原名は鞠栄で、「頤瑣室主」ともいい、後に商務印書館にも勤めたことがある詩文にたけた知識人であるという。

静観子《せいかんし》／許俊詮《きょしゅんせん》（一八六六—一九二〇）

樽本照雄は郭長海、阿英などの論証を参考にして、静観子は許俊銓（字は金門）のことだと指摘している（『新編増補清末民初小説目録』、斉魯書社、二〇〇二年四月）。また、二〇〇二年三月一六日『黄山日報』第五版に掲載されている張衛民「静観子在家譜里的記載」（「家譜における静観子の記載」）でも、静観子は許俊詮（一八六六—一九二〇）であるとされる。張衛民は友人である許雲湖の家譜に許俊詮（字は金門、別号静観子）の名があることに気づき、その生まれた年（一八六六年）と出身地（安徽省歙県）や上海の『中報』社のために執筆していたことなどから、『中国古典小説大辞典』（劉葉秋、朱一玄、張守謙、姜東賦主編、河北人民出版社、一九九八年）に記載されている静観子（=許俊詮）と符合しているので、同一人物であると判断している。さらに、張衛民は『中国古典小説大辞典』に基づき、許俊詮が『中報』のために原稿を執筆する以外に、『秘密自由』（一九〇九）、『温柔郷』（一九〇九）、『還魂草』（一九一〇）、『六月霜』（一九一一）などの小説も執筆したと紹介している。

第六章　馬賊と露清戦争
――石光真清『曠野の花』における満洲の「花」

はじめに

石光真清『曠野の花』（初出『諜報記　石光真清手記』、育英書院、一九四二年）の大半は、石光真清が世を去る直前の一九四二年に刊行された『諜報記』に基づいている。[1]当時休職中の陸軍大尉だった石光真清は、一八九九年八月一五日から一九〇四年二月二日まで、露清国境地帯に潜入し、諜報調査活動を展開した。『曠野の花』の最新の文庫本は中央公論新社から二〇一七年一二月に出版された『曠野の花――新編・石光真清の手記（二）義和団事件』（石光真清著、石光真人編）になる。なお、この作品の一部の内容は、明治末年から大正元年までに書かれている。[2]

石光真清の人生は明治時代とともに幕を開けた。従って、その作品も明治時代の歴史と切っても切れない関係を持っている。石光は自分の実体験に基づいた歴史を記録したのが自伝的な手記四部作（『城下の人』、『曠野の花』、『望郷の歌』、『誰のために』）である。『城下の人』には西南戦争と日清戦争の描写があり、『望郷の歌』では日露戦争に従軍した経験や戦後再度満洲に戻り「海賊」と付き合った経緯が記され、『誰のために』ではロシア革命期にロシアで行われた諜報活動が記録されている。本章で扱う『曠野の花』では、満洲の露清国境地帯での広範にわたる本人の遊歴や諜報活動が具に記されている。同時に、義和団事件から露清戦争を経て日露戦争直前に至るまでの間にこの地域で生活していた日本人、ロシア人、中国人や韓国人のリアルな様相が窺える。日露戦争後の満洲やそこに住む人々を描写している作品なら少なくないが、日露戦争前の満洲に関するこれほど詳細な描写は、管見の限り日本でも中国でもほかに見あたらない。故に、物語的な一面と歴史の記録的な一面を併せ持つこの手記は、歴史研究にとっても、文学研究にとっても貴重な存在である。

　日本の歴史研究の領域では、和田春樹『日露戦争　起源と開戦』（上・下、岩波書店、二〇〇九年一二月・二〇一〇年二月）や塚瀬進『満洲の日本人』（吉川弘文館、二〇〇四年九月）、佐藤公彦『清末のキリスト教と国際関係――太平天国から義和団・露清戦争、国民革命へ』（汲古書院、二〇一〇年五月）などの文献において『曠野の花』に対する言及が散見する。[3] 一方、数少ない簡単な論評を除けば、文学作品として扱われた緻密な論考は見あたらない。中国では、義和団事件や露清戦争関連の研究においても、この作品の存在がほとんど認知されていない。

　本章では、この作品の優れた物語性を重視し、『曠野の花』を一つのフィクション的文学作品として扱いたい。その上で、この作品にしか表象できない歴史的なメッセージを読みとりたい。

数千年の歴史を持つ満洲は、近代の帝国主義時代に入ってからどのような変化が起きていたのか。ロシア人、中国人、日本人、韓国人、欧米諸国の人々が入りみだれていた露清国境において、人々のどのような思惑が交錯していたのか。これらの疑問について考察する。そして、テクストを通して、露清戦争に際して虐殺された清国満洲人の悲惨な現実と、加害者であるロシア人の思惑、また傍観者である日本人のそれぞれの心情を読みとる。特に、この作品でしか描けなかった馬賊たちに焦点を合わせる。作者の石光は馬賊たちと身近に触れあい、彼らの生の声を拾い上げ、ロシアに抵抗を挑む「俠民」としての彼らの生き様や死に方を描き出している。裏社会を生きる露清戦争時の馬賊をここまで繊細に描き尽くした文学作品は、『曠野の花』をおいて、もはやほかにない。帝国主義的対外拡張戦争や国家主義、民族主義の荒波に巻き込まれながら、満洲という舞台で彼等が権力者との間で繰り広げた、敵対や接近、懐柔と離反、殺し殺されるという人間劇が浮き彫りにされるだろう。

第一節　石光真清と『曠野の花』

一八六八年（明治元年）に熊本藩の下層武士家庭で生まれた石光真清の成長過程は、明治日本が近代国民国家へと邁進する過程とちょうど重なっている。国民精神統合の一環として忠君愛国思想が教育に浸透していく中で大人になった石光は、国家主義、民族主義を強く持つ志士であった。彼は陸軍士官学校を卒業後、陸軍に入隊し、日清戦争やその後の台湾掃討戦に参加した。もちろんその戦場で人を殺したことがある。彼はこの経験を『城下の人』で記している。彼にとって、自国の存続のために、戦場で異国人を殺害することも、自分が犠牲になることも、避けられないことであった。

日清戦争で勝利した日本は、清朝政府から二億両という巨額の賠償金と台湾、澎湖、遼東半島の割譲権を取得した。しかし、ドイツ、フランス、ロシア三国からの干渉により、遼東半島の還付を余儀なくされた。これは多くの日本人に衝撃をもたらし、「臥薪嘗胆」して遼東半島の権益を奪還することを強く望ませた。石光もその一人である。彼は『城下の人』で、「やがては、大ロシア帝国の侵略に脅かされて、再び国の運命を賭けて戦わねばならない時が来るであろう」と考えてロシア研究の必要を感じるようになった。[4] やがて彼はその思いを行動に移す。陸軍の歩兵大尉の休職期間中にロシアへの自費留学を断行したのである。

『曠野の花』の物語はロシアが極東で獲得した新しい土地に石光が降り立った時（一八九九年八月二五日）から始まる。場所は東方征服という意味を町の名前にしたウラジオストックである。彼と同じ船に乗ってきたのは、日本軍部の参謀本部次長田村怡与造、町田経宇大尉などの平服姿の軍人である。石光は彼らと相談したうえで、一八九九年一〇月に菊地正三という仮名で、シベリアにおける軍事要所であるブラゴヴェヒチェンスクにやってきた。ここにはすでに身を売って生計を立てる二〇数名の女性を含めた下層の日本人が生活していた。語学留学という名義でやってきた石光は、時々埠頭で往来する船舶を眺めては、ウラジオストックにいる武藤信義大尉に情報を流していた。定職もなくぶらぶらしている様子が現地の日本人から疑われると、彼はいっそロシア軍人の家に寄食し、軍人の夫人からロシア語を教わった。

ブラゴヴェヒチェンスクに来た翌年（一九〇〇年）、石光は馬賊になっていた「女郎」出身の日本人女性お花に出会った。そして露清戦争に遭遇し、露清国境の清国人が虐殺される〈現場〉を〈目撃〉した。当時日本は義和団事件を鎮圧するための八国連軍に参加し軍功を挙げていたので、日本人はロシアに優待されていた。しかし、石光はロシアの日本に対する脅威を強く感じ、軍部からの命令がなくても、露清国境地帯で諜報を集めるつもりでいた。ちょうどその時、彼は日本軍部からも哈爾浜に潜入し諜報活動するようにという指示を受けた。

露清戦争が始まると、国境地帯の鉄道や電線などが切断されただけでなく、混乱が満洲全域に広がったので、哈爾浜行きには数か月もかかった。この紆余曲折の途中、石光は満洲馬賊増世策と知り合った。増は二三千人の部下を率いる大頭目である。部下には日本で生活したことがある趙という青年がおり、増の夫人はお君という日本人の女性であった。「女郎」だったお君は、増の義侠に満ちた人格に引かれて結婚し、馬賊の仲間入りをしたのである。武勇はあるが策略に欠ける馬賊集団を如何に牽引してロシアに対抗するべきかと苦慮している増に、お君は石光を紹介した。増は喜んで石光を副頭目に任じ、彼に時局に対する知恵を求めた。武装集団の馬賊ならいつか利用できると、石光も馬賊に仲間入りした。彼らと生死を共に行動しているうちに、石光は、強大な侵略者であるロシア軍に対して命を懸けて抵抗する馬賊たちの不屈な一面に深くひかれていく。国家主義、民族主義に燃える志士石光も思わず国家、民族の境界を忘れて馬賊仲間の生死に心を震わす。

日本人女性馬賊のお花は哈爾浜における激動の日々を石光と共に過ごした。お花に「主人」と呼ばれていた宋紀も数百名の部下を擁している馬賊であった。露清戦争の際、宋紀は清軍と手を組んでロシアと戦った。お花もこの戦争に参加している。戦死を覚悟した宋紀はお花を戦場から脱出させた。ロシア軍の襲撃を受けながら、避難する中国人と共に九死に一生を得て哈爾浜までやってきたお花は石光の洗濯屋に身を寄せた。石光はその後さらに日本軍部からの資金援助を得て、写真屋に転身し、満洲各地を駆け巡って諜報を収集し、日露戦争開戦直前まで日本に諜報を送り続けた。日露戦争が開戦すると、日本帰国間もない石光はまた召集され、従軍士官として満洲に赴く。

第二節　揺れ動く露清国境

満洲をめぐる角逐

石光のような日本の志士たちや馬賊たちが激動の時代を駆け抜けた満洲（中国東北部）は、紀元前から北方少数民族が角逐した土地であり、時代を追って覇主が入れ替わった。戦国時代（BC四五三―二二一）には少数民族の山戎や粛慎がこの地に生息していた。このころにはまた、中原文化の影響が遼河一帯にまですでに進んでいた。前漢時代には、ツングース民族の扶餘が東北全域を治め、高句麗国を建てた。唐代になると高句麗が滅ぼされ、靺鞨が渤海国を興した。さらに、九一六年に契丹が建てた遼が渤海国に取って代わった。一一一五年に、各北方少数民族の血を引いた女真族が金を建て、遼を滅ぼし、南宋を脅かす勢力となった。その後、一二三四年に金を滅ぼしたモンゴルは大帝国元をつくりあげた。さらにその後、元に取って代わった漢人王朝の明は、モンゴルに対抗するため、東北における女真族の勢力を温存したが、やがて女真族の後裔である満洲人（マンジュ人）が力を蓄えて、明に代わって長城の内外を含めた広大な領土を擁する清帝国をつくりあげる。東北地方は満洲人の発祥の地として漢人の移住を制限する封禁の地とされた[5]。

東北地方は近代になると、ロシアの領土拡張に影響されるようになる。一六八九年のネルチンスク条約、一七二七年のキャフタ条約を経て、清はアムール川（黒竜江）以北まで支配領域を確定した。しかし、一九世紀後半に入ると、清王朝の弱体化につれてロシアが再び南下し、一八五八年の璦琿条約でアムール川以北の領土を獲得し、一八六〇年の北京条約では、ウスリー川以東の沿海州を手に入れ、不凍港ウラジオストックを建設した。[6]このころ、封禁制度はすでに形骸化しており、ロシア領になった土地にはすでに多くの漢人移民が暮らしていた。璦琿条約と北京条約ではこれらの居留民の居住権が認められていた。一八九四年に朝鮮支配をめぐって日清戦争が起きたが、日本軍による旅順での虐殺も含め、主な戦場になったのは清が領有しているはずの満洲であった。三国干渉により日本が遼東半島を手放すと、一八九八年にはその三国干渉の一員であった当のロシアが旅順・大連の租借権（二五年間）を獲得した。

こうして一九世紀末、二〇世紀初頭には、満洲地域は日露両帝国が植民地的領土獲得競争を展開する最前線になった。一九〇〇年に起きた義和団事件はさらに大きな転機をもたらす。清朝政府が列国に宣戦布告し、アムール州の州都ブラゴヴェヒチェンスク市に砲撃を行ったことで、「満州戦争、露清戦争の火蓋」が切られたのだ。[7]これにより、同市の中国人居留民数千人がロシア側に虐殺された。さらに、璦琿条約で清国人が合法的に居住する飛び地として認められた黒竜江左岸の江東六四屯でも、中国人に対する掃討戦が行われた。[8]

この戦争を機にロシアは満洲全土を占領支配下に置いた。この土地はもはや近辺の少数民族同士が入れ替わり支配するものではなくなり、世界を席巻する帝国主義領土拡張の嵐の中に巻き込まれ、その争奪の対象になった。一九世紀半ばからの数十年の間に、満洲をめぐる境界線は激しく揺れ動き、次々と帝国主義的戦争の戦場と化したのである。

見えるボーダーと見えないボーダー

境界線は激しく揺れ動きつつも、ボーダー内外の満洲地域には多様な人々が集まってきた。彼らの生活はボーダーを横断するように営まれていた。山東省などの内地から移住してきた中国人は勿論、新しく獲得した領土にやってきたロシア人、ロシアの満洲独占を阻止しようとやってきた日本人、ロシア人のために働く韓国人、さらに、ロシアの満洲侵攻を偵察しにやってきた欧米人、また、新天地を求めてきた各国の商人や労働者、水商売をやらされている日本人の女性たち、などなど。この人たちはボーダー内外に入り乱れて生活し、黒竜江沿いの各都市は多様な人種、多様な言語が飛び交う国際色を呈していた。

石光真清が休職中の歩兵大尉としてロシアに私費留学にやってきた一八九九年八月、初めて降り立ったのはウラジオストックである。彼の目に映ったこの町は「淋しい港街」で、「商人はほとんど清国人であり、労働者は大部分が韓国人であった」(一五頁)。そして、早く一八九七年から日本陸軍の「参謀本部から派遣されている花田仲之助少佐」が「清水松月という僧名で」、「西本願寺のウラジオストック出張所」の「住職を務め、機密の調査に当っている」(一六頁)。ウラジオストックには「女郎屋の主人や洗濯屋、ペンキ屋、理髪屋など」(一六頁)の下層労働者のほかに、新聞社の特派員などの日本人もいた。そして、「下級な人々ではあったが意外にも多数の日本人が全シベリアに散在している」（二五頁）という状況で、民間の日本人の露清国境地帯への進出は目覚ましいものであった。ロシア人、中国人、韓国人そして日本人が入り乱れて暮らしているウラジオストックは満洲の国境地帯の各都市の特徴を帯びている。

石光が「語学研究」（二六頁）に適していると選んだブラゴヴェヒチェンスクはアムール州の州都であり、「当時ロシア軍のシベリアにおける最大根拠地であった」（二五頁）。ここにもロシア人はもとより、韓国人、中国人のほか、日本人もまた、十数名の労働者と二十数名の「女郎衆」（二七頁）がいた。これらの韓国人や中国人、日本人の多くは、生計を立てるために国境を跨いで生きている民である。彼らの生活もお互い浸透し交錯するかたちで成立している。清国の商人たちはロシア人を相手に商売し、ロシア人が清国少年をボーイとして雇っていた。また、身売りする日本人女性たちの主な商売相手はロシア人で、彼女たちのなかには清国人に身受けされる人もいた。一方、石光はロシア軍人の家に身を寄せ、ポポーフ大尉夫人からロシア語を習っている。義和団事件前、中露韓日四か国の民間人は見えるボーダーである国境地帯を自由に行き来していた。商売をしたり、職を探したりして、生活の糧を求めていたようすである。この見えるボーダーとしての国境の周辺には、近代国民国家に属する国民と、近代国民国家にはなりきっていない国の「民」が、入り交じって生活していた。

しかし、彼らの間には、眼に見えないが厳然として刻まれたボーダーが存在していた。それは平和なときに忘れ去られることもあるが、いざ国家や民族の衝突が起きると、くっきりと認識され、人と人の繋がりを無情に断ち切ることになる。この作品では、露清戦争でこの目に見えないボーダーが自国民とそうでない人たちとを分け隔てて、殺すか殺されるか、生きるか死ぬかの境界線に化していくさまが描かれている。

石光も一八九九年一〇月頃にブラゴヴェヒチェンスクにやってきて「語学研究」をしながら、「黒竜江岸の波止場に立って軍隊軍需品の輸送を眺めて」（二七頁）は、ウラジオストックの駐在武官である武藤信義大尉に情報を送っていた。彼はロシア人に特に警戒されることもなかった。現地の日本人に疑われると、いっそロシア軍人の家に寄食して危機を回避した。諜報員である彼も難なくこの国際色豊かな国境の町に溶け込むことができた。そして、石光はここブラゴヴェヒチェンスクで、見えないボーダーが引き起こす中国人に対する大量虐殺を〈目撃〉することになる[9]。

一九〇〇年七月一五日に露清戦争の火蓋が切られると、真っ先に見えないボーダーが稼働した。ブラゴヴェヒチェンスク在留の清国人狩りが一斉に行われた。商店主たると苦力たるとを問わず、またロシア人に雇われていようといまいと、何の容赦もなく各戸から引きずり出されて支那街へ押し込まれた。それは実に徹底したものであった。もだえて泣き叫ぶ少年店員であろうと、ロシア人宅のボーイであろうと、容赦なく引立てていって手廻品の持参さえ許されなかった。こうして追い立てられ引きずり出されて支那街へ押し込まれ、カザック兵と警吏と義勇団員とによって包囲された在留清国人は、約三千名であった。（四三—四四頁）

義和団の鎮圧に戦功を上げていた日本国民は友好的に扱われ、無関係な韓国人も無事であった。ただこの三千人前後の中国人は見えないボーダーによって容赦なく選別され、その日の夜に銃剣や斧などの武器で攻撃されながら、老若男女を問わず黒竜江に落とされ虐殺された。和田春樹は、生きて清国領の対岸にたどり着けたのはごくわずかの一〇〇人程度であったという。[10] それは、「在留清国人が本国と通謀して蜂起するかも知れないという懸念から採った非常手段であったろう」（四四頁）が、当日「午後二時の渡江禁止」（四五頁）で、中国人が清国領へ避難することをロシア当局が禁じた上で、流れの激しい黒竜江に飛び込んで清国領に戻ることを強要したことが意図的な虐殺であることは事実に違いない。このような無抵抗な中国人への虐殺はブラゴヴェヒチェンスク附近の合法的な中国人居留地江東六四屯にも及び、ロシア軍の満洲進軍に伴い清国領の瑷琿、黒河にも及んだ。

『曠野の花』では、この虐殺に参加したロシア人にこう語らせている。

良心を持っている人間に、どうしてこんなことが出来るのでしょう。良心なんてない野獣になっていたのでしょうか。（五〇頁）

あの連中の中には必ず清国側の匪徒が数百人は混っていたに違いありません。（五一頁）

彼等が殺られなければ我々が殺られる。私たちだから罪の上に罪を重ねることはしなかったのだ、そう考えて気を軽くしようと誰でも思っていたでしょう。（五一頁）

彼我を分けるのは目に見えないボーダーで囲まれた「国家」や「国民」という政治観念である。ボーダーの内外では常に「彼等が殺られなければ我々が殺られる」という敵対関係が潜在する。ボーダー外の人間を、たとえそれが無抵抗な老人や女性、幼い子供でも、容赦なく殺しても罪意識が薄い。「これをやらずにいたら、この虐殺以上の大虐殺がロシア人に加えられたでしょう」（五一頁）という恐怖観念がそれを正当化しているからだ。そこには、『草枕』の画工が希望を乗せた「憐れ」の片鱗すらもはや存在する余地がない。帝国主義的戦争はかくも簡単に普通の国民を殺戮者へと仕立て上げてしまう。穏やかに見えた露清国境は常に国家と人種の差異による敵対と殺戮の現場と化する危うさを孕んでいた。

第三節　暗躍する志士と諜報員

憂国の日本志士

ブラゴヴェヒチェンスクの中国人虐殺に石光は大きな衝撃を受けている。

あのように穏かであった露満国境に、突如としてこのような未曽有の大虐殺が行われようとは、誰が予知していたであろうか。民族が己れの位置に安住することが、これほどまでに困難にして危機を孕んだものであろうか。孤島日本の運命も、今日の平和をもって明日を信ずることができるであろうか。この大虐殺を機縁として、満洲は収拾出来ぬ騒乱を起すに違いない。ロシアは得たりとばかりにその鋭鋒を南下させて、欧亜に跨がる大帝国建設の夢を実現するであろう。カザックの馬の蹄はやがて朝鮮半島にも及ぶに違いないのである。私には特別の任務はないが、この日から相当の危険を冒してでも情報を蒐集することにした。（五一、五二頁）

露清韓日の人々は見えるボーダーである国境を乗り越えて生活の糧を求めることが出来たとしても、有事の際には日本人や中国人のように、自分が何人であるかによって境遇が全く異なってしまう。この違いは見えないボーダーとなって殺す側と殺される側を分け隔てる。特に帝国主義時代において、虐げられる側の民衆はまるで棄民のごとく、容赦なく殺戮の対象になる。ロシア側に友好的に遇された日本人として、石光はこの大虐殺を他人事として受けとめていない。ロシアの「欧亜に跨がる大帝国建設の夢」により、朝鮮半島がやがて踏みにじられ、日本の平和も脅かされることになるだろうと、石光は予測している。だから彼は、「ロシアの対満侵入計画の規模を握って、身を以て第一報を母国へ送らねばならぬ」（五二頁）と決心する。もともと三国干渉の衝撃で、「やがては、大ロシア帝国の侵略に脅かされて、再び国の運命を賭けて戦わねばならない時が来るであろう」と、ロシア研究の必要を感じた石光にしてみれば、この決意は必然的にもたらされるべきものであったのように思われる。彼は、自国と自民族の存続を第一義として位置づけている。そのために他国の人を殺すことも、個人を犠牲にすることもやむを得ないと思っているようである。帝国主義時代において、強い方の国家こそ存立が保証され、その国民が生きる権利を持つ。彼のような、国の未来を案ずる日本人の志士たちはこのころ露清国境地帯に数多く潜んでいた。

例えば、軍人として、ウラジオストックとハバロフスクで僧侶になりすまして諜報活動をしていた花田仲之助少佐や安倍道瞑がいた。この二人は周りの日本人にもまったく気づかれないくらい僧侶になり切っていた。日露戦争が始まると、石光は彼らがそれぞれ戦場で活躍する姿を目撃することになる。特に、花田仲之助少佐は「花大人」として満洲の馬賊を召集して満洲義軍を組織し、ロシアの後方を攪乱して軍功をあげている。[11]

これ以外にも、軍籍や官位をもたなくても、「お国への御奉公」（六八頁）としてロシアを探りに来ている人たちがいる。例えば、ニコリスクゆきの汽車の中で石光が見かけた笹森儀助老人である。笹森は三国干渉に憤慨して朝鮮に渡り、義和団事件時のロシアの軍事行動に危機感を持ち、「ロシアの真意を探る必要がある」（六九頁）と露清国境にやってきている。「満洲がロシアに併合されれば朝鮮は直ぐロシアに頭を下げるでしょう。そうなったら貴方、日本は一体どうなると思う。ロシアを叩く力があるか、身を護る自信があるか」（六九頁）、という危機感には、石光も勿論共感している。彼等は皆如何に自国日本の未来を、弱肉強食の帝国主義的時代の中で切り拓いて行くべきかと思案し行動している。後日、石光が満洲の遼陽の雑貨店で、そこに集まっていた「北京公使館から特別任務を授けられた」鶴岡永太郎（第七章で詳述するが、鶴岡は日露戦争時に満洲義軍で活躍している）などの「志士豪傑の類」（三五四頁）とも出会っている。

諸国の諜報員たち

露清国境には憂国の日本人志士たちだけではなく、ロシアの満洲進出を偵察しようと欧米諸国からやって来た諜報員も出没している。石光がブラゴヴェヒチェンスクを脱出するとき、彼に尾行して同じ船に潜り込んだドイツ人は、すでに三年前からブラゴヴェヒチェンスクに来ていた。このドイツ人はロシアの東進政策に関心を持つドイツが送り込んだ多数の諜報任務者の一人だと石光は見ている。また、石光は、馬賊と結ばれた日本人女性のお花と調査旅行中に出会ったドイツ人から、「ロシアは完全に満洲占領を計画しております。これで一番危険を感ぜられるのは貴国でしょう」（三二五頁）と言われ、衝撃を覚える。実際、ドイツは「測量隊にまで密偵を入れている」（三二六頁）徹底ぶりであった。これ以外にも、「ロシアの鉄道開通とともに各国の密偵が入乱れて」、「ロシア軍の行動を注視している」（三一六頁）有様であった。

このような状況の中、ロシア側も「旅行の厳重な制限」（三一六頁）をすると同時に、スパイを駆使し移動する各国の人々を監視している。このスパイには韓国人がよく使われていた。崖はその一人である。石光は馬賊の趙と一緒に労働者の輸送船に乗り込み、ハバロフスクから哈爾浜に向かう途中の船上で崖に出会った。「崖を中心に日露清韓の四人種が一団をなして何のへだてもなく、食糧もいつしか共有に」（一四七頁）なっていた。その中で、総督府の日清語の通訳だという崖を「ロシア人の犬」（一四五頁）だと石光は見ていた。その後、石光は一面坡で再度彼に会った時、崖から「馬賊の探索をしている」（一八九頁）と告げられ、馬賊の処刑の見物に誘われた。処刑された馬賊のなかには趙がいたようだ。ロシア側にとって、列強諸国からの密偵だけではなく、馬賊も重要な警戒対象であった。馬賊はロシアの満洲侵攻に対する一番の抵抗勢力だったからだ。

第四節　馬賊たちの露清戦争

露清戦争前後の満洲馬賊

田志和・高楽才『関東馬賊』によれば、満洲の馬賊は清の道光年間（一八二〇―一八五〇）にはすでに県志などに記録されている。[12] 渋谷由里は、馬賊が生まれた背景には満洲という広大な領域と移民で増え続ける住民に対する中央からの支配体制が不十分で、地方上層部に頼らざるを得ない実情があり、地方有力者が「徴税権も警察権も得れば、武器で脅迫しながら不当な徴税を行うこともできた」ので、「民衆は公権力の保護の対象ではなく、いわば公権力から認知された、私権力の収奪対象でしかなかった」という要因があったという。[13] さらに、渋谷由里は、こういう過酷な社会環境は有力者に反発し富を掠奪して生きる匪賊を多く生み出した、一方、有力者は自衛のために自衛団を組織したので、「兵も匪賊も最下層民の生活手段であった」という。[14] 満洲人が所謂「鬍子」（フーヅ）と呼んでいる匪賊集団は主に馬に乗って掠奪と逃走を行っていたので、馬賊とも呼ばれた。石光が一九〇〇年に出会ったお花やお君と増世策たちは皆「馬賊」という言葉を使っていたので、このころにはすでに馬賊という呼称が満洲で広く使われていたと思われる。

露清戦争より前に、日清戦争の戦場となり荒廃が進んだ満洲では、民衆の困窮が一層深刻化していた。馬賊もますます増える一方であった。『関東馬賊』によると、清朝政府は馬賊に対して掃討と安撫を兼ねた対策を採った。例えば、一八九八年の刑部奏定通行章程では、捕まった馬賊をその場で処刑することを許可しているが、同時に、東北三省の各将軍や総督は馬賊の頭目を軍隊の下級将校にして帰順させる方策を採った[15]。一九〇二年に自ら帰順して官兵となった張作霖は政府の安撫政策をうまく利用した例である。しかし、官兵に捕まり、処刑される馬賊も少なくなかった。馬賊の多くは、国家権力と一線を画し、裏社会を生き抜くことを選んだ。彼らと官憲や豪族との関係は、掃討と安撫、強奪と保護、敵対と容認、等々、複雑に絡み合う様相を呈していた。

『曠野の花』では、石光が一九〇〇年の二月に初めて訪れた瑷琿で処刑された馬賊の「晒首」（三〇頁）を見て衝撃を受ける場面が描かれている。その後、日本人のお花（水野花）から馬賊談を聞かされることになる。彼女自身もまた「女郎」から転身した馬賊だった。彼女が「主人」と呼ぶ宋紀は馬賊の頭目の一人である。義和団事件が勃発すると、ロシアからの侵略を食い止めるために、清の皇族である端郡王から官兵と手を組む話が宋紀にもたらされていた[16]。国法に反して掠奪などの行為を繰り返す馬賊は清朝政府の掃討対象であったが、その一方で列強の侵略に対抗する有力な武装勢力として目されたのだ。他方、馬賊にとって、ロシアの満洲侵攻は彼等の経営してきた縄張りの地盤を失う事態を招来することを意味する。さらに、弱きを扶け強きを挫くという伝統的な「俠」の精神を持つ彼らにとって、ナショナリズムがその精神の受け皿となって彼らの感情を燃え立たせることにもなった。石光が接した宋紀や増世策もこのような「俠民」——「俠」に生きる「民」——としての馬賊であった。

露清戦争と馬賊の生き方／死に方

お花の話によると、馬賊は過酷に拷問されても口を割って味方を白状することがなく、「雑兵まで立派な死方をする」（三二一頁）という。満洲は「表面は総督将軍が軍隊を指揮して治安を保っていることになっているが」（三二一頁）、城郭から少し離れると馬賊の天下になっている。そこでは、官憲も馬賊の保護を受けることがある。また、馬賊同士は堅い信義で結ばれている。彼等は、機密を漏らした者、命令に反抗した者、敵に内通した者、脱走を企てた者、同志を欺き或は侮辱した者は斬る、という「五か条の誓い」（三二三頁）で律されている。そして、馬賊の頭目はそれぞれ数百人から千人くらいの配下を従えており、「勢力範囲を協定して互いに連絡を取っている」（三二三頁）。だから、味方の脱走や掠奪対象である富豪の逃亡を防げる。

多少美化している部分があるが、こうしたお花の話は馬賊の本質を言い当てている部分がある。田志和・高楽才『関東馬賊』によると、頭目がちがえば決まりもちがうとは言え、「七不搶」（奪い取ってはいけない七つの決まり）、「八不奪」（強奪してはいけない八つの戒め）、「五不準」（五つの禁止事項）等のように一定の規律が彼らの内部にはあった。その具体的な内容は、主に障害者や僧侶、尼、娼婦を略奪の対象とせず、嫁入りや葬式などに対しては奪わないという義俠的な部分と、利用できる医者や渡し舟を奪わない、行商人や宿屋を奪わないなどの自身の現実利害にかかわる部分がある。さらに、賭博と婦女暴行を「五不準」によって戒めている場合もある[17]。

いったん馬賊になると、常に官兵に追われ、裏社会のきびしい規律の中で、死と隣り合わせの生き方をせざるを得ない。集団の信義を守ることが彼等の生きる道になっていく。そして、満洲が日露両帝国の争奪対象になると、馬賊たちもその荒波に呑み込まれていく。賓州の馬賊頭目だった高は、時期が成熟したら、「高は老いたりとも座にあって死せず、必ず陣頭に立って義を唱えるでしょう」（一七一頁）と語っている。武力を頼りに侵攻してくるロシアに対抗することはもはや彼等にとって新しい時代の「義」となったのだった。

一九〇〇年六月二日に、石光は瑷琿でお花の「主人」の宋紀に会った。そこで東清鉄道の話になると、宋紀は「満洲はもうロシアのものも同様です。鉄道が出来ればロシアの力がますます加わるでしょう。しかしこれも天命です。天はロシアをして満洲を統べしむです。私たちは天の命ずるところに従順ならざる可からず、逆うものは必ず滅びます。没法子――」（三七頁）と言った。「没法子」とはしかたがないという意味である。石光は「日本人は没法子とは申しませんよ」（三七頁）と納得していなかったが、実際のところ、宋紀も決して「没法子」とは思っていなかったようである。その後のお花や馬賊頭目の増世策の話から明らかになるが、彼は「逆うものは必ず滅びます」と、ロシアに戦いを挑むことの無謀さを承知した上でロシアと戦った。これより前、ブラゴヴェヒチェンスクには宋紀の手下が度々やってきていた。ロシア側の動静を偵察に来ていたのだろう。石光を瑷琿に連れてきて宋紀に会わせたのは実は彼だったのである。宋紀の手下はその後もブラゴヴェヒチェンスクにやってきてロシア側の義和団事件に対する反応を探り、さらに意味深なことを言っていた。

「端群王と言えば勇猛果敢で他の親王たちとは異っていたようです。憂国の志士です。ちょっと敗けたぐらいで断念するような人だとは思えません。騒動はきっと大きくなりますよ」
（三八頁）

「端群王」とは清朝皇族の端郡王のことで、義和団を利用して列強に対抗することを主張した主戦派であった。端郡王の話が出たのは七月上旬ごろのことであったが、この手下はその後ブラゴヴェヒチェンスクから姿を消した。そして、七月一三日に清兵がロシア汽船に停船を命じ、つづく七月一五日には清国側からのブラゴヴェヒチェンスクへの砲撃があり、すぐさまブラゴヴェヒチェンスクで「清国人狩り」が始まり、ついに大虐殺が起きた。石光の寄食先のポポーフ大尉が把握しているように、端郡王の使者に説得され、璦琿の政府は馬賊も動員してロシアに対抗したようである。

露清戦争時の宋紀の行方は、馬賊の頭目である増世策や高大人の話から明らかになってくる。増世策は宋紀がこの時にブラゴヴェヒチェンスクに潜り込んで虐殺されたか、あるいは黒河でロシア軍との戦闘で戦死したと見ている。

宋紀先生は義和団事件が起って間もなく、北京から説客が来まして瑷琿の蹶起を促しましたので、瑷琿駐屯隊の劉謙徳という人と結託してロシアに戦を挑んだのですが、目算を誤って敗れてしまい、戦死したということです。一説には、砲撃の前々日に秘かにブラゴヴェヒチェンスクに潜入して配下の者と計り、砲撃と同時に攪乱を開始しようとしたが、ロシア側の処置が早くてあの大虐殺に遭って無念の最後を遂げたとも言われています。（二一九―二二〇頁）

以上の増世策の話と宋記の手下の話を照らし合わせてみると、北京の端郡王の使者が瑷琿にやって来たことは間違いない。おそらくは、端郡王の使者が宋紀を説得したか、或いは彼にはもともとその意志があって、ロシアと戦ったのだろう。宋紀の手下が端郡王のことを「勇猛果敢」な「憂国の志士」と褒め称えていたことから見ると、宋紀たち馬賊はロシアに抵抗する端郡王の志に強く共感していた。宋紀とその仲間たちも自分たちを「憂国の志士」だと任じていたのだ。彼等のナショナリズムは使者の説得により昂揚したと思われる。そして、外国からの侵略に対抗するために、もとは複雑な関係にあった官軍と手を組んだと窺える。

一方、お花の話では、宋紀は黒河の戦いで戦死している。彼女が「黒河の敗戦を瑷琿の部下に伝えるために、私は宋の命令を受けて深夜に一人で黒河を出発しました」（二〇九頁）と言っていることからすると、宋紀は虐殺されたのではなく黒河でロシア軍と戦ったと見える。この黒河の戦いについて、石光も以下のように語っている。

七月二十一日、カザックの一隊百五十名がゼーヤ河口から汽船に乗り、ウェルフネブラゴヴェヒチェンスクから対岸の清国領土へ上陸を企てた。対岸の黒竜江には清国軍の大集団が配備されていたから、この行動を知らぬ筈はないのに、何らの抵抗もしなかった。ロシア軍は堂々と対岸の渡船場へ上陸して進軍した。清国軍はロシア軍の上陸とともに退却したが、村外れには有力な部隊が配置されていて抵抗したので、双方に死傷者を出した。この抵抗は意外に強く、ロシア軍は犠牲を怖れて突破を試みず、両軍三百メートルを隔て睨み合いを続け、斥候戦の程度で八月二日まで過した。（五三頁）

また石光によると、八月二日の夜中にロシアの大軍が黒竜江を渡り、黒河鎮を制圧し、「逃げ後れた市民を残らず虐殺して火焔の中に投じてしまった」（五四頁）。その後、すぐ瑷琿を包囲制圧し、同じように市民を制圧した。お花と石光の話を照らし合わせると、宋紀は八月二日まで、ロシア軍に抵抗する「有力な部隊」に属していたようである。その後、黒河は制圧され、瑷琿でも激しい戦闘と焼き払いがあった。お花によると、宋紀は「命令をさずけると、残った手兵をまとめて戦場にもどって行った」が、その後約束した「興安嶺の樵夫小屋」（二一〇頁）には現れていない。清朝官兵の多数が敗退、逃亡する中で、宋紀は手兵とともに、最後まで黒河で強敵のロシアと死ぬまで戦ったであろうことが明らかになってくる。

宋紀は初めて自分が馬賊であることをお花に知られた時には、発砲して警戒を見せたのだったが、傷を負ったお花に「泣いてあやまり、まるで女のように手厚く介抱し」た（二一九頁）。彼がお花を陥落寸前の黒河から璦琿に赴かせたのは、彼女を生き残らせようという「憐れ」の情に基づくものだっただろう。

「清い」馬賊増世策

石光が『曠野の花』の中で最も立体的に描き出している馬賊は間違いなく増世策である。彼はまた石光が最も身近に接していた馬賊でもあった。宋紀も増世策も、凡そ想像の中の馬賊とは違う容貌を持っている。石光の目に映った宋紀は、「三十五、六歳の背の高い痩せ型の青白い柔和な男」（三六頁）であり、増世策は「顔色の青白い四十四、五歳の痩せた男」（一一六頁）であった。後に増に嫁いだお君の目に初めて映った増世策もまた想像の馬賊の容貌には似つかわしくなく、「色が生白くて痩形の小男」（一一〇頁）であった。その人当たりの良さも凡そ荒っぽい馬賊のイメージとはかけ離れている。ただ「底光りのする眼」（一一六頁）は彼等の特殊な生き様を物語っている。増世策が初めて石光に会ったのは露清戦争最中の一九〇〇年八月三〇日のことであった。

増世策は溢れるような愛嬌を湛えて私に近づき、握手を求めて、温突に腰を下した。「私は増世策という浮浪人です。苦労をしたので御覧の通り老いぼれて見えますが、まだどこかに熱血が通っていることは確かです。どうぞお見捨てなく御交際願います」（二一六―二一七頁）

掖河に本拠地を持ち、二千人の部下を持つ馬賊の頭目であるにもかかわらず少しも威勢を張っていない。そして、「満洲の山奥に立籠って法を犯し、人命を断ち、財を掠める嫌われ者」（二一七頁）だと告白する。これに対して石光も、「日清の役には少しばかり弾雨も潜り人も斬ったことがあ」（二一八頁）るのだと打ち明ける。実際、『城下の人』では、つい五年前の日清戦争時、石光は台湾掃討で台湾人と殺し合いをしていたことが書かれている。国家の法を逸脱した馬賊と曾ての侵略者である日本人が、強敵ロシアに対抗するために手を組もうとしている。

増世策は「法を犯し、人命を断ち、財を掠める」一方で、弱い者への仁愛に満ちた一面を持ち、むしろ人格的な魅力を漂わせている。石光を増世策に会わせたお君は、「欺されてシベリアに流れて来た」「女郎上り」（一〇七頁）の日本人だった。お君が増世策に惚れ込んだのは身売りの商売をやっていた彼女に対して優しく丁寧に接したからだ。「転々と売られて恥しい商売を」（一〇九頁）させられている彼女にとって、それは他人に優しくされた初めての経験であった。彼女は馬賊が常に死と隣り合わせであることを認識した上で、「馬賊という者はこんなに清い者だろうか」と思い、「太く短くこの世におさらばをしたいものだ」（一一一頁）と、増世策と結ばれることを望んだ。実際、増世策は配下が捕らえた「女郎屋」の老人と女性たちに対しても手厚い保護を与えている。

如何にロシアに刃向かうか

露清戦争の二年前、沿海州のイマンにいた増世策は、「この辺は昔は清国の領土だったが今は露満の国境になってしまった。これから後も国境がどこまで南下するか判らない」（一一〇頁）とお君に向かって口惜しそうに語っていた。馬賊にとっても国境というボーダーは守るべき対象だったのだ。露清戦争が勃発した今、彼は「機会が来たと大悦びで文字通り東奔西走して、長白山の頭目は勿論のこと、松花江流域の頭目と連絡したり、官兵と協同したり、今活動の真最中」（一一三頁）である。「義俠心の強い」（一一四頁）日本人志士石光の協力は彼にとっても喜ばしいことである。一方、石光は増に敬意を抱きつつも、「私は任務のためにこれを利用出来るかもしれない」（一一三頁）と目論んで協力を承諾する。増世策も宋紀と同じ官兵と手を組んでロシアに対抗しようとしていた。そのロシアは石光が対抗しようとしている対象でもある。

増は、満洲を版図にしようとしているロシアの野心を知りつつ、「清国の官兵にはこれを防ぐ力がなく、責任者はすべて逃亡してしまった現状では、馬賊こそが満洲を守るべき「絶好の時」（一一八頁）だと感じていた。彼は宋紀には足りなかった慎重さを有していた。彼は「時代遅れの武器で訓練のない烏合の衆」（一一二頁）ではロシアに到底勝てないこと、「迂闊に手を出せばロシア軍に侵略の理由を与え」、「破滅を招く」（一一八頁）ことを悟ってもいた。しかし、「満洲は確実に大ロシア帝国に併合され、世界の地図が塗替えられ」ようとしているというロシア人の威勢に対し、彼は怒りと苦しみで「顔は青ざめて机の端に置いた両手を固く握りしめた」（一二五頁）。「今さら引込めと言っても勢いの赴くところ如何とも術が」ない部下と同じように、増も横暴なロシアに我慢できず「血気に燃えている」（一二三頁）のだった。しかし、問題はどのようにロシアに対抗するべきかという難問である。

一方で、賓州の馬賊頭目の高大人は、増世策を評して「増世策は勇あり、智あり、仁あり、頗る思慮に富んで」いる（一七一頁）としている。増世策、高大人、紀鳳台（増と義兄弟の契りを交わした富豪）の三人は、ロシアが「無辜の民を殺し、満洲三省を占領せんとして」（一七一頁）いることに憤慨し、ロシアに対抗することが義であると認識していたが、現実的には時期尚早であると認識していた。

だが、当時の満洲各地に大小さまざまな馬賊がみなこうであったわけではない。ハバロフスクに流れ込んだ避難民の話によると、一部の馬賊は「義和団の名を籍り」、東清鉄道沿線の「手薄なロシア軍守備隊を襲って皆殺し、鉄道を破壊し、材料を盗み、逃げ遅れたロシア鉄道員を惨殺するなど」（六五頁）している。さらに、清朝政府の役人が逃亡したあとの無政府状態の中で、「首脳を失った軍は馬賊と合流し、ついにはロシア人であろうと清国人であろうと、相手選ばず財をかすめ、女を姦し」（六六頁）の狼藉を働いているという話もあった。

ロシアはと言えば、石光の目には「騒乱鎮定を機会に、徹底的に満洲掃討を決意しているらしい」（六六頁）と映じていた。清朝政府の役人はすでに逃亡しているので、その掃討の主な対象は、自然馬賊や、匪賊化した元軍人たちの「兵匪」ということになる。ロシアは馬賊を探索するためにスパイを駆使した。最終的に、石光が深い信義と情を交わした「清い」馬賊増世策とその部下の趙はみなスパイによって発見され命を落としてしまう。

増世策はハバロフスクで総督府にいったん捕らえられるが、お君の尽力もあって、ハバロフスクの脱出に成功する。その後の行方については、その配下で石光と行動を共にしていた趙が偵察してきた情報から窺える。それによると、根拠地の掖河からほど近い町に現れた増は、ロシア側の韓国人スパイに狙われて危ういところで逃げ出したが、根拠地の掖河がロシア軍に焼き払われてしまう。その後について、石光はロシア軍が駐屯していた一面坡で元資産家の老夫婦から聞いた話として、そこに住む人々の生活は「増世策という頭目の一味」（二五〇頁）によって荒らされたらしく、その結果、ロシア側韓国人スパイのしつこい偵察により捕縛された上処刑されたのだと知る。

この老夫婦は、ロシア軍だけではなく、「同胞を餌食にする匪賊」（二五〇頁）によって不幸に陥った。満洲にはそうした人も多くいただろう。それは馬賊と兵匪が結合して起こした無秩序な行為だっただろう。もともと、馬賊にそうした一面があった。いくら「清い」増世策も馬賊であったことに変わりはない。一面坡を荒らした馬賊たちは、増世策の指示のもとで行動したのか、それとも、増の戒めを押し切って行動に出たのか、確かめるよしがない。ハバロフスクを離れたときの増の心情から推測すると、どちらも可能性がある。時期を待つべきであると理性的に認識しつつも、増がロシアに対して抑えられない憎しみと憤りを持っていたのは確かである。根拠地まで焼き払われることについては、耐えられない怒りがあったと思われる。

だが、馬賊のロシアへの抵抗は同時に現地の無辜な民衆に対する乱暴狼藉も伴っていた。増に対して、「骨肉を食っても足りない恨み」（二五二頁）を人々が感じていたとしてもおかしくはないのである。しかし、一面坡の民衆は少なくともロシアの虐殺には遭わずに済んでいる。ロシア軍は多くの場所で馬賊の襲撃を受けた後に現地住民を虐殺している。例えば、宋紀たちによるブラゴヴェヒチェンスク砲撃、それから哈爾浜の日本人が語った阿什河襲撃などでは、その後、現地の満洲人がロシア兵によって虐殺されている。ロシア軍が駐屯していた一面坡で虐殺が起こらなかったのは一見当たり前に思えるし、そこで増世策の一味が特に富裕な民衆の生活を荒らしていたらしいことは、馬賊の反社会的な本質を示す格好の事例であると捉えることもできる。しかし、それでもなお、この老夫婦が家族の離散と財産の喪失を被りつつも虐殺を免れた事実を軽んじてはならない。なぜなら、増世策らが駐屯地において撹乱分子の役回りを演じることによって、ロシアに治安維持の名目を与え、それによって結果的に民衆の命を守ることにつながったのではないかと考える余地が残されているからだ。もとより増世策は、勇、智、仁、義を兼ね備えた人物であると周囲に認識されていた。それは、中国の伝統において、道徳的価値を共有しながら法におさまることなく底辺社会に暗躍した侠の精神そのものである。ロシア軍に捕らえられて処刑を待つときの増世策は、「部下の者を静かに見まわして微笑し」、その態度は「にくらしいほど落ちつきはらった」（二五二頁）ものだったという。「清い」馬賊としての増世策は最後まで失われていなかったのかもしれない。

一九〇三年六月二三日の『東京朝日新聞』には「露国と馬賊」という記事が掲載されている。その中では、「馬賊は満洲に於ける一種有力の山賊なり」とした上で、「東清鐵道敷設の事あり、露人續々満洲に入込むに迨んでは」、「馬賊は露人に對する一種の敵愾心と、及び彼等が自衛自守の必要上」、動乱心が増長し、「義和團匪」と「合體」して一時暴れまくったとされている。自国の領土が外部勢力に侵されることに対する敵愾心と自衛の必要に促されて馬賊がロシアに抵抗したのだという見解は的を射ている。増のロシアに対する抵抗はまさにこれを物語っているし、多くの馬賊たちにとってもそうだっただろう。強大なロシアに抵抗する無謀さを早く悟り、山奥へ逃げ込む高大人もいれば、宋紀のように官兵と手を組んで立ち向かう者もいた。後者の場合は、一九〇〇年八月に哈爾浜近辺の阿什河において官兵と協力した馬賊がロシア軍を襲撃し、その結果、阿什河市民の虐殺を招いたケースが思い起こされる。無策、無謀、無秩序な攻撃によって、馬賊側に大きな犠牲が出たばかりでなく、非戦闘者の民衆までもが虐殺されたのだ。

賢明な増世策はロシアと戦う気持ちが高揚している一方で、上記の問題をはっきりと認識し回避しようとしていた。最終的に増はロシアのスパイの探索から逃げ切ることができなかった。それでも、彼は血気盛んな部下を率いて、ロシアにとってかなり手強い抵抗を見せたことは間違いないだろう。

第五節　日本人と馬賊

匪賊か「侠客」か、敵か友か

石光にとって、増世策は「この男だけは生き延ばしてやりたい人物」（一九五頁）だった。そこにはいくつかの理由が考えられる。一つは、母国日本のために諜報活動をしていた石光にとって、胆力に満ちた馬賊の利用価値は高かった。石光は実際、「将来は必ず先生方の力を借りて、ロシア軍を黒竜江の彼岸へ追払う時機がまいります」（一二三―一二四頁）と、日露戦争が現実化した暁には日本軍が馬賊を活用するだろうという予想を語っている。石光は、「彼らを有事の際に諜報と道案内と後方攪乱に十分利用出来ると信じていた」（一八六頁）のだ。

一方で、国家や民族の利害を超えたところで、石光は増世策やその部下の趙の人間性に引かれていたとも見える。石光は趙が自分の目の前で処刑されたと思われることに胸を掻き乱されて、自分に「まごころ」を見せた趙の死に「暗然たる思いを抱いて」（一九六頁）いた。二千人を率いる馬賊の頭目らしい増世策の「人並はずれた」(二五二頁)死の顛末を聞いて、石光の「心は乱れ涙がにじんで来た」(二五三頁)。自分を副頭目として遇し信義を交わした増の死が彼に与えた衝撃は、趙の時よりもさらに大きかっただろう。実際、彼は、「馬賊に深入りするなよ、奴らは当てにならぬ。深入りするとロシア軍には眼の仇にされる」(二六三頁)、とウラジオストック駐在の武藤信義大尉に言われて、「私は馬賊などの信義と情とを忘れることが出来ない。これも一片の感傷にすぎぬものであろうか」(二六四頁)と自問する。国家意識と民族意識のボーダーを越えたところで、増世策やその部下の趙の「まごころ」に接し、彼らの「清い」生き方と死に方に石光は魅せられていた。

しかし、石光と増世策と通じ合えたのは、ロシアという共同の敵に立ち向かうという前提があるからだ。仮に、当時日本がロシアの立場にいて中国を侵略する立場であったら、彼らはむしろ敵同士になっていただろう。帝国主義時代の複雑な国家間の力関係の中で、日本国民である諜報員と清国の「俠民」である馬賊が友として一時手を組み、「信義」と「まごころ」を交わした。第七章で詳述するが、日露戦争の時にも、やはり日本人と馬賊が手を組んだ例がある。鶴岡永太郎が提案し花田仲之助が統率した馬賊中心の満洲義軍や、遼西の馬賊を中心に組織された東亜義勇軍がその典型である。日本人と馬賊との持ちつ持たれつの関係は、その後、中華民国時代になっても、馬賊出身の軍閥張作霖と日本人との関係へとつながっていく。しかし、結局張作霖が日本人により爆殺されたように、友はいつしか敵になりうる。現実的に見ると、馬賊と満洲に君臨する権力者との関係は、掃討と懐柔、保護と敵対、容認などのように、その時々によって常に変化しつつ、矛盾した関係が混在していた。友と敵の関係は常に流動的な様相を呈していた。馬賊と中国官憲との関係だけではなく、露清戦争後の馬賊とロシア軍との関係も、実は掃討と懐柔の両側面があった。露清戦争前後、一部の馬賊はロシア軍に懐柔されていた。そして、日露戦争時には、日本だけではなく、ロシアも馬賊を「花膀子隊」に組織して日本に対抗させようと試みた。[18]しかし、その多くは決してうまくいっていない。例えば、一九〇三年九月一八日『東京朝日新聞』は、「馬賊頭目露国に背く」という記事の中で、馬賊頭目の林七が二六〇人前後の部下を率い、銀三〇〇〇両を奪ってロシア側から逃げ出したと報道している。

一言で馬賊と言っても、無法で凶暴な掠奪者であると同時に、きびしい規律に拘束され、信義を命とする侠客的な素質を備えている一面もある。彼らが馬賊になった理由はさまざまである。義和団事件時に政府官僚の逃亡や清軍の敗走を経て馬賊となった官兵も少なくなかったようだ。その他に、貧困や厭世や金儲けのための者、また官憲の圧迫に堪えられなかった者や犯罪者などがいる。[19]このような人々の中には、無法な掠奪をしていた者もいたが、増世策や宋紀、高大人のような数百人から二千人を率いる大頭目になると、その組織を紀律で厳しく統率し、義を追求することも珍しくなかった。「苦力にまで成り下って」、「世間から受ける軽蔑と虐待に反逆の心がむらむら起り」、その結果馬賊となった増は、「自分の信念を曲げることができ」（一二二頁）ない「清い」馬賊であった。彼はロシアに敵愾心を起こすと同時に、配下を見捨てて一人都会生活にもどることもしなかった。残忍さを具えていたことも間違いないが、同時に、増はお君に見せた「清い」一面、石光に見せた信義と真心を持った一面、部下を慈しむ一面、またロシア軍や一面坡の民衆に見せた生死に対する磊落な一面をも具えている。石光が馬賊の副頭目になったことや、お花とお君が馬賊に仲間入りしたことも、このような馬賊の人間的な魅力に引かれた側面があったことは否めない。

志士から馬賊まで

石光は露清戦争のなかで、ブラゴヴェヒチャンスクの大虐殺、宋紀の戦死、増世策の処刑などを経ると共に、自らもまた、哈爾浜で洗濯屋をやる傍らで危険な諜報活動に奔走し、紆余曲折を経て、九死に一生を得るようにして、一九〇一年二月に再度ウラジオストックを訪れる。彼はそこで「言いようのない落莫たる気持」（二六三頁）に陥る。このころウラジオストックに滞在していた日本人には、軍部の町田経宇少佐、武藤信義大尉、郵船会社支店長の寺見機一、東亜同文書院創立者の根津一のほかに、「志士団員を引具して来た」内田良平（一八七四―一九三七）などがいて、「何れもロシア軍の東亜征服計画の推移を見張っていた」（二六四頁）。さらに満洲市場を狙う商人や実業家もいた。石光は、「思えば当時の民間人の国家意識は強いものであった。日清戦争後の三国干渉に憤激した志ある人々は、軟弱な政府を頼むに足らずと、悲壮な気持を抱いて続々と大陸へ渡り、各自思うところに愛国の情熱を傾けていた」（二六四頁）と分析している。

石光自身もまさにこうした「志ある人々」の一人だった。内田良平はさらに典型的な志士である。彼は一九〇一年に国家主義を標榜する黒龍会を設立し、同時に孫文の排満革命運動を支援したのだった。

志士たちは国家主義を掲げる一方で、弱肉強食の帝国主義に抗う一面がある。だから、列強に抵抗を挑む中国人に対しても同情的である。石光にしても、強い国家意識を抱いている一方で、命を懸けて強大なロシアに抵抗する馬賊にも強い同情と共感を持ち、自らも馬賊になったのだった。

石光は一八九九年六月に軍部に休職願いとロシア留学の願いを提出し、八月から露清国境周辺で諜報活動を開始する。露清戦争後、軍部からの指令を受けて、一九〇〇年八月から一九〇一年六月の間に、いったん軍籍を回復している。一九〇一年六月に軍籍を離脱したのは、日本の在籍軍人が諜報活動していることがばれた場合に軍部に係累が及ぶのを防ぐという、軍部と石光個人の両方の意志が働いた結果である。「軍人としての栄達を捨てて国家のため生涯を捧げ」(三三五―三三六頁）る覚悟で石光は諜報活動に従事することを決めた。その石光がやがて増世策が率いる馬賊の副頭目になったのだ。

馬賊になった石光は、増世策や高大人などの頭目と共にロシアに抵抗する策略を練り、彼らから本音を聞かされ、その信義と情に触れ、彼らの生き方と死に方を目撃した。石光の哈爾浜行きに同行し、重病の彼を至れり尽せりで看病してくれた趙がロシアに処刑されたと聞き、石光は悲しみに暮れる。増世策にせよ、趙にせよ、お君にせよ、彼らはみな石光に味方として助力してくれることを期待していたに違いない。しかし、石光が馬賊に接近しようとした当初の理由は、実は彼らの信義と情と関係があった。お花から馬賊の信義を聞いたばかりではなく、身売りをしていた多くの日本人女性たちから、彼は増世策という馬賊の頭目が彼女たちを手厚く保護していたことを直接聞いていたのだ。

むろん、馬賊という身分は、諜報員の彼が満洲で活動するために様々な便宜をもたらした。これは当初石光が目論んだとおりである。石光は諜報活動の途中で、増部（増世策一味のこと）の副頭目であることが知られることで、仲間の馬賊から丁寧に扱われるようになる。彼は増部馬賊と寝食だけではなく生死を共にし、ついに、「身体まで馬賊になりきっておる」（二七四頁）ようであった。「満洲に住む下等社会の人々や馬賊連中と起居をともにしている間に、いつの間にか彼らの運命に対する柔順さと、運命に従って生き抜いてゆく根強い生活力を、無意識のうちに体得したのであろう」（二七四頁）という彼の言葉からは、誇らしささえ感じる。一九〇二年一〇月に、石光は当時諜報活動の表看板としてやっていた写真屋の機材を購入するために東京に戻ったのだが、その時には石光が日本人になりすました馬賊であるという噂すらあったほど、彼は馬賊に同化していた。

『曠野の花』では、ほかにも馬賊に近づいた日本人として、鶴岡永太郎と和田八次郎が登場する。鶴岡永太郎は一九〇三年六月前後に石光と遼陽で会っている。その時、鶴岡はちょうど海外実業練習生として満洲を視察しているところであった。[20] 彼は東京帝国大学在学中の一八九九年に清末の維新革命家唐才常の勧誘で中国にわたり上海の学堂で講義をしたりして、中国に強い関心を持っていた。[21] そして、満洲滞在中には、馬賊と広く交流をもち、一九〇三年の春からは『東京朝日新聞』に「満洲太郎」のペンネームで「満洲馬賊談」を数回にわたり掲載している。さらに、彼は日露戦争直前の一九〇四年一月に日本軍部に満洲馬賊や団練（自警団の一種）を特別任務隊に組織し、日露戦争に利用することを提言している。[22] 実際、鶴岡自身、「満洲義軍」という名の特別任務隊で幕僚を務めている。もう一人の和田八次郎に至っては馬賊頭目の高大人に仕えていた本物の馬賊であった。

「女郎」・「白米《リース》」から馬賊まで

志士から馬賊への転身に比べると、お花やお君のような身を売る女性、つまり「女郎」や「白米」から転身した馬賊はもっと本物に近い。石光は初めて露清国境にやってきたときに、日本人がシベリア全域に進出していたことを知る。それらの日本人の中に必ずいたのが身を売る女性たちであった。「ウラジオストックにこの種の女性が現れたのは明治十六年頃」で、「明治三十年頃には、バイカル湖以東の都市で彼女らの影を見ない所はないほどになった」（二二五頁）のだという。東清鉄道の建設に伴い、彼女たちは、ロシア側からも歓迎された。一方、「白米《リース》」とはこれらの女性を取引する商人たちが彼女たちを名指す隠語だった。新しい需要があると、「『至急白米幾袋何処何処に送れ』と打電して呼び寄せる」そうで、彼女たちは「一個の商品として扱われ、人間とは看做されていないようであった」(二二五頁)。しかし、お花やお君のような「智慧のある者」の中には、「男の世界に飛び込んで華々しい活動をみせる者もいた」(二二五頁)。

お花の「華々しい活動」とは馬賊になることであった。彼女は長崎生まれで、家族に愛されることがなく、「物心のついた頃欺されて大陸に渡」ったそうである。宋紀の「妾」になってから、「いつのまにか馬にのり銃を持つことを覚え」(二一九頁)た。さらに、彼女は宋紀が馬賊の頭目であることに勘づくと、自分も仲間に入れてほしいと懇願した。最初は警戒されたが、結局その願いは受け入れられ、お花は晴れて馬賊に仲間入りし、瑷琿の聚英桟での商売も任せられるようになる。この宿屋の商売は言わば「表」の姿であり、お花はそれ以外にも部下を率いて富豪から砂金を強奪したり、旅程の安全を守る用心棒の仕事も引き受けたりしていた。彼女はもはや馬賊の小頭目と言える立場にまで昇りつめたのである。

増世策は、石光にお花が宋紀とともに露清戦争に参加したことを話していた。さらに、「或時などは夫人自身も武装して馬に乗り、荒くれ男を指揮して砂金の密売買所を襲撃した」(二二〇頁)と、その男勝りの活躍ぶりを伝えている。お花自身も「一昨年」に墨爾根の李宗泉という豪族の家に三〇数人を率いて乱入し、「一万両余り」(二一六頁)を略奪したことを告白している。その時、彼女は「男装して銃を負い、腰に青竜刀をさしはさみ、荒馬に乗って　方の指揮をしていた」(二一八頁)。彼女は正真正銘の女馬賊として、露清戦争にも参戦したほぼ唯一の女性でもある。

お花は社会の底辺の「女郎」、人間として扱われない「白米」から馬賊に転身したそれによって彼女は人間としての主体性と尊厳を取り戻したのである。それは増世策が屎尿を掃除する苦力から馬賊頭目に転身したこととどこかに通っている。もともと一般の庶民としての尊厳が認められた人生であれば、彼ら／彼女らは馬賊にならなかったかもしれない。お花は、石光に向かって馬賊の「五カ条の誓い」（三三頁）などの厳しい規律や、馬賊が満洲の隠然たる支配者であることについて誇らしげに語っている。彼女にとって、「女郎」より荒れくれた馬賊の方がより魅力的な生き方であったようだ。しかし、同時に、彼女は馬賊がその「賊」としての地位から抜け出せないこともわかっている。実際、自分がかつて強奪を働いた李宗泉一家の親切と信頼を前にして、「馬賊は悪いものでない」という彼女の「理屈」（二二〇頁）は崩れてしまう。お花は宋紀のために再挙する計画をあきらめ、哈爾浜にいた石光を頼ってきた。彼女は「一郎」という名の男に扮装して、哈爾浜で石光の諜報収集を手助けし、その後、一九〇一年一〇月二五日に日本に戻る。

もう一人の日本人女性馬賊はお君である。お君は石光を増世策に紹介し、石光を馬賊仲間に引き入れた。お君の話によれば、彼女も日本の本土からシベリアまで売られてきた。彼女が初めて増世策に会ったのは一八九八年、イマンという船着場でのことであった。増はお君を気の毒がってお金を出して彼女に「骨休め」（一一〇頁）させた。お君は増の「厚い人情が有難くなり、商売を離れて取り持ち」、「増も大変悦」（一一〇頁）んだ。二人は数日幸せな日々を過ごした。お君はやがて増が馬賊ではないかと疑い始めるが、「馬賊という者はこんなに清い者だろうか」（一一一頁）と増にほれ込んだ。そして、彼女は「一層のこと商売なんかサラリと棄てて、太く短くこの世におさらばをしたい」（一一一頁）と決心して、増に仲間入りを請うに至る。増部馬賊に受け入れられたあとは、趙と一緒にハバロフスクの韓国人村における拠点である増発興という雑貨店を任された。

お花が武勇果敢な馬賊であったと言うならば、お君は智勇兼備の馬賊であった。増が彼女に馬賊と伍することとの危険と利害を言い聞かせるより前に、彼女はすでに「太く短くこの世におさらばをしたい」という覚悟であった。彼女は増世策の馬賊としての「清い」人格に魅了され、彼と生死を共にする覚悟をした。彼女にとって、増を助けてその夢を実現することが自らの夢であった。そのために、彼女は石光を増に引見した。そのときすでに露清戦争が勃発して、増は馬賊仲間だけではなく、官兵まで含む諸勢力に連絡すべく東奔西走し、ロシアへの対抗策を画策するようになっていた。彼女は、日本人の志士にも「是非協力して戴きたい」（一一三頁）と石光に近づいたのであった。

石光は、面識がなかった自分をいきなり「秘密の足溜りに連れ込んで馬賊の仲間入りを勧誘する」お君の「大胆さ」に驚くが、同時に馬賊の「頭目の女房だけの貫禄」（一一三頁）を彼女のふるまいから感じとる。「お君という女は女郎上りらしいが、一通りの女ではなさそう」（一〇七頁）だという石光の観察は実際様々な場面で証明されることになる。例えば、増がハバロフスクでロシア軍のスパイに捕らえられた時、お君は機敏かつ大胆に獄吏に働きかけ、見事に増を救い出した。その後、増の生死が不明のなか、落ち合うことを約束した秘密の「山塞」(三七三頁)では、枕木商売をしながら二年も増を待ち続けていた。

石光が最後にお君に会ったのは一九〇三年の春であった。情報収集の途中で、石光は増の部下の李に連れられてこの山塞を訪れる。この時、「増頭目の配下は殺されたり逃亡したりで団結力を失」い、かつ「清国人、韓国人のスパイ多数が網を張っているので仕事は出来ない」状態で、ロシアも馬賊に対して「徹底的な殲滅方針である」(三六九頁)ようだった。方々の馬賊は「手も足も出」(三六九頁)ない状況だった。お君も「男子の支那服に弁髪」(三七二頁)の姿で山塞に身を潜めていた。彼女は増がすでに殺されてしまったかもしれないという疑いを抱きつつも、「馬賊の女房が尾羽打枯らして郷里へ帰れるものですか」(三七三頁)という気概を見せていた。増世策の「女房」であることが彼女の馬賊としての原点であったのである。

馬賊として良家を強奪することに後ろめたさを感じていたお花と異なり、お君は懺悔するどころか、誇りさえ感じていたようだ。お君の目に映る増はただ必死に侵略者ロシアに抵抗するために奮闘している「清い」馬賊であった。女郎出身のお君は、「糞尿掃除の苦力」出身の増が「世間から受けた軽蔑と虐待」に対する「反逆の心」(一二二頁)も理解できるはずであった。何よりも一番お君を傾倒させていたのは、増の弱きを扶け強きを挫く俠の精神であったはずだ。

おわりに

ブラゴヴェヒチャンスクにやってきて間もないころ、石光の目に映った露清国境地帯は少なくとも表面上は穏やかであった。多彩な国籍、人種、言語のルーツを持つ「満洲人」が一見平和に生活を営んでいた。その翌年の初夏に、石光はブラゴヴェヒチャンスクから黒竜江を渡り、対岸の黒河から馬車に乗って、お花に会うために瑷琿へと向かった。その途中で、彼は「見渡す限り野ばらと芍薬のお花畑で眼がくらむばかり」で、「べた一面に花模様の更紗を拡げたよう」（三六頁）な黒竜江岸の初夏を眺めていた。しかし、そのたった数日後に、黒竜江は虐殺の現場となり、多くの清国人の命が奪われた。一人一人の「民」の命はまるで一粒一粒の花の種のようで、満洲の土地に根を張り、凍土の中で我慢強く冬を耐え抜き、健気に生命の花を咲かせていた。彼らはまるで満洲の荒野に咲き乱れていた花々さながらだったのだ。しかし、一面の花畑が踏みつぶされるように、多くの無抵抗な民衆は誰にも保護されることなくロシア軍に虐殺された。

『曠野の花』には「曠野の花」と名付けられた章がある。そこでは、身を売る三人の若い日本人女性の物語が綴られている。彼女たちは露清戦争で避難する途中で餓死寸前になったところ、石光と趙に救われた。「白米」と呼ばれ、物として売買されていく日本人の女性たちの存在は、当時露清国境地帯に広がっていた。彼女たちは、満洲曠野の花畑に咲く花々の中でもとりわけ可憐に咲いていた花だったということだろう。

一方、宋紀は露清戦争で戦死し、増世策も抵抗活動中にロシアに殺された。露清戦争に参加した唯一の女性馬賊であるお花は、避難民としてロシア軍に襲撃されながら九死に一生を得た。お君は「馬賊の女房」として一生山塞にこもる決心をしていた。また、若くしてロシア軍に処刑された増の配下の趙、それからロシア側との戦闘で命を落とした血気盛んな多くの馬賊たち、かれらはみな「満洲の花」と言われるに相応しい存在だった。[23] そして同時に、俠の精神を携えた「俠民」であった。石光から見て満洲の曠野で最も輝いていた「花」は、結局のところ、彼ら「俠民」たちだったのではないだろうか。

義和団事件や露清戦争の時期の馬賊について、ここまで肉薄し表象できた作品は、『曠野の花』以外にない。ロシアに対抗して命を落とした宋紀や増世策の名前は、馬賊研究書には見あたらない。宋紀と増世策が本名であるかどうかは不明であるが、『曠野の花』にはこのような無名の「俠民」たちの貴重な歴史の一頁が刻み込まれているのは確かだ。

『曠野の花』の「花」は、馬賊や「女郎」だけでなく、露清戦争で虐殺された無数の中国人民衆、さらには満洲に生息していたさまざまな国家や民族に属するあらゆる人々であったかもしれない。そして、そこで咲き乱れている花々は国家や民族を超越し得る普遍的な人間性でつながっていたはずである。そこには石光本人も含まれていたことだろう。石光は満洲の曠野に咲き乱れる「花」を見た一方で、それが帝国主義的な暴力に踏みにじられるのを同時に見ている。その視線の中に、国家主義や民族主義を超越した何かが、この志士の心を絶えず揺さぶっていたのではないだろうか。だからこそ、石光は日露戦争後、再び満洲にやってきて「海賊」としての日々を過ごしたのではないだろうか。[24]

注

1　最新の文庫本『曠野の花――新編・石光真清の手記（二）義和団事件』「まえがき」では、「『曠野の花』の大半は昭和十七年刊の『諜報記』が根幹になっている」と、石光真清の息子である石光真人が述べている（石光真清著、石光真人編『曠野の花――新編・石光真清の手記（二）義和団事件』、中央公論新社、二〇一七年一二月、一二頁。以下の『曠野の花』の本文引用はこれに基づく）。

2　『曠野の花』の中心になる諜報旅行記などの哈爾浜潜入までの諜報任務に関する内容は主に明治末期から大正元年までに書かれていると、石光真人が〈附録〉「父――真清」で明かしている。（石光真清著、石光真人編『曠野の花――新編・石光真清の手記（二）義和団事件』、中央公論新社、二〇一七年一二月、三九五―三九七頁による）。

3　和田春樹は、『曠野の花』で描かれているブラゴベシチェンスク（『曠野の花』ではブラゴヴェヒチェンスクと表記されている）大虐殺と露清戦争の発端は清国側からの砲撃にあることはほぼ史実と一致すると見ている（和田春樹『日露戦争　起源と開戦』上、岩波書店、二〇〇九年一二月、三三三―三三八頁、註四八―四九頁）。塚瀬進は、『曠野の花』を参考に東支鉄道の建設現場で日本人が働いていたことを証している（塚瀬進『満洲の日本人』、吉川弘文館、二〇〇四年九月、七頁）。佐藤公彦は、『曠野の花』におけるブラゴベシチェンスク大虐殺に関する描写は貴重であるが補足するところがあると見ている（佐藤公彦『清末のキリスト教と国際関係――太平天国から義和団・露清戦争、国民革命へ』、汲古書院、二〇一〇年五月、三三六頁）。

4　石光真清『城下の人――新編・石光真清の手記（一）』、中央公論新社、二〇〇八年一〇月、三〇七頁。

5　ここでの満洲史は主に小峰和夫「〝満洲〟という地をめぐる歴史」による（藤原書店編集部編『満洲とは何だったのか』〈新装版〉、藤原書店、二〇〇六年一一月、二七―三八頁）。

6　菊池秀明著『ラストエンペラーと近代中国――清末　中華民国』中国の歴史10、講談社、二〇〇五年九月、四九頁。

7　和田春樹『日露戦争　起源と開戦』上、岩波書店、二〇〇九年一二月、三三二―三三八頁。

8　江東六四屯とは、一八五八年に露清の間で締結された瑷琿条約でロシア側に割譲した土地に清国人の居留権が認められた村落のことを指している。アムール州州都ブラゴヴェヒチェンスクの近くにある。

9　和田春樹がロシア側の資料と中国側の資料を石光真清の「手記」に照らし合わせた研究では、露清戦争やブラゴヴェヒチェンスクの中国人虐殺事件に関する石光の記述は一部を除いてほぼ史実に符号していると述べている（前掲和田春樹『日露戦争　起源と開戦』上、三三三―三三八頁、註四八―四九頁）。

10　前掲和田春樹『日露戦争　起源と開戦』上、三三六頁。

11　満洲義軍は（一九〇四年）「五月七日参謀本部に於て福島少将から特別任務隊を編成せよと命ぜられ」、花田仲之助陸軍少佐が優秀な歩兵や工兵を選抜して組織したものである。戦場では主に遼東の馬賊を招集指揮してロシアと戦った。献策者は満洲事情に詳しく、満洲馬賊とも親交があった鶴岡永太郎である。「玄洋社の選抜の志士」たちも参加している。その与えられた任務は、ロシア軍の「後方物件ヲ破壊略奪シ、兼テ敵情ヲ捜索シテ之ヲ最近ノ日本軍隊ニ通報」することであった。日露戦争の「特別任務隊」は「満洲義軍」以外に、遼西馬賊を指揮する「東亜義勇軍」や金州馬賊を指揮する「満洲忠義軍」がある（山名正二『満洲義軍』、月刊満洲社東京出版部、

一九四二年九月、八四―八五頁、五八二頁)。
12 田志和・高楽才『関東馬賊』、吉林文史出版社、一九九二年四月、六四頁。
13 渋谷由里『馬賊の「満洲」 張作霖と近代中国』、講談社、二〇一七年九月、三一―三三頁。
14 前掲渋谷由里『馬賊の「満洲」 張作霖と近代中国』、三一―二四頁。
15 前掲田志和・高楽才『関東馬賊』、六九―七一頁。
16 端郡王(一八五六―一九二二)は清の皇族の愛新覚羅載漪である。義和団事件時積極的に義和団を利用することを主張した。あとは、八か国連軍から戦犯と指名された。
17 前掲田志和・高楽才『関東馬賊』、三三―三五頁。
18 渋谷由里によると、例えば金寿山がロシアの組織した「花膀子隊」に一旦参加したが、まもなく日本側に寝返りした(前掲渋谷由里『馬賊の「満洲」 張作霖と近代中国』、九二頁)。
19 前掲渋谷由里『馬賊の「満洲」 張作霖と近代中国』、二二七頁。
20 山名正二『満洲義軍』、月刊満洲社東京出版部、一九四二年九月、三頁。
21 前掲山名正二『満洲義軍』、三頁。
22 前掲山名正二『満洲義軍』、六頁。
23 満洲太郎「鶴岡永太郎」「満洲馬賊談」(二)(『東京朝日新聞』、一九〇四年一月四日)では一部の満洲の馬賊頭目は「弱きを扶け強きを挫ぐ」「俠客」的な一面があり、「満洲の花」であると称えている。
24 『曠野の花』の次作『望郷の歌』ではこの経歴が記されている。

第七章　馬賊と日露戦争

——「俠民」が見た『中国興亡夢』

はじめに

俠民《きょうみん》（龔子英《きょうしえい》、一八七九—？）[1]『中国興亡夢』は雑誌『新新小説』（西暦一九〇四年九月に上海で創刊）の第一号、第二号（一九〇四年一一月）、第五号（一九〇五年二月）の三回にわたり、「著者俠民」、「批點無悔」（批注者無悔）として連載された。また、一回目、二回目は「政治小説」という位置づけだったが、三回目には「理想之俠客談」であることをアピールしている。『新新小説』は「本報特白」（『新新小説』第五号）において「俠客を主義とする」のだと明記している。『中国興亡夢』はこの「特白」（「声明」のこと）に示されているように、まさに「俠客」が主人公となる作品である。そして、この「俠客」たち、つまり「俠」の精神を有する清王朝の「民」が活躍したのは、作品が発表された時期と重なる日露戦争中の戦場であった。第六章でも言及したように、本書では彼等を「侠民」と呼びたい。また、作品の著者の筆名もまた侠民であることから、以下では、「侠客」的な民を一般的に示す場合には、カギ括弧をつけて「侠民」と表記する。

日露戦争において清朝政府は局外中立を宣言し、自国の領土である満洲で日露両帝国が干戈を交えることを座視するしかなかった。この現実における中国人の無力さは夢の中で国家政治体制の外部へと逸脱した「侠民」の戦いへと昇華された。作品の内部時間は日露戦争の開戦直後である。上海で憂国の情に胸を焦がしていた太虚君という青年が夢の中で、満洲の戦場にやってきて、ロシアと戦う馬賊に遭遇する。そして、自ら馬賊に加わりロシアとの戦闘に参加した。アウトローである満洲馬賊が、日露戦争に参加し、日本軍と連携しながら、ロシア軍にダメージを与え、軟弱な清朝政府に代わって、満洲の戦後処理について日本と外交的交渉をするというスケールの大きな夢物語がこの作品で展開されている。作者の侠民は、中立国の国民が日露戦争に参戦するという、現実の世界であれば国際法に抵触しかねない事象を描くために夢の物語という設定を採って虚実を巧みに混合したのだった。

満洲の馬賊が様々な形で日露戦争に関与していたことが事実であったことを考慮すると、この作品は、ただの夢物語であったとは言えない。むしろ馬賊が日露戦争に参戦していることを、日露戦争中の現在形において、文学という形でほのめかしている貴重な存在である。残念ながら、この作品の存在は日本でも、中国でも、歴史研究でも文学研究でもほとんど注目されることがなかった。馬賊の日露戦争への関与については、日露戦争当時、日本の『朝日新聞』や中国の『警鐘日報』[3]などで少し言及がある。その後、山名正二『満洲義軍』（月刊満洲社、一九四二年）や辺見勇彦『辺見勇彦馬賊奮闘史』（先進社、一九三一年）では回想録の形で詳しい経緯を記している。日露戦争中の当時に発表された、この事象を描いている中国語の文学作品は『中国興亡夢』以外に、管見の限り、冷血（陳景韓）『馬賊』（『広益叢報』第六二―六四期、上海、一九〇五年一月二〇日）しかない。冷血の『馬賊』は日露戦争中にロシアに抵抗した蒼八という馬賊が日本とロシアのどちらにも与することがなかったせいで、日露清三方の官僚にその「罪」が問われ、殺されるという千字程度の短編小説である。一方、馬賊の日露戦争への関与を言及している日本語の文学作品は主に現代に入ってから発表されたものである[4]。従って、『中国興亡夢』は文学の角度から日露戦争中の現在形において日露戦争に関するもう一つの歴史を語った重要なテクストである。

本章では、まず、『中国興亡夢』が等閑に付されてきた背景について、日中両言語における歴史研究と文学研究の両方から概観する。その上で、中国古来の俠概念を整理しながら、作品中の「馬賊」/「俠民」が強大なロシアに戦いを挑んだ所以を分析する。さらに、日露戦争の正史や秘史を踏まえながら、テクスト内外の馬賊が如何に日露戦争に関与したのかを比較検証したい。

第一節　日露戦争と中国の〈不在〉

井口和起は、日本における日露戦争史研究が本格的かつ科学的に開始されたのは第二次世界大戦後であるという。当初は、日露戦争の主題が韓国の争奪にあるのか、あるいは満洲市場が決定的な重要性を持つのかという問題をめぐる日露戦争の「性格論争」はあったが、一九五〇年代末から、「戦争の主題は不可分に結合した『満韓問題』」だという見解が「その後の研究の前提となった」という。[5] 近年では、日露戦争は「朝鮮戦争」だと捉えられがちである。原朗は「日露戦争の開始と同時に」、日本は「実質的には韓国を支配下に」置いたことを踏まえ、「戦争目的を考えると」、日露戦争は「日清戦争と同じくやはり朝鮮の支配権をめぐる戦争」であり、従って、「日清戦争が本質的には『第一次朝鮮戦争』であるのと同様に、日露戦争は括弧つきの『第二次朝鮮戦争』といってもよい」と主張している。[6] 日露戦争時、中国が局外中立で蚊帳の外に追いやられたこともあり、日露戦争研究において、中国／満洲問題は十分注目されてこなかった。近年多少関心が高まっているが、[7]「これまで決して多くの研究が重ねられてきたわけではない。特に中国では、必ずしも関心が高いわけではなかった」[8]、と川島真が指摘するとおりである。

無論、帝国主義時代を生き残るために、日清戦争ですでに朝鮮支配への意欲を見せていた日本は、明らかに朝鮮（韓国）を植民地として支配することを狙っていた。だが、一方で、日清戦争以来、日本が三国干渉で遼東半島をあきらめざるを得なかったことを受け、朝野一同「臥薪嘗胆」を決意してその奪還を目指していたのも事実である。また、日露戦争の主戦場となった満洲をロシアの占領支配下から解放するという「大義名分」のもとで、日本は欧米列強の支持を得て開戦に踏み込んだ側面も看過できない。日露戦争関連の文学研究においても、朝鮮（韓国）問題の提起は重要であるが、中国／満洲に対しても十分注目するべきである。

他方で、日露戦争前夜、ロシアの満洲占領支配に苦しんでいた中国では知識人や学生を中心にロシアに対する抗議運動である拒俄運動が展開されていた。[9] また、中国は局外中立として日露戦争の蚊帳の外に追いやられたとは言え、馬賊が自主的に、あるいは日本側が画策した「特別任務隊」の招集に応じて、[10] 実際ロシアとの戦闘に参加していた。『中国興亡夢』はまさに戦争の真っ最中に馬賊の日露戦争参戦を具に物語っているほぼ唯一の文学作品として、中国／満洲の角度から日露戦争のもう一つの側面に焦点を当てている。

第二節　亡国の危機と「優俳」・「逸民」・「志士」

語り手と「優俳」

『中国興亡夢』の「自叙」において、作者の俠民が設定した語り手は、「世事は夢幻なり」、「人生は憂患がつきもの」だと述べて、事業や名誉のために齷齪するのは、「ただ目の前の暇つぶしのためだ」（『中国興亡夢』「自叙」、『新新小説』第一号、一九〇四年九月）[11]とうそぶいており、夏目漱石の作品に描かれた「逸民」たちと同様に、現実から距離を置こうとしている。彼は現実世界は「強権があり、公理がない、好き嫌いがあり、是非がない」として厭っており、そのせいで狂いそうになっている。そうしているうちに彼は「霊魂世界」の中で「夢想」を通して暇をつぶすことにたどり着き、ついに「小説を書き、小説を発表する以外にない」（同「自叙」）と結論づける。なお、「政見を検討し、或いは民気を激発する」「新学家」と違い、自分はあくまでも「優俳之流」（道化役者の輩）にすぎず、自分が語ろうとしていることは「狂夫之囈語」だと断っている（同「自叙」）。ここで言及されている「新学家」とは、「救亡図存」（国を滅亡から救いその存立を図る）の政見を宣伝するために小説を書いた梁啓超のような知識人を想像させる。[12]なお、語り手が自分を位置づけている「優俳」とは、もともと滑稽な身振りや歌舞をして人や神を楽しませる芸人を指しているが、知識人が君王を笑わせながら時に皮肉を交えて政見を披露する手段でもあった。前漢の司馬遷の『史記』滑稽列伝に登場した淳于髡は戦国時代の斉国の知識界のリーダーであったが、彼は国王に「優俳」的な諫言をすることで、「国の危亡は朝夕の間にせまった」斉国を救った。[13]

司馬遷は、「談笑の言辞のかすかに理に適中するものでも、紛乱を解いて治をいたすことができる」という。[14]余英時もまた、「中国歴史上の優俳が巧妙に帝王や権力者を叱責した話はあとを絶たなかった」と司馬遷にならって優俳と政治の関わりに言及している。[15]もちろん、本音を言う場合は禍を招くことも多々あるので、多くの場合これらの人は「狂」を装うことで自衛する。優俳は「狂夫」的な役割を演じることで本音を言う目的を達成する[16]。優俳は滑稽な言辞で自分の本音を安全に吐露する知識人の仮面であった。

では、厭世が昂じて発狂しそうになり、優俳だと自称している語り手は、どのような本音を優俳の狂に仮託しようとしたのだろうか。

愛克斯と太虚

『中国興亡夢』の現実世界の登場人物は、愛克斯君（「愛克斯」は中国語の発音では「エックス」、つまり未知数を意味する「X」となる）と太虚君（「太虚」は虚空、宇宙万物の根源、或いは幻想の中の美しい境界を示す）という二人の青年知識人である。愛克斯君は「厭世の人」で、上海から「十里」（五キロ）（『中国興亡夢』「（第一）厭世人之居宅」『新新小説』第一号、一九〇四年九月、一頁）離れた陋屋で書物に囲まれ、まるで山水に隠遁した逸民のような生活をしている。瞑想にふけってぼんやりとしている彼は、俗世間に対して達観した老荘思想の雰囲気を醸し出している。一方、太虚君は興国史に喜び、また亡国史に哀しみ、「興亡の感が内で戦い、離れていかない。故にまるで寒暑の中にいる人のようで、殆ど病にかかったよう」で、逸民の愛克斯君に「解脱の言葉」（「（第二）室内之興亡談」『新新小説』第一号、二頁）を乞いに来た。

二人はそれぞれ違う世界観を持っているようだ。太虚君は現実の世界の自国の興亡に一喜一憂しているのに対して、愛克斯君は自国や自民族に囚われない宇宙的な時空感覚から、巨視的な視点で現実を捉えている。「大空はすべてを司っている」から、「興亡とは其の炉の中の燃えている炭の如くだ」（同二頁）と解脱したような言葉をいう。つまり、人間世界の現実は角度を変えると非常に微視的なものにすぎない。「朝菌［一日の命しかない菌］は晦朔［晦日と朔日］を知らず、蟪蛄［夏蝉］は春秋を知らない。彭祖の八百歳と大椿の三千年と何が違うだろうか」（同二頁）の如くだ。この言葉は『荘子』（逍遥遊　第一）に登場する言葉である。

朝菌《ちょうきん》（茸の一種）」は一ヵ月を知らないし、蟪蛄《けいこ》（蝉の一種）は一年を知らない。大昔には大椿《だいちん》という木があって、八千年を春とし、八千年を秋としていたとか。ところが今日、人間界では長寿と言うと彭祖《ほうそ》（伝説上の長寿者）ばかりが名を知られ、大衆はこれにあやかりたいと願う。悲しいことだ[17]。

この言葉の真意は「小さな知恵は大きな知恵に及ばない」ということだ[18]。つまり人間は時空的に広い視野で世界をとらえることは非常に難しいということである。だから、「蝸角蛮触之争戦」（小国が些細な諍いによる戦争）でも、「哲人」のように「境界の広狭」を弁えることにより、「憂喜」（同三頁）は増減するものだと述べて、愛克斯君は太虚君に目の前の現実にとらわれない世界観をもつように勧める。

しかし太虚君は釈然とせず、理窟としてはそうかもしれないが目の前の亡国の危機をどのように乗り越えていくべきなのかといぶかる。宇宙的な達観をもつ愛克斯君と違って、あくまでも彼は現実世界の自国や自民族の存亡を憂慮する。そこへ、日露開戦のニュースが掲載された『中国タイムズ』紙が届く。そこに挟まれた宣伝ビラには、「日露開戦にあたり、わが国も存亡の危機に瀕している。ここにあたり、わが同人は午後一時から三時まで愚公園に集まり演説会を行い、この困難な問題を解決する方法を議論したい。熱心な愛国の士は是非お越しください」（同四頁）と書かれていた。太虚君は無論行くことにした。

その大勢が集まった集会会場では演説がちょうど最も盛り上がっているところだった。皆各自の主張を力説している。中国が滅びる、漢民族が滅びると言う人がいれば、これこそわが漢民族が祖国を恢復する絶好のチャンスであり、中国はこれを機に必ず興隆すると言う人もいる。また、立憲尊皇を主張する人がいれば、種族を明確に区別して破壊から生まれ変わろうと反清革命を主張する人もいる。愛克斯君は「彼らの空談は空中の雪と同じ価値しかない、あっというまに消えてしまう」（「(第三)　愚公園之勝会」『新新小説』第一号、六頁）と一蹴する。太虚君はと言えば、「わが心は実に痛快であるが、我が病は先ほどよりもひどくなった」（同六頁）と感じる。

その後酒を飲み興亡の話に思いを馳せる太虚君は、「陰平窮寇非難禦、如此江山坐付人」（陰平の敵は抵抗しがたくないのに、これほど美しい山河を無抵抗に人に譲るとは）という詩を吟じて夢に入る。この詩は南宋の陸游（一一二五―一二一〇）の「剣門城北回望剣関諸峰青入雲漢感蜀亡事概然有賦」（剣門城北から剣関の諸峰が青く雲に届くのを顧み、蜀が亡国したことに感激して賦を作る）の中の詩句である。陸游は三国の蜀が亡国したことに当時の南宋の亡国の危機的状況を重ねて嘆いている。この詩は、一八九九年に孫文が『支那現勢地図』のために書いた「跋」でも詠まれていた。[19]南宋といえば、当時の女真族（のちの満洲族）の作った金に侵略された宋王朝の亡命政権である。金から侵略された土地を回復することが南宋の士人たちの悲願であった。陸游も滅亡した蜀の国に南宋を重ねて嘆いている。女真族は清王朝を建てたマンジュ人（満洲族）の先祖だと言われている。孫文は満洲族によって漢人王朝の明が征服された悔しさと、清朝打倒のナショナルな感情をこの詩に込めていたのだろう。さらに、清王朝の不作為により中国が帝国列強の植民地的分割の餌食になってしまった危機感を喚起しようとしていただろう。

実際、中国が瓜分《かぶん》されている様相は、この『支那現勢地図』に明確に映し出されていた。すでに列強に分割された土地や鉄道などに鮮やかな色をつけて、孫文は「閲覧者にその深刻さを認識させ心に警鐘を鳴らし」そうとした。[20]『支那現勢地図』は一九〇〇年七月一四日に日本の東邦協会から出版されている。愛克斯君の部屋には「中国現勢図」がかけてあったというが、これはこの孫文が自ら制作した『支那現勢地図』を想起させるものである。テクストによるならば、「中国現勢図」上でも、『支那現勢地図』同様に、列強に植民地支配されている中国とその周辺地域がすべて「赤白丹紫光怪陸離」（様々な彩色がいり混ざっている奇妙な様子）（「（第二）室内之興亡談」『新新小説』第一号、四頁）になっているからだ。愛克斯君は、この「現勢図」はまたいろいろと変わっていくだろうと見ているが、太虚君はどちらかと言えば、孫文が『跋』で書いた、「風雲に感慨し、時局に悲憤する。山河の破砕を憂い、種族の淪亡を恐れる。多くは発奮し英雄となり、時勢に乗じて国に報いることを願っている」「志士」に近かった。[21] 孫文が言う「志士」はどこか中国古来の任俠精神を想起させる側面がある。

第三節　「俠」と救亡図存

「俠」とは

中国では俠の概念は古代から存在していた。司馬遷は『史記』游俠列伝で、「儒者は文をもって法を乱し、俠者は武をもって禁を犯す」という戦国時代の韓非子の言葉を引用し（『韓非子』五蠹）、俠は国家法治規範から逸脱する可能性を持っていることを説くと同時に、「游俠の徒は、その行為は正義に合わないこともあるが、しかし、その言はかならず信があり、その行為はかならず果敢で、ひとたび応諾すればかならず誠意をつくし、その身を愛さずに人の苦難におもむき、つねに一身の存亡死生を無視する」と、信や誠に従って果敢に行動する俠を高く価値評価している。[22] 余英時は、司馬遷のこの価値評価は「『俠』の真髄を捉えているだけではなく、『俠』的行いに慕う後世の人のために模範を樹立した」と述べ、中国の俠は、形式的な礼よりも「言必信、行必果、諾必誠」（言ったことは必ず守り、行なうことは必ず成し遂げ、約束することは必ず誠意を尽くす）などの行為を重要視し、政治権力に対抗する非合法的な存在であると見ている。[23]「この基準で見ると、武士の中のきわめて優れた者だけが『俠』と言える、普通の武士は決してこの資格を持たない」と余英時は言う。[24]さらに、俠はもともと周代の君王に仕える低い階級の貴族である士から来ているが、春秋時代から、文士よりも武士が増え、身分の高かった没落貴族と平民から上昇してきた士も現れた。上の引用で余英時が「武士」と言っているのは、もちろんこの新しく勃興してきた武能をもつ士のことだ。余英時によれば、漢代以降の俠は、武士とも異なっており、武能を持つ平民出身者が多かったという。[25]明清時代になると、俠の精神は社会の各階層に浸透し、現実に不満を持つ「儒生文士」も「任俠」として名声をあげた。[26]戊戌六君子の一人で自らの命を清末の変法維新運動に捧げた譚嗣同《たんしどう》（一八六五―一八九八）は、儒であると同時に俠でもあるという最高の境地を示している。梁啓超の『譚嗣同伝』では、「能文章、好任俠」（文章が優れて、任俠を好む）と彼を評価している。[27]先に示した司馬遷『史記』の「儒者は文をもって法を乱し、俠者は武をもって禁を犯す」という韓非子の言葉が示しているように、儒と俠にはもともと親縁性があった。そして、譚嗣同の生前の剣術の師であり、理解者でもあった大刀王五も、「財に疎い義を重んじる」「任俠」の士であった。[28]

俠の精神は時代が下るにつれ、平民まで拡大され、社会の各階層に浸透し、清末から現代にかけて、「儒生文士」や革命志士の国家に対する救亡図存の精神と融合していった。太虚君の夢に登場してくる大刀王五こと王正誼は、譚嗣同の感化を受けて「家国の事を以て自己の任とした」「大俠」（「（第九）　大刀王五自述」『新新小説』第二号、一九〇四年一一月、二二頁）である。彼はまさに俠の精神と国家救亡の志を融合した俠客として造型されている。彼が所属している「俠勇軍」は、その名の通り、侵略してくる外敵ロシアに対抗し、「東三省」（満洲）の独立のために、戦う俠の集団である。その胡乃敵という名の頭領は、さながら『水滸伝』の英雄たちを率いる昔の豪俠を思わせる。

太虚君は、自らもまた「東京の士官学校に留学した経験」を持つだけでなく、「馬術が優れ」（「第六　騎兵悪戦之先聲」『新新小説』第二号、一四頁）、文武両道に通じていたので、俠としてふるまう素質を持っていたと言ってもよいだろう。日ごろから「俠勇軍」のことを耳にし、憧れていたという彼は、「俠勇軍」に対して大きな希望を寄せている。一方、所謂革命志士や学生に対する失望も大きいようだ。それは、「保皇革命立憲排満の論鋒が対峙し、お互い譲らないが、その空談が実力を伴わないことは同じである」（『新新小説』第一号、九頁）、という『中国興亡夢』に批注を加えた無悔（ペンネーム）にも通じるものである。保皇革命立憲排満と論鋒を対峙するだけでは何もやり遂げられない。どちらも実力行使が欠けているところがその弱点である。俠は、立憲派でも革命派でもない、救国のもう一つの方途を提示している。暴力的な側面が否めないが、実力行使を伴う点では、立憲派や革命派の空論よりも現実性を持っていると愛克斯君と太虚君は思っていた。

「局外中立」と拒俄運動

太虚君は、日ごろ「俠勇軍」のことを耳にし、憧れていたというが、現実の世界ではどうであったただろうか。清朝政府の局外中立宣言には清朝政府の意志だけでなく日本政府の意志も働いていた。川島真によれば、清朝側は、「さまざまな問題を考慮して、自国にもっとも有利な方策としての中立を選んだ」[29]。一方、大江志乃夫は、日本側も「清国に中立を守らせるのが日本にとって得策である」と判断したことを指摘している。[30] しかし、それは「表面上厳正中立を守りしかして実際に於ては露国に対して牽制の用を為さしむる等、すなわち中立を破らずして間接に我れ［日本］に援助を与えしむる」という機略が働いた中立であった。[31] 実際、この中立には、「中国人の戦争への関与は禁止され、鉄道での兵の輸送、軍事に関連する製品の販売などが禁止され」るなど、「満洲に軍隊を展開していたロシア側にとっては、厳しい内容が数多く含まれている」と川島は指摘している。[32]

一方、一九〇三年に、中国人の拒俄運動（「俄」はロシアのこと。ロシア拒絶運動）もピークに達していた。吉澤誠一郎によれば、東京の中国人留学生は神田錦輝館で集会を開き、「日本は、正義の論をなすとしてロシア人に反対しているが、彼らも各々の利権のために言っているだけ」であり、「いずれにせよ亡国だというなら、自ら開戦して主導しようではないか」とか、「今日こそが、わが堂々たる国民が血を流す機会ではないか」などと主張した。小島淑男によると、彼らの中には百人以上の「拒俄義勇軍」を組織して袁世凱の指揮下に入ってロシアと戦おうとする動きもあった[34]。結局、「清朝政府の要請を受けた日本政府が、留学生の活動に干渉したために、学生軍は解散し[35]」、「義勇隊がロシアと実戦をまじえるということはなかった」が、「留日学生の政治意識と組織化に大きな刺激を与え」た[36]。上海でも「一千人をこえる人びとが抗議集会を開き」、「一時義勇軍が組織された」が、やはり清朝政府の取り締まりにより挫折した[37]。

拒俄運動の宣伝の中核を担ったのが『俄事警聞』（一九〇三年一二月一五日に上海で創刊）であった。この新聞は、ロシアの満洲における横暴無道を宣伝し、『普告国民』から始まり、「告政府」、「告革命党」、「告義勇隊」、「告全国女子」、「告馬賊」等の文章を載せ、各界人士のロシアへの敵愾心を喚起した。当時中国国内で馬賊の動向に注目した新聞の一つとして、一九〇四年二月から『警鐘日報』に改名した後も、引き続き馬賊の抗露運動を肯定し、その動向を時折報道した。つまり、拒俄運動の中核を担う知識人たちは馬賊をロシアに対抗する有力な勢力であると考え、彼らに期待を寄せていたのである。

日本の士官学校に留学した経験を持つ太虚君について、批注者無悔は「義勇隊に署名しただろうか」（『新新小説』第二号、一四頁）と注記しているが、このテクストは空談よりも実力を伴う行動に興味を示している。それが「俠客談」と称している所以でもある。実際、「夢」のなかで、国家興亡に熱意を寄せている太虚君は、保皇派でもなく革命派でもない馬賊の「俠勇軍」を称賛し、その一員として戦闘に参加している。ただ、「日露の双方が、相手国が中国兵を募集したり、いわゆる『馬賊』を味方にして戦争に参加させたりしたことに就いての抗議が双方から相次い」だと川島真がいうように、[38] 中国人馬賊の参戦は主権論の立場から見れば中立違反を意味している。だから、日露戦争の最中に発表された『中国興亡夢』では、馬賊参戦の話は終始「夢」として物語られている。そして、そこに登場した多くの俠客たち、例えば大刀王五はもとより、施盎や太虚君をはじめとする英・米・日からの帰国留学生たちは、みな実在しない人物であった。テクストは物語を虚実混合の曖昧さで包み込むことにより、現実の中の東北馬賊の抗露活動をカモフラージュし、局外中立違反に対する法的追及を回避することに成功している。

「俠勇軍」の「馬賊」たち

以上の配慮からか、このテクストでは、小説というフィクションの中にさらに夢というもうひとつの次元のフィクションが配置され、馬賊の日露戦争への関与が語られている。「馬賊の歴史」もまたすでに死んだはずの人物大刀王五が太虚君に語っている（「（第七）　馬賊歴史之慷慨談」『新新小説』第二号、一六頁）。大刀王五は自らについて、「吾輩はほかでもなく、世に罵詈されている馬賊である」とか、「今遼陽にて新しく組織され、旗印は俠勇軍である」（同一七頁）と語っている。他にも彼は、「吾輩は不平に出くわしたら刀を抜いて助けることを喜ぶ質で、弱き者が強きものに凌がれるのを見るとたとえ血を流しても扶ける。故に度々法に触れる。彼の民の賊は吾輩を束縛すればするほど、吾輩の衝決も愈強くなる」、「彼の服を着た虎は賊ではないだろうか、彼の所謂文明の野蛮は賊ではないだろうか、吾輩はただ大賊ではないことを悔やむ、賊など何ぞ気に病むものだろうか」（同一七頁）などと述べて、「俠勇軍」の馬賊が犯罪集団としてのいわゆる「賊」とは異なることを力説すると共に、「民の賊」や「文明の野蛮」としての「賊」への抵抗を主張している。「民の賊」とは「民」を虐げる清朝の権力者のことを指す。一方、であれば、「文明の野蛮」の「賊」とは、帝国主義的な侵略者にほかならない。彼は「露人の度々の重金の招致」に応じなかったが故に、「近来わが領土を侵略している露人にとりわけ憎まれている」（同一七頁）という。なお、無悔は大刀王五の話に対して、「一篇の游俠伝にあたる」、「痛快淋漓で、豪俠ではないと語れない」、「馬賊も重金のために売国は忍ばない」（同一七、一八頁）と評価している。

大刀王五が、「俠勇軍」の勢力が広く東北地方やその周辺に及び、「先鋒がロシア軍勢に体当たりして、日本軍の上陸を応援し、国際談判を通して東三省の独立を図る」（同一八頁）と豪語しているのに対し、太虚君は驚喜している。太虚君の生活の希望はほかではなく「種族や国家」（「（第八）俠勇軍軍歌」『新新小説』第二号、一九頁）の強盛だったからだ。この二者は「魔物」（同一九頁）のように彼を悩ましている。志士や学生の空論に失望している彼にとって、「俠勇軍」は当時の中国の救亡図存運動に一番欠けている軍事力や武勇を備え、実際の行動で「種族や国家」の存続のために身命を投げ出して戦える存在だからだ。

譚嗣同はその著書『仁学』[39]で、「仁」とは、「人と人との関係という意味」で、「任俠」(人のためには身命をも捨てる生き方)のことであると説いている。[40]また、「志士仁人の望みは」、「死に甘んじて聖人の悪もの退治の仕事をたすけることである」、「起ちあがる機会がなかったら任俠になることだ」と述べ、前漢の游俠や明治維新の「慷慨叱咤」の気風を例にあげ、「任俠」は「民を勇気づけ、やり抜く気風をおこすもので、やはり乱世転換の一手段である」と主張している。[41]逃亡よりも刑死を選び、維新と国のために身命を投げ捨てた譚嗣同は、任俠の主張を自ら実行した。その知己の大刀王五もまた任俠を体現するもう一人の人物であったことは言うまでもない。

無悔は、救国の手段をめぐり不毛な対峙や空論ばかりに熱中し、実行動が伴わない「志士」たちを批判して次のように記している。

大局のために辛抱して目的を成就するという大刀王五の言葉が宗旨を伝えている。両瀏陽の死は、この志のためである。論者はこれに気づかず、形式に拘り、その精神を疎かにして、保皇か革命かと勝手に区別して、優劣をつけている。まことに無実である。地下の毅魂もさぞかし鼻で笑っているだろう。(『新新小説』第二号、二四頁)

両瀏陽とは譚嗣同とその同郷同志の唐才常《とうさいじょう》(一八六七―一九〇〇)[42]を指している。唐才常も一九〇〇年に光緒帝を擁護する武装蜂起を計画するも失敗し清朝政府の西太后派に処刑された。

ところで、拒俄運動の中核であった東京の中国人留学生たちが組織した義勇軍が実際に日露戦争に参加した史実は見あたらない。しかし、『中国興亡夢』では、欧米や日本から帰国した多くの有志留学生たちが馬賊の「俠勇軍」に参謀として従軍してロシアと戦い、満洲の独立自治について日本とも交渉までしている。「自治法案」の編纂に取りかかる「参謀本部」の荀・歐陽・周の三人は、それぞれロンドン大学の法学士、日本陸軍大学校卒業生、アメリカイェール大学の優等生というエリートたちであったとされている（「（第十五）占領地民政之計劃」『新新小説』第五号、一九〇五年二月、一〇、一一頁）。彼らはそれぞれ西洋と日本の憲法や自治制度及び軍事外交に詳しい。その「参謀本部」の頂点に君臨しているのが石祈黄老人だ。彼は太平天国の乱（一八五一—一八六四）に参加したのち、ヨーロッパを遊歴した「百錬の精金」（「（第十四）俠勇軍之真相」『新新小説』第五号、八頁）であった。さらに、「総統」胡乃敵は、「幼少から読書し韜略に長けて、俠客として名を馳せた」人物で、「財を軽く見て士を好む」うえに、「種族の危機に嘆き、馬賊社会に身を投じ、財産をはたいて改良を図った」ために、皆から「遵奉されて俠勇軍の総領に選ばれた」（同七頁）のだという。彼らは救亡図存のためにすべてをかけている「俠民」であった。

太虚君の夢の中では、「俠勇軍」が日本軍と連携して、ロシア軍を後方から攪乱し数々の戦功を挙げる。また、日本軍と交渉し、東三省の独立の具体案まで編み出して実行しようとする。「彼らは本当の熱血漢であり、愛国者である」（「（第十六）郷團之謀自治」『新新小説』第五号、一三頁）と東北の豪族や地方縉紳の賛同を得て、「俠勇軍」の勢力がますます壮大になったところで、連載は中断する。

この太虚君の夢の中の「俠勇軍」は、中国の亡国の危機を救う俠の理想型を体現している。ここでクローズアップされている「馬賊」はどちらかと言えば、現実の馬賊からはかなり距離がある伝説的な人物や、実際参戦していないエリートの留学生たちである。しかし、作者俠民のまったく根拠のない空想であるとも言い切れない。実際、「俠勇軍の動静について、不断から耳にし、心の中で憧れていた」（「（第八）「俠勇軍軍歌」『新新小説』第二号、一九頁）と、太虚君が言っているのを裏書きするように、現実の世界にもロシアに抵抗するようにして暗躍する馬賊も存在していた。そして、俠民が描く登場人物たちは、ある程度現実の馬賊の面影をそれとなくほのめかしているのである。

第四節　馬賊たちの日露戦争

救国と馬賊

太虚君は夢のなかで、「馬賊」の「本人たちに触れ、お互い腹を割って語ると、その計画が実に言われていたより百千万倍も大きい」（同一九頁）ことを知って驚喜している。太虚君は上海にいたので、もとより馬賊に接触する機会はなかったはずだ。彼が間接的に馬賊のうわさを入手していたとしたら、その情報源の中には『俄事警聞』（のちの『警鐘日報』）もあったはずだ。

例えば、一九〇三年一二月一九日の『俄事警聞』第六号の社説「告馬賊」（「馬賊に告ぐ」）は、馬賊たちに向けて、「あなたたちは身体が丈夫で武芸に長けている。ロシア人も貴方たちのことを恐れている。だから、あなたたちに力を出してロシアに抵抗して欲しい」と呼びかけている。社説は「賊という字は、とても聞こえの悪い呼び名である」が、彼らは「生きていく術がなくて匪賊となり悪事を働いている」にすぎないだけで、「もとはと言えば皆まともな中国人」であるはずだとして、「永生永世他人にいじめられることを免れるために」新聞を通じて言論で闘っている自分たちに同調を求める。日露戦争開戦後の一九〇四年二月一五日には、第六三号の社説「救中国者馬賊也會匪也」（「中国を救うのは馬賊なり會匪なり」）において、「中国を救えるのはやはり北の馬賊と長江一帯の会党しかいない」としている。「会匪」もしくは「会党」とは秘密結社のことを指している。第十章で後述するが、会党は孫文や秋瑾らの反清革命とも深い関係があった。話を戻すと、革命派は南方の会匪に反清革命を、北方の馬賊に拒俄を期待していた。この社説は拒俄のための具体的な戦術にも言及して、ロシアの「鉄道を全て破壊し電線を悉く切断したら、兵馬も絶えずに来ることができず、兵営の消息も隔離される」とし、そうなれば日本と馬賊に挟まれたロシア軍は「譬三頭六臂があるとしても堪えられない」と述べて、日本にも期待を寄せている。また、東北の行政権がロシアに掌握されている以上、清朝政府の管轄外にいる馬賊の参戦は中立している清朝政府に累を及ぼすこともないとしたうえで、馬賊は日本を助けることなる故、停戦後の交渉もスムーズになるだろうという。満洲をめぐる複雑な力関係の中で、馬賊を抗露救国にふさわしい存在として位置づけている。

続いて、日露戦争開戦後の『警鐘日報』の社説「擁篲前駆の将軍」（一九〇四年三月九日）では、盛京将軍（増祺のこと）はロシアの鉄道や電線を破壊する馬賊を取り締まるべきではないと説いている。同じ日の「馬賊の大挙」という記事でも、馬賊の頭目馮麟閣が義軍の旗を挙げ、ロシアを襲撃していると報じている（同じ報道は四月一九日、五月一日にも行われている）。次に、一九〇四年三月一五日の「馬賊の踪跡」では、彼らの多くがロシアを憎み、ロシアの鉄道を破壊していると報じ、八月二日「馬賊が軍をなす」では、馬賊が「東亜義勝隊」や「満洲義勝隊」を組織し、その人数は二万人に達し、さらには北京から指導役を迎えたと報じている。続いて、八月一〇日の「馬賊露軍を襲撃」という記事では、襲撃を受け敗走した露軍から馬賊が武器弾薬を獲得したことが書かれており（八月一三日でも同じ記述がある）、八月二九日には「露軍と馬賊の激戦」を紹介したうえで、「花大人」の指揮下でロシアと戦う中国人からなる「満洲の義軍」も紹介されている。これらの報道の中に、必ずしも正確ではない情報も混ざっているが、日露戦争開戦後、馬賊がだんだんと組織化され、勢力を増してロシアに抵抗する大まかな様子が窺える。

『中国興亡夢』にもどろう。その中では、日本軍の小山大尉と「俠勇軍」で日本との交渉を担当する施盎のやり取りが出てくる（「（第十一）　日軍使者與王正誼之晤見」『新新小説』第五回）。小山が局外中立のはずの清朝政府が「なぜ身命をかけて［わが日本を］助けるのだ、壮士たちは何ものだ」（二頁）と尋ねたのに対し、施盎は、「我らはただ東三省の一平民であり、東三省はもともとわが東三省人の東三省である。しかし、この場所を、ロシア人は掠奪し、満洲族の人は棄ててしまった。東三省は小生の故郷墳墓生命家室の拠である。戦わずではいられるだろうか」（二頁）と言っている。さらに施盎は、中立について、「中立の約束はわが全国国民の意志ではない、特にわが東三省人の意志ではない、どうして認められるだろうか。我らはロシアか日本か知らず、ただ東三省の領土と主権を少しでも侵略しようとすれば、必ず命を懸けて抵抗する」（二頁）と、「俠民」としての意志を宣言している。そして、次々と戦功を立てた「俠勇軍」は、日本軍と交渉し、東三省独立法案を実行しようとしていく。

馬賊が日露戦争に参戦し、東三省（満洲）の独立主権を勝ち取っていくという筋書は『俄事警聞』が描いた理想的なプロセスだが、『中国興亡夢』はそれをなぞるように夢の物語を展開している。

馬賊は「満洲の花」

そもそも、『俄事警聞』が入手していた馬賊の情報は、多くが日本の『朝日新聞』などから抄訳したものであった。例えば、一九〇四年二月一一日第五九号の外論「論満洲馬賊」は、馬賊の名称の由来や頭目、掠奪方法、暗号などを紹介しているが、この文章自体は、『東京朝日新聞』（一九〇四年二月四日）の「満洲馬賊談」（一）の内容を訳したものであることが記事に明記されている。この「満洲馬賊談」によると、満洲の馬賊は「通常の鼠賊狗盗の輩」と違い、「多く騎馬にて出没する」集団である。その賊名を脱することはできないが、馬賊の頭目は「中々立派な男が多い少くとも予と往来しつゝある十餘名の頭目は悉く清国現時の社會制度に不平なる気概家のみ」だとされる。

馬賊は満洲官吏の横暴に厭きて現代の社會制度に不平の町奴である其財を軽んじ義を重んじ任侠然諾を尚ぶ事や多くの乾分を養ふ事や弱きを扶けて強きを挫ぐ事や殆んど町奴と其趣を一にしてゐる、此點より観察すれば馬賊の頭目なる者は士氣の沮喪せる支那帝国に於て稀に見るの豪傑であって實に満洲の花である（「満洲馬賊談」（一）『東京朝日新聞』、一九〇四年二月四日）

このように語っているのは「満洲太郎」と名乗る人物だが、彼は馬賊を動員してロシアの後方攪乱を日本軍部に献策した鶴岡永太郎であった[43]。第六章でも言及したように、鶴岡は東京帝国大学に在学生していた一八九九年頃から唐才常の勧誘で中国にわたり、上海の学校で国際公私法などを教えていた。一九〇二年五月頃からは、農商務省海外実業練習生として「揚子江流域一帯、山東省・直隷省を視察し」、同年九月より、同じく農商務省海外実業練習生として満洲を遊歴し、「露西亜の軍事的・政治的・経済的侵略を隈なく視察」し、一九〇三年の春頃から遼陽地方の馬賊と親交があったようである。[4]石光真清『曠野の花』によれば、一九〇三年六月頃に遼陽で「北京公使から特別任務を授けられた」鶴岡は石光に会っている。[45]鶴岡の馬賊に対する認識は本人の経験を踏まえているうえに、露清戦争中馬賊の一員となった石光の影響も受けていたことが伺える。そして、第六章で言及したように、露清戦争以降の中国において、ロシアに対抗していた一大勢力は、ほかでもなく、まさに満洲の馬賊であった。

　とにかく、満洲太郎（鶴岡永太郎）は馬賊の任侠的な側面を高く評価している。さらに、一九〇四年二月五日に『東京朝日新聞』に掲載された「満洲馬賊談」（二）において、交わりがある馬賊の頭目の名を列挙している。その中には後世まで名を馳せた馮麟閣や杜立山、田義本、韓登挙、劉単子、楊二虎などの名が連なっている。彼らが義和団事件以来、如何にロシアに抵抗してきたかも詳しく記されている。例えば、杜立山と馮麟閣は一九〇一年にロシアの鉄道を破壊したりしている。また、劉単子は一九〇二年に忠義軍を組織してロシアと戦った。さらに、一九〇三年に、馮麟閣、杜立山、田義本は連携して、懐柔に応じない馬賊の鎮圧に乗り出したロシア軍と戦った。この時の馬賊軍は千人ほどの規模に達していたという。実際、一九〇四年二月二五日『東京朝日新聞』の「馬賊敵軍を苦む」という記事では、ますます勢力を伸ばした馬賊は「歩兵騎兵の外に砲兵までも具はりて組織的に成立し満洲の要地に出没しつ、ある」と記している。

　実は、満洲太郎の「満洲馬賊談」よりも早く、一九〇〇年の時点ですでに『東京朝日新聞』には満洲の馬賊の話が登場していた。一九〇〇年四月五日に「関外の馬賊」という記事が、武装した馬賊が地方権力者や外国商人を襲撃強奪していると報道して以来、六月二日「露人馬賊に襲はる」、一一月二九日「馬賊と露兵」、次に一九〇一年三月二三日「馬賊首魁斬らる」、六月一九日「哈爾浜通信（馬賊）」、七月四日「馬賊集合」、その後の一九〇三年二月六日「満洲馬賊の動静」、六月二三日「露国と馬賊」、九月一八日「馬賊頭目露国に背く」、などの報道が馬賊を取り上げている。

これらの報道からわかるように、日本は一九〇〇年の露清戦争前後からすでに満洲の隠然とした一大勢力である馬賊の動向に注目していた。そして、財物を強奪する側面から次第に関心はロシアに対抗する側面へと移っていく。満洲太郎の「満洲馬賊談」になると、馬賊とロシアとの敵対関係がなお明白になり、「財を軽んじ義を重んじ任俠然諾を尚ぶ」というその俠客としての一面が評価されるようになる。第六章において、石光真清が『曠野の花』で宋紀や増世策のような馬賊がロシアに対抗していたことを記しているが、この『東京朝日新聞』の一九〇〇年以来の一連の報道はそうした認識を補強している。宋紀や増世策と同じ思いや志を持っていた馬賊が多かったことがこれらの記事からも窺える。彼らのロシアに対する抵抗は露清戦争から日露戦争までの数年間続いていたことは明らかである。

一方、日露戦争開戦後の馬賊の動向について、『俄事警聞』から改名した『警鐘日報』が詳しく報道していることは先にも述べたとおりだ。それらの記事からわかるように、日露戦争開戦直後に、馮麟閣をはじめとする馬賊の集団は引き続きロシアに様々な手段で対抗している。ただし、彼らは自らの力で、あるいは時には北京からきた指導役のもとで、あくまでも中国人として戦っていたという言説には注意しておく必要がある。

太虚君は「三年前」（一九〇一年前後だと推察できる）に日本に留学していたというから、そのころに『東京朝日新聞』を読んでいたら、馬賊の情報にもきっと触れていたはずである。また、上海でも暮らしていた彼は『俄事警聞』／『警鐘日報』からも馬賊の情報を得ていたことだろう。太虚君の夢のなかでは、俠客としての馬賊像が、一層理想化した形で表象されていると言える。

日本と馬賊

『東京朝日新聞』の報道からわかるように、日本では早くからロシアに対抗する馬賊に注目が集まっていた。そして、石光真清と満洲太郎のような日本人志士はすでに馬賊と接触していた。だが、馬賊の一部が日本の「特別任務隊」と連携しながら、日本軍の味方になってロシア軍と戦ったという事実は、日本でも中国でも歴史として多くの人に記憶されているとは言えない。中国ではわずかに『中国興亡夢』のなかで、馬賊による「拒俄」の主体性がクローズアップされており、馬賊が日本と連携して戦っていた事実については、山名正二『満洲義軍』（月刊満洲社、一九四二年）と辺見勇彦『辺見勇彦馬賊奮闘史』（先進社、一九三一年）に詳しい記載があるだけである。

日露戦争時の馬賊と日本の関係は公式の歴史から抜け落ちているとすら言ってよいものだ。それには理由があるのだと山名正二の『満洲義軍』は伝えている。まず関係を担った特別任務隊が正式の部隊ではなかったので、公文書に残されなかったこと、さらに、「中立国であった清国の人民を日本人の隊長が指揮して露軍と戦ふといふことは、明らかに當時の国際法に違反した」行為であると認識されていたことなどが重なって、「日本も清国も満洲義軍といふやうな日清協力の軍隊があることを発表しなかつた」のだ。[46]実際には、満洲義軍は陸軍少佐を務めていた花田仲之助が「満洲義軍總統」となっていたが[47]、彼は「花大人」という中国人であると思わせるような名前で「義軍」を率いて戦ったのだった。花田仲之助こと花大人については第六章でも言及したとおりだ。彼は一八九七年に日本陸軍の参謀本部から露清国境に派遣されて、「清水松月」という僧名で西本願寺ウラジオストック出張所の住職を務めながら、機密の調査に当っていた。僧侶になり切り数年間露清国境地帯に滞在し、各地を偵察していた花田は満洲地域や馬賊について熟知していたはずである。

日本軍が馬賊を利用した背景には満洲太郎こと鶴岡永太郎が馬賊を俠客としてその道義性を評価していたことがある。[48]満洲義軍は一九〇四年七月から「檄告」を発して募兵を始めている。[49]その「檄告」では、ロシア人は「中外紛擾の間に便乗し、驟かに大兵を以て關東三省を侵」す「我が深讎」であるとした上で、日本はそれと対照的な「我が友邦」なので、「其の師旅を整へ、其の甲兵を興し、旗鼓堂堂俄人の罪を問ふ」ており、「我が三省の士民、恩讎を辨じ」、「順を助け逆を伐ち」、「疆寇」を速かに退けるべしと説いている。[50]果たしてこの「檄告」に応じて地方の団練（自衛的な武装組織であるが、馬賊の要素もある）から多くの志願者が殺到し[51]、「後日、義軍は正規兵だけで一千二百のおほきに達した」という[5]。

満洲義軍は「花大人」（「花行一」とも呼ばれた）が率いる「清国の義勇軍という形をとつてゐた」ので、その全ての布告も、「光緒三〇年〇月〇日満洲義軍總統花行一」という、「清国年號及び太陰暦を用ひ、支那姓名を使つ」た徹底ぶりであった[53]。だから、内情を知らずに「檄告」を読んだ人は、「満洲義軍」は中国人の組織だと思ったにちがいない。前述したように、『警鐘日報』でもそのように理解されている。『満洲義軍』によれば、現実には、満洲義軍は日本兵と協同して参戦していただけでなく、単独でも巧みに作戦を展開し、ロシア兵に打撃を与えて戦功を立てている[54]。

同じように清国人になりすまして、「特別任務」を行っていたのは、やはり馬賊を招集して遼西地域で闘っていた「東亜義勇軍」という一団である。東亜義勇軍を率いていたのは橋口勇馬中佐こと喬鉄木（喬大人）であったが、その直属の部下を務めた江倫波（江大辮子）とは、上述の『辺見勇彦馬賊奮闘史』の辺見勇彦その人であった。喬大人の指揮下で、一九〇四年六月に山寨を構えていた六家子で「日露開戦の原因が一に東洋永遠の平和のため、可憐なる隣邦民衆を火中に救はむがためなることを認め、若し小日本の義氣を感じ、日支提携の要を解する義士は、来る六月十一日迄に当山塞に参集すべし」という布告を発したが、たちまち数百名がそれに応じて集まってきたという[55]。ここでも、中国の民衆をロシアの抑圧から救う存在として日本を位置付けると共に、中国人が使う「小日本」という呼称を用いることで中国人らしさを演出している。辺見の活動は一部の馬賊を率いたにもかかわらずうまくいかぬまま解散で終わっている。だがその後も彼は、田義本という名の自ら装備を整えてやって来た現地の満洲人豪族の指導役を務めている。田義本はもともと馬賊からの略奪を防ぐために武装集団を組織し、日露戦争では一時ロシアに懐柔されたが、日本勝利の形勢が明らかになったことで日本側の義軍に参加することを懇願してきたのだった。辺見は彼の指導役として馬賊の指南をしている。

一方、『辺見勇彦馬賊奮闘史』の中で、辺見がとくに称賛しているのは、日露開戦前から馬賊として頭角を現していた馮麟閣と杜立山であった。辺見は、「馮杜の部隊は、しきりに悪戦苦闘を續けてゐながらも、奇功を奏して居る[56]」、彼らは「大重、古庄両君の同志によって引率せられ」、時に単独で時に日本軍と協同しながらロシア軍の後方攪乱を任じていた[57]、と述べている。辺見もまた『警鐘日報』や『東京朝日新聞』の報道と同様に、馮部馬賊が日露戦争前から東清鉄道を妨害するなど、ロシア軍に激しく反抗していたと証言している。辺見に言わせれば、馮のロシアへの反抗は「草賊的物欲観のみではな」く、「一片燃ゆるが如き愛郷的俠骨」と「反抗的天性」によるものであった[58]。日露戦争前、馮麟閣はいったんロシア側と当時の奉天将軍増祺の謀略により捕縛されてサガレンに流閉されて部下に救出されている。根拠地遼西に戻った馮麟閣は、この事件を経て、清朝官憲に対する不信とロシアの横暴に対する憎しみをより大きくしている。辺見は、このような因縁があったので、「特別任務班の津久居大尉が、彼れと連絡を策するや、二ツ返事で快諾し、東亜義軍の總元締と」なり、「大戦終結まで、虎に両翼を添へたように暴れ廻つた」

と述べている。

杜立山は馮麟閣の弟分として何度も「卞力馬の敵騎を掃討し奇功を樹てた」「年少氣鋭」の馬賊だった[60]。馮杜の連合部隊は軍事要衝の卞力馬でロシア軍を執拗に襲撃した。

日露戦争は日本人と馬賊の密接な関係をつくりだし、その後の満洲における馬賊と日本人の関係、例えば張作霖との複雑な関係の端緒ともなった。戦争終結後、義軍を組織した馬賊たちの中には、日本軍の交渉のもとで、盛京将軍趙爾巽に紹介され、招集されて官兵となった者も多かった。張作霖もその一人だったし、辺見が「俠骨」を有する「無冠の王者」と称賛した馮麟閣も部下を率いて任用されていった。しかし、召集されることがなかった杜立山と田義本は、ほどなくして張作霖により謀殺された。

おわりに

花大人が「檄告」を飛ばして満洲義軍を組織し、喬大人が東亜義勇軍の旗を揚げたあとに発表された『中国興亡夢』は、夢物語という体裁のもとで満洲の馬賊が日露戦争に参戦している様子を活写している。そこに登場して活躍する人物たちは、実在の人物というより、フィクション性が高い。しかし、その人物たちは、当時戦場で活躍していた本当の馬賊たちの姿をどこか彷彿とさせている。例えば、大刀王五は、馮麟閣と杜立山を思わせるし、胡乃敵は花大人を思わせる。

実際、当時四〇歳前後だった花大人は、胡乃敵と同年齢である。また、自分の財産をはたいてロシアに抵抗している胡乃敵は田義本をも思わせる。

『中国興亡夢』で描かれるロシアに対抗する馬賊の姿は日本側が「特別任務隊」を指導した一九〇四年六月以降の戦争をも想起させる。一九〇四年九月から掲載が始まった『中国興亡夢』は、中立違反の可能性を意識しながら、開戦直後に見た夢という物語りを採用することでそれを巧みにかわし、優俳のようにしてもう一つの歴史を語ったのだった。

日本とロシアが帝国主義的な領土競争を展開する舞台である満洲は、同時に「満洲の花」である馬賊たちがロシアに抵抗する舞台であり、中国の憂国の知識人たちが遠い上海や東京から中国が列強に瓜分される縮図として想像する場であった。それればかりではなく、一部の知識人が実地調査を敢行する地でもあった。例えば、次章で言及する『新中国未来記』の青年「新民」である黄克強と李去病、及び彼らが旅順の旅館でであった少年陳猛が満洲を遊歴していた。第八章では、梁啓超が満洲を舞台として織りなす、自ら救亡図存に目覚めた「新民」たちの六〇年後の新中国をめぐる「未来」の夢物語を読み解く。

1　杜慧敏「『俠民』小議」では、俠民は「三楚俠民」ともいい、龔子英であると詳しく考証している（『現代中文学刊』、二〇一〇年第四期、華東師範大学、二〇一〇年八月、六三―六五頁）。

また、樽本照雄も多くの文献に基づき、俠民は龔子英であると示している（樽本照雄著『清末民初小説目録第十五版』（ウェブ版）、清末小説研究会、二〇二四年、八三八頁）。

2 管見の限り、『中国興亡夢』についての唯一の先行研究は、前掲杜慧敏「『俠民』小議」である。ここでは、作者俠民の本名について詳しく考証しているが、作品内容に関する緻密な分析がなされていない。

3 『警鐘日報』はロシアの満洲における横暴無道を宣伝し、各界人士のロシアへの敵愾心を喚起するために一九〇三年一二月一五日に上海で創刊された『俄事警聞』の後身である。『警鐘日報』（一九〇四年二月一七日―一九〇五年三月二七日）は『俄事警聞』の方針を継承し、帝国主義に抵抗する姿勢を打ち出すとともに、当時中国国内で馬賊の動向に注目した数少ない新聞の一つとして活躍した。

4 例えば、日露戦争以降の馬賊を描いた都築七郎『馬賊列伝　仁俠と夢とロマン』（番町書房、一九七二年一二月）がある。

5 井口和起「日露戦争史研究の現代的課題――「日露戦争一〇〇周年シンポジウム」に寄せて」、東アジア近代史学会編『日露戦争と東アジア世界』、ゆまに書房、二〇〇八年一月、八―一〇頁。

6 原朗『日清・日露戦争をどう見るか――近代日本と朝鮮半島・中国』、NHK出版、二〇一四年一〇月、二三、八八頁。

7 例えば、関捷・関偉編著『日俄戦争災難紀実』（社会科学文献出版社・近代史編輯室、二〇一四年一二月）、董志正・田久川・関捷編『日俄戦争始末』（東北財経大学出版社、二〇〇五年三月）がある。

8 川島真「日露戦争における中国外交――満洲に於ける局外中立」、東アジア近代史学会編『日露戦争と東アジア世界』、ゆまに書房、二〇〇八年一月、七九頁。

9 拒俄運動とは、一九〇三年におきた、ロシアの満洲からの撤兵不履行に対する中国人の抗議運動である。上海で蔡元培らが中心に張園で集会を開いた。東京では中国人留学生が拒俄義勇軍を組織した。拒俄運動は革命運動として危険視され清朝政府の取り締まりにより挫折した。
10　「特別任務隊」については、第六章の注11を参照のこと。
11　本章における『中国興亡夢』や『俄事警聞』などの中国語テクストの日本語訳文は拙訳による。
12　梁啓超は一九〇二年に生涯唯一の政治小説『新中国未来記』を『新小説』に発表している。この作品では、中国が直面している列強に分割される亡国の危機を訴えると同時に、維新革命により拓く「新中国」の「未来」を夢見ている。
13　司馬遷著、野口定男訳『史記列伝』三、平凡社、二〇一一年一月、三四八頁。
14　前掲司馬遷著、野口定男訳『史記列伝』三、三四七頁。
15　余英時『士と中国文化』（『士与中国文化』）、上海人民出版社、二〇〇三年一月、一〇五頁（引用文は拙訳）。
16　前掲余英時『士と中国文化』（『士与中国文化』）、一〇五、一〇六頁。
17　池田知久訳注『荘子』（上）全訳注、講談社、二〇一四年五月、六〇頁。
18　前掲池田知久訳注『荘子』（上）全訳注、六〇頁。
19　孫文は一八九九年一二月二二日に書かれた「支那現勢地図」跋では、この陸游の憂国の詩で文章を結んでいる（尚明軒主編『孫中山全集』第二巻、人民出版社、二〇一五年六月、二七四頁）。
20　前掲尚明軒主編『孫中山全集』第二巻、二七三頁（引用文は拙訳）。
21　前掲尚明軒主編『孫中山全集』第二巻、二七三頁。
22　前掲司馬遷著、野口定男訳『史記列伝』三、三二九、三三〇頁。
23　余英時『現代儒学の回顧と展望』（『現代儒学的回顧与展望』）、生活・読書・新知三聯書店、二〇〇四年一二月、三二二―三二六頁（引用文は拙訳）。
24　前掲余英時『現代儒学の回顧と展望』（『現代儒学的回顧与展望』）、三二二頁。

25 前掲余英時『現代儒学の回顧と展望』(『現代儒学的回顧与展望』)、三二二—三二四頁。
26 前掲余英時『現代儒学の回顧と展望』(『現代儒学的回顧与展望』)、三七六—三八五頁。
27 梁啓超「譚嗣同傳」、『飲氷室合集』専集之一、中華書局、一九八九年三月、一〇六頁。
28 前掲余英時『現代儒学の回顧と展望』(『現代儒学的回顧与展望』)、三九〇頁。
29 前掲川島真「日露戦争における中国外交——満洲における局外中立」、東アジア近代史学会編『日露戦争と東アジア世界』、八五頁。
30 大江志乃夫『世界史としての日露戦争』、立風書房、二〇〇一年一〇月、四三六頁。
31 前掲大江志乃夫『世界史としての日露戦争』、四三七頁。
32 前掲川島真「日露戦争における中国外交——満洲における局外中立」、東アジア近代史学会編『日露戦争と東アジア世界』、八五頁。
33 吉澤誠一郎「日露戦争と中国」、東アジア近代史学会編『日露戦争と東アジア世界』、ゆまに書房、二〇〇八年一月、二一七頁。
34 小島淑男『留日学生の辛亥革命』、青木書店、一九八九年七月、一六頁。
35 前掲小島淑男『留日学生の辛亥革命』、一六頁。
36 前掲吉澤誠一郎「日露戦争と中国」、東アジア近代史学会編『日露戦争と東アジア世界』、二二八頁。
37 前掲小島淑男『留日学生の辛亥革命』、一六頁。
38 前掲川島真「日露戦争における中国外交——満洲における局外中立」、東アジア近代史学会編『日露戦争と東アジア世界』、九三頁。
39 『仁学』は康有為、梁啓超と共に戊戌維新に望んだ維新の志士譚嗣同の遺著である。維新失敗後、譚嗣同は脱出を拒み清朝政府に殺害された。梁啓超は来日後まもなく創刊した『清議報』において、犠牲になった「戊戌六君子」の磊落な気概を称え、嘗て寝ず食べずにともに学問を議論した同士である譚嗣同の『仁学』を連載した。「校刻瀏陽譚氏仁学　序」では、「嗚呼、此支那為国流血第一烈士亡友瀏陽譚君之遺書也」（嗚呼、これこそ中国のために流血した一人目の烈士である亡友瀏陽の譚君の遺著なり）と嘆き、師康有為の「仁」を中心とした「殺身」「救国」の教育主旨を発揮した著書であると語っている。（『清議報』第一冊、旧暦一八九八年一一月一一日、二五頁）。

40　譚嗣同著、西順蔵・坂元ひろ子訳注『仁学——清末の社会変革論』、岩波書店、一九八九年八月、一一一—一一二頁。

41　前掲譚嗣同著、西順蔵・坂元ひろ子訳注『仁学——清末の社会変革論』、一五八頁。

42　唐才常は、譚嗣同の同郷の親友で維新改良派である。一九〇〇年に光緒帝を擁護する武装勤王の蜂起を計画するも失敗し、西太后が実権を握る清朝政府に処刑された。前章でも言及されているように、一八九九年に鶴岡永太郎は唐才常の勧誘で中国大陸に渡っている。

43　山名正二『満洲義軍』では「満洲太郎」は鶴岡永太郎であったことを明かしている。満洲太郎が一九〇三年から東京・大阪『朝日新聞』に掲載し始めた「満洲通信」で伝えた満洲情勢は大きな注目を集めた。鶴岡は自分の提言で日露戦争中に形成された「満洲義軍」の幕僚としても活躍した（山名正二『満洲義軍』、月刊満洲社東京出版部、一九四二年九月、三一—三二頁）。

44　前掲山名正二『満洲義軍』、三頁。

45　石光真清著、石光真人編『曠野の花　新編・石光真清の手記（二）義和団事件』、中央公論社、二〇一七年一二月、三五四頁。

46　前掲山名正二『満洲義軍』、二五〇頁。

47　前掲山名正二『満洲義軍』、六六頁。

48　前掲山名正二『満洲義軍』、三六—四三頁。

49　前掲山名正二『満洲義軍』、一一五頁。

50 前掲山名正二『満洲義軍』、一一六―一一九頁。
51 前掲山名正二『満洲義軍』、一三二頁。
52 前掲山名正二『満洲義軍』、一一五頁。
53 前掲山名正二『満洲義軍』、一六六頁。
54 前掲山名正二『満洲義軍』、一九七―二四一頁。
55 加藤聖文編、辺見勇彦著『辺見勇彦馬賊奮闘史』、ゆまに書房、二〇一二年一〇月、一三三頁。
56 前掲加藤聖文編、辺見勇彦著『辺見勇彦馬賊奮闘史』、二六六頁。
57 前掲加藤聖文編、辺見勇彦著『辺見勇彦馬賊奮闘史』、二〇八、二〇九頁。
58 前掲加藤聖文編、辺見勇彦著『辺見勇彦馬賊奮闘史』、四一六頁。
59 前掲加藤聖文編、辺見勇彦著『辺見勇彦馬賊奮闘史』、四二〇頁。
60 前掲加藤聖文編、辺見勇彦著『辺見勇彦馬賊奮闘史』、三四〇頁。

第八章　方法としての「新民」

——未来図を描いた梁啓超『新中国未来記』

はじめに

『新中国未来記』（西暦一九〇二年一一月から一九〇三年九月にかけて、梁啓超が一九〇二年一一月に横浜で創刊した文学雑誌『新小説』第一、二、三、七号に掲載）は、梁啓超が書いた最初の、また唯一の政治小説である。この作品の「緒言」の中で、梁啓超は「身兼数役、日無寸暇」（「身は幾つの役を兼ね持ち、日に寸暇がない」）（『新小説』第一号、一九〇二年一一月一四日、五一頁）[1]という状況のなかで、「中国の前途に大いに裨益する」（同五一頁）と思ったから、構想から五年経った今、『新小説』という雑誌を作って、小説という体裁で自分の「政治見解」（同五一頁）を発表することに至ったのだと説明している。政治見解を発表することが主旨で作られた「小説」である故、「小説でもない、歴史的フィクションでもない、論説でもない」（同五二頁）という体裁になってしまったことを彼自身も自覚していた。プロの作家ではなく、政治活動家でジャーナリストでもあった梁啓超が創作したこの作品は、周知のとおり、小説としての構造的な齟齬がいくつかある。例えば、意図的であるかどうかは不明だが、冒頭の時間設定は作品中の人物が置かれている現在時の一九〇二年ではなく二〇〇二年と設定し、六〇年後を一九六二年ではなく二〇六二年としている。また、第一回から第三回までは「飲氷室主人著　平等閣主人批」、第四回は「飲氷室主人著　捫蝨談虎客批」となっているが、「批」（批注）や著者の署名が第五回にない。『飲冰室合集』にも第五回は収録されていないので、山田敬三や余立新らの論考によると、第五回は梁啓超の作ではない可能性もある。[2]そして、この時代の雑誌連載小説によくあるように、『新中国未来記』もまた、第七章で論じた『中国興亡夢』と同じように未完の作品であった。

しかし、これらの小説としての不足は決してこの作品の魅力を覆い隠せない。まず、テクストが描く未来の姿はあたかも予言のようにほぼ的中している。現在時を一九〇二年とした場合、地方独立から始まり共和制の中国が一九一二年に誕生するという予言はほぼ現実となった。上海で博覧会が開かれるということもおよそ五〇年遅れたとは言え二〇一〇年に現実となった。また、一九〇五年一一月に革命派機関誌『民報』[3]が東京で創刊されたあと、『民報』と『新民叢報』（梁啓超が一九〇二年二月に横浜で創刊した半月刊）の間で、革命か改良かをめぐり論戦を繰り広げたが、このまもなく到来する論争も『新中国未来記』が先取りしているのは見事と言うほかない。

そして、梁啓超は同じ『新小説』の創刊号で、「論小説与群治之関係」（「小説と群治の関係を論ずる」）を掲載し、「一国の民を新たにするために、一国の小説を新たにせざるべからず」（『新小説』第一号、一頁）と説いた。小説に対するこのような位置づけは、そのまま『新中国未来記』から窺える。

『新中国未来記』について、例えば山田敬三は、作品が創作される背景にあった革命派と維新派の激しいぶつかり合いの中で「『革命』とは一線を画し」ながら、「共和体制の実現を目指した梁啓超のプラン」は矛盾をはらんでいると指摘している[4]。また、夏暁虹は、梁啓超が時期によって異なる政治見解をもった自分自身をそれぞれ登場人物の黄克強と李去病に代弁させているのだとした上で、『新中国未来記』は梁啓超が中国の古い小説のスタイルに改良を施して新しい政治見解や思想を表現するためのものとなったのだと指摘している[5]。一方、王徳威は梁啓超における文学と革命の弁証法的関係に注目し、小説がいかに革命宣伝の重要な手段になったかを論証し、梁啓超の提示した「小説革命」は同世代だけではなく、五四新文化運動以後の知識人の共鳴と継承を得たと指摘している[6]。そして、以上の先行研究を含め、多くの『新中国未来記』に関する論考では、明治日本の政治小説や言論思想がこの作品に与えた影響が言及されている。

これら『新中国未来記』の先行研究では、一つの重要な側面が看過されているように思われる。『新中国未来記』が何よりも画期的なのは、救亡図存の手段をめぐり論鋒が対峙する改良派と革命派の両方に、統一理念になりえる「新民」のモデルを提示し、同時代の読者たちに「新民」を唱え、「新民」になることを勧めたことではないだろうか。この作品が、のちの辛亥革命までの革命派や立憲改良派の政治活動のために、未来の中国の青写真を描き出し、彼らの双方に深甚な影響を及ぼしたことは言うまでもない。「新民」という政治概念こそ、革命と改良の対立と矛盾を乗り越える可能性を秘めていたために、革命派と改良派の双方にとって、救亡図存のために避けて通れない道だったはずだ。実際、梁啓超は、一九〇二年二月創刊の『新民叢報』で「新民は今日中国の第一急務」だと呼びかけている。一九〇二年の梁啓超にとって、革命か改良かを決断することよりも重要な政治課題は、まぎれもなく「新民」であった。

したがって本章では、当時梁啓超にとって、中国の救亡図存の方法としての根源的かつ最重要の課題であった「新民」の創出という課題に注目しながら、作品を読解する。まず、作品中の登場人物と、『新民説』の「新民」との比較をしながら、梁啓超において具現化された「新民」の理想像を明らかにする。次に、「新民」という政治理念が維新派と革命派が分裂対峙していた当時においてどのような意味を持っていたのか、梁啓超は「新民」のためにいかなる未来図を提示したのかを、テクストに密着しながら考察する。

第一節　「新民」という急務

「新民」とは

一九〇二年一一月に『新中国未来記』を発表するために『新小説』を横浜で創刊した梁啓超は、『新小説』の創刊号に「小説と群治の関係を論ずる」という論説を載せた。そこで「小説には人の道を支配する不可思議な力がある故」に、「一国の民を新たにしたければ、先に一国の小説を新たにせざるべからず」、「今日群治の改良を欲せば、必ず小説界の革命から始めるべきだ！新民を欲せば、必ず新小説から始めるべきだ！」（『新小説』第一号、八頁）と意気込んでいる。梁啓超はこの時点で、新しい政治的見解や思想が盛り込まれた新小説は、「群治」すなわち社会統治のための重要な武器だと考えている。そして、社会を改良するための眼目に置かれていたのが「新民」であった。では、「新民」はどのような内実を伴っているのだろうか。

『新小説』の創刊に先立って、梁啓超は、一九〇二年一月一日（西暦二月八日）に横浜で『新民叢報』を創刊した。『新民叢報』の名前の由来について、彼は『大学』から「新民」の義を取ったと説明している。[7]『大学』には「大学之道、在明明徳、在親民、在止於至善」（「大学の道は、明徳を明らかにするに在り、民を親しましむるに在り、至善に止まるに在り」）とあるが、[8]『大学』を四書の一つであると定めた朱熹は「親民」を「新民」に改めてしまった。朱熹は「大人の綱領」は、「明徳を明かにし民を新にする」こと、「至善の地に至って遷らないこと」、「天理の極を盡して一毫も人欲の私心のないもの」であると解釈したのだ。[9]梁啓超はこの朱熹の解釈に従っている。梁啓超は『新民叢報』創刊号以来、一九〇六年一月までの間に『新民説』を断続的に第二〇節まで掲載した。

第一号に載せたその「叙論」では、「国というのは民の集まってできたものである」、「民が愚昧で臆病、ばらばらで混乱しているのに、それでもなお国を立てることができるものはいない」、「その国の繁栄を願うのであれば、新民［民を新たにする］の道を論じなければならない」と説いている。[10]続いて、第二節「論新民為今日中国第一急務」では、「新民」が必要な理由は内治と外交にあると述べる。今日の中国の「民徳民智民力」では、「賢君相」（賢明な君主と宰相）がいれども為す術がない。故に、責任を逃れ他人に期待するのではなく、「吾が民は各々自らを新たにする」べきであり、列強の「民族帝国主義」（National Imperialism）に対抗するために、我らも「民族主義」（Nationalism）を実行する以外に方法がないと述べている。[11]さらに、第三節「釈新民之義」において、「民を新たにするというのは、わが民がその旧をことごとく棄てて他者に倣うのを望むことではない。『新たにする』には二つの意味がある。第一は、固有のものを磨き上げ、これを新たにすることである。第二は、本来なかったものを採り入れて補い、これを新たにすることである」と説いている。[12]ここで言う「固有のもの」とは、「民族主義之根柢源泉」であり、その国民独特の伝統的な精神、文化、道徳などを指している。[13]一方、「本来なかったもの」

というのは、ひとことで言えば「国民之資格」である。梁啓超は今までの中国に「部民」（一個人から一家、一郷、一族及び天下の人としての資格を持つ民）ならいるが、「国民」（「列国並立弱肉強食優勝劣敗之時代」において国の富強や自立に欠かせない資格を持つ近代国民国家の「国民」）はいなかったという。従って、彼が言う「新民」とは、「保守」（数千年の伝統的な道徳文化に磨きをかけること）と「進取」（優勝劣敗の帝国主義民族競争時代に適した近代国民国家政治理念を取り入れること）の調和したものである[14]。

つまり、梁啓超は帝国主義時代の弱肉強食の国家間競争を中国が生き延びるために、列強の近代国民国家の政治理念を取り入れて、国家との関係が希薄である中国の「民」を、国家との間に権利と義務の関係で結ばれる「国民」へとあらためる必要があると唱えている。一方で、中国伝統の精神道徳や文化を完全に否定するのではなく、さらに新しい時代に適応するように磨きをかけ中国のナショナリズムの根幹に位置づけるべきだと主張している。すなわち、中国の伝統的な道徳倫理や精神文化が、国家意識が希薄なばらばらの「民」を「国民」に統合していくための求心力になることを梁啓超は見据えている。そこには、列強諸国が近代国民国家を形成していく過程で動員した国民統合のための、民族、言語、文化などの共同幻想に通じるものがある。したがって、梁啓超の言う「新民」とは、中国の「民」を限りなく西洋的な近代国民国家の「国民」にシフトしていくことを意味している。

「新民」理念の伝播

この時期に、梁啓超は「中国之新民」という筆名を使用し始めたことは、「新民」創成にかける彼の意気込みを物語っている。高嶋航は、『新民叢報』は同時代の中国の知識人に多大な影響を及ぼしたという。日本で中国からの留学生に愛読されたことは言うまでもない。さらに政府の禁書措置にもかかわらず、北京、上海の大都会をはじめ、地方の広い地域で流通し、繰り返し翻刻され、人から人へと読まれていった。魯迅《ろじん》（一八八一―一九三六）や胡適《こてき》（一八九一―一九六二）、毛沢東《もうたくとう》（一八九三―一九七六）はみな『新民叢報』の読者であったという。[15] また、のちに革命蜂起のために清朝政府に処刑された女俠秋瑾も、一九〇三年に、「任公主編の『新民叢報』は、陳腐な儒者の気風と打って変わっている。周りの女性たちは、皆愛読している。我が女性界の模範なり」と絶賛している。[16] 秋瑾もまた梁啓超の「新民」思想に薫陶を受けていたのだ。また、『日本国志』を著したことで有名な知日派の清朝官僚黄遵憲《こうじゅんけん》（一八四八―一九〇五）は、梁啓超あての書簡（一九〇二年四月）のなかで、「『清議報』は『時務報』よりはるかに勝っていましたが、今の『新民叢報』はまた『清議報』に勝ること百倍」、「言葉には言い表せないものの、誰もが心に抱いていること」を表現している故、「鉄石の心を持った人ですら感動する」ほど、「心が震え魂が揺さぶられ、一字千金の重みがあります」と称賛している。[17] 黄遵憲は、梁啓超が主筆となって日清戦争後に中国の富国強兵を宣伝した『時務報』（一八九六年―一八九八年）に深く関わり、立憲君主制についても梁啓超と同じ志を持っていた。『時務報』の主筆として名を挙げた梁啓超は、日本亡命後に『清議報』（一八九八年―一九〇一年）を経て、政治理念が一層成熟し、「新民」という政治的最重要課題にたどり着いたのだ。そして、この理念は秋瑾のような革命派から黄遵憲のような清朝官僚に至るまで、広く共感を持って迎えられたのである。

政治思想としての「新民」の宣伝を実現するために、梁啓超は政治小説にも目をつけていた。梁啓超は、『清議報』の創刊号に、自ら訳した東海散士（柴四郎）作政治小説『佳人之奇遇』を掲載し始める。そして、このために書いた「訳印政治小説序」では、ヨーロッパ各国の「魁儒碩学仁人志士」は自分の政治理念を小説に寄せ、国の思潮を左右したのだから、各国政界の進歩に政治小説は大きく貢献したと説いている。[18]

「中国唯一之文学報」（『新民叢報』第一四号、一九〇二年八月）と広告を打ち出した『新小説』は、梁啓超が自ら創作した政治小説『新中国未来記』を掲載するためのものでもあった。そして、この『新中国未来記』は、梁啓超が自らの政治理念を織り込み、小説という手段で多くの中国人に中国のおかれている危機的な状況を認識させ、人々の「新民」意識を喚起するものであった。

第二節　「新民」の理想像

「新民」の覚醒

『新中国未来記』は、現在と六〇年後の未来とが入り交じって、多層的な時空が描かれた物語であり、「新民」の理想像がそのなかで提示されている。

まず典型的な「新民」として孔覚民という人物が登場する。彼は一六歳で東京に留学に来て、『新民叢報』創刊号に載せられた亡国の危機を訴える詩文を読み、涙を流して感動している。彼が読んでいたのは梁啓超作の戯曲『刼灰夢伝奇』である。『刼灰夢伝奇』の語り手は「杜撰」（「捏造」という意味）という知識人である。彼は日清戦争後「時局に驚き」、「深い夢が覚めた」という（『新民叢報』第一号、一九〇二年二月八日、一二五頁）。義和団事件で外国使節が殺戮され、八国聯軍が北京で暴掠を振るい、恐れおののいた西太后と光緒帝は北京を脱出し、群臣は逃げ惑った。杜撰はその一部始終を「目撃」（同一二五頁）している。彼は、日清戦争や義和団事件以後も、「優勝劣敗競立争存」（同一二六頁）の国際原理のもとで、中国は列強からもっとひどい仕打ちをされるだろうとみている。しかし、多くの人たちはまだそれに気づいていない。むしろ、太平を謳歌したり、科挙をとおした立身出世の夢を見たりしている。

依然是歌舞太平如昨、到今兒便記不起昨日的雨横風斜、游魚在釜戯菱花、處堂燕雀安頽厦、黄金暮夜、侯門路賒、青燈帖括、廉船鬢華、望天兒更打落幾箇糊塗卦。（句読点は引用者、同二二六、二二七頁）

依然と昨日のように太平を謳歌している。今日はすでに昨日の風雨波乱を忘れ去る。まるで釜で泳ぐ魚が菱の花と戯れ、人家に巣作りした燕雀が倒れかかっている家屋に安んじているかのようだ。黄金の夜、侯門までの遠い道程、青灯に帖括（科挙のための勉強）、片隅の船の白髪。そして天からいくつかの曖昧糊塗な示しが降ってくることを望むのである。（拙訳）

さらに、糊口の職を守るために媚び諂う様子の人たち、特に政府や外国企業の通訳の得意ぶりに、杜撰は中国の前途に対する危惧を禁じ得ない。孔覚民は亡国の危機に無頓着な中国民衆に対するこうした描写に心を強く揺さぶられていたことをこう語っている。「その時、余はちょうど日本東京に留学していた」、「新民叢報第一号のここまで読んで、思わず涙を流した」、「中国は滅亡するに違いない、外国からの侵凌によらない、政府の頑旧にもよらない、この四億の心も、知恵も、不屈の気性もない人民が渾沌としているからこそ、為す術もなく亡国するしかないのだと」[19]。

彼は『刼灰夢伝奇』を読んで亡国の危機に覚醒し、愛国心に目覚めた若き「新民」である。周知の通り、日本は当時の中国青年の主な留学先であり、留学生数も年々増加傾向にあった。一九〇二年は数百名前後、一九〇三年では一三〇〇人、一九〇六年では一二〇〇〇人もいたとされる。[20]孔覚民のように一九〇二年の段階で、あるいはもうしばらく後に『新中国未来記』を読んで亡国の悲壮感を共有し、「新民」として覚醒した青年は数多くいたと思われる。湯志鈞によると、『新民叢報』も『新小説』も、かなりの発行部数を誇っていた。『新民叢報』は発刊当初二千冊であったが、第二二号あたりから発行数が九千冊にのぼり、繰り返し再版、翻刻され、日本や中国で学生や知識人に広く読まれていた。[21]その影響は多大なものであった。梁啓超自身も後年に清末における自らの革命思想の宣伝を回顧してこう言う。

梁啓超は、もっぱら宣伝をその任務とし、『新民叢報』『新小説』などの雑誌を発行し、その主義をひろめた。わが国人はきそってこれを読んだ。清朝は厳禁したけれども、それをとどめることはできなかった。一冊発行されるごとに、中国内地では十数回も翻刻された。二十年来、学生たちの思想は、すこぶるその影響を受けたのである。[22]

中国国内にいた青年たちが影響を受けたのはまちがいないが、特に日本では自由に手に入れることができたので、留学生なら誰でもこれらを読んでいたと思われる。この青年「新民」の中には、一九〇三年に弱冠十八歳で『革命軍』を書いた鄒容《すうよう》（一八八五―一九〇五）も入っていたかもしれない。孔覚民とほぼ同じ年頃の鄒容は、一九〇二年に自費留学生として日本に滞在していた。梁啓超自身も誇る「論理明晰」で、「筆鋒はつねに情感にあふれ」、「一種ふしぎな魅力をそなえていた」文章に、[23]鄒容も心を打たれたにちがいない。そして、梁啓超の「新民」思想よりもっと激しい排満反清革命を訴える鄒容の『革命軍』にもっと多くの青年が心を打たれていく。第十章で後述するが、『六月霜』では保守的な清朝官僚富録の息子までこの『革命軍』を読んでいた。

しかし、『新中国未来記』では、少年孔覚民に、維新時代、民間の各志士と国事に奔走して二度収監されるという、過酷な「維新」の道が設定されていた。鄒容は留学中、のちに革命運動に参加する同級生の張継《ちょうけい》（一八八二―一九四七）や陳独秀《ちんどくしゅう》（一八七九―一九四二）等と清国政府留学生監督である姚文甫の辮髪を切断したことで、日本政府に強制帰国させられた。『革命軍』を出版したのは、一九〇三年の帰国後に上海で章炳麟、章士釗《しょうししょう》（一八八一―一九七三）等と革命活動を展開するようになったあとのことだ。この出版が仇となってその後鄒容は章炳麟と共に収監され、一九〇五年に二十歳で獄死している。だが『革命軍』は百万冊も売れたと言われるほど影響が大きく、多くの青年を反清革命へと目ざめさせた。清朝打倒こそ救亡図存の道だという鄒容の主張に比べて、孔覚民は頑旧な清朝政府を打倒するよりも、渾沌とした人民をあらためることこそが救亡図存の急務だと思っている人物として造型されている。その意味で、「自らを新たにする」、「民を新たにする」梁啓超の「新民」思想を、孔覚民は忠実に代弁している。

「新民」群像

そもそも孔覚民という名前が、梁啓超の「新民」思想の重要な側面を体現している。その名字が示すように彼は孔子の後裔という出自をもつだけでなく、日本をはじめアメリカ、イギリス、ドイツ、フランス各国に遊学している。彼の身には、古い伝統と新しい思想がうまく融合調和している。

梁啓超が『新中国未来記』の冒頭に提示した年号が孔子の生誕に基づいたものであることは、孔子の後裔で「国一番の碩儒」（『新小説』第一号、五六頁）である孔覚民が中国の「固有のもの」の象徴的な存在であることを端的に示している。彼が象徴しているのは中国が国として成り立つために他の民族とはっきり異なる文化的な誇りと特質である。それはまさに近代国民国家の統合に欠かせないナショナリズムに直結する「民族主義之根柢源泉」である。六〇年後の孔覚民にナショナリズムのプロパガンダでもある新しい中国の歴史を語らせることは、梁啓超における「固有のもの」へのこだわりを窺わせる。

一方、帝国主義時代の申し子である日本や欧米の列強諸国に孔覚民を遊学させることで、「本来なかったものを採り入れて補」うことがかなうようになる。孔覚民が講義する「中国近六十年史」には「立憲期成同盟党治事条略」が登場するが、その中には、党員の義務として、「派遣遊学」（青年党員の知識を広めるために欧米へ派遣留学させる）の条目がある（同五六―六七頁）。

欧米の政治思想を吸収することの重要性がここからも窺える。一九〇二年の段階でまだ日本留学中の孔覚民はその後「憲政党」に参加している。欧米へと遊学したのはそのあとだろう。彼はこの遊学を通して、中国人に「本来なかった」、近代国民国家の政治思想を学び、「国民之資格」を創生することに努めたと推察できる。

清王朝の専制支配体制のもとで、中国では国民がまだ形成されず、民衆と国家との間に憲法に基づく法的関係が構築されていなかった。義和団事件が明らかにしたように、清王朝は実際国民の生命財産をしっかり守れていたとはいいがたい。さらに、戊戌変法に対して、西太后が維新改良に賛成する光緒帝を抑え、清朝政府内で保守的な勢力が権勢をふるうなか、維新改良を目指す良心的な官僚が処刑されたり、亡命を余儀なくされたりした。梁啓超もまたその一人だったことは言うまでもない。このような状況の下で、帰属する近代国家も享受できる権利もなく、本当の意味での「国民」になれていなかった「新民」に求められていたのは、一方的に「種族や国家」の存続のために命をかける義務だけであった。もっとも、『中国興亡夢』の太虚君のような青年にとって、生きる希望は「種族や国家」であった。

『新中国未来記』の中では、「六十年前」に上海で「憲政党」が成立している。その目指す目標は、一つは「全国民の享受すべき権利の擁護」で、もう一つは、「全国平和完全の憲法の獲得」であった（同六二頁）。その後の未来六〇年史は、「預備」、「分治」、「統一」、「殖産」、「外競」、「雄飛」という六つの時代に区分される。孔覚民のような党員たちは「新民」としての権利を勝ち取るべく、まずは「総綱」に示されている義務をしっかりとそれぞれが担当していく必要があった（同六四、六五頁）。

革命と改良の論争を大々的に展開した黄克強と李去病も「新民」の典型である。この二人は一九〇二年の時点で、すでにかなり成熟した「新民」であった。二人はまず黄克強の父親である黄群（瓊山先生）のもとで宋代と明代の代表的な儒学である「陸王理学」を中心に中国伝統学問をみっちり教わった[24]（『新小説』第二号、一九〇二年一一月一四日、二九頁）。この瓊山先生は清廉潔白で有名な儒学の碩学朱九江《しゅきゅうこう》（一八〇六―一八八一）の門下生であった[25]。この朱九江は歴史上実在した人物で、梁啓超の師である康有為もその高弟である。碩儒のもとで学んだ瓊山先生には先見の明があり、日清戦争で中国社会に大きな変動が必至であることを見込んで、息子の黄克強と弟子の李去病を、帝国主義時代に世界で覇権を振るうイギリスに遊学させた。「乙未年」（一八九五年）のことである（同二九頁）。

瓊山先生はかなり早い段階で、中国の伝統学問以外に、世界の学問を治めた「新民」の必要性に目覚めている。当時黄克強は二二歳、李去病は二一歳であった。それから七年の歳月が流れる間、二人はイギリスに留学した後、さらにそれぞれドイツとフランスに一年半留学し、ヨーロッパ諸国を遊歴して、西洋近代国民国家の理念を深く会得した。また彼らは、康有為の『長興学記』や譚嗣同の『仁学』などを読んで感化されている[26]。二人は中国の行く先をめぐって革命と改良という二つの異なる立場を代表しながら論争を繰り広げるが、それもまた固有の精神伝統を発揚し、欠如していた西洋近代国民国家理念を採り入れて高い知性を獲得した「新民」らしさの表れだったと言える。彼等もまた孔覚民と同様に「新民」の理想像を象っているのだ。国家の存続繁栄を自分の生涯の事業にする決心をした二人は、一九〇二年の段階では立派な「新民」となっていた。その後「憲政党」を主導し、牽引していったにちがいない。

その他にも、黄克強と李去病が旅順の旅館でであった少年陳猛という人物がいる。彼は浙江省の出身で、湖北省の武備学堂を卒業後、ロシアの支配下にあった満洲にやってきてロシア語の勉強をしながら、ロシアの国情について理解を深めようとしている。まだ二〇歳そこそこの若さにもかかわらず、彼は国民の責任を果たすべく、教職も辞退してロシア遊学を決意し、バイロンの憂国の英詩を唄い、憂国の思いを奏でている。中国が列強に瓜分される縮図を調査する動機でロシアの租借地になった旅順にやってきている黄克強と李去病はこの憂国の詩に深く共感している。『曠野の花』の憂国の日本人の志士たちを想起させる陳猛も典型的な「新民」である。

また、見逃せないのは小説に描かれる「新民」には男性のみならず女性も含まれていたということである。それは、王端雲という人物である。東欧に遊学する予定の彼女は、山海関で黄克強と李去病とすれ違う。「人権未必叙裙異」（人権は必ずしも女性を別のものとはしない）、「責任豈惟男子」（責任が男子だけのものであるはずがない）（『新小説』第三号、一九〇三年一月一三日、六五、六六頁）と、彼女は壁に男勝りの詩句を残す。第五回の結末では、「広東人胆気血性学識皆過人現往欧洲擬留学瑞士」（広東人で胆力、気性、学識は皆優れている。現在ヨーロッパへ発ち、スイスへ留学する予定である）（『新小説』第七号、一九〇三年九月六日、六〇頁）のように、愛国志士の一人として紹介されている。彼女も典型的な女性「新民」である。

『新中国未来記』に登場する「新民」たちは、読者に現実世界の「新民」たちの姿を彷彿とさせる。実際、一九〇二年の段階で、日本やアメリカ、ヨーロッパ、さらに中国国内で多くの「新民」たちが国事に奔走していた。のちに中華民国の国父と称えられるようになった孫文は、ハワイで教育を受け、西洋思想に親しみ、一八九四年にハワイで革命組織興中会を立ち上げ[27]、一九〇二年に梁啓超や章炳麟と東京で会っている。一九〇五年八月に宮崎滔天（一八七一―一九二二）、内田良平らの支援を得て、黄興《こうこう》（一八七四―一九一六）が率いる華興会[28]、陶成章《とうせいしょう》（一八七八―一九一二）が率いる光復会[29]、そして自らが率いる興中会という三つの革命組織を統合し、中国同盟会を立ち上げた。同盟会の成立は地方ごとに分立していた革命団体の内部分裂を避けるように機能した。革命と立憲とでは主張が異なるとは言え、こうした組織化のあり方は、『新中国未来記』で予言されている「立憲期成同盟党」を彷彿とさせるものである。中国同盟会のメンバーは勿論皆中国の伝統文化と西洋的な近代思想の、両方の学識を兼備している理想の人たちであった。この革命派以外にも、保皇派と呼ばれ、改良的な立憲君主制を目指す康有為や、革命と改良の間で揺れ動く梁啓超自身も、現実の「新民」だと言ってよいだろうし、戊戌変法で犠牲になった譚嗣同も救国の義務を果たすために命を捧げた「新民」の典型だったと言うべきだ。

以上のような理想的な「新民」以外に、東京を中心に数百、数千人の留学生や、国内の学生や知識人にも潜在的な「新民」層は控えていた。「新民」になる途上にいる人たちや、本人が「新民」になったつもりで、まだ「新民」になりきれていない人たちもいたはずである。もっとも、一九〇二年の段階では、これらの「新民」あるいは準「新民」たちは、出身地方や主義主張、性別や階層などにより、決して一枚岩ではなく、分裂のリスクを孕んだ一団であった。

第三節　方法としての「新民」

革命派と改良派の共同課題

現実の「新民」の内部で一番激しく衝突したのが革命派と改良派である。孫文のもとで一九〇五年に統合された中国同盟会が反清革命を主張する一方で、戊戌変法のリーダー康有為は一貫して保皇派の立場を堅持していた。梁啓超は東京で孫文と章炳麟と親交をかわし、革命思想に傾いていた時期があるが、その師康有為の叱責や思想的影響のもとで、だんだん改良へと思考転換していく。

しかし、寧ろ梁啓超の内面では、改良と革命両方の思想が始終拮抗していたのではないかと思われる。『新中国未来記』のなかで黄克強と李去病の間で古今東西の知識を動員しながら繰り広げられた論争は四〇数回にわたるが、先にも述べたとおり、『民報』と『新民叢報』の間で繰り広げられた、反清革命と保皇改良、つまり共和制か立憲君主制かをめぐる論争を先取ったものである。

『新中国未来記』の黄克強と李去病が論争した焦点は今まで多くの論者に指摘されてきた。例えば、『晩清小説史』を著した阿英はこの作品を立憲擁護小説の代表作だと評価している。[30]また、梁啓超研究で著名な夏暁虹は「二人の設定は、梁啓超が自分で自分を説得し、自分で自分と論争していると言える、ただ、李去病は前期の梁啓超を、黄克強は後期の梁啓超をそれぞれ代表している」と見ている。[31]ほかにも、前述した山田敬三や王徳威の論考でも言及されているように、梁啓超本人が革命派よりだったのかそれとも改良派よりだったのかが問題にされる場合がほとんどである。だが、夏暁虹の観点が最も首肯できるように思われる。つまり、この二人の論争は、梁啓超の内面にある中国の救亡図存という目標に向けて梁啓超は異なる手段を内面で思考し、せめぎ合っていたことを示していると考えるのが妥当だと思われるのだ。

同時に、もっと重要な問題を見逃してはいけない。この二人の論争を通して、梁啓超はむしろ当時において最も喫緊な課題である「新民」に関する政見を披露していたのだ。革命派にとっても改良派にとっても、「新民」は中国を瓜分の危機から救うという共同目標に欠かせない根源的な問題だと梁啓超は認識していたはずである。以下では、『新中国未来記』のテクストに沿って、黄克強と李去病の論争を整理しながら、その中に織り込まれた梁啓超の「新民」思想を明らかにしていきたい。

救亡図存の相異なる手段

黄、李二人の性格には明らかな違いがある。黄は文儒沈着で、李は武勇熱血である。戊戌変法の失敗後、譚嗣同を含めた六君子が流血殉国した話を聞き、李はすぐに帰国しようとしたが、黄は遊学を続けるべきだと主張した。黄は新党を結成し中国の革新を図るために、民智民徳がまだ成熟していない中国では、まず国民全員の素質を底上げするべきであり、そのために、まず自己の学識を充実させていく必要があると思ったのだ。それから四年たった今、列強の中国に対する瓜分はさらに激しさを増した。「新民」の資格を充分有する彼らはまだ危機に無自覚な大多数の中国人の代わりに国の前途を計らう責任を感じている。論争になっているのは、その責任の実行方法である。

まず、李は「為政者の中の悪党」のせいで国運が衰弱していること、中国の歴史上易姓革命の伝統があることをあげ、伝統的な「暴力を以て暴力を改める」のではなく、「文明」的な「仁愛で暴力を改めること」を主張する（『新小説』第二号、三七―三九頁）。これに対する論駁として、黄は、「中国がこの二千年の間革命と混乱が相次いだことはいいことだろうか」（同三九頁）と詰問し、フランス革命も当初は自由平等友愛を掲げていたが、国民が暴走し、内部で殺し合いが起きた。よって、理想と現実をわきまえるべきだという。

次に、李は、民族主義が潮流となったいま、中国の主権を掌握している少数派の異民族政府は腐敗し、国を守る責任も果たしていない、「責任を果たせなかったら自分から退くべきだ、退かなければ説得するべきだ、聞かなければ聞かせる方法を案ずるべきだ」（同四七頁）、と反清を打ち出す。黄は、満洲人はすでに漢人と同化した状態にある以上、「平和的な自由」、「秩序的な平等」（同四六頁）こそが国民のためになるのであり、イギリスや日本の憲政政治にまだほど遠い中国の政治的な進歩を段階的に進めるべきだと反論する。これに対して、李は、欧米の政治は「多数党」が「多数国民」（同四九頁）を代表するものであり、ルソーやベンサムの思想は現在の中国にも適用されるべきであり、「人民主義」を跳び越えて「国家主義」（同五〇頁）に入ることこそ段階を踏まないものだと迫る。黄は、ヨーロッパ各国は「民智が開けず民力が充ちていない」（同五一頁）段階のころ、みな上から下への干渉保護政策を取ったが、一方、中国人はこの干渉がないから国家との関係が希薄で、愛国心がなく国の興亡存続に無関心であり、したがって「聖主」（同五二頁）がいれば上から下への干渉政策で速やかに民智民力を底上げできると論駁する。ここで「聖主」とは、光緒帝を念頭においているが、李は、「皇上は仁愛慈悲英明とは言え、権柄を持たず、救国救民の心あれども力がない」（同五三頁）と反論する。確かに、戊戌変法後、清朝の実権は西太后に握られ、光緒帝は幽閉されたままであった。

さらに李は、「貴方が言う志士の活動はどんな方法をとるべきだろうか、時期の成熟とはどういう状態を指しているだろうか」（同五四頁）と核心的な問題を黄に突きつける。黄は「平和的な方法」は「教育、著作、新聞作り、演説、工商を興し、義勇軍を養成する」（同五四頁）ことや官僚を説得することにあり、全国官民の十分の一が愛国心を持ち救国の重要さに気づいたら、自ずと機が熟するという。しかし、李は、官僚は腐敗しきっているので、政府に頼れば瓜分されてしまうので、西洋人が「文明は血で買うもの」（同五九頁）と言うのにならって、「雷霆霹靂」（同五六頁）のような破壊の手段しか通用しないという。これに対して、黄は、革命は大多数の民衆に被害を与えること、フランスのロラン夫人が殺害されたように、無知な「乱民」（同六一頁）が暴走すること、「強権を持つほうが文明と目される」（同六五頁）現在、中国における既得権益を守るために、革命の動乱に乗じて列強が干渉することで、革命軍は列強と対峙しなければならない事態になり、救国の志士が却って亡国の「元凶」（同六九頁）になる可能性があることなどをあげて、革命に反対している。さらに、黄は、志士たちが党派に別れ分立している状態を憂い、「統一秩序」のもとでの人民の連帯が必要だという。これを実現するために、「国民教育以外手っ取り早い方法がない」（同七三頁）という。なぜなら、「国民」でないと、「民権」を持つ「資格」（同七三頁）がないからだ。

最後に黄は、イギリスの民衆が連名で「権利請願」し、権利を手に入れた事例を挙げ、立憲君主制の下でも、政治思想に目覚めた国民は自ら民権を求め、「無血の破壊」で、「平和的な自由、秩序ある平等」（同七四頁）を獲得できると主張する。彼は中国の「民」について以下のように言う。

現在の民徳民智民力では、彼等に革命を講じることができないばかりでなく、たとえ毎日革命を講じたり煽ったりしても、この革命はできるはずがない。もし本当に民徳民智民力が革命を講じることも、実行することも可能な時、まだ革命が必要だろうか。（同七四頁）

これに対して、李は、君主立憲政体は革命の議論がいちばん激しい時に成就している、なぜなら、立憲君主制は「折中調和を取った政策」（同七五頁）だからだという。従って、中国の目標が共和制であるのか、立憲制であるのかにかかわらず、仮に今日革命を起こすことが不可能であったとしても、革命を論じることはなおも必要であるという。

以上、四〇数回に及ぶ二人の論争をざっとたどってみた。この論争の焦点をひとことで言えば、反清革命で共和制を目指すか、清朝を温存しながら漸進的な立憲君主制を目指すかにある。黄が反清革命を斥けた理由の一つは、内乱が招く列強の干渉と一層の植民地主義的瓜分で中国が滅びることへの恐れである。そして、もう一つの重要な理由は「民」にある。革命による暴力的な破壊で大多数の民衆が被害を受けることは必至であり、しっかりとした政治思想を持たない「乱民」が、フランス革命中のように暴走盲従し、同胞同士の殺し合いさえ引き起こす危険性を孕んでいるからだ。黄が理想としたのは無血の革命であり、「平和的な自由、秩序ある平等」であった。この理想的な目標を実現させるために、「民徳民智民力」がまだ列強からほど遠い今は、破壊的革命という激烈な手段に訴えるのではなく、温和的な立憲君主制を目指しながら、国家に無関心な「民」を、国の興亡存続に責任感を持ち、自分の権利を自ら求める「新民」へと改造していくことが前提になる。テクストは、二人の論争を提示しているが、どちらが一層建設的であるかという難問について、明白な結論を提示していない。ただ、いずれにせよ、国に責任を持つ「新民」の創生が、中国の未来を左右することに関して二人は一致していると言える。漸進的な立憲君主制を目指す場合なおさらそうであろう。

おわりに

梁啓超は、日清戦争後、中国の維新改良の必要性を感じて戊戌変法に関わり、清朝政府から追われる身となり、日本への亡命を余儀なくされた。そのような彼の政治遍歴自体が「新民」の先駆けそのものであった。その後、彼は日本で筆を以て戦うことを選び取った。その戦いは中国を帝国主義的な分割から救おうという彼自身の志を実現するためだけではなく、梁啓超と一緒に逃げられたはずなのに逃げずに刑死を選んだ生死の友譚嗣同に託された遺志を実現するためでもあったにちがいない。戊戌政変で自らが逮捕の対象となったことを知り、梁啓超は日本公使館に避難したが、譚嗣同はずっと自分の居所で逮捕されるのを待っていた。戊戌政変直後に梁啓超が譚嗣同の寓居を訪れた際、康有為の寓居に清朝政府からの捜査・逮捕の手が及んだ知らせを受け、譚嗣同は「程嬰と杵臼、月照と西郷の役割は、私とあなたで分かち合おう」と梁啓超に言ったことがある。[32] 程嬰と杵臼というのは中国の春秋時代（BC七七〇—BC四五三）の人物で、一人が死に、一人が生き残ることで主君の遺児を育てあげたという。一方、尊皇攘夷を主張した月照（一八一三—一八五八）と西郷隆盛（一八二八—一八七七）は幕府から追われる身となり入水したものの、月照が死んで、西郷が生き残って明治維新を成就した。つまり、譚嗣同は自分の死を以て多くの中国人の国家存亡に対する危機意識を喚起することを望んだ。一方で、彼は、梁啓超に生きて維新改良を成就し、また西太后に幽閉された光緒帝を救出することを望んだ。梁啓超は同志である譚嗣同の遺志を自らの新しい出発の動機に据えようとしていた事実は揺るがないだろう。梁啓超は譚嗣同から託された責任の重みをひしひしと感じながらその遺志を実現するために戦うことを決心したに違いない。

日本公使館からの援助を得て日本に亡命してきた梁啓超の行動はその決心を物語っている。亡命当時から日本政府に光緒帝の救出を懇願したり、一九〇〇年に康有為、唐才常と内外協力して光緒帝の救出を画策したりするも、いずれも失敗に終わっている。そんな中で、梁啓超にとって最善の手段はやはり筆を以て戦うことであった。『清議報』の創刊から『新民叢報』に至って、梁啓超は自ら「中国之新民」と名乗って、中国人の「新民」転換への呼びかけを始動した。『新小説』と『新中国未来記』もその流れの中にある。一九〇二年は梁啓超にとってまさに「新民」の年とも言える。

狭間直樹は、『新民説』が書かれた当時の中国では、「『新民』の創出をまって『国家』は形成される」ものだから、『新民説』で語られる「国家」も、「新民」も、現実から切り離された〈理念投影態〉だという[33]。また、「民族帝国主義時代にあって、その前段階としての民族主義の国家を建設するには、民族帝国主義列強にたいする対抗軸としての中国国家をまず確立せねばならず、そうであればこそ梁は国家思想の涵養を緊要の任務とした」が、「国家と新民はその外延と内包において完全にかさなりあい、理論的には対立の契機を含まぬものなのだから」、「梁は第一義的には国家主義を語りながら、同時に『個人』の問題を真っ正面から提起することができた」と指摘している[34]。

第一部で言及した日本の「逸民」、「遊民」は近代国民国家との間に緊張関係があるが、梁啓超が語る『新民説』の中の「新民」と「国家」は「理論的には対立の契機を含ま」ないのはそれが単なる〈理念投影態〉だからだ。「新民」の創出が国家形成の前提条件になっているからだ。『新中国未来記』では、黄克強と李去病の論争を通して、国家革新の実践において、反清革命をすべきか否かにかかわる根源的な問題はやはり「民」にかかわっていると言える。「民」から「新民」への転換が「新中国」の先決条件となることで、黄・李二人の意見はほぼ一致している。しかし、ここで見逃せないのは、「新中国」を創成するという前提で「新民」になることは、国家主義を第一義に置くことを意味している。つまり、個人の権利よりも近代国民国家建設に寄与する義務が先行せざるを得ない。だから、「『個人』の問題」は国家の存続に奉仕する集団への義務に掠め取られ、梁啓超がこの作品で提示できた個人の権利は非常に限定的である。近代国民国家があってこそ語れる個人の権利という明白な前提のもとで、国家主義を第一義に掲げた個人の救亡図存の義務遂行がもはや当然視されていた。実際、維新や革命の嫌疑をかけられた「新民」たちは、清朝政府により、投獄されたり、処刑されたりしていたので、個人の権利などとても追求できる状況ではなかった。譚嗣同や秋瑾のように、せめて自分の命を犠牲にすることで、多くの「新民」を覚醒させ、国家の独立を果たし、もっと多くの人達に国民としての権利をもたらすことが望まれたのである。

ただ梁啓超は、革命派と改良派に分裂して争われることで「新民」の内部に軋轢が生まれることを危惧していた。だから、黄克強と李去病を激しく論争させながら、二人の目指す目標が同じであることを明確にした。その上で、二人の兄弟のような仲を強調した。さらに、光緒帝のことだと思われる羅在田が第一次大統領に就任し、黄克強が第二次大統領に就任したことからわかるように、『新中国未来記』では、流血と破壊が最小限に抑えられる漸進的な立憲君主制から共和制へとシフトするという理想の「未来」を提示した。そして、『新中国未来記』はまさにこの救亡図存の方法としての「新民」を広く読者に勧めるために書かれたものであり、「新民」が自ら創成していく新中国の未来図を提示したものであった。

1　本章における梁啓超のテクストの翻訳は、注で断りがない限りすべて拙訳による。

2　例えば、山田敬三は、第五回は羅普（羅孝高）の代筆だと見ている（山田敬三「『新中国未来記』をめぐって――梁啓超における革命と変革の論理」、狭間直樹編『共同研究　梁啓超――西洋近代思想受容と明治日本』、みすず書房、一九九九年、三四六―三五〇頁）。また、余立新「『新中国未来記』第五回は梁啓超作ではない」（「『新中国未来記』第五回不是出自梁啓超之手」、『古籍研究』、一九九七年第二期）でも、詳しく論証している。

3　『民報』は一九〇五年に東京で創刊された中国同盟会の機関誌である（一九一〇年終刊）。主編は胡漢民と章炳麟で、前身は宋教仁主編『二十世紀之支那』であった。

4　前掲山田敬三「『新中国未来記』をめぐって――梁啓超における革命と変革の論理」、狭間直樹編『共同研究　梁啓超――西洋近代思想受容と明治日本』、三四二頁。

5　夏暁虹『覚世と伝世――梁啓超の文学道路』（『覚世与伝世：梁啓超的文学道路』）、北京中華書局、二〇〇六年一月、五〇―五四、六〇―六三頁。

6　王徳威「『革命』としての小説――梁啓超『新中国未来記』を読み直す」（「小説作為〝革命〟――重読梁啓超『新中国未来記』」）、蘇州教育学院学報、第三一巻第四期、二〇一四年八月、一―八頁。

7　『大学』は「修身斉家治国平天下」を説く儒家の経典の一つである。宋の朱熹に「四書」の一つとして尊ばれた。梁啓超の「新民」（民を新たにする）という解釈は朱子学に基づいている。高嶋航によれば、『新民説』以前にも梁啓超は「新民」という言葉を使っている。たとえば、一八九七年「幼学を論ず」（『時務報』一九号）では、国民の教育向上を通した「民智」の開発、という意味で「民を新たにする」ことを唱えている（高嶋航『新民説』「解題」、梁啓超著、高嶋航訳注『新民説』、平凡社、二〇一四年三月、五〇四頁）。

8　金谷治訳注『大学・中庸』、岩波書店、一九九八年四月、三一頁。

9　鈴木由次郎ら執筆、朱子学大系第七巻『四書集注』（上）、明徳出版社、一九七四年四月、三五一頁。

10　梁啓超著、高嶋航訳注『新民説』、平凡社、二〇一四年三月、一〇頁。
11　梁啓超『新民説』、『飲氷室合集』専集之四、中華書局、一九三六年、二―五頁。
12　前掲梁啓超著、高嶋航訳注『新民説』、二七頁。
13　前掲梁啓超『新民説』、『飲氷室合集』専集之四、六頁。
14　中国語の原文：「昔者吾中国有部民而無国民」、「有可以為一箇人之資格、有可以為一家人之資格、有可以為一郷一族人之資格、有可以為天下人之資格、而独無可以為一国国民之資格」、「列国並立弱肉強食優勝劣敗之時代、苟欲此資格則決無以自立於天壌」（前掲梁啓超『新民説』、『飲氷室合集』専集之四、六―七頁、引用部分は拙訳による）。
15　高嶋航によると、「『清議報』が毎号三、四千部刊行されたのに対して、『新民叢報』は初年度末には九千部、多いときで一万数千部に達した。またべつに一年分の『新民叢報』が合本という形でも刊行され、その部数は初年度分で三万五千部であった。『新民叢報』の販売所は中国国内だけでなく、日本、朝鮮、南洋、北米など四十九県市、九十七か所にのぼった」。また、胡適や毛沢東も『新民説』を愛読していたという（前掲高嶋航『新民説』「解題」、梁啓超著、高嶋航訳注『新民説』、五〇三―五二二頁）。
16　陳象恭編著『秋瑾年譜及び伝記資料』（『秋瑾年譜及伝記資料』）、中華書局、一九八三年七月、一四頁（拙訳）。
17　丁文江・趙豊田編、島田虔次編訳『梁啓超年譜長編』第二巻一九〇〇―一九〇七、岩波書店、二〇〇四年三月、一三一頁。
18　任公（梁啓超）「訳印政治小説序」、『清議報』第一冊、旧暦一八九八年一一月一一日による。
中国語の原文：「欧洲各国変革之始其魁儒碩学仁人志士往往以其身之所経歴及胸中所懐政治議論一寄之於小説」、「毎一書出而全国之議論為之一変彼美英徳法奥意日本各国政界之日進則政治小説為功最高焉」。

19 梁啓超『新中国未来記』第二回、『新小説』第一号、一九〇二年一一月一四日、七四、七五頁。

20 小島淑男によると、中国から日本への留学生数は、一九〇三年は一三〇〇人、一九〇五年は八〇〇〇人、一九〇六年は一二〇〇〇人になった（小島淑男『留日学生の辛亥革命』、青木書店、一九八九年七月、一三頁）。また、林少陽は、實藤恵秀『中国人留学日本史』（譚汝謙、林啓彦訳、北京大学出版社、二〇一二年）や汪向栄『日本教習』（三聯書店、一九八八年）、小島淑男『留学生の辛亥革命』（青木書店、一九八九年）などに基づき、中国からの留日学生数は一八九六年の一三人から、一九〇二年には数百名、一九〇五年には七、八千人にのぼるに至ったことを検証している（『鼎革以文——清季革命與章太炎〝復古〟的新文化運動』、上海人民出版社、二〇一八年四月、六一頁）。

21 湯志鈞「影印説明」、中国近代期刊彙刊・第二輯、梁啓超主編『新民叢報』第一巻、中華書局、二〇〇八年四月、三頁。

22 梁啓超著、小野和子訳注『清代学術概論——中国のルネッサンス』（東洋文庫245）、平凡社、一九七四年一月、二七一頁。

23 前掲梁啓超著、小野和子訳注『清代学術概論——中国のルネッサンス』（東洋文庫245）、二七二頁。

24 「陸王理学」とは、南宋の陸九淵（一一三九—一一九二）と明の王陽明（一四七二—一五二八）が代表となる「心即理」（心は理を備えている）説を中心に据えた儒学である。

25 朱九江（一八〇六—一八八一、または朱次琦）は一八四七年に進士となり、一八五二年に山西省襄陵の知県となった。一八五八年から故郷九江鎮の礼山草堂で二〇数年にわたり講学を行い、碩徳碩学の九江先生と称された。康有為（一八五八—一九二七）は朱九江の門下生である。

26 『仁学』について第七章で言及した通りである。『長興学記』は梁啓超の恩師康有為が一八九七年に著した学塾万木草堂の教育規則である。この年、梁啓超と陳千秋の招きに応じ広州の長興里の万木草堂で講学した。『新中国未来記』では、この本は琼山先生からヨーロッパに遊学に行く黄克強に与えられた。康有為がその師九江先生の思想の真髄を発揮し、後学を訓戒するために著したもので、自分の思想を代弁していると言っている（『新中国未来記』第三回、『新小説』第二号、一九〇二年一二月一四日、三〇頁）。また、梁啓超はこの万木草堂における康有為の講学の様子について「三十自述」では、「先生は中国数千年来の学術の源流や歴史、政治の沿革得失を講じられ、万国と相比較して推断された」、「一生の学問が根柢を得たのは、すべてこの年にあった」とのべている。『長興学記』に一所懸命取り組んだことも「変法通議」において回顧している（前掲丁文江・趙豊田編／島田虔次編訳『梁啓超年譜長編』第二巻一九〇〇―一九〇七、五九―六三頁）。

27　興中会は、孫文が一八九四年一一月にハワイのホノルルで華僑を中心に創設した近代中国の初めての革命団体である。スローガンは「駆除韃虜、恢復中華、創立合衆政府」であった。清末における「韃虜」は主に満洲族を指している。この反清革命団体の主要メンバーに、陳少白（一八六九―一九三四）がいる。

28　華興会は一九〇四年二月に湖南省の長沙で黄興の主導で成立した革命団体。「駆除韃虜、復興中華」が主旨であった。主要メンバーに、宋教仁（一八八二―一九一三）、陳天華（一八七五―一九〇五）、章士釗（一八八一―一九七三）らがいる。

29　一九〇四年頃に浙江省出身の蔡元培を中心に結成された革命団体。主要メンバーに、陶成章（一八七八―一九一二）、章炳麟（一八六八―一九三六）、秋瑾（一八七五―一九〇七）、魯迅（一八八一―一九三六）らがいる。

30　阿英著、飯塚朗・中野美代子訳『晩清小説史』、平凡社、一九七九年二月、一一〇頁。

31　前掲夏暁虹『覚世と伝世――梁啓超の文学の道』（『覚世与伝世：梁啓超的文学道路』）、五〇頁。

32　丁文江・趙豊田編／島田虔次編訳『梁啓超年譜長編』第一巻一八七三―一八九九、岩波書店、二〇〇四年一月、二六五頁。

33 狭間直樹「『新民説』略論」、狭間直樹編『共同研究　梁啓超——西洋近代思想受容と明治日本』、みすず書房、一九九九年一一月、八八、八九頁。

34 前掲狭間直樹「『新民説』略論」、狭間直樹編『共同研究　梁啓超——西洋近代思想受容と明治日本』、九二、九三頁。

第九章　女性「新民」が拓く「未来」

——頤瑣『黄繍球』が示した範例

はじめに

頤瑣『黄繍球』（第一回—第二六回）は西暦一九〇五年四月から一九〇六年一月まで、『新小説』第一五号から第二四号にかけて連載された。その後、一九〇七年一〇月前後に二〇回までを書き加えた単行本が上海の新小説社から出版された。『黄繍球』はその題名通り、黄繍球という清末の女性が主人公である。彼女は田舎町の平凡な女性であった。教育もろくに受けていない上に、纏足もしている。しかし、家の外に出かけたことがほとんどない彼女が、突然女性解放に目覚め、女性の社会活動がタブー視されていた男尊女卑の規範の束縛から自ら抜け出し、女性教育者、社会革新の女性活動家へと成長していく。彼女はまさに梁啓超が提唱した「新民」を象るヒロインだった。小説では彼女の周辺に、地方官僚や士紳、各階層の男性や女性など、様々な人物が登場し、清末の渾沌とした社会状況を浮き彫りにしている。この渾沌とした状況から希望の「未来」を拓いていこうとする男女「新民」たちの姿が作品でクローズアップされる。

『黄繍球』は清末における女性問題を扱った「最も優れた作品」[1]として早くから注目されてきた。従って、先行研究では、主人公繍球が男女平等を勝ち取ろうとするフェミニズム的な一面、特に、西洋フェミニズム言説がいかに中国本土の両性思想と融合され、新女性の表象に反映されていたかが多くの論者に論じられてきた。[2] 一方、その人物造型が「国民の母」として国家への責任を果たす女性像へと収斂されていく一面については、検証がまだ充分とは言えない。特に救亡図存の社会背景に配慮したテクスト分析が欠けている。また、『黄繍球』と『新中国未来記』との間における「新民」というトピックをめぐる構造的、思想的、政治理念的な相関関係について、緻密なテクスト分析を通してさらに詳しく検証する必要がある。実は、『黄繍球』のテクスト内の時間のはじまりはちょうど『新中国未来記』のテクスト内の終わりの時間にあたる。さらに、物語の進行も、国家存亡の危機的時期における「新民」の覚醒から、「新民」が定められた義務を遂行していく過程に沿っている。

本章では、まず『黄繍球』と『新中国未来記』との、間テクスト的なつながりや男女「新民」像の異同を考察する。その上で、『新中国未来記』で提示された「新民」の近未来理念が『黄繍球』において、如何に平凡な女性や多様な階層の大衆まで浸透されていったのか、またそれに従って、広い階層の民衆が如何に維新や革命の運動へと動員されていったのかを浮き彫りにすることを目指す。

第一節　「頤瑣」と「二我」

『黄綉球』論で争点となっている問題の一つに、作者頤瑣はいったい誰だったのかという謎がある。当時の文人作家たちはその時の心情や保身などの配慮から、多くが本名ではなく筆名を多用していた。例えば、梁啓超は「吉田晋」、「任公」、「哀時客」、「中国之新民」、「飲氷室主人」などの筆名をその時々の状況や心情などに合わせて使い分けていた。『黄綉球』の「頤瑣」という筆名を使った作者は湯宝栄という人物のことではないかという主張がある。徐新韻は、一九〇七年一〇月三日から一〇月九日までの間に数回にわたって『時報』（一九〇四年に上海で創刊された保皇立憲派の新聞で、康有為や梁啓超もかかわっているといわれている）に掲載された『黄綉球』の単行本出版広告では、作者が「呉中名士頤瑣君」と紹介されていた、「呉中」は当時の江蘇省一帯を指しているので、広東省新会出身の梁啓超からはほど遠いと主張している。[3] 一方、林薇は作者が梁啓超であると主張している。林薇は文化的視野、知識的バックグラウンドや文体、梁啓超のほかのテクストとの政治理念や小説理念の一致や類似した表現が多数あることから、『黄綉球』は梁啓超作で、「頤瑣」は梁啓超本人だと確信している。[4] これらの主張にはそれぞれに説得力がある。ただ、梁啓超の全集に当たる『飲氷室合集』に『黄綉球』が収録されていないことや、『梁啓超年譜長編』でも『黄綉球』が言及されていないことが、頤瑣は梁啓超ではないことを傍証していると言えよう。実際、陳玉堂編著『中国近現代人物名号大辞典』（全編増訂本、浙江古籍出版社、二〇〇五年一月）によれば、「頤瑣」は湯宝栄（？—一九三二または一九三六）である。これによれば湯宝栄は江蘇省呉県（蘇州）の人で、『黄綉球』の著者であり、原名は鞠栄で、「頤瑣室主」ともいう。また、商務印書館に勤めたことがある詩文にたけた知識人であるという。[5]

しかし、それでも、作者を梁啓超であると推定した林薇の観点からは重要な問題点が見えてくる。この作品は梁啓超が創刊した『新小説』に掲載され、梁啓超が関わっていた保皇立憲派の新聞で広告が掲載されていることからも明らかなように、湯宝栄は梁啓超の政治思想と小説理念を熟知した上で、強い共感を持って『黄綉球』を執筆したことが推察できる。さらに、看過できないのは、『黄綉球』（『新小説』に掲載された第一回—第二六回）は「頤瑣述、二我評」となっていることである。『新中国未来記』と同様、『黄綉球』のページ上方に「眉批」（頭注）、回ごとに「総批」（文末批注）がついている。しかも、これらの評語はかなりのボリュームを持ち、作品内容に対する補足解説と批評以外に、「二我」自身の政治思想や小説理念までが披露されている。『黄綉球』第一回の文末批注では、梁啓超が「小説と群治の関係を論ずる」（『新小説』第一号、一九〇二年一一月一四日）において提示した「薫浸刺提」の小説理念も登場している。

　小説の位置を論じる者曰く、小説とは、覚世の文であり、簡略より複雑なほうがいい。また、小説に「薫浸刺提」という四つの手法があり、作者はこの工旨に基づき語っており、背くことはないように心がけている。テクスト全体から見ると、人道を支配し、読者の視野を広め、爽快な気分を味わわせることも可能であろう。[6]

ここでは、「二我」は小説を「覚世之文」（社会に影響を及ぼし、民衆を覚醒させる文）として位置づけている。また、「二我」は、『黄綉球』の作者も「薫浸刺提」という四つの小説手法（物語の情緒で読者を包み込むこと、そこに浸らせること、深い感銘を受けるストーリーで刺激すること、物語の世界に入り込むように仕向けること）を駆使していることを確認し、同時に、この作品が人道を支配し、読者に精神的な影響をもたらすことが期待できると評価している。

第八章でも述べたとおり、梁啓超は、『新中国未来記』を創作する一九〇二年の時点で、「小説と群治の関係を論ずる」において、新しい政治的見解や思想が盛り込まれた「新小説」が社会改良の重要な武器だと考えていたが、その趣旨は「二我」によって『黄綉球』が創作される一九〇五年の時点で再度繰り返されている。この文末批注の内容はそのまま梁啓超の思想理念を開陳している。「もう一人の私」を意味する「二我」は、梁啓超本人のことではなかったとしても、その政治見解や文学理念を熟知し、強く影響や感銘を受けている人物だと推察できる。樽本照雄によると、「二我」の実人物は陳其淵《ちんきえん》である。[7] 梁啓超と「二我」の実生活における関係性は不明であるが、「二我」は作者頤瑣の創作活動に影響を及ぼすことで、作品の行方を牽引する重要な役割を果たしている。この作品は一年近く連載されている間、頭注を書きつづけた「二我」の見解が作者に意識無意識の影響を及ぼしたと思われる。この意味で、小説で世を変えようとする梁啓超を想起させる「二我」も部分的とはいえこの作品の創作にかかわっていたと言える。

種々の要素が重なり、『新中国未来記』の物語の内容と『黄綉球』のそれとのつながりが色濃く現れている。物語の進行は、国家存亡の危機的な時期における「新民」の覚醒から始まり、定められた義務を遂行していく過程を追っている。具体的には、黄綉球夫婦が「新民」の同志を増やし、教育を通して「国民養成」を目指していき、最終的に地方自治を革命という手段で獲得しようとするところまで進んでいる。勿論、これらは『新中国未来記』で提示された「未来」の最初の段階にあたる「第一預備時代　列強の聯軍が北京に突入した時から広東省が自治するまで」（『新中国未来記』、『新小説』第一号、一九〇二年一一月一四日、五九頁）にほぼあてはまる。そして、『黄綉球』の結末の描写は、「第二分治時代　南方各省の自治から全国国会が開設するまで」（同五九頁）を彷彿とさせる。大衆が黄綉球夫婦に啓蒙され、権利義務意識が芽生え、団結して腐敗した清朝政府と戦う「預備独立自治」（『黄綉球』、吉林文史出版社、一九八五年一一月、二三五頁）に皆が賛同するところで物語は終わる。[8]

『黄綉球』はまるで『新中国未来記』の姉妹編であるかのように、先に覚醒した「新民」が同志と結束し、もっと多くの民衆を「新民」に養成していく様子を描き出している。しかも、物語の主人公は、政治思想の中心を担う男性知識人ではなく、また男性同等の教育を受け、遊学の経験を持つ『新中国未来記』に登場した王端雲のようなエリート女性でもない。黄綉球は至って平凡な、まともな教育も受けていない田舎町の女性である。『黄綉球』は『新中国未来記』で提示された理想的な、高いステータスを有する「新民」像から、より普通の民衆のレベルに接近し、身近な女性「新民」像を提示している。

第二節　「新民」の「未来」の範例

危機の中で覚醒した「新民」

梁啓超が『新中国未来記』の中で描き出した理想的なエリート「新民」たち——黄克強と李去病、孔覚民、陳猛、王端雲ら——は、亡国の危機的状況の中で、伝統的教養と西洋的な見識を持ち、自ら救亡図存の責任義務を果たそうと努めていた人たちであった。その中で、ロシアに占領支配され中国の瓜分の影そのものとなった満洲を調査する旅の途中でであった黄克強、李去病と陳猛が救亡図存のために方策を模索していた時期は、「癸卯」（一九〇三）年の「暮春初夏」だと設定されているが[9]、同じ時期に、彼らと同じ心情と志を持つ「新民」がいた。それが『黄綉球』の主人公黄綉球の夫・黄通理である。それぞれ別の小説で行われていた「新民」たちによる救亡図存の模索が、満洲と中国内地をつなぐ同じ志によって結びついている。

『黄綉球』の物語は一九〇三年の「暮春初夏」に始まっていると思われる。その理由は主に二つある。一つは、物語が始まってまもなく、黄通理は学堂を開く志を文章でアピールするために、科挙の郷試の前段階の選抜試験である決科に参加する。郷試は三年間に一回開催されるので、『黄綉球』が書かれた一九〇五年から一番近い郷試は一九〇三年にあたるはずである[10]。黄通理が試験に参加した時期は「五月末、六月の初め」（四七頁）とされている。テクスト内の時間は旧暦だから、西暦でいうと七月前後にあたる。

もう一つは、テクスト全体の時間軸から解明できる。通理、黄綉球夫婦が学堂開設の同志である畢強の帰りを待ちわびていたのは「旧暦の一二月が過ぎ、春が訪れようとする」（一一二頁）ころのことだった。黄綉球が女性同志をあつめ女子学堂を開設したのはその年の九月である。そして、黄通理、黄綉球夫婦が開設した学堂が軌道に乗ったのは、その「翌年の春末夏初」（一八五頁）である。一九〇五年の暮れに書かれたと思われる第二四回（一九〇六年一月に掲載されている）でこれが明かされている。つまり、第二四回が書かれている一九〇五年から逆算すると、学堂が軌道に乗ったのは一九〇五年の「春末夏初」で、学堂が開設されたのは、一九〇四年の九月である。学堂開設の準備で、畢強の帰りを待ちわびていたのは一九〇四年の早春にあたる。一方、黄通理が科挙に参加していたのはその前年と設定されているので、つまりそれは一九〇三年の五月末、六月初め（旧暦）で、黄綉球が「新民」として覚醒するのはその前の旧暦四月前後だと推察できる。この時間はちょうど『新中国未来記』の「六〇年前」にあたる「癸卯暮春初夏」であった。前述したように「癸卯」は一九〇三年に相当する。ということで、『黄綉球』は『新中国未来記』と同じ時間を立脚点として、その近「未来」を語るテクストであると言える。

物語はすでに「新民」として覚醒した黄通理から始まる。当時三〇代だった黄通理は、科挙の段階では貢生という資格を持ち、伝統学問に造詣がある。さらに、「何度も村の外の世界を考察に出かけている」（二頁）。彼は伝統の学問だけでなく、新しい学問と思想も吸収しており、その名の通り理に通じた地方開明紳士である。黄通理が暮らしていたのは、「アジア東部温帯地方」の「自由村」（一頁）である。自由村は物産豊富で人材にも恵まれているにもかかわらず、周辺の村に牽制されて自由を失いつつある。しかし、この状況から脱出しようと苦心しているのは、ここ自由村では彼一人しかいないようである。倒れかかっている一部の家屋が全体構造を脅かすという妻綉球の言葉に啓発され、倒れかかっている家屋を引き合いに、彼はほかの村民たちにもこの自由村の危機的な状況を知らせようとする。だが、ほかの村民たちはこの「東に倒れかけ、西に傾け、外側が華やかで、内側が朽廃している」（四頁）状況に一向に無頓着である。頭注では、家屋の一か所の傾きが全村の共倒れを引き起こすという通理の発想に対して、『民族主義発揮の隠喩である」（『新小説』、第二年第三号〔第15号〕、一九〇五年四月、一〇〇頁）とコメントがあり、村民たちの議論はまるで「政府が改革新政を議論する縮図」（同一〇二頁）のようだという。他村に牽制され名ばかりの自由村になってしまったにもかかわらず、村人たちが奮起しようとしない状況に対して、「名は自主国だが、自主できなくて久しい国はまさにこれだ」、「自由に境界がある。吾が自由はほかから侵されてはいけない。故に、この権利を回復し、この権利を拡張すべきだ」（同一〇六頁）と批評している。評者「二我」のコメントはこの自由村の寓意を明らかにし、読者の読みを牽引している。つまり、自由村は中国の縮図である、ということを念頭に読者はこのテクストを読解すべきことを説いている。換言すれば、黄通理が抱いている自由村に対する危機感は、瓜分の危機に晒されている中国の亡国の危機感として読み替えられることになる。彼が村民たちに抱かせようとしているものは、民族主義に等しい。しかし、村全体の未来に消極的な村民たちに黄通理の心情が通じなかったように、国との関係が希薄である中国の民衆に民族主義はなかなか通じない。それは第八章で前述した『新中国未来記』の孔覚民が『刧灰夢伝奇』を読んで号泣したことを思わせるような状況である。

黄通理は村民の啓蒙に失敗する挫折感に苦しむ。なお、村民たちといってもそれは男性に限られていた。いくら開明的な黄通理でも、「あなたの話は私の言いたいこととずれている、私の話の意味はあなたに言っても意味がない」（二頁）と綉球に言っているように、女性はこの村の存続にかかわる重要な政治事案と無関係であると思っていた。だが、思いがけず「世界で女性も社会に出て、男性のかわりに責任を分担することがありますか」（七頁）と綉球に問われると、通理は初めて悟ったかのように「勿論ある」（七頁）と答えるのだった。綉球は夫の危機感に共感し、共同体の責任を進んで担おうとしていた。黄綉球は黄通理がはからずも自由村で覚醒させた一人目の「新民」であった。

女性「新民」の二重の責任と目標

綉球は苦難の幼少時代を過ごし、養母に厳しく纏足を強要され、教育もまともに受けさせてもらえなかった。運良く人格者の黄通理と夫婦になり、衣食に不自由のない生活をしていた。しかし、彼女の内面には長い間秘められていた思いがあった。「本当に女は人と見なされていない」（九頁）、「昔から男女は同じ人間なのに、どうして女となれば頭も上げられず、腰も伸ばせないのだろうか。足は苦痛の連続で、必ず小さく包まなければならない。生涯、子供を養育すること以外に、用意された飯を食べて、ちょっとした針仕事をやったり、洗い物をしたり、食事を作ったりと、あとはたとえ天が崩れようともかかわってはいけない」（一〇―一一頁）、「いつか世界中の女も男と同じ、社会に進出して何かやり遂げたらいいのに」（一一頁）と。それは男尊女卑の社会の中で抑圧されてきた女性の内に秘められていた社会の中での独立自由を希求する、女性解放思想の素朴な端緒であった。しかし、この眠っていた思想は黄通理の言葉の刺激を受けてついに覚醒する。

黄綉球の覚醒は「通電」（一一頁）に譬えられている。

彼女のこの思想は、電気を含んだ何ものかの如くである。最初は表から見えないが、電気を触発するものに出会うと、通電し、思わず電気が閃き、服を燃やし、家を穿つこともあり得

る。その勢いは猛々しくて止めようがなく、突如出現して防ぎようもない。（一一頁）

自由村の共同体の未来のために計らい、責任を感じ同志を希求している黄通理の心情と、女性のジェンダー的抑圧から自由になろうとしている黄綉球の思想はうまく合致して、「電気が閃いたのだ。この綉球の最初の女性解放思想の閃きは夫・黄通理の全面的なバックアップのもとで達成できた。一方、同志が現れないことで悩んでいる黄通理も女性に秘められたエネルギーに気づく。

彼女が最初にやったのは纏足を解くことである。そこでは彼女の主体性がいかんなく発揮されている。「あなたが解いていいというなら何より、あなたが解いてはいけないといっても、私は必ず解く、あなたに左右されない」（一三頁）、と彼女はきっぱり宣言し、夫の意志ではなく、自分の足で一歩を踏み出す。これに対して黄通理は、「平凡なあなたがこのような発想を持つとは、素晴らしい！素晴らしい！」（一三頁）と妻を称賛する。さらに、綉球は「将来、私は村全体を錦のようにする。その光輝きで地球全体を照らす」、その時には名前も「秀秋」ではなく「綉球」と呼ぶべきだという（一三―一四頁）。これにも、黄通理が「素晴らしい！素晴らしい！素晴らしい！これからあなたのことを「黄綉球」と呼ぼう」（一四頁）と賛成する。秀秋（美しい秋）から綉球（地球を錦で飾る）に改名することは象徴的である。彼女は平凡な女性から壮大な理想を抱いた女性へと生まれ変わったことを意味している。黄通理は綉球の女性としての主体性が素晴らしいと思うだけでなく、村（国）の未来にとどまらず、地球全体の未来に対してまで持つ責任感に感心している。単に自民族や自国の利益だけを追求するのではなく、地球全体、すなわち人類全体の明るい未来を希求しているからだ。それは人種や国家の間に境界線が引かれ、弱肉強食が生存ルールとなっていた帝国主義の時代原理を解体している。国家や民族間の断絶と対立を拒む点では、第一部で言及した「天下の逸民」や「太平の逸民」に通じるものである。

しかし、黄綉球は実際教育を受けていなく、字もあまり読めないので、夢を実現する手立てに苦悩する。そうしているところに、ロラン夫人が夢に現れ、彼女に男女平等思想とプルタルコスの『英雄伝』を授ける。夢といえば、私たちは、自然、『中国興亡夢』を想起する。また、『新中国未来記』もある種の「夢物語」であったとは言えないだろうか。夢は、危機の時代にあった知識人にとって絶望的な状況に直面した時の一つの文学的打開策になっている。

黄綉球の夢に登場したロラン夫人（一七五四―一七九三）とは、フランス革命期のジロンド派の政治家で、夫に協力し政治的に活躍したが、急進的な山岳派との闘争の中で、革命裁判にかけられ処刑された。彼女は自分が逮捕されることを知りながら夫を逃がし、自らは逃げずに留まった。その覚悟に加えて、革命裁判によって残酷に殺されてしまうという境涯があいまって、尋常ならぬ悲劇性を湛えている。一九〇二年一〇月の『新民叢報』（一七―一八号）に「中国之新民」という筆名で掲載した「近世第一女傑　ロラン夫人伝」では、梁啓超はロラン夫人を「近代第一女傑」だと讃え、「フランス大革命の母」、「一九世紀ヨーロッパ大陸のすべての文明の源」だと賞賛した[12]。ロラン夫人というロールモデルを提示して女性の政治参加を促す梁啓超の苦心が透けて見えるが、ロラン夫人に対する「革命の母」、「文明の源」、「女傑」という梁啓超の位置づけは無論このテクストの作者や綉球・通理夫婦にも共有されている。だから、「仙仏に悟りを開かせられた如く」（二〇頁）という設定は唐突ではあるが、とにかく綉球の思想が飛躍的に進歩する筋書きも奇妙に成立する。男女平等思想や種族間の競争意識が滲み出るロラン夫人の言葉はもともと綉球の内面に潜んでいた西洋政治思想に対する理解の表れのようである。ただ、綉球の夢にロラン夫人が登場してくることは不可思議としか言えない。後からこの夢を解説した黄通理はロラン夫人のことを知っていたので、どこかで綉球がロラン夫人の名前を耳にしていた可能性もある。いずれにせよ、夢という曖昧模糊な形で作者は綉球の教養の弱点を覆い隠した。

その曖昧模糊な処理のなかで見逃せないのはロラン夫人と綉球の会話から透けて見えるナショナリズムの意識である。綉球の夢の中でロラン夫人は、「近頃あなたたちの刺繍の図案は、カビがついたり、破れたり」、「まるで紙で拵えたもので」、「まったく使い物にならない」、これは「あなたたち黄家の人に自然とかかわるが、吾が白家と関係がない」（一八頁）と語りかけている。綉球はこれを聞いて「神魂が忽然と焦り出す」（一八頁）。「吾が白家」と言っているのは、白人によって代表される欧米列強のことであろう。綉球は夢の中で「白家」の人に「黄家」が見下されることを非常に恐れている。明らかなように、これは白人と黄色人種、とりわけ中国人を表す比喩なのだが、綉球はこうして、通理とおなじように、「黄家」、つまり自分たちの民族が白人たちに比べて劣っているという危機感を持ち、しかもその状況を改善するべく何か行動を取ろうとしている。

梁啓超は『新民説』において、「人群が社会を形成し、国家が国家を形成する」ための「公徳」[13]、つまり個人が「社会に報い国に報いる義務」を説いている。[14]『新民説』を日本語に翻訳した高嶋航は、「梁の『公徳』は国家を本位とする。国家＝民族の滅亡という危機感のもと、その存続が最優先の課題であり、『公徳』は国家＝民族を滅亡から救うための唯一の処方箋であった」と指摘するが、[15]国家と民族に寄与する公徳は救国の急務とされた「新民」の根幹をなしている。地球を錦で飾るという壮大な理想を持ち、夫の国家民族への危機感に共感し、共同体の責任を進んで担おうとした黄繡球の「新民」としての覚醒は、個人のより好い生き方を追求する女性解放としての覚醒と、公徳を備えた国民としての覚醒、という二重の意味を持つ。従って、彼女の「新民」としての船出は二重の責任と目標をもつ。それは、女性の自立と男女平等のほかに、救亡図存のために男性と同じように社会的な責任を担うことであった。第十章で後述する秋瑾もそうであるが、この時代の女性にとって、男女平等の意識と救亡図存の義務は往々にして互いに補完する関係にあった。

「党勢拡張」の義務と身近な「新民」たち

『新中国未来記』では、「新中国」の「未来」を切り開いた「憲政党」の党規ではいくつかの指針が示されている。例えば、「本党は全国国民が享受すべき権利を擁護し、全国の平和完全のための憲法を獲得することを目標とする」、「本党の趣旨に賛同する全ての国民が入会可能」、「党員は官・紳・士・商・男・女を問わず、またいかなる職業かを問わず、党中の権利義務は全て平等である」などとある。[16] この党規が示しているのは、二〇世紀初頭に創立された「憲政党」という政治団体は、「新民」中のエリートから組織されているが、社会の広い層から「新民」を動員することを目標としているということである。『新中国未来記』では、建党時百数十人しかいなかった党員が、三四年後に各省都だけではなく、地方の各県、市、鎮、村落にも支部が設けられ、広東省自治まで党員が一千万を超えたという。[17] 実際、「憲政党」の「治事条略」で定められている義務のうちで、「同志と連絡して党の勢力を拡充する」ことが「一番重要な義務」だとされている。[18] その具体的な方法は数多くある。遊説や演説、或いは本を著し、新聞を作る、或いは官僚になり力を蓄え、軍隊に入って軍人を改良する、または労働者になり民衆を啓発し、学生として級友と連絡する、さらには秘密結社に接近してその手段を変更するなど、様々である。[19] つまり、先に覚醒した「新民」たちが、社会のあらゆる階層に向けて「新民」思想を宣伝し浸透させ、あらゆる手段を駆使して「新民」の同志を増やしていくことが、梁啓超の考えていた「新民」の急務だったのだ。

黄通理と黄繡球の行動はまるでこの「憲政党」の党規や「治事条略」を忠実に実行しようとしているようである。黄通理に触発され最初に覚醒した繡球は、学問を修めて外国を遊歴したエリート女傑ではなく、ただの平凡な女性であった。彼ら夫婦の最初の同志になったのが役人の張開化である。これには意外な因縁があった。纏足を解いた綉球は、村の女性たちに纏足を解いた経緯や、婦人も学問を修め事業に勤しむべきことを説き、ロラン大人が登場した不可思議な夢を語った。すると、綉球はあやしいという噂が村で立ち、悪人黄禍の企みで役所に逮捕されてしまう。綉球を救い出そうとする通理が頼み込んだのが刑事官吏の張開化であった。張開化は役人としての腐敗は勿論あるが、比較的良心的で開化思想を持つ人間であった。彼は綉球の開明さと志に感服し、感化された。そして、機転を利かして無実の彼女を救い出した。黄通理は張開化の人となりを見て、彼のような役人を同志にすれば我らの勢力範囲も発達するだろう、塞翁が馬だと喜んだ。一方、張開化は政府が創設しようとする学堂のために寄附することを通理に勧める。これは後になって通理の私塾や綉球の女子学堂が開設されるきっかけになる。官吏を辞した張開化は、その後綉球夫婦の教育事業のために尽力する中心人物となっていく。通理・綉球夫婦は官吏だった張開化を「新民」に回収することに成功し、彼の力を借りてさらに救国のための事業を拡大していったのだった。

この張開化を通して、綉球夫婦は外国帰りの女医畢強と知り合いになった。そのころ、冤罪から解放された綉球は読書を通してますます教養を深めていた。彼女は教育に生涯を捧げたアメリカ人女性メアリー・リヨン（一七九七—一八四九）に傾倒し、学堂を開き、通理の助けのもとで、教育を行おうと画策していた。

畢強は広東省出身で纏足した経験がない男勝りの女医である。外国で遊学した経験を持ち、なお上海などの各地を回って診療を行っているので、見識の広いエリート女性「新民」である。彼女は各地の学堂の実情にもかなり詳しく、政府主導の学堂教育の腐敗ぶりを見聞しているので、綉球夫婦に民間学堂の設立を勧めた。

さらに、畢強と出会ったことがきっかけとなって、綉球は養父母の息子復華とも再会する。復華は「猪仔」(誘拐や詐欺によって労働力として海外に売られた不自由労働者[20])として海外に売られたのだったが、逃げ出して畢強の付き人になった。綉球は自分と復華の関係を畢強に打ち明けて、復華に自分の事業を手伝わせることにした。元「猪仔」もこうして綉球の「新民」に仲間入りした。

綉球夫婦が仲間に引き入れた「新民」の中で、最も特筆すべきなのは、王老娘と曹新姑という二人の尼僧であろう。この二人は下層の女性の苦しみを体現している。二人が尼僧になったのは、養ってくれる夫や父親を失ったからである。女性に自活する道がなかった当時、出家して尼僧になることが一つの生きる道でもあった。勿論、鬼神を頼りに、布施や寄進で生計を立てることも決して容易ではない。「布施を請うことは一番の辛いこと」(一〇六頁)という曹新姑の言葉どおりである。一方、年寄りの王老娘にとって、一番の罰は、来世も「女になる」(九九頁)ことである。現世の「一番辛いことは女が男に及ばないこと」であり、「男は学問をやったり、商売をしたり、名をなしたり、財をなしたりすることができる。女はたとえ才女であっても、その才能に使い道がない」(一〇七頁)からだ。

二人は「新民」の候補として、綉球に眼をつけられた。そこには綉球の独特な論理があった。神仏頼みの尼僧を相手にするべきではないと通理に言われた彼女は首肯していない。「おおよそ一人は天から生まれてきたら、男女問わず、同様に四肢五感が具わっていて、性情意識を持っている、どうして役立たずと言えるだろうか」、「たとえ夫人、令嬢や奥さま、大奥さまでも、凡庸な幸せを享受し、凡庸な一生を送るなら、やはり尼僧と一緒で、何が違うだろうか」(九五頁)と、綉球は性別や階層を越えた平等思想を持っている。彼女は「迷信を真面目なことに活かして、真面目な学問をやれば、どんな困難にあっても怯まず挫けない、自強自立の偉丈夫、奇女子になるだろう」(九六頁)と、迷信にとらわれる者に対してもそれを即座に否定することがない。むしろ綉球は二人の尼僧の神仏に対する迷信を「真面目なこと」に活かせようとする。その「真面目なこと」とは、「鬼神」にも通じる「人としての道理」である「愛国愛種、愛己愛物」(九六頁)、つまり自国を愛し、自民族を愛し、自分を愛し、物を愛することへと転化できるものである。彼女は鬼神すらも「民族主義」(ナショナリズム)の内にあると主張している。ならば、尼僧に「愛国愛種、愛己愛物」の「真面目なこと」をやらせせない理由がない。

綉球は二人の尼僧を自分の家に招いて衣食住を提供し、教育して覚醒させ、還俗した二人に「新民」宣伝の大役を任せた。綉球が二人の神仏に対する迷信を利用して還俗させた経緯には少々荒っぽさが目立つが、結果的に二人は社会に有用で、自立した女性として、「新民」の道を歩むことになった。

黄通理は綉球の眠っていた女性解放思想を覚醒させた。一方、綉球は二人の尼僧の眠っていた才能を引き出し、社会に役立つ自立の道を開いた。尼僧の二人は街頭における講談を通して、「纏足有無の利害や婚姻衛生、体育胎教、国民の母の養成」（一一三頁）などの新思想を町に広めていく。尼僧たちの講談は多くの人々に注目され、効果はてきめんであった。語り手は、「無用な人間を有用な人間に変え、下層社会を啓蒙する一番の方法だ」（一一三頁）と称えている。さらに、張開化の計らいと新任本官（役所のトップ）施有功の開明的な施政のもとで、庵堂も女子学堂につくりかえることが決まった。王老娘と曹新姑という名前は、綉球が二人の新しい人生の船出のために考案したものだ。

王老娘と曹新姑は、「新民」として綉球の事業に加わり、新たな「新民」たちが覚醒するきっかけにもなる。その新たに覚醒した「新民」は裕福な士紳層の婦人令嬢たちであった。その中で特筆すべきなのは、陳老太太（「陳おばあさま」というほどの意味）であった。彼女の息子陳膏芝（道台と呼ばれる地方官僚）がアヘンに溺れ、毎日欠かさずアヘンを吸引している。妻と息子もアヘン中毒症になってしまっている。その結果、陳膏芝夫婦とその息子が「たとえ外の天が倒れようとも、地が崩れようとも、無関心である」（一三八頁）という具合に、生きることに対して全く無気力になっていた。この状況を見て憂いている陳老太太は、畢強に病気を診てもらったおりに綉球の女子学堂のことを知る。綉球もまた陳老太太や陳家に出入りしていた官紳の令嬢夫人を集めて、庵堂を改築した女子学堂で王老娘らに講演会をやらせる。彼女らは不断から新聞を読み、女性纏足の不自由や学堂開設の必要性に理解を示していた。陳老太太をはじめ、夫人令嬢たちはその結果学堂に「五六百千」（五、六百両の銀）（一三九頁）を寄附した。こうして畢強、王老娘や曹新姑以外に、「同志が七、八人できた」（一三九頁）。

アヘン吸引に明け暮れている陳家夫婦は陳老太太が学堂に寄附したことをなじり、それに腹を立てた陳老太太は病死してしまう。その葬儀に際しては、親類から使用人に至るまで、さまざまな人が、陳家の財産を狙う。だが、陳膏芝夫婦とその息子はアヘンに執着するばかりで、家財の管理もまともにできず、結果的に家財をほとんどなくし、上海で病死してしまう。綉球ら登場人物たちにとって、この陳家の混沌とした状況は今の朝廷とまったく同じだった。「内憂」に加えて「外侮」にさらされているにもかかわらず、当の主人（一五六頁）がぼんやりとしており、手下の人に任せっぱなしなのだ。アヘンに明け暮れる陳家の人々は、富を蓄えた結果家庭教育をおろそかにするようになってしまったわけだが、それはまるで中国の数千年の禍の象徴のようであると彼女たちの目には映じたのである。教育は国の存亡にかかわると彼女たちが切実に感じた。実際、『新中国未来記』の「新民」で結成された「憲政党」の「總綱」で定められた二番目に重要な義務はほかではなく「国民教育」であった。

第三節　「国民教育」の義務とその遂行手段

なぜ学堂を開くのか

黄綉球と通理の夫婦は、こうして広い階層において「新民」の同志を増やしてきた。彼女たちの行動は、あたかも『新中国未来記』の「憲政党」の「治事条略」に沿うかのようであった。「治事条略」の「総綱」には、「広い義務の中から本党の目的達成のための預備工作に必要なものを選び、本党の八大義務と定める。全ての党員は一項目以上を担当するべきである」、「どの義務を担当するか自らの才能と力を考慮し」「努めるべき」だと説かれている。[21] この「八大義務」の第一項目は「党勢拡張」であり、前節で見てきたできごとはみなこれに相当する。また、これまで述べてきたように、綉球たちは同志たちを率いて国民教育に勤しんでいったわけだが、それもまた、第二義務としての「国民教育」をそのまま体現するものであった。「治事条略」では、「本党は立憲を宗旨とする以上、必ず国民が立憲国民の資格を持つように養成するべきである。故に、教育は本党の最も重要な事業である」と説かれている。さらにその主な細目として、「預備師範」（党員で才能と性格がふさわしい人が担うべき責任とされる）、「広立学校」（党会所があるところに必ず附属学校を作り、やがては中学校大学校を設立すること）、「編教科書」（教育の基礎として愛国精神を発揚するために党が自ら責任を持ち教科書を作ること）、「訳書出報」（書籍の幅広い翻訳と会報の設立）などが掲げられている[2]。

綉球は「黨勢擴張」と同時に取りかかっていたのは、教育、特に女子学堂を開き、女性「新民」で組織された教師陣で女性を教育していくことであった。もっとも綉球が女子教育に取り掛かった理由には、彼女個人の境遇がまず前提にある。ロラン夫人の夢を通して読書の重要性を再確認したことがそのひとつだが、もう一つは、彼女自身の生い立ちにある。養女として虐げられて育った彼女は女性が纏足を強いられ教育を受けられないことで生涯家の外で活躍する自由を奪われている現実を痛感している。また、前節で言及したメアリー・リヨンは綉球が読書を通して知ったもう一人の尊敬する女性である。彼女はアメリカの女性教育の先駆けであり、綉球はリヨンが万難を排し女性教育を成し遂げたことをあげ、「今日アメリカ合衆国が文明の世界を建立できたのは、ひとえに彼女が種を播いた結果である」（五四頁）と称賛している。教育は国の文明化に寄与する根本であり、「新民」として当然担うべき責任であるとされた。

綉球はまともに教育を受けられなかったが、天性の資質と情熱があった。且つ黄通理の指導や自己の読書により、学問見識は日進月歩で伸びていく。彼女は通理にその志を披露している。

> わたしは貧しい出身で、メアリー・リヨンにはかなわないが、平素あなたの薫陶を受け、あなたの意趣を体得しているので、たとえ家財を全てつぎ込んで学堂を開くとしてもいいぐらいだ。他日賛同してくれる人が現れないとも限らない。（五四頁）

これに対して、通理は「あなたの志は立派だが、才能からいうと任に堪えるかどうかか心配だ」（五四頁）という。しかし、綉球はメアリー・リヨンの教育も倫理憲法に重みを置き、人々に公徳や自由を理解させることが趣旨であったことをあげ、「これらの才能なら、私にも担える自信がある。ただ、あなたに学問の大綱要領を教えてもらえば、私は自分で理解検討し、学堂の人たちに演説して聴かせる。学堂以外の人たちにも、四方八方に行って語る。もともと教員の名目に拘るつもりはない」（五四頁）という。しかも、彼女の奇策は、自分の意見を通理に書き取ってもらい、それを綉球が演説するということであった。これに、通理は「あなたの勇猛進取があれば、私の周到な慎重さも欠かせない」（五五頁）と応じている。

綉球の目指した教育は、メアリー・リヨンのように、国の文明化に寄与する教育であり、従って、それは従来の科挙のための学問ではなかった。国家主義、民族主義を中心に据えた、「倫理憲法」、「公徳」、「自由」などの学問であった。あたかもそれは「新民のすすめ」であったとも言えるだろう。さらに彼女は、難しい読み書きの能力よりも、人々の感情に訴える演説が適していると判断している。それは、彼女が「学問」を広める主な対象はエリート階層ではなく、一般大衆であるからだ。これも前述した「憲政党」の目標と合致している。従って、綉球は学堂の生徒だけではなく、もっと広い階層に向けて演説し、彼らに倫理憲法、公徳、自由など、「新民」になっていく予備知識を訴えるつもりであった。これは、彼女がもともと「男性の代わりに女性も責任を分担する」という「新民」として覚醒した初心を貫徹することにも通じている。その責任とはほかではなく救亡図存であった。

学堂経営と自由村の開化

当時、清朝政府も欽定学堂章程（一九〇二年）や奏定学堂章程（一九〇三年）を編定し、「国民教育主義を掲げて」、「上からのイニシアティブで始まった学堂設立の動き」はあったが、「増税や地方士紳の醵金にたよらざるをえなかった」「教育経費の不足」などの理由で、「成果を十分にあげたわけではなかった」[23]。『黄綉球』では、学堂開設に出資し、尽力した中心人物は黄綉球、黄通理夫婦と女医の畢強であった。この三人は官立学堂ではなく私塾（民間学堂）を開設することで意見が一致している。その理由として、官立学堂は「粗雑でいい加減」（五三頁）であり、「官僚が腐敗して頼れない」（五三頁）うえに、私財を投げ出しても結局役人の私腹を肥やすことになること、「翰林進士」からなる官僚は「思想が腐敗」（八二頁）し、官立学堂が役人のたかる対象になること、などをあげている。

民間学堂の設立に向けた具体的な準備に関して、視野が広く新式学堂教育の流弊をよく見聞している通理と畢強の意見は一致している。通理は綉球の教育の志を理解した上で、「わが中国は従来専制体制である。民間で事をなすためには一時の興奮や熱意で全局をだめにしてはいけない」（五五頁）と戒めている。一方、畢強は地方に反対されたり、官府の注意を引いたりしないように、「一は過激派を使わないこと、二は高遠すぎて地に足がつかない話をしないこと」（七一頁）が大事だという。熱意がある綉球も纏足したことで官府に逮捕されるという冤罪を経験しているので、もちろん彼らには賛同している。

これは、『新中国未来記』のなかで孔覚民が、「最も温和で、最も公平、最も忍耐的である」と「憲政党」を評価していたことを想起させる。[24] 党綱領の第四節にも、「本党は平和憲法擁護の目的のために（中略）やむを得ない場合以外に軽々しく強烈激甚な手段を用いない」とある。[25] これは、過激的な暴力手段で旧来の秩序を破壊する一部の革命派に対する牽制でもあっただろう。『黄綉球』でも、畢強と通理の言葉を通して、新式教育を受けた一部の男女が自由の意味を誤解してしまったがために社会秩序が攪乱され、「愛国保種」の名のもとで自分の父母にすらも刃向かおうとする弊害が糾弾されている。三人は新式教育の弊害を克服するために、時間をかけてねばり強く「石の上にも三年」（七六頁）の精神で学堂事業を進めようと決心する。

通理が開く私塾は一族の男子を対象にしたもので、倒れかかった自宅を改築して場所の確保をした。だから、順調に開講までこぎつけた。通理が私塾の方針を「商旧培新」、つまり「旧学の精華をすくい取り、新理新知を論じ発揮する」（一二二頁）ことにし、「愛国保種」（国を愛し種族の保全を果たす）を宗旨とする「国に有用な人材」（一二三頁）を育てることを目標としている。

しかし、綉球と畢強の画策する女子学堂には幾つかの乗り越えるべき課題があった。例えば、教員確保、場所確保、教科書の編纂、生徒の確保などの問題である。教科書は通理が編纂した平易でわかりやすいオリジナル教科書や、畢強が上海から購入した市販のもので間に合った。一方、綉球が王老娘と曹新姑二人の尼僧を還俗させ、さらに彼女らを女性解放の新思想を宣伝する戦力に転化させたことで、学堂開設の一連の問題も自然と解決できた。王老娘と曹新姑が還俗し自立したおかげで、張開化の計らいで庵堂を学堂に改築利用することができ、陳老太太をはじめとする士紳の夫人令嬢の賛同も得て、資金や教員不足の問題も難なく解決できた。こうしてできあがった「城西女学堂」の開校式で、「お二人がいて、この学堂がある。この学堂があって、私の夢もやっとかなった」（一七三頁）、と綉球は教員の仕事もこなす二人の功労を労っている。

通理の私塾は「愛国保種」を担う、つまり国家主義と民族主義を第一義とする国家に有用な人材を養成することが目標である。一方、綉球の女子学堂は男女平等と「愛国保種」の二重の目標を持つ。女性も「愛国保種」の責任を男性の代わりに分担するために、先に男女平等を実現する必要がある。男女平等を実現するためにまず女性も学問を修め、男に頼らずに自立する力を身につける必要がある。どんな英雄豪傑や皇帝でさえも女性から生まれるのに、女性が男性に抑圧されるのはおかしいと綉球はいう。しかし、それは女性が過激に男性に敵対するのではなく、むしろ反対に男性と団結するべきことを意味している。綉球の言葉で言うと「二気氤氳」（二気が調和すること）（一六四頁）である。「団結している以上、軽重厚薄、高低大小、貴賤好壊の話もなくなる」（一六四頁）というのだ。男女平等の先には、階級と身分の平等も見込まれていた。

総じていうと、「女性が抑圧から抜け出すために、なるべく早く学問を修めるしかない」（一七五頁）、という通理・繍球夫婦の思想の上に、畢強の衛生と体育を重視する思想も加わり、文武両道の教育が実現できた。特に繍球のわかりやすい演説スタイルの教育も功を奏したようだ。私塾と学堂はそれぞれ軌道に乗った。さらに、張開化の助けもあって開明的な地方長官である施有功の協力を得て、女子学堂の数は増え、演説会も行われ、思想の開化は学堂以外の民衆に向けても訴えられるようになっていく。繍球が柔軟な講釈風の演説スタイルで国民の義務を得々と説いた甲斐があって、上流から下層まで、維新の思想を受け入れる人々が現れた。自由村は「華やかに生まれ変わり、面目が一新した」（二〇二頁）。

こうして、繍球が学堂開設のその先に目論んでいた、女性も男性の代わりに救国の責任を担うという夢に向けて一歩前進したと言える。これは、彼女の地球を錦で飾るという夢の第一歩でもある。

第四節　改良から革命へ・新たな「未来」へ

自由村に自由をもたらした繍球はそれで満足したわけではない。彼女には地球を錦で飾る夢があるからだ。果たして、張開化が隣村を開化するために学堂を開設しに行くという話を聞いて、繍球も同調した。そして隣村でもまた、繍球と張開化はさまざまな壁にぶつかりながらたゆまない努力を続けた。そこに自由村から施有功が転官してきたことで、隣村にも風気がひらき、男子学堂と女子学堂の両方が拡充され、「まるで自由村の縮図のよう」（二一九頁）な景色が現れた。

ここまでは、綉球たちの「新民」や「同志」の動員や責任の遂行方式は、ほぼ「憲政党」の「綱領」や「治事条略」通りに進んでいると言える。彼らは、「綱領」で決められたように、実に温和で平和的な方法で忍耐強く学堂事業を進めてきた。その上で、「治事条略」通り、学堂の数を増やし、学堂教育だけではなく、教科書の編纂と流布により国民教育の義務を果たし、演説などの適切な方法で巧みに各階層の民衆を開化してきた。誰もが入会でき、且つ身分や性別を問わず全ての党員の権利義務が平等であるという「憲政党」の方針を忠実に実行できたとも言える。それに隣村まで勢力を広げることで、「治事条略」で決められた、「党勢拡張」と「国民教育」の両方の義務を見事に果たしたかのようである。局地的とは言え、『新中国未来記』の描く近未来が『黄綉球』のなかで実現されているのだ。通理・綉球夫婦のやり方は、民智民力が発達していない場合にはなるべく過激的な手段を避けて、「平和的な自由、秩序ある平等」を求めるべきだという黄克強の主張とも合致している。[26]

しかし、「新民」の道のりには障碍もあった。自由村に新しく赴任してきた地方官猪大腸の私腹を肥やそうとする腐敗した政治のもとで、綉球や同志たちの手で織り上げた美しい錦のような自由村の世界は切り刻まれようとしていた。思えば、綉球たちの「新民」の事業が成功を収めたのは、彼女らの英知と弛まない努力の賜物である。一方で、それに施有功のような賢明な地方官が必要不可欠であった。自由村においても、隣村においても、それは同じである。これは、綉球のような「新民」たちがどんなに忍耐強くても、草の根からの温和で平和的な方法で成し遂げられることに限界があるということを物語っている。

清朝政府を象徴している旗人（満洲人を中心とした特権的支配階層）出身の猪大腸は私利私欲に目が眩み、自由村に赴任してまもなく、演説を禁止したり、学生を拘引したり、新聞を読むことを禁止したり、一部の女士学堂を閉鎖したりと、非道無道な政策を次々と打ち出した。『新中国未来記』の李去病が黄克強の改良論に反撥した理由の一つも、この清朝朝廷の上下の腐敗である。「新民」たちがどんなに忍耐強くても、既得権益層の官僚の腐敗を止めることは不可能で、結局は「平和的な自由、秩序ある平等」は望めないと、李は革命を主張していたのだった。[27]

通理や綉球たちも、すでに開化した民衆も、猪大腸の腐敗を座視できなくなってきた。そこで、抗議した通理を捕らえようとした猪大腸に憤り、民衆の群れが役所に押しかけ、猪大腸に腹立たしさをぶつける。猪大腸は慌てて逃げだし、上官に讒言を申し立てた。ここまで決裂した以上、なるべく激しい手段を避けてきた温和な綉球夫婦もやむを得ず激しい手段で戦うことを決意する。「我々がこんなに多人数で、猪大腸をやっつけられないなら」、「人間だと言えるだろうか」（二二六頁）という綉球の言葉に多くの人たちが賛同した。一方、「一番憤激しながら一番の冷静さを保っていた」（二二六頁）通理も、「国民のために、自分一人を犠牲にしても、死んでも後悔しない」という覚悟で、省都へ行き民権を主張するつもりであった（二二七頁）。これは『新中国未来記』における孔覚民の主張を想起させる。彼は、一国の地位は政府に頼らず、人民自らつくりだすべきであり、さもないと、人類の資格を汚すことになると主張していたのだった。また、民智民力が成熟したところでやっと革命が可能であるという黄克強の主張をもなぞっていると言える。自由村の民智民力はすでに十分成熟していたのだ。

その後、中央から来た調査官も調停に失敗し、民衆の更なる反発を買った猪大腸を連れて省都に逃げていった。一方、自由村と隣村の民衆は、綉球の地方自治案に賛成し、「国がばらばらに分割されようとしているのに、責任者は悠々自適で、我々の田地財産を外国に上げようとしている」（二三二頁）、「わが地方を守って」こそ「国を守れる」（二三二頁）といって、両村で力を合わせて独立しようと盛り上がる。省から鎮圧の軍隊が送り込まれることに備え、通理夫婦も男女の義勇兵を組織し、個人や国の自由を保障する公理を守るためには野蛮な手段も辞さないと意気込む。また綉球は「預備独立自治」（二三五頁）の規約の作成に着手する。もはや『新中国未来記』の「預備時代」さながらの様子である。

前述したように、一九〇七年一〇月前後に単行本として出版された『黄綉球』の第二七回から第三〇回は一九〇七年に書き加えられたと思われる。第二八回から猪大腸の乱暴狼藉が始まり、事態は急転直下する。ずっと温厚な手段で改良を進めてきた「新民」たちがやむを得ず激しい武力を駆使するまでに追いつめられたことは、この結末が書かれた時期の社会雰囲気に合致している。第十章で後述するが、秋瑾や徐錫麟《じょしゃくりん》（一八七三―一九〇七）が反清革命の罪を問われ処刑されたのは一九〇七年の七月である。秋瑾は孫文が一九〇五年九月に東京で設立した中国同盟会の会員で、浙江省の革命団体光復会にも加入して、一九〇七年当時同じ光復会会員である徐錫麟が設立した大通学堂の代表を務めていた。秋瑾は徐錫麟と共に武装蜂起も計画していた。安慶で安徽巡撫恩銘を暗殺した徐錫麟が先に清軍に処刑された。徐が処刑された後、秋瑾は逃げることもせず、清軍につかまり七月一五日に処刑された。秋瑾が女性として清朝政府に惨殺されたことは、冤罪として広く宣伝され、社会全体に清朝政府に対する失望と不信感が蔓延していた。だから、温和な通理の「公理のために粉骨砕身、皆死んでしまっても、少しも譲るべきではない」（二三四頁）という言葉は当時の厳しい時局を考えれば納得できるものである。「新民」の道程は死を覚悟してこそ前へ進めるものであった。綉球の夢に出てきた言葉は革命という激しい手段に訴える「新民」たちの心情そのものであろう。

男豪女傑、この舞台に登ったら、みんな生き生きしているべきだ。古往今来、幾場の生惨劇が演じられてきたが、いずれも泣くべき歌われるべきものだった。（二三五頁）

『黄綉球』の第二七回—第三〇回の内容は、「新民」であると同時に「俠民」でもある秋瑾や徐錫麟などの革命のための死が底流に流れている。

おわりに

『黄綉球』の綉球・通理夫婦をはじめとする登場人物の「新民」たちは、やむを得ずの場合を除き決して過激的な暴力行為に訴えないポリシーを持っていた。彼等は、梁啓超が『新中国未来記』で理想化した「新民」の政党である「憲政党」の方針通りに「新民」の義務を遂行してきた。それが社会各階層の支持を得て、「新民」醸成に成功し、自由村と隣村における民徳民智民力の底上げが達成できた。

しかし、腐敗した官僚一人のせいで、開化した地方の美しい風景は一瞬のうちに破壊されてしまう。たとえ革命という暴力的な手段に訴えてでも、地方の政治を根底から改革していく必要があると、通理・綉球夫婦は決意する。そこには彼らの政治腐敗に対する絶望と、民徳民智民力が革命するのにふさわしく成熟したという判断があったと思われる。やむを得ぬ場合にのみ革命暴力に訴えることは、『新中国未来記』が提示した新中国の近未来像のひとつでもあった。このような意味で、『黄綉球』は『新中国未来記』の姉妹編であると言える。梁啓超の思想の影響を強く受けた頤瑣（湯宝栄）が『新中国未来記』の一つの近未来の形を『黄綉球』で描き出した。そこでは、梁啓超も描けなかった女性や社会の各階層を含めた等身大の「新民」たちの成長が描かれた。そして、それは「俠民」的な要素へとつながっていく。この新たな展開は、梁啓超によって覚醒した多くの「新民」たちが、清王朝を温存する保皇改良派と異なる、別の「未来」へと進み始めていたということを示唆している。

1　阿英『晩清小説史』上海商務印書館、一九三七年、一〇五頁。

2　例えば、劉釗「清末小説『黄綉球』與中西融合的女権話語」（「清末小説『黄綉球』と中西融合的なフェミニズム言説」、『長春師範大学学報』第三六巻第五期、二〇一七年五月）、王引萍「論『黄綉球』斬新進歩的婦女観」（「『黄綉球』の斬新で進歩的な女性観を論じる」、『名作鑑賞』、二〇一〇年五月）、王明麗「生態女性主義批評視野中的『黄綉球』」（「生態フェミニズム批評における『黄綉球』」、『西北師大学報』第四七号第二期、二〇一〇年三月）などがある。

3　徐新韻はさらに、『中国近現代人物名号大辞典』（陳玉堂主編、浙江古籍出版社、一九九三年五月）では、湯宝栄は頤瑣という字を持ち、『黄綉球』の作者だと紹介されていること、樽本照雄『新編増補清末民初小説目録』（斉魯書社、二〇〇二年四月）も『黄綉球』の作者が湯宝栄だと主張していることをあげて、論証している（徐新韻「対『黄綉球』的作者頤瑣就是湯宝栄的補証」（「『黄綉球』の作者頤瑣が湯宝栄であることの補足論証」）、『江西教育学院学報』、二〇〇三年、一〇四頁）。

4　林薇「『黄綉球』的作者是誰」（「『黄綉球』の作者は誰だ」）、『社会科学戦線』、一九九一年三月、二九四―二九七頁。

5　陳玉堂編著『中国近現代人物名号大辞典』（全編増訂本）、浙江古籍出版社、二〇〇五年一月、三〇四頁。

6　原文：論小説位置家之言曰、小説者、覺世之文也、脊繁無簡、又小説有熏浸刺提四訣、作者本此意以述之、期乎不背其説、合全書觀之、當亦可以支配人道、使閲者豁目爽心（『新小説』第二

年第三号、一九〇五年四月、一〇七頁。『黄綉球』の頭注や文末批注からの引用はすべて『新小説』による。なお訳文は拙訳による)。

7　樽本照雄『新編増補清末民初小説目録』、斉魯書社、二〇〇二年四月、二九四―二九五頁。

8　頤瑣著『黄綉球』、吉林文史出版社、一九八五年一一月、二三五頁。(『黄綉球』の本文引用は以下すべてこれによる。なお、訳文は拙訳による)。

9　梁啓超『新中国未来記』第三回、『新小説』第二号、一九〇二年一二月一四日、三四頁。

10　宮崎市定『科挙』によると、「郷試」は子年、卯年、午年、酉年と三年に一回行われる。中国の科挙制度は一九〇五年に廃止されているので、癸卯にあたる一九〇三年は最後の郷試にあたる(宮崎市定『科挙』、中央公論新社、一九六三年五月、五七頁)。

11　前掲梁啓超『新中国未来記』第三回、『新小説』第二号、三四頁。

12　梁啓超「近世第一女傑　ロラン夫人伝」、『新民叢報』第一七号、一九〇二年一〇月、三五頁。また、夏暁虹は梁啓超がロラン夫人に対して過剰評価している、それがその後の中国の進歩的な知識人たちのロラン夫人評価の基調となったと指摘している。(夏暁虹『晩清女性与近代中国』(第二版)北京大学出版社、二〇一四年一〇月、二二八―二三一頁。)

13　前掲梁啓超著、高嶋航訳注『新民説』、四七頁。

14　前掲梁啓超著、高嶋航訳注『新民説』、五二頁。

15　前掲梁啓超著、高嶋航訳注『新民説』、五八頁。

16　梁啓超『新中国未来記』第二回、『新小説』第一号、一九〇二年一一月一四日、六二、六三頁。

17　前掲梁啓超『新中国未来記』第二回、『新小説』第一号、六四、六五頁。

18　前掲梁啓超『新中国未来記』第二回、『新小説』第一号、六五、六六頁。

19　前掲梁啓超『新中国未来記』第二回、『新小説』第一号、六六頁。

20　吉澤誠一郎『愛国主義の創成　ナショナリズムから近代中国を見る』、岩波書店、二〇〇三年三月、五一頁。

21　前掲梁啓超『新中国未来記』第二回、『新小説』第一号、六五、六六頁。

22　前掲梁啓超『新中国未来記』第二回、『新小説』第一号、六六、六七頁。

23　福井重雅・近藤一成・村田雄二郎「学校・書院」、溝口雄三・丸山松幸・池田知久編『中国思想文化事典』、東京大学出版会、二〇〇一年七月、四一六頁。

24　前掲梁啓超『新中国未来記』第二回、『新小説』第一号、六二頁。

25　前掲梁啓超『新中国未来記』第二回、『新小説』第一号、六三頁。

26　前掲梁啓超『新中国未来記』第二回、『新小説』第一号、五二頁。

27　前掲梁啓超『新中国未来記』第三回、『新小説』第二号、五二頁。

28　前掲梁啓超『新中国未来記』第二回、『新小説』第一号、七三頁。

第十章　「女俠」と革命

――静観子『六月霜』における「冤」をめぐる騙り

はじめに

静観子《せいかんし》（許俊詮《きょしゅんせん》、一八六六―一九二〇）『六月霜』（初出一九一一年四月、上海改良小説社）は、辛亥革命（一九一一年一〇月―一九一二年二月）の前夜に書かれた長編小説である。主人公は実在の人物秋瑾《しゅうきん》（一八七五―一九〇七）である。彼女は清朝顛覆の革命運動に命を捧げた初めての女性である。計画していた革命蜂起が事前に清朝政府に察知され、官軍に捕まり、一九〇七年七月一五日（旧暦六月六日）に浙江省紹興軒亭口で処刑された。それは普通、男性凶悪犯にしか用いられない斬首刑という極刑だった。秋瑾の死は中国全土から注目され、多くの知識人の清朝政府に対する憤慨をかった。上海の『申報』など有名メディアは競って彼女を悼み、彼女を惨殺した官吏に対する批判を展開した。[1] 夏暁虹によれば、秋瑾の生き様を物語る小説や劇作もその直後から多く現れた。例えば、龍舟歌『秋女士泉台訴恨』（黄伯耀、『中外小説林』、広州、一九〇七年八月）や、奇情小説『軒亭復活記』（無生〔王鐘麒〕、『神州日報』、上海、一九〇七年九月）、戯曲伝奇『六月霜』（古越嬴宗季女、改良小説社、上海、一九〇七年一〇月）などがある。ほかにも、雑劇や新劇など様々なスタイルの作品が多数ある。[2]

魏玉蓮は、小説『六月霜』は伝奇『六月霜』に基づいて書かれたと見ている。[3]伝奇も小説も同じ上海の改良小説社から出版された。伝奇『六月霜』の秋瑾は世を救うために下界にくだった芙蓉仙女の生まれ変わりとして造型されている。彼女の数奇的な実人生経歴が語られる一方で、死後芙蓉仙女として仙界へと回帰するという設定に、伝奇ならではの特徴がある。一方、小説『六月霜』は伝奇的な怪奇談にあたる内容を払拭し、なるべく史実に基づきリアリティを重視している。しかし、『六月霜』というタイトルが示しているように、また、秋瑾が無実であることを書き出して、読者に伝えたいという小説『六月霜』の語り手が断っているように、どちらも秋瑾の「冤」（無実）を訴える作品である。「冤」は、夏暁虹が指摘している通り、当時の国内の進歩的なメディアがとった、秋瑾をめぐる言説の主題でもあった。[4]

清朝政府が察知したとおり、現実の秋瑾には明らかに排満反清革命活動の痕跡があった。だが、それにもかかわらず、当時中国国内で秋瑾殺害が冤罪だと広く主張されたのはなぜだろうか。これについて、『六月霜』の先行研究でも多くの分析がある。当時秘密運動として展開されていた革命活動に対する情報不足によるという魏玉蓮の指摘や、[5]根深い男女性差が存在していたが故に弱い女性による過激な革命活動への大衆の想像が及ばなかったという馬自殺の指摘、また、清朝専制政府の抑圧のもとで取られたやむを得ない「戦略」であるという夏暁虹の指摘などがある。これらの論考では、小説『六月霜』を囲繞するテクスト外部の史実が論考の中心に据えられている。テクストに即した考察はまだ不十分である。

「六月霜」という言葉は、テクストで示しているように、「鄒衍下獄、六月飛霜」という中国の古典から意象を得ている。「鄒衍下獄、六月飛霜」は明清期に編纂された啓蒙故事成句・格言集『幼学瓊林』から出典している。戦国時代（BC四〇三―BC二二一）の思想家鄒衍《すうえん》（生卒年不詳）が燕の恵王に忠誠を尽くして仕えていた頃、讒言を信じた恵王は鄒衍を投獄した。鄒衍が天を仰いで嘆いたところ、六月（旧暦）の盛夏にもかかわらず、突然霜が舞い降りたという。従って、「六月飛霜」は冤罪に対する天の怒りを体現する意象になっている。秋瑾が殺害されたのはまさに旧暦の六月であった。『六月霜』では、確かに夏暁虹が指摘しているとおり、「七、八か所直接秋瑾の口を通して」、彼女の宗旨が「男女平等、家庭革命」であることが強調されており、そこに「作者の並大抵ではない苦心」が垣間見える。[8] しかし、『六月霜』が訴えたかった「冤」は、果たして、家庭革命が種族革命に取り違えられたという側面だけであろうか。その「冤」の中身についてテクストや語りに即した分析はまだ充分とは言えない。実際、一九五八年に上海文化出版社から出版された『六月霜』の「出版社のことば」でも言及されているように、テクストに登場してくる語り手の語りに沿って読解すると、秋瑾の「家庭革命」が強調される一方で、彼女の詩文や言動などを通して、その国家社会への強い関心と、激烈な革命的思想も同時に提示されている。つまり、彼女の革命は単なる「家庭革命」に止まらない部分が同時に読者に伝わってくる。これは、語りの自家撞着を意味する一方で、語り手の意図的な騙り、つまり戦略的な騙りを意味しているとも言える。このような語り／騙りを緻密に露呈させる必要性がある。

本章では、まず「冤」の語りを追いながら、テクストが如何に騙りの戦略的な装置として働き、読者に何を訴えているのかを追究する。そして、現実の秋瑾の歴史資料と照らし合わせながら改良派と革命派が論争を繰り広げていた辛亥革命前夜において、本書の第二部で追究してきた救亡図存の方途としての「俠」と新しい国作りの重要な勢力と目された女性「新民」が如何に合体し、革命的な「女俠」が生み出されたかについて考察する。

第一節　静観子が示した秋瑾との距離

秋瑾が殺害されて間もない一九〇七年一〇月に上海で出版された伝奇『六月霜』の自序で、作者の古越嬴宗季女は、同郷の秋瑾の死について、上海の世論は冤罪だと認識しているが、地元の紹興の士紳は皆震え上がり、口を噤んでいるので、自分はこれを恥とし、同郷同志の情から秋瑾の事跡を伝奇にすることを道義上引き受けるべきであると述べている。[9] 実際の性別と本名は不明であるが、「嬴宗季女」というペンネームは女性を彷彿とさせ、性別的にも「男女平等、家庭革命」を唱えた秋瑾に共鳴できる存在であるという設定になっている。

秋瑾と同郷だという嬴宗季女に比べると、小説『六月霜』の作者静観子は一回も秋瑾に会ったことがない人物のようだ。樽本照雄は郭長海、阿英などの論証を参考に「静観子」は許俊銓（字は金門）だと指摘している。[10] また、二〇二二年三月一六日『黄山日報』第五版に掲載されている張衛民「静観子在家譜里的記載」（「家譜における静観子の記載」）によれば、静観子は許俊詮《きょしゅんせん》（一八六六―一九二〇）である。張衛民は友人である許雲湖の家譜にある許俊詮（字は金門、別号静観子）の記載に気づき、生まれた年（一八六六年）と出身地（安徽省歙県）や上海の『申報』社のために執筆していたことが、『中国古典小説大辞典』（劉葉秋、朱一玄、張守謙、姜東賦主編、河北人民出版社、一九九八年）に記載されている静観子（許俊詮）と符合しているので、同一人物であると判断している。さらに、張衛民は『中国古典小説大辞典』に基づき、許俊詮が『申報』のために原稿を執筆する以外に、『秘密自由』（一九〇九）、『温柔郷』（一九〇九）、『還魂草』（一九一〇）などの小説も執筆したと紹介している。安徽省出身の著者は確かに浙江省紹興出身の秋瑾との接点が乏しいように見える。ただし、『申報』がいち早く秋瑾事件について報道していたことから『申報』とかかわりがあった静観子も無関心ではいられなかったはずだ。

「作者」と自称するテクストの語り手は紹興の「評議居」という茶館に出入りし、秋瑾が女性の自立を促すために起草した宣伝文（「敬んで姉妹たちに告ぐ」）まで手にいれて読んでいる（六五頁）。[11] 語り手の秋瑾についての主な情報は、この茶館に集まってくる「紹興学会」の会員たちから収集しているようだ。従って、紹興の士紳階級の認識を代弁している側面がある。一方で、語り手は秋瑾と「文字交」（詩文の友）（四頁）である越蘭石という人物の視点に寄り添いながら語っている部分も多い。語り手は、越蘭石は、まるで秋瑾とのつながりが強くないことをことさら強調するかのように、秋瑾とは「合わせて一、二回しか会ったことがない」（四頁）と言っている。だが、実はここには語りの整合性の明らかな破綻がある。越蘭石が一、二回しか秋瑾に会っていないとすれば、秋瑾の才智や主義主張にそこまで深い理解を持つことは普通あり得ない。テクストの内容を照らし合わせると、実際、越蘭石は秋瑾の日本留学前と後に二回会っていただけでなく、それよりも早く出会っており、お互いの才覚を認め合っていたことが明らかである。それは、「陸沈」（祖国が滅亡することを指す）（三頁）しようとしている国家のために女性として責任を担うべきだという越蘭石が秋瑾の「学問」、「情熱」と「遠大な理想」（三―四頁）に感心して詩文の友になったきっかけの出会いだったから、少なくとも三回は会っている。ましてや、秋瑾の死を知ると越蘭石はすぐ秋瑾のために「小伝」をあらため、危険を冒して新聞に載せた。さらに、清朝官府から罪を問われることも顧みず秋瑾の遺骨を埋葬し、その追悼文でも清朝官吏を痛烈に皮肉っている。「一、二回しか会っていない」人のためにここまでやるとは普通は考え難い。

では、語り手はなぜこのような騙りを選び、越蘭石が秋瑾と距離が遠い人間であることをアピールする必要があったのだろうか。おそらくそれは、作品が発表された一九一一年四月という時間に関係がある。辛亥革命直前のこのとき、中国はまだ清朝専制政府の統治下にあり、革命者の近親者は弾圧される危険性が存在していた。後述するように、越蘭石という人物について、当時の読者なら、すぐにある実在人物のことを思い起こしただろう。それは呉芝瑛《ごしえい》（一八六七―一九三三）である。呉芝瑛が秋瑾と距離があるということを語り手（もしくは語り手を操っている作者）は慎重に示す必要があった。

このような騙りはテクストの中心テーマである秋瑾の「冤」についてもあてはまる。清末において、革命活動は徹底的な弾圧を受けていたので、如何に秋瑾が「冤罪」であったかを訴えることが重要だった。つまり、秋瑾が清朝顛覆のための革命を行っていたのではないということを示す必要があったのだ。第九章で言及したように、纏足をほどき、女性解放を宣伝したことで黄琇球も一時地方政府につかまっているが、結局釈放されている。少なくとも、「男女平等、家庭革命」は本来極刑を受けるほどのことではなかったはずだ。語り手は越蘭石の視点に沿って、また「評議居」で知り得た巷の言論を借りながら、注意深く許された「冤」を訴えつつ、国家民族の存亡に強い関心を持つ秋瑾の激烈な革命思想を同時に微妙な表現でほのめかしている。一方で、語り手はあたかも作者のペンネームが示すように、あくまでも「静観」する部外者として自分を位置付けている。

第二節　越蘭石が訴えた「冤」

そもそも、『六月霜』の越蘭石が秋瑾の死にショックを受け、悲しみにふけるまもなく、すぐ取るべき行動だと判断したのが、巻き添えにあう危険性に晒されている秋瑾の家族を救うために「冤」を訴えることであった。さらに、秋瑾の遺骨を埋葬するために、自分も清朝政府から迫害を受けるリスクを冒さざるを得ないことを越蘭石は認識していたはずである。したがって、「冤罪」を訴えるに当たっては、自分に危害が及ぶことについても細心の注意を払わなければならなかった。彼女は志揚と振懦という二人の女学生と相談した末、上海の新聞で「冤」を訴えるという手段を選び取った。

志揚と振懦は、「秋先生の死は、皆冤罪だと知っている、先生［越蘭石］以外にも、秋先生のために不平の声を挙げる人が多くいるだろう。だから新聞に訴えることはやらなければならない」（六頁）、と「冤」の訴えが多くの人達の同調を獲得できると信じていた。越蘭石が早速秋瑾の小伝を書き上げて彼女たちに品評して貰ったところ、「論断のくだりの意趣について、八、九割予想がつくだろう」と言う（一一頁）。その「論断」とは以下のとおりである。

女士は生涯俠を好み、意気さかんで、この度の死はその罪によるものではない。たとえ官吏が横暴だとしても、ここまで酷くはないはずだ。きっと私怨を以て陥れたものが、乱党の名を借りて、長官に媚びを売ることを計ったのだ。しかし、その咎めは凡て官吏にあるわけではない。嗚呼！これが所謂予備立憲だ！（一〇頁）

越蘭石は、秋瑾の死は私怨をもつ者が陥れようとしたことに加えて、官吏の出世欲がからみあって帰結したのだと主張している。しかし、官吏の横暴ぶりを暴きながら、「咎めは凡て官吏にあるわけでは」なく、結局「予備立憲」の不備にあるのだと曖昧な結論に落とし込んでいる。[12]その意図は、読者に言外の意味を会得させることにあるようだ。一九〇六年から立憲君主制へ移行することを宣言した清朝政府の神経に最も障ったのは、所謂「予備立憲」の不備に対する異議申し立てであろう。なぜなら、李細珠が指摘しているように、まだ証拠不十分で自供もない状態で秋瑾を極刑に処したことは「憲政精神に反する」からだ。[13]

夏暁虹は、上海の『時報』と『申報』が七月一八日あたりから秋瑾が処刑されたことを連日報道していると検証している。[14]女学校教員越蘭石のモデルになったのは、秋瑾と事実上の義姉妹の契りを結んだ（テクストの中では「文字交」となっている）女性エリートである呉芝瑛である。『時報』などを購読している呉芝瑛はおそらくこれらの記事を読んで秋瑾の死を知り、「秋女士伝」（七月二一日）、「記秋女士遺事」（七月二五日）を『時報』に発表した。呉芝瑛が書いた「秋女士伝」は越蘭石が秋瑾のためにしたためた「小伝」と内容が重なっていること、身分や抱負が同じであること、秋瑾のために奔走したことなどから呉芝瑛が越蘭石のモデルであることが明らかである。この呉芝瑛の訴えが多くの新聞などのメディアの同調を受け、輿論を動かしたのは間違いない。

第三節　「冤」の語り／騙り

破綻を孕む語り

『六月霜』のなかで、越蘭石は「小伝」をしたためている。これは、呉芝瑛の「秋女士伝」の内容をほぼそのまま踏襲している。そして、秋瑾のために「冤」を訴える『六月霜』の語りの手法も、家庭革命の要素を強調することで清朝政府が秋瑾に重すぎる刑罰を与えたことを主張する呉芝瑛のそれを援用している。秋瑾の殺害に直接関わった富禄について、テクストは、官職に汲々とする人物として描いている。彼は自らの官職を守るためには、鄒容の『革命軍』を読んでいた実の息子までも絞殺しようとする人だったのだ。富禄という人物は小説の虚構だが、秋瑾を処刑したのは紹興知府の貴福であり、富禄は貴福のことを指しているとみて問題ない。

語りによれば、自らの官職こそが命だと思う風気は清末の腐敗した官界にまん延しており、彼らにとっては、「革命党を捉え、革命党を殺す」（一一頁）ことが最優先課題であった。富禄は昇進する近道として、維新派を装って新思想を尊ぶ「新学界」に潜り込み、「革命党」を探っていた（一一頁）。偽維新派の富禄は秋瑾と真綿に針を包む〈義兄妹〉として付き合っていた。富禄は秋瑾に「謀叛の痕跡があるかどうか秘かに探っていた」（二八頁）だけではなく、秋瑾が検挙されたことを自分の昇進のチャンスとして捉えていた。一旦秋瑾に自分との関係を暴かれれば、彼女を殺せば済むことだと秘かに決めていた。そこで、捕えられた秋瑾が革命蜂起を実行した徐錫麟との関係を否認し、「私に残党がいるとすれば、お兄様あなたではないか」（二八頁）と言うと、富禄はまるで青天の霹靂に打たれたように卒倒してしまう。その後富録は、連座を怖れた某士紳が秋瑾を革命党として密告したことを証拠として、慌てて秋瑾の即時処刑を命じる。

秋瑾の無実を主張するために、「たとえ官吏が横暴だとしても、ここまで酷くはないはず」という越蘭石の「小伝」の言葉は、富禄の横暴を非難しながら、その責任を弱めているようにも受けとめられる。後に西湖のほとりで秋瑾を弔うときに越蘭石が認めた追悼文になると、富禄の上官である浙江巡撫（省長官）への明らかな皮肉になってくる。

ああ、天下は君の死を無実だと思っている。皆官吏の残虐に憤激し心を痛めている。（中略）浙帥は間違いを怖れず、あなた［秋瑾］の志節を全うさせ、千秋不滅の名声を成就させた。害したとは言え、其の実は愛したのだ。（中略）賢明な浙帥［浙江巡撫］はどうして欲に流される輩、禽獣の類と言えようか。（七八頁）

このような曖昧と皮肉、または背理を孕んだ、清朝政府にしてはつかみどころがない、意図的な破綻が内包されている越蘭石に即した語りは、「冤罪」主張の根幹をなす「男女平等、家庭革命」に関する語りにも適用されている。夏暁虹と王引萍の研究によれば、『六月霜』の作者は終始秋瑾の革命行為を「男女平等、家庭革命」に限定している。そのうえで、夏暁虹は、作者静観子は呉芝瑛の文章に影響を受けていると述べ、静観子は「秋瑾の『革命』の性質を区別しても、その主張に賛成していないのは明らかである」と見ている。[15] 王引萍は、作者が秋瑾の「奔放でラディカル」な「逸脱的な言動に対して強引な弁護をしながら、彼女の言動を伝統的な淑女が備えるべき倫理道徳規範に納めようと」することで、テクストは時々矛盾に陥っていると指摘しつつ、作者には「進歩を追求すると同時に伝統道徳にとらわれている」複雑な一面があると主張している。[16] つまり、彼女たちは作者静観子と語り手を同一視したうえで、「家庭革命」に限定した語りは、同時期のメディアの秋瑾言説に影響されていると同時に、作者が伝統的な道徳規範にとらわれていることにより、前後の矛盾や齟齬が生じているのだという。

しかし、作者静観子とテクストの語り手が完全に重なり合い、語り手もまた伝統的な道徳規範にとらわれていたかというと、おそらくそうではないだろう。むしろ、前後の矛盾や齟齬自体がこの小説の巧みな騙りであったと読む必要がある。確かに語り手は秋瑾の「奔放でラディカル」な言動を「伝統的な淑女が備えるべき倫理道徳規範に納めようと」しているように見える側面がある。だが一方で、そのラディカルな言動に対する評価は「強引な弁護」というには留まらないものを含んでいる。例えば、前述の「敬んで姉妹たちに告ぐ」は秋瑾が一九〇七年一月に上海で発刊した『中国女報』に載せた文章だが、『六月霜』はこれが紹興で二千部くらい配布されたと伝えている。さらに「作者」と自称する語り手はこれを紹興の茶館で読んで、「字句ごとに血や涙が滲んでいると覚え、余すところなく思いが伝わって、通して読んだところ、思わず熱い血が沸き立った」（六五頁）と、大きく感銘を受けている。そして、「皆様もこの血と涙が滲んでいる文章を、字が読めない女性たちに読み聞かせてください」（六五頁）と懇ろに読者にも勧めている。語り手はただ「強引」に秋瑾を「弁護」していたのではなく、その女性解放思想に心から感動していたのだ。

さらに重要なのは、秋瑾が「男女平等、家庭革命」の先に中国の救亡図存を目指していたことは、テクストの中で繰り返し語られていることだ。例えば、秋瑾が夫と離婚した一番大きな理由は、その夫に報国の志がないということになっている。国家の存亡などそっちのけにして道楽に明け暮れる夫は、秋瑾に向かって、「万が一祖国が陸沈した暁にも、貴方たち女性を責めるわけがない」（四〇頁）と言う。これに対して秋瑾は、「君の志向はすでに決まっているから、私は敢えて無理強いをしない。ただし、女性であるとは言え、女性にも女性の責任があることはわかっている。今私は女性としての責任を果たしてこそ、生きた甲斐がある」（四〇頁）と言っている。ここで言う責任とは、第九章でも論じた黄繍球が担おうとするものと同じ祖国の救済そのものである。テクストは秋瑾の報国の志を明確に代弁している。

戦略的な語り／騙り

そして、秋瑾は遂に「手の施しようがない朽木」だと夫に見切りをつけ、「自己の素志を実行しようとするなら、必ず家庭革命からはじめざるを得ない」（四〇頁）と決心する。従って、秋瑾の離婚は女性としての自立を超える意味を持つ。「家庭革命」は彼女にとって単なる始まりにすぎない。彼女の「素志」とは、「国のため民のために大きな働きをする」（四六頁）ことである。それをさらに補強しているのは、彼女が清朝政府に逮捕された維新人士に資金援助をしていたことである。その資金は日本留学のためのわずかな資金から捻出したものである。これについて、語り手は、秋瑾が「この冤罪に問われている人は革命のためだと聞くと、熱い心を抑えられなくなった」（四五頁）という。これは明らかに「男女平等、家庭革命」に収まらない言動である。これについても、語り手は「仁人はその類を愛し、君子はその党を愛す」（四五頁）と解釈している。つまり、語り手は秋瑾とこの維新人士を「仁人」、「君子」であると高く評価すると同時に、秋瑾に政治革命への同調と参加意欲があることをほのめかしている。これは秋瑾が日本留学直前のことであった。

そもそも、彼女が日本への留学を希望した一番の理由は、視野を広めて「熱心熱血の真の同志」（四九頁）を見つけることであった。「真の同志」とは、いうまでもなく亡国の危機を救うために政治革命の志を持った同志である。そして、もう一つの動機は、中国で発禁されている、或いは中国にない書物を読むことであった。そもそも、『六月霜』では、秋瑾がまさにこのような「新書新報」を読んで、「男女平等、家庭革命」に目覚め、国家存亡のために責任を果たすことを志したとされている。そして、彼女が「新書新報」を読み始めたきっかけは一九〇〇年の義和団事件であった。彼女は夫が国家の存亡に全く無関心な様子に失望し、また女性である自分が国家の頽勢を救う手立てがないことに煩悶していた時に、夫に頼んで買ってきてもらったのが「新書新報」であった。テクスト中の「小伝」には、義和団事変後、「ほとんどの新書新報を閲覧している。これにより、中外のことを理解し、外国の思潮の影響もますます深くなった」（九頁）と記されている。

まさにこれらの「新書新報」が彼女に享楽に耽る夫から独立するように決心させた。「国家の盛衰、民族の消長は、凡そ天運に関わることで、人力で無理やりに挽回できるものではない」（三九頁）と秋瑾の夫はむしろ無為自然論を持ちだして開き直っている。一方「新書新報」の革命宣伝に心を打たれていた秋瑾は、「男女平等、家庭革命」から始め、国の存亡にかかわる政治革命へ突き進んだ。テクストの外部を見ると、秋瑾は妹への一九〇三年の手紙に、「任公主編の『新民叢報』は、今迄の陳腐な儒者の気風と打って変わっている」と書いている。[17] 彼女は梁啓超の書物を愛読し、その維新革命や「新民」思想と女性「新民」への勧めに感銘を受けていたことが窺える。「小伝」で明かされているように、秋瑾が日本に留学したのは「光緒三十年」（九頁）、つまり一九〇四年であったので、まだ日本に行く前、つまり中国国内にいるときに、彼女はすでに清朝政府が発禁していた「新書新報」の一つである『新民叢報』を読んでいたことになる。「新書新報」はいずれも帝国列強の分割により亡国の危機に陥っている中国を救うための維新や革命を呼びかけているものである。第八章や第九章でもふれたように、女性も「国民の母」として「救亡図存」のために義務を果たすことが期待されていた。これらの「新書新報」は勿論凡て清朝政府の発禁リストに載っている。しかし、さまざまなルートで中国全土を流通していたのも事実である。第九章で前述したように、通理・綉球夫婦も「新書新報」を読んで維新革命を進めていた。それらの内容も温和的な立憲改良から激しい種族革命を訴えるものまで様々であった。秋瑾の志向はどちらかといえば武力に訴える種族革命である。『六月霜』の秋瑾は、「中国政府はまるで叢中の鸇、水中の獺だ。この祖国を瓜分されてしまわないと気がすまないようだ！」（四四頁）と、清朝政府への激しい批判を口走らせている。

『六月霜』の語りから、身近な存在である秋瑾の夫と親友の越蘭石が彼女のこのような革命志向を熟知していたことが窺える。だから、夫は「目下革命の風潮が国中に溢れている」、「女性であるあなたが高望みしすぎてかえって失敗しないように」（四五頁）と戒めている。一方、越蘭石は「海外に行って、あのような自由な風習に染まらないようにと思いきや、家にいてもすでに」「志が高すぎて方針が新しすぎる」（四九頁）と嘆いている。さらに、日本から帰ってきた秋瑾は越蘭石に自衛用にと日本刀を見せながら、その宝刀は「革命の宗旨を持ち、流血の本領がある」、「人を殺せるし人を救える、私と同じ抱負を持っている」（六〇頁）という。越は秋瑾が内地で革命党の人間であると間違えられると心配するが、秋瑾は「私の頭の中に革命宗旨があるといえども、私の家庭革命は彼らの種族革命政治革命と氷炭相容れぬ」（六一頁）と弁解している。秋瑾が自分の「革命」が「家庭革命」で、「種族革命政治革命」ではない理由の一つとして挙げたのは、革命党を名乗る人々が「口ばかりの人がほとんど」（六一頁）だということである。ここには、語り手の苦心と戦略が顕著に現れている。語り手は「種族革命政治革命」を否定して「家庭革命」を行おうとしていたのだということをわざわざ秋瑾自らに言わせている。だが同時に、彼女は自らの所持する刀が「人を救う」ためには「流血」や「人を殺す」ことも辞さない「抱負をもっている」のだとも言っている。刀が抱負をもつとはいかにも奇妙な表現だが、このように言うことで、秋瑾は「口ばかり」のものよりもさらに激しい革命への覚悟を内に示していることを語り手は暗示しているのだ。単なる「家庭革命」のためなら、ここまで暴力に訴える覚悟が必要とは思えない。暴力と流血は種族革命政治革命にこそ必要であるものだ。つまり、『六月霜』で秋瑾自らに語らせる言葉にも背理が潜んでいる。

さらに、越蘭石の「小伝」でも「人々は皆彼女をロシアのソフィアやフランスのロラン夫人にたとえている」が、「彼女は鑑湖女俠と自称している」（一〇頁）とある。ソフィア（一八五三―一八八一）はもともと貴族出身であるが、アナーキズムに傾倒し、ロシアの皇帝アレクサンドル二世の暗殺を実行し、逮捕され刑死している。第九章で論じたように、ロラン夫人もフランス革命に深く関わった人物であり、革命の混乱の中で処刑されている。二人とも政治革命とは切っても切れない女性であり、革命のために命を犠牲にしている。ロラン夫人は黄綉球の女性としての自立と国家民族への責任感を覚醒させた模範でもあった。『六月霜』もまた、秋瑾が反清革命のために暴力的な暗殺や生命の犠牲も辞さないソフィアとロラン夫人を行動の模範にしていることを示唆している。

語り手はこのような語り／騙りを通して、秋瑾の種族革命政治革命的な要素を〈無化〉し、〈否定〉すると同時に、その語りの構造的な破綻を通して種族革命政治革命的な一面を浮かび上がらせている。『六月霜』は語り／騙りの重層構造を有している作品である。ここまで秋瑾のことを書くために、静観子はかなり詳しく秋瑾について調べたはずである。当時の情報が限られていたとは言え、秋瑾の種族革命の秘密活動について全く察知していなかったとはいいがたい。すると、語り手の背後の作者の静観子も、取り締まりが厳しい清末の時局に制限され、または「冤」の訴えを通して輿論の同調を得て清朝政府に抵抗するために、このような語り／騙りを選び取ったのだと思われる。

功を奏した語り／騙り

『六月霜』における語り／騙りの手法は、秋瑾の「冤罪」主張に成功した越蘭石の語りの手法そのものである。「小伝」で秋瑾の出自を詳しく紹介し、北京にいた時の生活の様子も具に語っていることを考えると、越蘭石は秋瑾とこの北京時代に「詩文の友」となり、心の通った親密な付き合いをしてきたことがわかる。さらに、日本留学前や帰国後も会っている上に、秋瑾の革命宗旨の危険性を充分認識して「革命党」として捕まることも危惧しているので、秋瑾の種族革命の側面を察知していたと言える。それでも、越蘭石が「冤罪」を主張したのは、輿論の力を傘に、秋瑾の子供も含めた家族への連座を断ち切るためであり、秋瑾の遺骨を埋葬するためでもあった。実際越蘭石はみごとにその目標を達成している。

テクストの語りに沿っていくと、秋瑾の死を知るや否や越蘭石は早速秋瑾の「小伝」をしたため新聞に載せた。同時に新聞に秋瑾関連の文章を続けざまに載せ始めている。それらは「女性エリートたち」や「各地方の学術界の熱心な学生や教員たちを驚かせた」(七二頁)という。越蘭石の目論み通り学界から秋瑾の処刑に関与した官吏への糾弾が行われた。その圧力に耐えきれなくなった章中丞(浙江巡撫)と富太守(紹興知府)はいずれも官職を去らざるを得なくなる。秋瑾の「冤罪」を抗議し官吏の責任を追及する輿論におされるように、秋瑾の実家が連座されることもなく、越蘭石と秋瑾の知己である梁愛菊が紹興の学生界と協力し秋瑾のための追悼大会まで開いた。もっとも、梁愛菊のモデルである徐自華は、武装蜂起の秘密を知るだけではなく、資金援助までして全面的に秋瑾に協力していた[18]。追悼大会において、越蘭石が「万口同声、口を揃えて冤罪を訴え」た(七五頁)ことを評価した上で、秋瑾の埋葬への同調を呼びかける。こうして杭州の西湖のほとりに秋瑾の墓所が築かれる。その祭文は「嗚呼!君之死、天下が無実だと云う、皆官吏の残虐を憤り悲しむ」(七八頁)という激しいものであった。清朝官吏は秋瑾の墓を破壊しようと目論むが、メディアや知識界の反発に遇い、その後は息を潜めたのだという。

秋瑾の処刑が「冤罪」であったことを世間にみとめさせるという越蘭石の目標は、そのまま『六月霜』のテクストの目標でもあったようだ。出版時には、革命の先行きがまだ不透明であったにもかかわらず検閲を潜り抜け無事発売されたのは、騙りを駆使して、迂回的戦略を取ったからではないだろうか。『六月霜』は、民衆の清朝統治に対する義憤をさらに高ぶらせ、辛亥革命へとつながる大きな革命の推進力になったに違いない。それもまさに秋瑾が目指していた「素志」であった。

第四節　「女俠」と革命

テクストの中の「女俠」

秋瑾の革命が単なる「男女平等、家庭革命」に限定できない要素はもうひとつある。それは、彼女自身が語り、テクストもそのように名づけている「女俠」という位置づけである。阿英は、このテクストは秋瑾の性格描写において「まさに至るところで『俠』という一文字を引き立たせている」という[19]。中国では、古来伝統の任俠精神は政治社会に対する隠然とした抵抗勢力であり、国家の法や体制外に追いやられた正義の体現者でもある。第七章では『韓非子』の「儒者は文をもって法を乱し、俠者は武をもって禁を犯す」という言葉に言及したが、[2]「俠」は国家法治から逸脱する可能性をもっている。そして、だからこそ司馬遷を代表に、それを高く評価する伝統は中国の長い歴史の中で絶えたことがない。清末においてもそれは同様であり、正義を守るために命を投げ出す「俠」の精神は亡国の危機を救う変革の原動力にもなっていた。すでに繰り返し触れた譚嗣同や大刀王五はその典型例だった。『曠野の花』や『中国興亡夢』のロシアに抵抗する馬賊たちも「俠」的な一面を持つ。

『六月霜』では、危険を冒して秋瑾のために墓を建て、「冤罪」を訴えつづけた越蘭石と梁愛菊がお互いの義俠心を称えあっている。この二人にも「俠」的精神は通っていたのだ。越蘭石は、「鑑湖女俠」と自称する秋瑾が「俠を好み気概に富む」（一〇頁）という。「俠」的精神は、彼女たち三人の女性知識人を引きつけ合う重要な意象でもあった。それは、亡国の危機に瀕している祖国を救うための「俠」でもあった。文才秀でた秋瑾は尚武の精神をあわせもち、「素志」のために身命を投げ捨てる覚悟でいた。他の誰かを殺したのではなく自らの命を投げ出したという意味で、秋瑾の死は、「各国の変法は流血なしで成し遂げられない」、「譚嗣同から始めよう」と嘯いた[21]譚嗣同とも似通っている。

『六月霜』のなかでは、東京留学中の秋瑾が「銅駝はすでに埋もれてしまい、悲しく振りかえれば、汗馬は終に未だ功なきを恥じる」（五五頁）という詩を書いている。親交があった徐錫麟は、秋瑾のこの詩を読んで、「このような心は、女性界だけではなく、我々男性界にも恐らく滅多にいない」（五五頁）と称賛している。「銅駝」は漢朝の時に作られた銅の駱駝で、中国の太平繁栄を象徴し、銅駝が埋もれてしまったとは亡国の危機を物語っている。「汗馬」は戦功の象徴であり、秋瑾は自らがまだ戦功を立てていないことを恥じている。また、秋瑾は「紅毛刀歌」を書いており、それを見た徐錫麟は「負けた」となっている。それは、詩の中に「濡血」、「断頭」などの血腥い尚武的な文句が並んでいたからだ（五五頁）。徐錫麟は安徽省で清朝官僚への暗殺を実行して惨殺されたが、徐錫麟が作った女学校の教員になった秋瑾は、徐錫麟の仲間だということで逮捕されるのだった。『六月霜』では、秋瑾と徐錫麟との「宗旨」の違いが強調されている一方で、革命救国における二人の意気投合ぶりも悉に語られている。

現実の中の「女俠」

では、現実の秋瑾はどうであっただろうか。越蘭石のモデルである呉芝瑛が『神州女報』の創刊号（一九〇七年一二月）に載せた「秋女士伝」によると、秋瑾は浙江省山陰県の出身で、幼い時から家学を継承し、中国の伝統的な学問に造詣が深いが、世の中に感激する言辞が多い。一九歳の時に結婚し、二人の子供をもうけている。現実における秋瑾の夫・王子芳はテクストの中とほぼ同じお金持ちの家の子息である。官位を金で買った夫の赴任に伴い北京にやってきた時間は一九〇〇年ではなく一九〇三年であるという主張もあるが、[22]それはともかく、「秋女士伝」では「女士は北京に数年居住しており、義和団事件に憤激し、女学を興すことを自分の任務とした」

と述べている。親交が深かった呉芝瑛の叙述は信憑性があると思えるので、日本に留学した一九〇四年から逆算すると、一九〇〇年前後からの数年間は秋瑾が北京に滞在していたと思われる。この時期秋瑾が「新書新報」に触れ、視野を広め、思想が進歩的になったのもこの時期である。この時期にとりわけ梁啓超の『新小説』と『新民叢報』が気に入り、もちろん「近世第一女傑　ロラン夫人伝」や『新中国未来記』も愛読していたと思われる[23]。

以下では、主に郭延礼『秋瑾年譜』（斉魯書社、一九八三年九月）に沿って現実の秋瑾像を追っていきたい。秋瑾が呉芝瑛と知り合ったのは一九〇三年のことだった。彼女たちは意気投合して朝夕語り合い、事実上の義姉妹の契りを交わした[24]。ここで確認しておくべきことは、清王朝は満洲族の征服王朝であるゆえ、清末の秘密結社を研究した孫江が指摘しているように、「反清復明」を掲げる一部の漢人が義兄弟あるいは義姉妹の契り（異姓結拝）を結んで武装集団を結成することは自ずと朝廷の警戒を招くということである。したがって、「清朝支配者は漢人社会に対するコントロールを強化するため、『異姓結拝』や結社を禁止する一連の法令を出した[25]」。だから、テクスト中の越蘭石による「小伝」も、呉芝瑛の「秋女士伝」も、「義姉妹」という言葉を避けて、彼女たちが結んだ関係を「文字交」と言っている。この「文字交」（詩文の友）という言葉が南宋の愛国詩人陸游が初めて使った言葉であるというのも示唆的である。第七章で触れたように、陸游は南宋の現状を三国の蜀の亡国になぞらえた詩を書いて、孫文がそれを『支那現勢地図』の跋文に記したのだった。

なお、この「文字交」が結ばれたのは「光緒甲辰正月七日」（旧暦一九〇四年一月七日）である。[26]ちょうど二人が頻繁に会っていた時期であり、この後秋瑾は夫と別れ留日することを決意する。旧暦四月に日本に立ち、翌月には東京の神田駿河台にある清国留学生会館に入居し、留学生活をスタートする。[27]

東京滞在中の秋瑾は目まぐるしい革命活動を展開した。得意だった講演のほかにも、雑誌『白話』を創刊するなどして革命を宣伝した。特筆すべきなのは、一九〇四年の秋に秋瑾が横浜で「翻清復明」をスローガンとする革命組織「三合会」の入会儀式に参加したことである。孫江によると、この儀式は中国の秘密結社である天地会の儀式とほとんど同じである。ただひとつ違ったのは、一一人の参加者のなかに一人だけ女性が混じっていたことであり、それが秋瑾であった。秋瑾は、「『白扇』（軍師、参謀）という称号を与えられた」が、「女性の入会を認めることは天地会の伝統に対する革新」であり、この「伝統の革新」は「革命派が秘密会党と連携して新しい革命組織を結成する際にしばしば用いられる手法であった」という。[28]さらに革命派は「反清復明」を象徴的に掲げる秘密結社と民衆「反乱」との「つながりを利用して」、「秘密結社の破壊力を高く評価し」、この点において自分たちの主張との共通性を秘密結社に見出していたのだ。[29]「革命派による排満宣伝と動員によって、秘密結社は排満革命の一員となった」という孫江の指摘は充分に首肯できる。[30]

『六月霜』では、清朝政府が秋瑾と「匪賊」との繋がりを罪状に挙げているが、現実においても、秋瑾は確かに会党と共に武装蜂起を画策していた。秋瑾は一九〇五年に孫文が率いる中国同盟会と浙江派の光復会にそれぞれ入会している。そして、同年旧暦一二月に清国留学生に対する日本政府の取締規定に反対するために帰国した。帰国後の秋瑾は国内で革命活動を展開した。一九〇六年旧暦二月から一時湖南省の潯渓女学校の教員を務め、そこで梁愛菊のモデルとなった徐自華と知り合う。その後上海で革命活動をしていたが、夏に同志と武装蜂起のための爆薬を作るようになり、秋頃からは光復会の浙江省における活動の中心リーダーとなる。一九〇七年正月に『中国女報』を創刊し、さらに、同年旧暦二月から数回秘密結社を動員するために各地を奔走する[31]。会党との関係は光復会を足がかりにしたこうした一連の活動において具体化していった。それは、光復会が浙江地域の秘密会党と共同で「龍華会」を結成したことである[32]。

秋瑾は徐錫麟と、自分がいる紹興と徐がいた安慶で同時に武装蜂起する約束をした。それは秘密結社も動員したうえで旧暦五月二六日（西暦七月六日）を予定していた。だが、龍華会の会員が情報を漏らしたせいで、清朝政府に事前に察知されてしまう。六月一日、徐錫麟が約束した時間に蜂起し失敗したことを秋瑾は知る。周りから逃げるように勧められるも彼女は逃げようとせず、かえって六月一〇日に蜂起する命令を出した。しかし、紹興の地方人士が密告するところとなり、六月四日に逮捕されてしまう。清朝政府は、同時に秋瑾が勤めていた紹興の大通学堂から各種の武器弾薬と、秋瑾が書いた「偽軍制論」、「革命論説」などの詩文を没収している[33]。処刑が行われたのは六月六日のことであった。

光復会と浙江地域の秘密会党と共同で組織した革命組織龍華会では、南宋の時に満洲族の前身である女真族が作った金に対抗した岳飛（一一〇三―一一四二）を「反満英雄の系譜」のなかで最高位に置いていたと孫江はいう。[34] 秋瑾も徐自華と共に杭州の西湖のほとりにある岳飛の墓を訪れ、冤罪で殺害された「反満英雄」を偲びながら、自らもここに骨を埋める約束をした。[35] 秋瑾の遺骨は徐自華と呉芝瑛によって苦心の末に西湖のほとりに埋葬されている。さらに、秋瑾は逮捕される直前に自分の学生に「致徐小淑絶命詞」を授けているが、その中では、「同胞が酔夢から醒めぬを痛み、誰が祖国を陸沈から救うかと悲しむ」、「死すとも生きるが如く、犠牲となり我が責任を尽くす」、「風潮彼の首を取る」と思いを訴えている。[36]

秋瑾は殺害されることを予見しながら、逃げることなく自分が犠牲になることによって「祖国を陸沈から救う」ことを図った。それだけでなく秋瑾は、自分の犠牲が清王朝に対する反発の風潮が民衆の間に広がることをも予見していたのである。そこに呉芝瑛の文筆による巧みな宣伝があったことはこれまで述べてきたとおりだ。そして、それは辛亥革命前夜の『六月霜』においても繰り返されていったのである。

おわりに

『六月霜』が秋瑾処刑を「冤罪」だと訴える一番の根拠は、彼女の革命が「家庭革命」であり

「種族革命政治革命」ではないという点だ。しかし、それは結局このテクストの語り／騙りの戦略でしかない。テクストは同時に秋瑾の「種族革命政治革命」の側面を浮き彫りにしてもいるからだ。

もっとも、現実の秋瑾において、「種族革命政治革命」と「家庭革命」は切っても切れない関係にあった。中国国民党中央執行委員会党史史料編纂委員会編『徐錫麟傳・秋瑾傳』（一九五〇年一二月）は、秋瑾の男女平等を主張する情熱が種族革命への情熱によりさらに引き立てられていると見ている。例えば、秋瑾が女性の友人に送った手紙に、「庚子［一九〇〇年の義和団事件を指している］以来、我はすでに生命を顧みないことにした。たとえ成功できなくとも、死んでも悔いはない。しかも［国家］光復は、一日たりとも遅らせることができない。而して、男性が光復を図って命を失った者は、唐才常以降、沈藎、史堅如、呉樾、と諸君子が後を絶たない。而して、［このような］女性は未だかつて聞いたことがない。これは我が女性界の恥なり。諸君と励み合いたく願う」と書いてあった。[37] 義和団事件時の清王朝の対外的な軟弱と対内的な専制無道を見ていた秋瑾は、国家の「光復」、即ち異民族支配からの独立のためのナショナリスティックな感情に燃えていた。そのために、彼女は「男女平等」と「家庭革命」から出発して、男性と同じように救亡図存の義務を果たそうとした。一方、男勝りに生死を顧みることなく「俠」的な暴力革命を実行することが、彼女にとって真の「男女平等」を勝ち取るための手段でもあった。

『六月霜』の騙りにより、革命する「女俠」、すなわち女性「新民」であると同時に「俠民」でもある秋瑾像が浮き彫りにされている。そこには、一女性として、帝国主義時代に必死に向き合った痕跡があった。

1　夏暁虹「秋瑾之死与晩清的〝秋瑾文学〟」（「秋瑾の死と清末の「秋瑾文学」」、『山西大学学報』〔哲学社会科学版〕第二七巻第二期、二〇〇四年三月）、李細珠「清末民間輿論与官府作為之互動関係：以張曾敭与秋瑾案為例」（「清末民間輿論と政府の作為との連動：張曾敭と秋瑾案を例として」、『近代史研究』、二〇〇四年第二期、二〇〇四年三月）、馬自毅「冤哉、秋瑾女士：析時評対秋瑾案的評説」（「無実かな、秋瑾女士：秋瑾案に対する時事批評の分析」、『安徽史学』、二〇〇五年第二期、二〇〇五年四月）などの先行研究では、当時の世論の中心にあった上海の『時報』、『申報』が、いかにいち早く秋瑾の死を哀悼し、官府の残虐無道を批判しているのかをつとに分析している。

2　これについて、夏暁虹は「秋瑾の死と清末の「秋瑾文学」」で詳しく述べている（前掲夏暁虹「秋瑾之死与晩清的〝秋瑾文学〟」（「秋瑾の死と清末の「秋瑾文学」」）、『山西大学学報』〔哲学社会科学版〕第二七巻第二期、四頁）。

3　「伝奇」とは、明清時代では伝統劇曲の長編脚本を意味していた。同時に、中国では、唐代以降は英雄伝説なども伝奇としている。先行研究では、魏玉蓮は、『六月霜』の小説と伝奇の異同を比較し、小説は伝奇を改編したものだと見ている（魏玉蓮「『六月霜』伝奇與小説的比較」（「『六月霜』伝奇と小説の比較」）、『戯劇大舞台』、二〇一二年九月、二三―二四頁）。

4　前掲夏暁虹「秋瑾之死与晩清的〝秋瑾文学〟」（「秋瑾の死と清末の「秋瑾文学」」）、『山西大学学報』〔哲学社会科学版〕第二七巻第二期、一、二頁による。

注

5　前掲魏玉蓮「『六月霜』伝奇與小説的比較」(「『六月霜』伝奇と小説の比較」)、『戯劇大舞台』、二二四頁。
6　前掲馬自毅「冤哉、秋瑾女士：析時評対秋瑾案的評説」(「無実かな、秋瑾女士：秋瑾案に対する時事批評の分析」)、『安徽史学』、二〇〇五年第二期、五六頁。
7　夏暁虹「晩清人眼中的秋瑾之死」(「晩清の人々が見た秋瑾の死」)、『晩清社会与文化』、湖北教育出版社、二〇〇一年三月、二四七―二四八頁。
8　前掲夏暁虹「秋瑾之死与晩清的〝秋瑾文学〟」(「秋瑾の死と清末の「秋瑾文学」」)、『山西大学学報』[哲学社会科学版]第二七巻第二期、六頁。
9　古越嬴宗季女、伝奇『六月霜』自序、上海、改良小説社、一九〇七年一〇月。
10　樽本照雄『新編増補清末民初小説目録』、斉魯書社、二〇〇二年四月、四二八頁。
11　以下の『六月霜』の本文引用は、静観子著『六月霜』(上海文化出版社、一九五八年四月)に拠る。なお、日本語訳文は拙訳である。
12　清朝政府は一九〇六年九月に立憲君主制への移行を意味する「予備立憲」を宣言した(川島真『近代国家への模索　1894-1925』シリーズ中国近現代史②、岩波書店、二〇一〇年一二月、一一三頁)。
13　前掲李細珠「清末民間輿論与官府作為之互動関係：以張曾敭与秋瑾案為例」(「清末民間輿論と政府の作為との連動――張曾敭と秋瑾案を例として」)、『近代史研究』、二〇〇四年第二期、六頁。
14　前掲夏暁虹「秋瑾之死与晩清的〝秋瑾文学〟」(「秋瑾の死と清末の「秋瑾文学」」)、『山西大学学報』[哲学社会科学版]第二七巻第二期、一、二頁。
15　前掲夏暁虹「秋瑾之死与晩清的〝秋瑾文学〟」「秋瑾の死と清末の「秋瑾文学」」、『山西大学学報』[哲学社会科学版]第二七巻第二期、六頁。
16　王引萍「晩清社会性別認同的新与旧――以静観子小説『六月霜』為例」(「清末社会のジェンダ

ーアイデンティティーの新旧——静観子の小説『六月霜』を例として」）、『北方民族大学学報』第一四四号、二〇一八年六月、一四九—一五〇頁。
17　陳象恭編著『秋瑾年譜及伝記資料』、中華書局、一九八三年七月、一四頁。
18　徐自華『返釧記』では、彼女が一九〇七年六月に秋瑾に頼み込まれ武装蜂起の資金援助をしたことが記されている（前掲陳象恭編著『秋瑾年譜及伝記資料』、四一頁）。
19　阿英「関于秋瑾的一部小説『六月霜』」（「秋瑾に関する小説『六月霜』」）、『人間世』第二七期、上海良友図書印刷会社発行、一九三五年五月、一六頁。
20　司馬遷著、野口定男訳『史記列伝』三、平凡社、二〇一一年一月、三二九頁。
21　梁啓超「譚嗣同伝」、『飲冰室合集』⑥、中華書局、一九八九年三月、一〇九頁。
22　郭延礼は各種の資料を照らし合わせて秋瑾の北京入りの時間は一九〇三年だと検証している。（郭延礼『秋瑾年譜』、斉魯書社、一九八三年九月、三五—三七頁）。
23　前掲郭延礼『秋瑾年譜』、三六頁。
24　前掲郭延礼『秋瑾年譜』、三五頁。
25　孫江『近代中国の革命と秘密結社——中国革命の社会史的研究（一八九五—一九五五）』、汲古書院、二〇〇七年三月、八二—八三頁。
26　秋瑾が認めた「文字交」を結ぶ契りに「光緒甲辰元月」（一九〇四年一月）と記しているので、秋瑾が日本に立つ年であった。（郭延礼編『秋瑾研究資料』、山東教育出版社、一九八七年二月、五五頁）。
27　前掲郭延礼『秋瑾年譜』、四四頁。
28　前掲孫江『近代中国の革命と秘密結社——中国革命の社会史的研究（一八九五—一九五五）』、一三六—一三七頁。
29　前掲孫江『近代中国の革命と秘密結社——中国革命の社会史的研究（一八九五—一九五五）』、

一二一―一二五頁。

30 前掲孫江『近代中国の革命と秘密結社――中国革命の社会史的研究（一八九五―一九五五）』、一二五頁。

31 前掲郭延礼『秋瑾年譜』、八四―一一〇頁による。

32 前掲孫江『近代中国の革命と秘密結社――中国革命の社会史的研究（一八九五―一九五五）』、一三八頁。

33 前掲郭延礼『秋瑾年譜』、一三四頁による。

34 前掲孫江『近代中国の革命と秘密結社――中国革命の社会史的研究（一八九五―一九五五）』、一三八頁。

35 前掲郭延礼『秋瑾年譜』、一〇三頁による。

36 前掲陳象恭編著『秋瑾年譜及伝記資料』、四四頁。

37 中国国民党中央執行委員会党史史料編纂委員会編『徐錫麟傳・秋瑾傳』（「秋瑾傳」）、一九五〇年一二月、九―一〇頁。

第二部を振り返って

一九世紀に西洋から押し寄せた帝国主義の波が東アジアを飲み込んだ時、日本と中国は全く違う道を歩み始めた。日本は明治維新後、富国強兵を掲げ、近代国民国家へと生まれ変わり、帝国主義列強の仲間入りを果たした。一方、中国は、西太后が君臨する清朝政府の保守的な政策の下で、列強が分割する対象となった。中国の民衆は列強による殺戮や強奪だけでなく、清朝政府の抑圧の対象になり、二重の苦境に置かれていた。維新変法や革命が失敗し海外逃亡を余儀なくされた知識人が中国の危機を救うために注目したのが「民」の覚醒である。梁啓超や孫文らは「新書新報」を武器に維新や革命の宣伝を行った。とりわけ梁啓超の「新民」思想が留日学生をはじめとする中国の青年たちに多大な影響を与え、彼らを武装蜂起や暗殺などの暴力も辞さない反清革命へと走らせた。秋瑾は救国への責任に目覚めた女性「新民」であり、また伝統の任俠精神を体現する「女俠」であり、岳飛のように北方少数民族の支配に抵抗する漢人ナショナリストでもある。秋瑾ほど激しいわけではないが、「国民の母」として活動していた女性たちは他にもたくさんいた。それは例えば温和な改良派から反清革命へと進んだ黄繡球のような女性である。また、秋瑾を支えていた越蘭石や梁愛菊のような義俠心を持った知識女性である。

一方で、侵略者に身を挺して抵抗していたのは、満洲の馬賊であった。馬賊は自己の縄張りを守るために、そして一部の頭目の任俠精神に基づき、満洲を占領支配しようとするロシアに抵抗していた。馬賊もまた「俠民」であったと言うことができる。彼らは時に自発的に、時に清朝官兵と、また時には日本人と手を組みながら、中国人としてロシアに抵抗した。日本人「志士」は、すでに露清戦争前から馬賊と接触し、親交を深め、日露戦争の戦場では彼らを活躍させた。これは、満洲における各勢力の帝国主義時代の複雑な関係性を示している。一方、利害によって絡み合う勢力構図の傍らで、義俠心によって結ばれる満洲馬賊と日本人との間に、国家や国民のボーダーを乗り越えた「清い」関係が存在していたことは見逃せない。

総じて、第二部では、新しい国家の理想が清朝の内外において胚胎していく過程で、さまざまな「民」が国法や国境から逸脱しつつも、「新民」の理想に向かって歴史を動かしてきたさまを文学テクストの中から描き出してきた。

終章　交錯する帝国主義時代の「民」

第一節　満洲想像と「文明」嫌い

夏目漱石の作品において満洲への想像は決して心地よいものではない。それは例えば『趣味の遺伝』における「天下の逸民」の日露戦争の戦場に対する「詩想」がそうである。そこでは、帝国主義の「狂神」が両国の兵士を無残に破壊していく残虐な様子が映じている。満洲の戦場では、「死ぬ為めに」（『漱石全集』第二巻、岩波書店、一九九四年一月、二〇三頁）塹壕に飛び込んだまま上がってくることがなかった浩さんが取り残されていた。『草枕』では、破産した「野武士」の行き先が満洲であったが、そのように日本での生活に失敗して満洲に流れていった流民たちは、『門』の安井や『彼岸過迄』の森本がいる。彼らのその後の運命には満洲行きの流民となったあげく野垂れ死んでいくというネガティブなイメージしか読み取れない。満洲は複数の国家が帝国主義的拡張のために角逐する最前線であり、そのために青年国民は戦って命を落とし、戦争で疲弊した内地で生活のすべをなくした人たちが流れ着く地でもあった。

この満洲の地において戦争が行われている最中に、夏目漱石の作品に登場する「逸民」たちは「文明」に対して手厳しい批判を展開する。例えば、『吾輩は猫である』において、「太平の逸民」である苦沙弥が、「今の人はどうしたら己れの利になるか、損になるかと寐ても醒めても考へつゞけだから勢探偵泥棒と同じく自覚心が強くならざるを得ない。二六時中キヨトく、コソくして墓に入る迄一刻の安心も得ないのは今の人の心だ。文明の呪詛だ。馬鹿々々しい」（『漱石全集』第一巻、岩波書店、一九九三年一一月、五三二頁）という。苦沙弥は帝国主義的弱肉強食の原理に抗うように、世俗的な利欲損得の世渡り術を忌み嫌っているが故に、世の中から疎外され、「神経衰弱の国民」の典型として描かれている。猫から見た苦沙弥は生きていることでさえ「余り好いては居らん」（『漱石全集』第一巻、二一〇頁）ようであった。個人も国家も赤裸々に利欲損得を追求する近代文明のもとで、正直な善人の生きる空間は狭まるばかりである。例え精神的にこのような文明社会を逸脱して「逸民」として生きようとしても、生きている身体が現実の中に取り残されてしまう。死んで身体が寂滅しない限り、「逸民」は精神と身体が引き裂かれた状態におかれることになる。苦沙弥は「生きて居る事が死よりも甚しき苦痛である」（『漱石全集』第一巻、五三七頁）とさえ感じている。これは漱石が描いた日露戦争中の「逸民」の心情である。

一方、『草枕』の画工は、志願兵の久一と流民の「野武士」を日露戦場に連れていく汽車という「二十世紀の文明」を痛烈に批判している。久一を戦場に連れて行く汽車は、「現代文明」が「盲動」する「標本」であると彼は看破している。画工にとって、文明の現実世界とは、「個人の個性に寸毫の注意をだに払はざる」「鉄車」（『漱石全集』第三巻、岩波書店、一九九四年二月、一六八頁）にほかならなかった。出征する久一も、「芝居」によって自衛する那美も、そして、すべての「文明の国民」もみな、画工の眼差しの中では憐れむべき対象であった。

近代の西洋文明は日本を帝国主義の嵐に巻き込んだ。帝国主義には国家間の弱肉強食の領土競争の原理が埋め込まれ、それに伴う資本主義には利欲本位の物質的な利害追求がつきものである。「当時の時代精神を体現するオピニオン・リーダー」（林正子の評による）だった姉崎嘲風（姉崎正治、一八七三—一九四九）は、ドイツ留学から帰国後の一九〇二年に、日本の国民文化の重要な規範になったドイツ文明を相対化しようとしている。[1] 林によれば、嘲風はドイツがもはや「資本主義の『物質文明』と『帝国主義』とを謳歌する国になってしまって」、人々は「利害虚栄」に走り、「道徳が日に頽廃」していると批判し、「ドイツの顰みに倣って国民国家の盤石の基礎を固めようとしている日本人への警告」を発している。[2]

漱石は、陶淵明や王維や竹林の七賢など、中国伝統の逸民に共鳴していた。その彼が描いた「逸民」には、国家主義や民族主義を乗り越えた、人類の平和への希求が込められている。彼らには利害損得から自由になり、同類の死や痛みを憐れむ「惻隠の心」がある。しかし、「逸民」には乗り越えられないアポリアがある。それは「文明の国民」として生きる身体と現実世界を逸脱しようとする自由な「逸民」の心の間の分裂である。だから、苦沙弥は自殺論を展開し、画工は「非人情」の「平面」世界を目指し、迷亭も、寒月も自殺を演じてみる。しかし、猫のように身体が寂滅しない限り、彼らは真の「太平の逸民」になれない。しかし、彼らは意地でも「逸民」のスタンスにこだわることで心の自由を得ようとしている。

いわゆる「文明」の本質を見抜いて批判しているのは、日本の「逸民」や良心的な知識人ばかりではなかった。『中国興亡夢』の夢に登場した大刀王五は、自分たちこそ嫌われ者の馬賊であると断ったうえで、「彼の服を着た虎は賊ではないだろうか、彼の所謂文明の野蛮は賊ではないだろうか、吾輩はただ大賊ではないことを悔やむ、賊など何ぞ気に病むものだろうか」（『中国興亡夢』、『新新小説』第二号、一九〇四年一一月、一七頁）といっている。大刀王五が所属する馬賊の「俠勇軍」が立ち向かう「賊」は、一つは「民の賊」、一つは「文明の野蛮」の「賊」である。「民の賊」とは「民」を虐げる清朝の権力者を指し、「文明の野蛮」の「賊」とは、侵略者である列強にほかならない。日清戦争が「文野の戦争」と言われていたように、日清戦争後にロシアも文明国として満洲に対する帝国主義的侵略を展開し、満洲の中国人を殺戮した。この「文明」には他国や他民族の「民」を殺戮することを正当化する野蛮極まりない暴力が満ちている。

『新中国未来記』でも、西洋の政治理念を熟知している黄克強と李去病が救亡図存の手段について議論する場面で文明について言及している。李は、官僚は腐敗しきっているので、政府に頼れば瓜分されてしまうのだから、「文明は血で買うもの」（『新中国未来記』、『新小説』第二号、一九〇二年一二月、五九頁）であり、帝国主義時代において、中国が自立国家に生まれ変わるために暴力革命が必要であると主張する。これに対して、黄は、「強権を持つほうが文明と目される」（同六五頁）現在、革命の動乱に乗じて列強が干渉することで、革命軍は列強と対峙しなければならない事態になり、救国の志士が却って亡国の元凶になる可能性があることをあげ、革命に反対している。ここの「文明」とは軍事力を誇って世界で帝国主義的拡張を展開している列強の所謂「文明」である。青年たちの救亡図存の道程に立ちはだかっていたのは、腐敗した清朝の専制政府と文明を名乗る資格と権利を強権によって手に入れた列強である。これは言うまでもなく馬賊の大刀王五がいう「民の賊」と「文明の野蛮」の「賊」に対応している。専制政府を転覆しようとすれば、列強に干渉され、さらなる侵略を招く危険性がある。一方、列強に対抗するなら、専制政府を倒すことが先決である。このアポリアは「新民」の内部分裂を招いていた。

アヘン戦争後、中国は度重なる領土の割譲や支払わされた巨額賠償金、戦争の都度に起きる虐殺や掠奪を経験し、その過程では異民族王朝が、ますます弱体化していった。そしてそれは列強によるさらなる容赦ない侵略を招くのである。清朝のもとで喘ぐ中国の様々な「民」たちは、日本の「逸民」と境遇こそ異なってはいたが、「文明」の被害者であり批判者でもあったという点では共通していたのである。

第二節　「文」の革命と策源地としての東京

『新中国未来記』では、一六歳で東京に留学した少年孔覚民が『新民叢報』の創刊号（一九〇二年）に載せられた亡国の危機を訴える詩文を読み、涙を流して感動する場面が描かれている。彼が読んでいたのは梁啓超作の『刧灰夢伝奇』である。日清戦争後の時局に驚き、深い夢から覚めた『刧灰夢伝奇』の主人公は、義和団事件で西太后をはじめとする清朝政府の無策や民衆の惨状、及び連合軍の蛮行を目撃している。しかし、二年たった今では、民衆はその痛みを忘れたようである、これでは「優勝劣敗競立争存」の国際原理のもとで、列強からもっとひどい仕打ちをされることは免れがたい。こうして孔覚民は亡国の危機を意識し、「新民」として目覚めた。彼のように『新民叢報』に感化された「新民」が当時の日本には大勢いた。その影響は中国国内の青年にも広がっていった。

東京の留学生に芽生えた革命思想は中国国内にも伝播する。鄒容の『革命軍』はその典型だった。『六月霜』に登場する清朝官僚富録の息子までがこの『革命軍』を興味津々に読んでいたほどである。梁啓超は書物を通じた感化作用が青年に広がることに期待をしていたが、実際、第二部で扱った文学作品では、中国と日本の双方で書物が新しい思想の媒介として大きな役割を果たしていたさまが生き生きと描かれている。『新中国未来記』の黄克強と李去病は、戊戌変法の中心人物康有為の『長興学記』や譚嗣同の『仁学』に感化されて、国家の存続繁栄を自分の生涯の事業にすることを決心したという設定になっている。『六月霜』の秋瑾もそうだ。彼女は国内にいるときから「新書新報」にふれている。彼女は救国のための革命を志す「熱心熱血の真の同志」を見つけると同時に、中国では読めない書物を読むために日本に留学したのだった。『黄繡球』の黄通理、黄繡球夫婦も「新書新報」により覚醒した「新民」である。さらに、繡球たちは講演や講釈、学堂教育という様々な「文」の媒体で広い階層の民衆に維新の思想を広めた。

「新書新報」が革命の培養剤の役割を果たし、そして、それに感化された青年たちは、今度は自分の手で政治理念を宣伝する別の「新書新報」を次々に生み出した。一九〇〇年から一九一一年の間、「新書新報」はまるで雨後の筍のように現れた。このような「新書新報」は専制王朝の維新と打倒を唱えたものがほとんどであった。だから、清王朝から迫害を受けたのは言うまでもない。多くの雑誌や書籍が禁書となり、維新と革命に関わった人が迫害を受けた。だがだからこそ、それらは広く読まれた。梁啓超が日本で創刊した『清議報』や『新民叢報』や『新小説』は勿論中国では禁書であったが、それでも中国に流通していた。禁書の処分は決してそれらの書籍を人々の耳目から遠ざけたのではない。むしろその逆だった。

そして、注目したいのは、多くの「新書新報」が東京（横浜も含む）で発売されたことである。亡命してきた梁啓超をはじめ、排満革命を鼓吹した孫文や章炳麟を受け入れた東京は、改良派や革命派が同時に活躍した場でもあった。そして東京は様々な革命運動が展開され、留日の若者たちが革命思想を吸収した場でもある。林少陽が「東京（横浜を含む）は革命が成功する前の相当長い間実質的に革命人士の本部兼言論の基地であった、同時に戊戌変法の失敗後改良に傾いた知識人の言論基地でもあった」と指摘しているとおりである。[3] 林が言及しているのは辛亥革命のことであるが、彼は辛亥革命に結実する清末革命は「文」の革命でもあると強調している。[4] ここでいう「文」の革命とは、上記の「新書新報」を武器とした革命のことを指している。

ここで確認しておくべきことは、これらの「新書新報」の中身である。無論、知識人や青年たちが日本経由で吸収した西洋政治思想が「新」たる所以であるが、中国の古い伝統思想が再発掘、再評価されていることも見逃せない。その代表例が章炳麟である。章炳麟は排満革命思想の言辞により度々清朝政府から追われる身になり、日本などの海外に逃亡していた。彼は一八九七年に発表した『儒俠』という文章の中で、「天下に危急のことが起きた時、俠士以外に頼れる存在がいない」、「儒者の義とは、『自身の身を犠牲にして仁を成す』ことを超えるものがあるだろうか？儒者の用とは、『国家のために大害を除き、大きな禍から国を守る』こと以上のものがあるだろうか？」と説き、「世の碩儒は、俠士を挙げればもとよりその中に入る」と、救国の角度から「儒」と「俠」の親縁性を強調している。[5]「俠」は儒家だけではなく、墨家からの影響もあると思うが、いずれにしても、中国の伝統文化思想と切っても切れない関係がある。章炳麟は主に救国と「俠」をつなげることで、伝統文化思想の素養がある儒教エリートたちの「俠」的な行動を称揚している。

実際、譚嗣同や秋瑾は、それぞれ維新や革命のために儒教の最高の義である「殺身成仁」（自身の身を犠牲にして仁を成す）を実行した。『新中国未来記』では、維新時代、民間の各志士と国事に奔走し、二度収監される過酷な「維新」の道が孔覚民のために設定されていた。孔子の後裔で「国一番の碩儒」である孔覚民の身には、古い伝統と新しい思想がうまく融合調和し、章炳麟が提示した「儒俠」にも合致している。また、『黄綉球』の結末では、清朝政府から鎮圧の軍隊が送り込まれることに備え、黄通理、黄綉球夫婦が男女の義勇兵を組織し、個人や国の自由を保障する「公理」を守るためには、「野蛮」な手段も辞さないと意気込む。「新民」たちはやむを得ない時には死を覚悟して「儒俠」となるのだ。『中国興亡夢』の「夢」の戦場で活躍していたエリート「俠民」たちもそのような典型的な「儒俠」ではないか。また、『六月霜』に登場する越蘭石（呉芝瑛）、徐愛菊（徐自華）のような女性も「儒俠」だといえる。

さらに、『中国興亡夢』では太虚君が陸游の詩を詠んでいた。「陰平窮寇非難禦、如此江山坐付人」（陰平の敵は抵抗しがたくないのに、これほど美しい山河を無抵抗に人に譲るとは）は南宋の愛国詩人陸游の詩である。当時、南宋は北方の女真族の金に脅かされていた。主戦派であった陸游はこの詩を通して漢民族のナショナリズム的な観点から南宋政権が侵略者金への無抵抗を悔しんでいる。孫文は一九〇〇年に東京で出版した『支那現勢地図』のために書いた「跋」のなかで同じ詩を引用している。すでに列強に分割された土地や鉄道などに鮮やかな色をつけて、帝国主義的侵略の対象国の「民」になっている閲覧者にその深刻さを認識させ心に警鐘を鳴らすこと以外に、この詩を通して、かつての女真族でもある満洲人の征服王朝としての清王朝に対抗する漢人ナショナリズムを喚起することを孫文は目論んでいた。太虚君はそうした孫文に感化された多くの青年の一例であると言える。「儒俠」は詩文を媒介に歴史を振り返りながら、反清ナショナリズムを育んでいったのだ。

このように、中国の伝統「儒俠」文化が詩文で継承される歴史に訴えて漢人ナショナリズムにつながったことが、救亡図存としての排満革命を推し進める原動力となった。譚嗣同の死後、梁啓超は維新の同志である譚嗣同の遺志を自らの新しい出発の動機に据え、譚嗣同から託された責任の重みをひしひしと感じながらその遺志を実現するために文筆で戦うことを決心した。立憲改良派の梁啓超が手がけた『新書新報』により救亡図存に覚醒した秋瑾は自分の死により民衆の憤激の風潮が清朝政府を転覆する原動力になることを予見していた。秋瑾の予想した通り、彼女の死は排満革命の原動力をさらに「冤罪」に対する反発によって強化し、革命による清朝政府の崩壊を速めたのは間違いないだろう。

一方、エリートの「儒俠」と救国の義を共有して露清戦争や日露戦争の戦場で活躍した満洲の馬賊は「武俠」と呼べるだろう。彼らもまた、『俄事警聞』などの「新書新報」と呼応し合っている。文字を書く「儒俠」たちは絶えず遠く満洲の馬賊たちに救国を呼びかけていた。それだけではない。『俄事警聞』は主に『東京朝日新聞』から馬賊情報を抄訳していたのである。日本人の志士は、馬賊が義俠心に富む「満洲の花」だと称えていた。馬賊と日本人志士は中国の「俠」的精神を共有していた。そしてその結果、めぐりめぐって、上海の新聞を通じて、馬賊が救国のナショナリズムに直接結びついていったのである。

清朝政府が「新書新報」を発禁し、明治日本政府も検閲を通して言論統制をしていたのは、「文」の力を恐れていたからにほかならない。そして、「文」の力は東京を策源地としていた。それはまるで水のように流動的でつかみどころなく、ボーダーを越えて力を発揮するものであった。そして、それは満洲における帝国主義勢力の角逐という「文明」の現実を共通の媒介として、中国と日本のさまざまな「民」を結びつけてもいたのである。

第三節　交錯する「民」の心

『論語』堯日には、「滅んだ国を復興させ、絶えた家がらをひきつがせ、世すて人を用いれば、天下の民は心を寄せる」とある。[6]「世すて人」、すなわち逸民は世俗的な利害損得を嫌い、高潔な人格を持つ者が多いから、国家の危急の時に彼らを登用すれば、民心を得るという意味だ。『吾輩は猫である』では、利欲のために働く人が「一人でも殖えれば国家はそれ丈け衰へる」、「主人抔は遥かに上等な人間」（『漱石全集』第一巻、四二六頁）だと猫に言わしめている。権力者の支配欲にかき乱された戦乱の世の中を嫌って世俗から逸脱していく中国の伝統的な逸民たちの心情に、帝国主義的弱肉強食の原理が国と国の間ではびこる時代を生きる日本の「逸民」たちは共鳴している。

夏目漱石は、「私の個人主義」において、自分の個性を尊重するなら、「他人に対しても其個性を認めて、彼等の傾向を尊重するのが理の当然」、「自分が他から自由を享有してゐる限り、他にも同程度の自由を与へ」るべきだと主張している。[7] さらに、「国家といふものが危くなれば誰だつて国家の安否を考へないものは一人もない」が、「日本が今潰れるとか滅亡の憂目にあふとかいふ国柄でない以上は、さう国家々々と騒ぎ廻る必要はない筈」であり、「国家的道徳」は「余程低級な道徳」であるとして、自国の集団利益の追求に走りすぎる国家主義を牽制している。[8] 過度な国家主義は、自国民を戦場に駆り出し、弱体化している国々に災害をもたらすからだ。「国民」から逸脱している「太平の逸民」や「天下の逸民」、そして「遊民」たちはこの過度な国家主義へのひそかな抵抗を示している。

一方、中国の「民」の中からまさに危急存亡から国を救おうとする「新民」、「俠民」が生まれた。それは『新中国未来記』の黄克強と李去病や孔覚民であったり、『黄綉球』の通理、綉球夫婦とその周りの各階層の「新民」であったり、『六月霜』の秋瑾であったりである。さらに、『曠野の花』や『中国興亡夢』では、国家権力と対抗関係にあった満洲の馬賊も、単に縄張りを守るためだけではなく、「弱きを扶け強きを挫く」という中国伝統の価値判断のもとで、さらに、素朴なナショナリズム的な感情を抱いてロシア軍と戦った。漱石が描いた「逸民」たちが「現代文明」を嫌ったのは、この「文明」の産物である個人の自由と平等に、他者への侵害や共同体としての盲従暴走の危うさが潜んでいたからだ。殺戮を容認する対外拡張戦争を正当化する帝国主義がその端的な表れである。一方、帝国主義的弱肉強食の対象である立場を脱出するために、清末の「新民」や「俠民」は、「新書新報」などの文の力だけではなく、実際の暴力に訴える革命をも必要としていた。だが、革命を達成するためには、単純な破壊や盲目な殺戮や侵害を避けなければならない。「殺身成仁」や「弱きを扶け強きを挫く」義俠心だけではなく、『新中国未来記』で唱えられていた「平和的な自由、秩序ある平等」も確かに必要だったのである。

さらに、孫文は、中国が強大になったあとには、帝国主義の消滅を目指すべきだと宣言している。彼を始終後援していたのは宮崎滔天であった。孫文は滔天のことを「今日の俠客なり」と称えている。[9]『中国興亡夢』でも、日本留学中に滔天を訪問した太虚君が滔天のことを「俠士」と言っている。島田虔次は、日本的ではあるがやはり「俠」を尊ぶ滔天が「中国に『志』を抱いて実践活動に踏み入りはじめた時期」は、ちょうど中国の知識人たちが「俠」への関心をよみがえらせた時期に重なると指摘している。[10]つまり、「俠」は国家の境界線を乗り越えて触媒となる共通理念であった。そこには、人間世界に存在する弱肉強食原理に抗う共通の人間性がある。それは日本の軍人として国家主義を掲げる石光真清でさえ満洲の馬賊と「まごころ」を交わした所以でもあり、また、現実の馬賊が満洲義軍や東亜義勇軍に参加した理由でもある。こういう意味で、帝国主義時代の日本と中国の「逸民」、「新民」、「俠民」、また「遊民」と志士たちは、共通の精神で結ばれていたと言える。複雑な背景があるとはいえ、二〇世紀初頭の日本は中国に帝国主義的進出を進めながら、同時に梁啓超や孫文を保護したり、援助したり、また中国から大量の留学生を受け入れ、革命策源地としての役割を果たした。彼らに引きつけられた日本人にとって、「俠」的な要素が魅力的に映じていたことは想像に難くない。

清末・明治後期の帝国主義時代において、近代国民国家が形成されつつある日本の東京でも、帝国主義的領土争奪の戦場となった中国の満洲でも、内地の上海や紹興でも、そして「那古井」や「自由村」でも、「太平」の世の中を夢見る「民」がいた。これらの知識人、馬賊、「女俠」、「儒俠」、「武俠」たちは、それぞれが多様な「民」──「新民」、「逸民」、「遊民」、「俠民」、流民など──として、それぞれの形で、戦争と革命の時代に向き合い、彼らにとってのあるべき人間性を真摯に追求していた。本書で扱った文学作品はそのことを我々に物語っている。

1　林正子『博文館「太陽」と近代日本文明論──ドイツ思想・文化の受容と展開』、勉誠出版、二〇一七年五月、二頁。

2　前掲　林正子『博文館「太陽」と近代日本文明論──ドイツ思想・文化の受容と展開』、一九六─一九七頁。

3　林少陽『鼎革以文──清季革命與章太炎〝復古〟的新文化運動』、上海人民出版社、二〇一八年四月、五七頁。（日本語訳は拙訳。）

4　前掲林少陽『鼎革以文──清季革命與章太炎〝復古〟的新文化運動』、五九頁。

5　章炳麟著『訄書　初刻本　重訂本』、生活・読書・新知　三聯書店、一九九八年六月、一四三頁、拙訳。）

6　金谷治訳注『論語』、岩波書店、一九九九年一一月、三九六、三九七頁。

7　夏目漱石は一九一四年一一月二五日に学習院大学において「私の個人主義」という題目で講演し、将来「権力」と「金力」を握る学習院の学生たちに向って、他者の「自由」と「個性」を尊重するべきであることを説いた（夏目漱石「私の個人主義」、『漱石全集』第一六巻、岩波書店、一九九五年四月、六〇二頁）。

8　前掲　夏目漱石「私の個人主義」、『漱石全集』第一六巻、六一三、六一四頁。

9　尚明軒編『孫中山全集』第二巻、人民出版社、二〇一五年六月、二七四頁。

10　島田虔次『隠者の尊重　中国の歴史哲学』、筑摩書房、一九九七年一〇月、二一九頁。

テクストと参考文献

テクスト（日本語）

石光真清『曠野の花――新編・石光真清の手記（二）義和団事件』、中央公論新社、二〇一七年一二月。

――『城下の人――新編・石光真清の手記（一）西南戦争・日清戦争』、中央公論新社、二〇一七年一一月。

――『望郷の歌――新編・石光真清の手記（三）日露戦争』、中央公論新社、二〇一八年一月。

――『誰のために――新編・石光真清の手記（四）ロシア革命』、中央公論新社、二〇一八年二月。

夏目金之助『漱石全集』第一巻～第二八巻、岩波書店、一九九三年一二月―一九九九年三月。

テクスト（中国語）

頤瑣『黄綉球』、吉林文史出版社、一九八五年一一月。（初出：一九〇七年一〇月、上海新小説社）
静観子『六月霜』、上海文化出版社、一九五八年四月。（初出：一九一一年四月、上海改良小説社）
梁啓超『飲氷室合集』第一巻～第一二巻、中華書局、一九八九年三月。（初出：一九三六年一―四月、上海中華書局）
俠民『中国興亡夢』、初出：『新新小説』第一号（一九〇四年九月）、第二号（一九〇四年一一月）、第五号（一九〇五年二月）、上海新新小説社。

新聞・雑誌

日本語

『東京朝日新聞』（主に一八九五―一九一二を中心に扱った）朝日出版社。
『太陽』（主に一八九五―一九一二を中心に扱った）博文館。

中国語

『清議報』（一八九八―一九〇一）、日本横浜清議報社。
『新民叢報』（一九〇二―一九〇七）日本横浜新民叢報社。
『新小説』（一九〇二―一九〇六）、日本横浜（上海）新小説社。
『俄事警聞』（一九〇三―一九〇四）、上海俄事警聞社。
『警鐘日報』（一九〇四―一九〇五）、上海警鐘日報社。
『女子世界』（一九〇四―一九〇七）、上海女子世界社。
『新新小説』（一九〇四―一九〇七）、上海新新小説社。
『民報』（一九〇五―一九一〇）、東京民報社。
『中国女報』（一九〇七）、上海中国女報社。

日本語参考文献（著者氏名五十音順）

ハンナ・アーレント著、志水速雄訳『革命について』、筑摩書房、一九九五年六月。

ジョルジョ・アガンベン著、高桑和巳訳『ホモ・サケル――主権権力と剥き出しの生』、以文社、二〇〇三年一〇月。

浅野洋・太田登編『漱石作品論集成』【第一巻】吾輩は猫である、桜楓社、一九九一年三月。

安住恭子『『草枕』の那美と辛亥革命』、白水社、二〇一二年四月。

有馬学『日本の近代4 「国際化」の中の帝国日本』、中央公論新社、一九九九年五月。

ベネディクト・アンダーソン著、白石隆・白石さや訳『定本 想像の共同体――ナショナリズムの起源と流行』、書籍工房早山、二〇〇七年七月。

井口和起編『近代日本の軌跡3 日清・日露戦争』、吉川弘文館、一九九四年九月。

池田知久訳注『荘子』(上・下)全訳注、株式会社講談社、二〇一四年五月。

池田美紀子『夏目漱石 眼は識る東西の字』、国書刊行会、二〇一三年一月。

石原千秋『反転する漱石』〔増補新版〕、青土社、二〇一六年九月。

一海知義『陶淵明』、岩波書店、一九六五年五月。

井波律子訳『完訳論語』、岩波書店、二〇一六年六月。

――『中国の隠者』、株式会社文藝春秋、二〇〇一年三月。

今村仁司『ベンヤミン「歴史哲学テーゼ」精読』、岩波書店、二〇〇〇年一一月。

岩崎稔・成田龍一・島村輝『アジアの戦争と記憶 二〇世紀の歴史と文学』、勉誠出版株式会社、二〇一八年六月。

内田弘『啄木と秋瑾――啄木歌誕生の真実』、社会評論社、二〇一〇年一一月。

大江志乃夫『世界史としての日露戦争』、立風書房、二〇〇一年一〇月。

――『徴兵制』、岩波書店、一九八一年一月。

――『日露戦争と日本軍隊』、立風書房、一九八七年九月。

――『兵士たちの日露戦争――500通の軍事郵便から』、朝日出版社、一九八八年三月。

大里浩秋・李廷江編『辛亥革命とアジア――神奈川大学での辛亥100年シンポ報告集』、御茶の水書房、二〇一三年三月。

王徳威著、神谷まり子・上原かおり訳『抑圧されたモダニティ――清末小説新論』、東方書店、二〇一七年六月。

大濱徹也『庶民のみた日清・日露戦争――帝国への歩み』、刀水書房、二〇〇三年五月。

王瑶著、石川忠久・松岡栄志訳『中国の文人――「竹林の七賢」とその時代』（《中古文学史論》）、大修館書店、一九九一年一一月。

王陽明著、溝口雄三訳『伝習録』、中央公論新社、二〇〇五年九月。

岡倉天心著、桶谷秀昭訳『茶の本』講談社、一九九四年八月。

――『東洋の理想』講談社、一九八六年二月。

岡本隆司『近代中国史』、筑摩書房、二〇一三年七月。

小野和子『中国女性史』、平凡社、一九七八年一一月。

小野川秀美・島田虔次編『辛亥革命の研究』、筑摩書房、一九七八年一月。

小野寺史郎『国旗・国歌・国慶――ナショナリズムとシンボルの中国近代史』、東京大学出版会、二〇一一年三月。

加地伸行全訳注『論語』（増補版）、講談社、二〇〇九年九月。

加藤聖文『国民国家と戦争　挫折の日本近代史』、株式会社 KADOKAWA、二〇一七年一一月。

加藤陽子『徴兵制と近代日本 1868-1945』、吉川弘文館、一九九六年一〇月。

――『戦争の論理――日露戦争から太平洋戦争まで』、勁草書房、二〇〇五年六月。

――『それでも、日本人は「戦争」を選んだ』、朝日出版社、二〇〇九年七月。

――『近代中国の国家主義と軍国民主義』、晃洋書房、二〇二三年一月。

片岡豊・小森陽一編『漱石作品論集成第二巻　坊っちゃん・草枕』、桜楓社、一九九〇年一二月。

金谷治訳注『大学・中庸』、岩波書店、一九九八年四月。

金谷治訳注『論語』、岩波書店、一九九九年一一月。

釜谷武志『陶淵明――〈距離〉の発見』、書物誕生　あたらしい古典入門、岩波書店　二〇一二年九月。

川島真『近代国家への模索　1894-1925』シリーズ中国近現代史②、岩波書店、二〇一〇年一二月。

菅聡子『女が国家を裏切るとき――女学生、一葉、吉屋信子』、岩波書店、二〇一一年一月。

――『時代と女と樋口一葉』、日本放送出版協会、一九九九年一月。

唐木順三『詩とデカダンス　無用者の系譜』、中央公論新社、二〇一三年七月。

菊池邦作『徴兵忌避の研究』、立風書房、一九七八年一月。

菊池秀明『ラストエンペラーと近代中国――清末　中華民国』、講談社、二〇〇五年九月。

岸本美緒『中国の歴史』、筑摩書房、二〇一五年九月。

倉田容子『テロルの女たち――日本近代文学における政治とジェンダー』、花鳥社、二〇二三年二月。

黒川創『国境』（完全版）、河出書房新社、二〇一三年一〇月。

――『「日本語の文学」が生まれた場所　極東20世紀の交差点』、図書出版みぎわ、二〇二三年一二月。

洪自誠著、今井宇三郎訳注『菜根譚』、岩波書店、一九七五年一月。

小尾郊一『中国の隠遁思想――陶淵明の心の軌跡』、中央公論社、一九八八年一二月。

小島淑男『留日学生の辛亥革命』、青木書店、一九八九年七月。

児島孝『近代日本画、産声のとき――岡倉天心と横山大観、菱田春草』、思文閣出版、二〇〇四年八月。

小島毅『近代日本の陽明学』、講談社、二〇〇六年八月。

小林勝人訳注『孟子』上、岩波書店、一九六八年二月。

――『孟子』下、岩波書店、一九七二年六月。

小森陽一『漱石を読みなおす』、岩波書店、二〇一六年七月。

――『ポストコロニアル』、岩波書店、二〇〇一年四月。

――『漱石論　21世紀を生き抜くために』、岩波書店、二〇一〇年五月。

――『戦争の時代と夏目漱石――明治維新一五〇年に当たって』、株式会社かもがわ出版、二〇一八年一二月。

小森陽一・飯田祐子ら編『漱石辞典』、翰林書房、二〇一七年五月。

小森陽一・石原千秋編『漱石研究』第一号〜第一八号、翰林書房、一九九三年一〇〜二〇〇五年一一月。

小森陽一・成田龍一編著『日露戦争スタディーズ』、紀伊國屋書店、二〇〇四年二月。

齋藤希史『漢文脈の近代』、名古屋大学出版会、二〇〇五年二月。

佐藤志乃『「朦朧」の時代——大観、春草らと近代日本画の成立』、人文書院、二〇一三年四月。

佐藤公彦『清末のキリスト教と国際関係——太平天国から義和団・露清戦争、国民革命へ』、汲古書院、二〇一〇年五月。

佐藤慎一『近代中国の知識人と文明』、東京大学出版会、一九九六年一二月。

佐渡谷重信『漱石と世紀末芸術』、講談社、一九九四年一月。

フレドリック・ジェイムソン著、大橋洋一・木村茂雄・太田耕人訳『政治的無意識　社会的象徴行為としての物語』、平凡社、二〇一〇年四月。

篠崎美生子『弱い「内面」の陥穽——芥川龍之介から見た日本近代文学』、翰林書房、二〇一七年五月。

司馬遷著、野口定男訳『史記列伝』三、平凡社、二〇一一年一月。

柴田勝二『漱石の中の〈帝国〉——「国民作家」と近代日本』、翰林書房、二〇〇六年一二月。

——『夏目漱石「われ」の行方』、世界思想社、二〇一五年三月。

澁谷由里『馬賊の「満洲」　張作霖と近代中国』、講談社、二〇一七年六月。

島薗進『日本人の死生観を読む——明治武士道から〈おくりびと〉へ』、朝日新聞出版、二〇一二年二月。

島田虔次『隠者の尊重　中国の歴史哲学』、筑摩書房、一九九七年一〇月。

清水孝純『笑いのユートピア　『吾輩は猫である』の世界』、翰林書房、二〇〇二年一〇月。

フランソワ・ジュリアン著、中島隆博・志野好伸訳『道徳を基礎づける　孟子vs.カント、ルソー、ニーチェ』、講談社、二〇一七年一〇月。

辛亥革命百周年記念論集編集委員会編『総合研究辛亥革命』、岩波書店、二〇一二年九月。

鈴木登美ら編『検閲・メディア・文学――江戸から戦後まで』、新曜社、二〇一二年四月。

鈴木将久『上海モダニズム』、東方書店、二〇一二年四月。

鈴木由次郎ら執筆、朱子学大系第七巻『四書集注』（上）、株式会社明徳出版社、一九七四年四月。

須藤瑞代『中国「女権」概念の変容――清末民初の人権とジェンダー』、研文出版、二〇〇七年二月。

アントニー・D・スミス著、庄司信訳『ナショナリズムとは何か』、筑摩書房、二〇一八年六月。

孫江『近代中国の革命と秘密結社――中国革命の社会史的研究（1895～1955）』、汲古書院、二〇〇七年三月。

孫文『支那現勢地図』、東邦協会、一九〇〇年七月。

高橋哲哉『国家と犠牲』、日本放送出版協会、二〇〇五年八月。

――『記憶のエチカ――戦争・哲学・アウシュヴィッツ』、岩波書店、一九九五年八月。

武内佳代『クィアする現代日本文学――ケア・動物・語り』、青弓社、二〇二三年一月。

竹内好『日本とアジア』、筑摩書房、一九九三年一一月。

武田泰淳、〈ちくま日本文学全集〉『武田泰淳』筑摩書房、一九九二年一〇月。

田中純『過去に触れる――歴史経験・写真・サスペンス』、羽鳥書店、二〇一六年四月。

谷川稔『国民国家とナショナリズム』、山川出版社、一九九九年一〇月。

谷壽夫著『機密日露戦史』、原書房、一九六六年二月。

樽本照雄『清末小説閑談』、法律文化社、一九八三年九月。

譚嗣同著、西順蔵・坂元ひろ子訳注『仁学――清末の社会変革論』、岩波書店、一九八九年八月。

張競・村田雄二郎編『共和の夢 膨張の野望 1894-1924』（日中の一二〇年 文芸・評論作品選 第一巻）岩波書店、二〇一六年三月。

アンヌ・チャン著、志野好伸・中島隆博・廣瀬玲子訳『中国思想史』、知泉書館二〇一〇年六月。

塚瀬進『満洲の日本人』、吉川弘文館、二〇〇四年九月。

土田健次郎『儒教入門』、東京大学出版会、二〇一一年一一月。

――『江戸の朱子学』、筑摩書房、二〇一四年一月。

常木淳『国民国家とは何か――近代日本精神史から読み解く』、東京大学出版会、二〇二三年二月。

丁文江・趙豊田編、島田虔次編訳『梁啓超年譜長編』（全五巻）、岩波書店、二〇〇四年一月―二〇〇四年一一月。

内藤虎次郎『清朝衰亡論』、京都帝国大学以文会編輯、一九一二年。

中島隆博『『荘子』――鶏となって時を告げよ』、岩波書店、二〇〇九年六月。

中村義一『日本近代美術論争史』、精興社、一九八一年四月。

中山和子『中山和子コレクション1　漱石・女性・ジェンダー』、翰林書房、二〇〇三年一二月。

仲正昌樹『今こそルソーを読み直す』、日本放送出版協会、二〇一〇年一一月。

成田龍一『大正デモクラシー』シリーズ中国近現代史④、岩波書店、二〇〇七年四月。

並木頼壽著作選Ⅰ『東アジアに「近代」を問う』、研文選書、二〇一〇年七月。

野網摩利子『夏目漱石の時間の創出』、東京大学出版会、二〇一二年三月。

白隠『遠羅天釜・禅林法話集』、有朋堂、一九二七年一一月。

服部徹也『始まりの漱石――『文学論』と初期創作の生成』、新曜社、二〇一九年九月。

狭間直樹編『共同研究　梁啓超――西洋近代思想受容と明治日本』、みすず書房、一九九九年一一月。

狭間直樹『梁啓超――アジア文明史の転換』、岩波書店、二〇一六年四月。

林正子『博文館「太陽」と近代日本文明論――ドイツ思想・文化の受容と展開』、勉誠出版、二〇一七年五月。

原朗『日清・日露戦争をどう見るか　近代日本と朝鮮半島・中国』、ＮＨＫ出版、二〇一四年一〇月。

原田敬一『日清・日露戦争』シリーズ日本近現代史③、岩波書店、二〇〇七年二月。

東アジア近代史学会編『日露戦争と東アジア世界』、ゆまに書房、二〇〇八年一月。

日野龍夫校注『本居宣長集』、新潮社、一九八三年七月。

フェリス女学院大学　日本文学国際会議実行委員会編『生誕一五〇年　世界文学としての夏目漱石』、岩波書店、二〇一七年三月。

深町英夫『孫文――近代化の岐路』、岩波新書、二〇一六年七月。

藤原書店編集部編『満洲とは何だったのか』、藤原書店、二〇〇四年七月。

古田亮『視角と心象の日本美術史――作家・作品・鑑賞者のはざま』、ミネルヴァ書房、二〇一四年九月。

辺見勇彦『辺見勇彦馬賊奮闘史』［加藤聖文編］、ゆまに書房、二〇一二年一〇月（先進社、一九三一年一二月）。

松本三之介『明治思想史　近代国家の創設から個の覚醒まで』、新曜社、一九九六年五月。

丸川哲史『中国ナショナリズム――もう一つの近代を読む』、法律文化社、二〇一五年八月。

マルセル・モース著、森山工編訳『国民論』他二編、岩波書店、二〇一八年一一月。

三浦理編『禪林法話集』、有朋堂、一九一四年。

溝口雄三『方法としての中国』、東京大学出版会、一九八九年六月。

溝口雄三・池田知久・小島毅著『中国思想史』、東京大学出版会、二〇〇七年九月。

溝口雄三・丸山松幸・池田知久編『中国思想文化事典』、東京大学出版会、二〇〇一年七月。

森三樹三郎『無為自然の思想――老荘と道教・仏教』、人文書院、一九九二年五月。

森田義之・小島晋弥編『岡倉天心と五浦』、中央公論美術出版、一九九八年五月。

森正人『展示される大和魂〈国民精神〉の系譜』、新曜社、二〇一七年三月。

安丸良夫『〈方法〉としての思想史』、校倉書房、一九九六年五月。

――『現代日本思想論』、岩波書店、二〇〇四年一月。

山名正二『満洲義軍』、月刊満洲社東京出版部、一九四二年九月。

湯浅邦弘『入門 老荘思想』、筑摩書房、二〇一四年七月。

陽明学大系編集部編『陽明学入門』、明徳出版社、一九九〇年六月。

楊際開／伊藤貴之編著『「明治日本と革命中国」の思想史――近代東アジアにおける「知」とナショナリズムの相互還流』、ミネルヴァ書房、二〇二一年七月。

横山大観『大観自伝』、講談社、一九八一年三月。

吉川幸次郎『阮籍の「詠懐詩」について』、岩波書店、一九八一年四月。

吉澤誠一郎『愛国主義の創成 ナショナリズムから近代中国を見る』、岩波書店、二〇〇三年三月。

米原謙、金鳳珍、區建英『東アジアのナショナリズムと近代――なぜ対立するのか』、大阪大学出版会、二〇一一年七月。

李海『日本亡命期の梁啓超』、桜美林大学北東アジア総合研究所、二〇一四年七月。

劉義慶撰、井波律子訳注『世説新語』第四巻、平凡社、二〇一四年五月。

梁啓超著、小野和子訳注『清代学術概論――中国のルネッサンス』（東洋文庫245）、平凡社、一九七四年一月。

梁啓超著、高嶋航訳注『新民説』、平凡社、二〇一四年三月。

林少陽『「修辞」という思想――章炳麟と漢字圏の言語論的批評理論』、白澤社、二〇〇九年一〇月。

――『戦後思想と日本ポストモダン――その連続と断絶』、白澤社、二〇二三年八月。

ルソー著、本田喜代治・平岡昇訳『人間不平等起源論』、岩波書店、一九三三年一〇月。

ルソー著、桑原武夫・前川貞次郎訳『社会契約論』、岩波書店、一九五四年一二月。

エルネスト・ルナンら著、鵜飼哲ら訳『国民とは何か』、河出書房新社、一九九七年一〇月。

和田春樹『日露戦争 起源と開戦』（上）、岩波書店、二〇〇九年一二月。

――『日露戦争 起源と開戦』（下）、岩波書店、二〇一〇年二月。

中国語参考文献

阿英《晩清小説史》、北京作家出版社、一九五五年八月。

石井剛《斉物的哲学――章太炎与中国現代思想的東亜経験》、華東師範大学出版社、二〇一六年一〇月。

汪暉《現代中国思想的興起》上巻（第二部：帝国与国家）、北京：生活・読書・新知三聯書店、二〇〇八年三月。

王徳威著、宋偉傑訳《被圧抑的現代性――晩清小説新論》、北京大学出版社、二〇〇五年五月。

王汎森《思想是生活的一種方式：中国近代思想史的再思考》、北京大学出版社、二〇一八年三月。

夏暁虹《覚世與伝世――梁啓超的文学道路》、中華書局、二〇〇六年一月。

――《晩清女性與近代中国》、北京大学出版社、二〇〇四年八月。

――《晩清社会与文化》、湖北教育出版社、二〇〇一年三月。

郭延礼《秋瑾年譜》、斉魯書社、一九八三年九月。

郭延礼編《秋瑾研究資料》、山東教育出版社、一九八七年二月。

許寿裳《章太炎伝》、百花文芸出版社、二〇〇四年七月。

黄彦編《孫文選集》、広東人民出版社、二〇〇六年一一月。

尚明軒編《孫中山全集》、人民出版社、二〇一五年六月。

章炳麟《訄書　初刻本　重訂本》、北京：生活・読書・新知三聯書店、一九九八年八月。

［漢］徐慎撰、［清］段玉裁注《説文解字注》、浙江古籍出版社、一九九八年二月。

孫宜康・宇文所安主編、劉倩ら訳《剣橋中国文学史》上・下巻、北京：生活・読書・新知三聯書店、二〇一三年六月。

孫江《重審近代中国的結社》、商務印書館、二〇二一年一二月。

樽本照雄《新編増補清末民初小説目録》、斉魯書社、二〇〇二年四月。

張春田《革命与抒情：南社的文化政治与中国現代性（1903-1923）》、上海世紀出版集団、二〇一五年七月。

中国国民党中央執行委員会党史史料編纂委員会編《徐錫麟傳・秋瑾傳》、一九五〇年一二月。

中国社会科学院近代史研究所文化史研究室丁守和主編《辛亥革命時期期刊介紹》、人民出版社、一九八三年一一月。

張枏・王忍之編《辛亥革命前十年間時論選集》第一巻—第三巻、北京：生活・読書・新知三聯書店出版、一九七八年四月。

陳象恭編著《秋瑾年譜及伝記資料》、中華書局、一九八三年七月。

丁国旗《日本隠逸文学中的中国要素》、人民出版社、二〇一五年九月。

丁文江・趙豊田編《梁啓超年譜長編》、上海人民出版社、二〇〇九年四月。

田志和・高楽才《関東〝馬賊〟》、吉林文史出版社、一九九二年四月。

海登・懐特（Hayden White）著、陳永国・張万娟訳《后現代歴史叙事学》、中国社会科学出版社、二〇〇三年六月。

余英時《士与中国文化》、上海人民出版社、二〇〇三年一月。

——《現代儒学的回顧与展望》、北京：生活・読書・新知三聯書店、二〇〇四年一二月。

林少陽《鼎革以文——清季革命與章太炎〝復古〟的新文化運動》、上海人民出版社、二〇一八年四月。

魯迅《魯迅全集》、人民文学出版社、二〇〇五年一一月。

楊際開《清末変法与日本——以宋恕政治思想為中心》、上海古籍出版社、二〇一〇年六月。

日本語参考論文

荒正人「『彼岸過迄』論——「妙な洋杖」」、『漱石作品論集成』【第八巻】『彼岸過迄』、桜楓社、一九九一年八月。

井内美由起「「洋杖」と「傘」——『彼岸過迄』論」、『文学・語学』二〇三号、二〇一二年七月、

大岡昇平「漱石と国家意識──『趣味の遺伝』をめぐって」『世界』(一二六)、岩波書店、一九七三年一月。

──「戦争と愛と──続・『趣味の遺伝』をめぐって」『世界』(三二七)、岩波書店、一九七三年二月。

多田道太郎「香りの奥にひそむもの」、太田登・木股知史・萬田務『漱石作品論集成』【第六巻】『それから』、桜楓社、一九九一年九月。

押野武志「「平凡」をめぐる冒険『門』の同時代性」、『漱石研究』一七号、翰林書房、二〇〇四年一一月。

紅野謙介「明治期文学者とメディア規制の攻防」、鈴木登美ら編集『検閲・メディア・文学──江戸から戦後まで』、新曜社、二〇一二年四月。

五島慶一「表現・構造から考える『趣味の遺伝』──戦争への想像力と慰問者・慰霊者としての語り手「余」」『三田国文』四八、慶應義塾大学国文学研究室、二〇〇八年一二月。

駒尺喜美「漱石における厭戦文学──『趣味の遺伝』」『日本文学』二一(六)日本文学協会 一九七二年六月。

服部徹也「漱石『草枕』における語りの「平面」と語られない「立体」──〈那美〉イメージの形成を視座に」、『藝文研究』、慶応義塾大学藝文學會、二〇一五年一月。

──「〈描写論〉の臨界点──漱石『文学論』生成における視覚性の問題と『草枕』」、『日本近代文学』第九四集、日本近代文学会、二〇一六年五月。

浜野京子「〈自然の愛〉の両儀性──『それから』における〈花〉の問題」、太田登・木股知史・萬田務『漱石作品論集成』【第六巻】『それから』、桜楓社、一九九一年九月。

林少陽「「文学」という概念──「文」「史」の学としての夏目漱石の『文学論』」、『思想史研究』第六号、二〇〇六年五月。

──「「事件」としての『文学論』再発見──漱石『文学論』解読の思想史」、『文学』二〇一二年五月、六月号。

中国語参考論文

阿英《関于秋瑾的一部小説「六月霜」》、《人間世》第二七期、上海良友図書印刷会社発行、一九三五年五月。

王引萍《論《黄綉球》斬新進歩的婦女観》、《名作鑑賞》、二〇一〇年五月。

――《晩清社会性別認同的新与旧――以静観子小説《六月霜》為例》、《北方民族大学学報》第一四四号、二〇一八年六月。

王明麗《生態女性主義批評視野中的《黄綉球》》、《西北師大学報》第四七号第二期、二〇一〇年三月。

王徳威著、王吉・陳逢玥訳《小説作為〝革命〟――重読梁啓超《新中国未来記》》(Novels as a "Revolution": An Reinterpretation of Liang Qichao's *The Future of New China*"《蘇州教育学院学報》、第三一巻第四期、二〇一四年八月。

夏暁虹《秋瑾之死与晩清的〝秋瑾文学〟》、《山西大学学報》［哲学社会科学版］第二七巻第二期、二〇〇四年三月。

魏玉蓮《《六月霜》伝奇与小説的比較》、《戯劇大舞台》、二〇一二年九月。

徐新韵《対『黄綉球』的作者頤瑣就是湯宝栄的補証》『江西教育学院学報』、二〇〇三年。

杜慧敏《〝俠民〟小議》『現代中文学刊』、二〇一〇年第四期、華東師範大学、二〇一〇年八月。

馬自毅《冤哉、秋瑾女士――析時評対秋瑾案的評説》、《安徽史学》、二〇〇五年第二期、二〇〇五年四月。

余立新《《新中国未来記》第五回不是出自梁啓超之手》、《古籍研究》、一九九七年第二期。

李細珠《清末民間輿論与官府作為之互動関係――以張曾敭秋瑾案為例》《近代史研究》、二〇〇四年第二期、二〇〇四年三月。

劉釗《清末小説《黄綉球》與中西融合的女権話語》、《長春師範大学学報》第三六巻第五期、二〇一七年五月。

林薇《《黄綉球》的作者是誰》、『社会科学戦線』、一九九一年三月。

初出一覧

本書は二〇一九年九月に東京大学から博士学位（学術）を授与された博士学位論文「清末・明治後期の「民」の諸相と文学表象（一九〇〇―一九一二）」をもとに、加筆・修正をおこなったものである。また、下記の通り、各章には単独で論文として発表したものも含まれている。

第一章　「夏目漱石『吾輩は猫である』における逸民表象」、『The Basis：武蔵野大学教養教育リサーチセンター紀要』第一一号、武蔵野大学教養教育リサーチセンター、二〇二一年三月。

第二章　「夏目漱石『趣味の遺伝』と日露戦争のリアリティ――「諷語」と「詩想」の間」、『社会文学』第四五号、日本社会文学会、二〇一七年二月。

第三章　「夏目漱石『草枕』における「逸民」表象」、『超域文化科学紀要』第二三号、東京大学大学院総合文化研究科超域文化科学専攻、二〇一八年一〇月。

第四章　「夏目漱石『それから』における徴兵忌避の「沈黙した声」――死への恐怖と「名誉」への憧憬」、『言語態』第一七号、東京大学駒場言語態研究会、二〇一八年五月。

第五章　書き下ろし。一部は「夏目漱石『門』論――女性・領土・帝国主義」（『国文』第一一二号、お茶の水女子大学国語国文学会、二〇〇九年一二月）と「象徴としての満洲――夏目漱石『彼岸過迄』におけるもう一つの物語」（『Global Communication：武蔵野大学グローバル教育研究センター紀要』第五号、武蔵野大学グローバル教育研究センター、二〇一五年三月）に基づいた。
第六章《〝馬賊〟与清俄戦争：石光真清《曠野之花》中的〝棄民〟与〝俠民〟》、李恭忠主編、中国人民大学清史研究所主辦《新史学》第一五巻：社会史的新探索、社会科学文献出版社、二〇二二年一二月。（中国語の論文）
第七章「『中国興亡夢』と「馬賊」」、『The Basis：武蔵野大学教養教育リサーチセンター紀要』第一二号、武蔵野大学教養教育リサーチセンター、二〇二二年三月。
第八章　書き下ろし。
第九章　書き下ろし。
第十章　書き下ろし。

あとがき

大学生のころから夏目漱石の小説が好きだった。古今東西の知識が動員された様々な思索がその作品に散りばめられながら、見事に奥行きのある物語の世界に統合されていく。これは漱石の作品が広く長く愛読され、多様な角度から研究しつくされた所以でもあるだろう。しかし、思えば、おびただしい先行研究がすでに蓄積されたなか、なお漱石を研究対象に選び取った自分は無謀としか言いようがない。私は中国から日本に来て、留学生としてお茶の水女子大学大学院の博士前期課程に入学してまもなく自分のこの無謀さに気づいた。諦めたいと思ったことがないわけでもないが、漱石のテクストの魅力に魅かれ続ける自分を否定することはできなかった。先行研究の生い茂った森の中をくぐりぬけるために、どんなに細くても私だけの道を見つけようと模索しているうちに、十数年の歳月が流れてしまった。

漱石のテクストと葛藤する中で、膨大な周辺知識を吸収しながらテクストを読み込もうと努力したことは言うまでもないが、とにかく何度も何度も同じテクストを繰り返し読み直すという地味な方法を実践していた。幸い、漱石のテクストは毎回読み直すたびに私に新しい発見をもたらしてくれた。表層の語りを根気強く吟味しているうちに、だんだん語りの行間から立ち上がってくるものを少しずつではあるがつかむことができるようになり、厳密な整合性を持つテクストの全体像が頭の中で構成され始めた。漱石テクストの独特な語りによる謎や空白と不確実性に包まれて、朦朧とした頭の中の霧がだんだん薄れていく中で、漱石は真摯に時代に向き合い、時代への思索を自分の作品に巧みに織り込んでいると思えるようになった。英文学の素養は無論、漢学的素養も特段と豊富であった漱石にとって、「天下の逸民」、「太平の逸民」などの中国古来の概念は、彼が時代に向き合うための批判精神を盛る装置の一つであった、と確信を持つようになった。幸か不幸か、この漱石的な「逸民」の持つ意味は、先行研究ではまだ十分解読されていなかった。

そして、「逸民」や「天下」などの中国古来の概念を究明するために、中国の思想や歴史、哲学、文学などの広い分野を渡って考察をしていくうちに、梁啓超の造型した「新民」と石光真清が描いた満洲馬賊にたどり着いた。さらに、馬賊や女性「新民」、「女俠」などを描いた同時代の中国人作家の文学テクストにも巡り合えた。これらのテクストは文豪である漱石のテクストと比べると、芸術性と完成度の点で見劣りしてしまうのは当然である。ただ、それぞれ違う角度から時代と人間性を映し出している個性あふれるテクストであるのは確かだ。これらの作品から読み取れるのは、植民地的分割の対象に陥った清末中国の未「国民」である「民」が、自国の存立を図るために、迫り来る列強と自国の専制政府からの抑圧に必死に対峙しようとしていた痕跡であった。

こうして、帝国主義時代の植民地主義拡張の主体側の「民」と被体側の「民」が同時に視野に入ってきた。この二〇世紀初頭の日中両国の諸「民」はまるで時代によって刻まれたコインの両面のように、帝国主義時代の不都合な〈真実〉を物語っているのではないか。しかも、そこにある日中両国の「民」の間には交錯連動があった。しかし、この諸「民」の様相は文学の角度から体系的に研究されていない。このシビアな時代に向き合った日中両国の「民」の〈歴史〉の一断面を文学で浮き彫りにしたいという〈野望〉を抱いて、二〇一九年に博士学位論文「清末・明治後期の「民」の諸相と文学表象（一九〇〇—一九一二）」を完成させた。

本書は上記の博士学位論文を加筆修正したものである。日本と中国の間で生きている私にとって、自分が扱った文学作品中の人物たちが時代に翻弄されながらもそこに対峙したその一斑を読みとって表象できたとしたら、それは何とも嬉しい限りである。なお、本書の執筆にあたり、戦争に送り出される「国民」、政治社会に絶望する「逸民」、命をかけて革命する「新民」、ゆがんだ社会環境の中でアウトローの道を選ぶ馬賊、それらを生み出すことのない「太平」の世界のありがたさを痛感する次第である。究極的に言うと、「太平」の「天下」（世界）への憧憬は、私が二〇世紀初頭の日中両国の「民」を文学で読むための重要な原動力でもあった。本書の出版に際して、再度、日本と中国、乃至世界全体の平和を強く願いたい。本書のカバーの装画に菱田春草の《海辺朝陽》を使わせてもらったのも、この絵から人類の平和と希望への祈りを強く感じとったからである。この絵の使用を快諾してくださった福井県立美術館と装丁担当のデザインフォリオ・岩橋香月さんに感謝申し上げたい。

実は、二〇〇三年にお茶の水女子大学大学院の博士前期課程に入学する際、ためらわずに夏目漱石を自分の研究対象にしたのは、中国の内蒙古大学で授業を担当した経験と関係があった。一九九八年前後に外国語学部日本語科の上級翻訳の授業で学生と一緒に『吾輩は猫である』を部分的に読解し、翻訳した。学生たちは猫の諧謔的な語りに惹かれていた。学部を卒業したばかりの当時の私には、『吾輩は猫である』を深く読み解く力はまだなかった。ただ、その諧謔の裏に何か悲しいような、深刻なようなものが潜んでいるように感じていた。そして、それを究明したいと思った。これは、私と夏目漱石のテクストとの縁の始まりであった。そこから、私の長い戦い（藻掻き?・）が始まった。

日本で大学院に入ると、まず長年蓄積されてきたおびただしい漱石研究の先行研究の前に立ちすくんだ。そして、自分の独特の切口を見つけるために苦戦を強いられた。その傍らで、異国の地で子育てをしながら、同じ大学院生の身分であった夫と共にアルバイトをして経済問題を解決する必要があった。今振り返ってみると、あの時は毎日疲労困憊していた。幸いに、お茶の水女子大学では、樋口一葉を中心に日本近現代文学を研究していた菅聡子先生が私の指導教員になってくださり、私の家庭事情によるわがままも寛容に受け入れて、親身になって指導してくださった。菅聡子先生のご指導の下で、ジェンダー批評やセクシュアリティ批評を以て夏目漱石のテクスト分析を試み修士論文を書き上げた。お茶の水女子大学大学院の博士後期課程に入ってから、漱石作品に内包される帝国主義批判の問題を考察しているうちに、中国の満洲問題にたどり着き、日本近現代文学における中国表象に興味を持つようになった。この方向で博士論文を執筆したいと決心した矢先の二〇一一年に、敬愛する指導教員の菅聡子先生が急逝した。ショックと悲しみで茫然自失していたところ、お茶の水女子大学のジェンダー研究センターの舘かおる先生に暖かくゼミに受け入れていただき、おかげで社会学に触れることもでき、多くのことを学ぶことができた。舘かおる先生が定年退職した後、数年間は細々と自力で研究を続ける模索をするも限界を感じ、東京大学の大学院を受験することにした。

二〇一六年に入学した東京大学大学院総合文化研究科超域文化科学専攻表象文化論コースでは、運よく林少陽先生に指導教員を担当していただいた。林少陽先生は現在澳門大学に勤務しているが、中国、日本、香港、澳門《マカオ》を跨ぎ、思想、歴史、文学を学際的に横断し、広い視野を持った研究者である。歴史や哲学、言語などを横断して広い視野で文学研究をするべきだという林少陽先生のご指導の下で、夏目漱石や梁啓超が二〇世紀初頭に同時に文学作品で表象していた「民」というテーマにたどり着いた。また、東京大学では、夏目漱石研究の第一人者である小森陽一先生にもテクスト分析について熱心なご指導を賜った。私が博士論文を完成できたのは、ひとえに林少陽先生と小森陽一先生が、時間と労力を惜しまずに、根気強くご指導と励ましをくださったおかげである。また、博士論文の審査に携わった表象文化論コースの高橋哲哉先生、中島隆博先生にもそのゼミでお世話になり、西洋哲学、中国哲学について触れる機会をいただき、自分の研究に非常に裨益した。高橋哲哉先生が難解な哲学概念をわかりやすく解説してくださった時に覚えた感動は今も忘れられない。中島隆博先生の授業では、先生から次から次へと受講生に投げかけられる問いに答えようと必死に「頭の体操」をしていた。高橋哲哉先生と中島隆博先生のおかげで、哲学の素人である私もある程度哲学をかじる機会に恵まれた。それから、博士論文の予備審査の時に、東京大学大学院人文社会系研究科中国語中国文学研究室の鈴木将久先生からも非常に貴重なご教示をいただいた。さらに、博士論文の構想から完成するまでの各段階において、表象文化論コースの各先生方からたくさんの貴重なご指摘とご意見を賜った。

時間をかけて紆余曲折の研究の道を歩んできた私だが、途中であきらめずにやってこられたのは、ひとえに巡り合えた先生方の熱心なご指導とご鞭撻、そして暖かい激励があったからだ。先生方の学恩を思い出すたびに、しみじみと感動で胸がいっぱいになる。先生方に心から厚くお礼申し上げたい。

本書の出版に向けて動き出したきっかけは林少陽先生と小森陽一先生の励ましの言葉があったからだ。そして、幸いに、ベテラン編集者である勁草書房の黒田拓也さんに巡り合えた。黒田さんは私の論文に真摯に向き合ってくださり、出版に向けて各方面から厚くサポートをしてくださった。黒田さんの的確なアドバイスをいただいて、書き直しが順調に進んだ。また、いつも黒田さんの励ましの言葉に勇気づけられて、本書の完成に向けて努力することができた。あらためて、黒田拓也さんに深謝を申し上げたい。

また、博士論文の書き直しに際し、中国秘密結社研究の優れた研究者である澳門大学の孫江先生に貴重なご助言をいただいた。孫江先生にも感謝申し上げたい。それから、お茶の水女子大学の同窓研究会で、論文の内容について研究会の皆様と議論を交わし、貴重なご指摘とご意見をいただいた。武内佳代さん、李南錦さん、菊地優美さん、須賀真以子さん、レティツィア・グアリーニさんに心より謝意を表したい。また、お茶の水女子大学や東京大学でともに切磋琢磨した学友の皆様に感謝したい。

最後に、あまりにも進みが遅かった私の研究人生をいつも温かく見守り、物心両面から応援してくれた夫の石井剛と娘に感謝したい。娘が大学を卒業する前に私が大学院生という身分を〈卒業〉したいと焦っていた時に、娘が作ってくれたご飯は美味しかった。苦楽を共に生きてきた家族がいて今の私がいる。本当にありがとう。

二〇二五年一月

斉　金英

人名索引

[ア行]

[カ行]

[サ行]

[タ行]

［ナ行］

［ハ行］

[マ行]

[ヤ行]

[ラ行]

[ワ行]

事項索引

[サ行]

［タ行］

［ナ行］

[マ行]

[ヤ行]

[ラ行]

[ワ行]

著者略歴

斉　金英（さい・きんえい）

1970年生まれ。専門は日中近現代文学。

2019年東京大学大学院総合文化研究科超域文化科学専攻表象文化論コース博士課程単位取得満期退学。博士（学術）。現在東京大学、明治大学、武蔵大学非常勤講師。

主要論文に、「“馬賊”与清俄戦争——石光真清『曠野之花』中的“棄民”与“侠民”」（李恭忠主編『新史学』第15巻、社会科学文献出版社、2022年12月）、「夏目漱石『草枕』における「逸民」表象」（東京大学総合文化研究科『超域文化科学紀要』第23号、2018年10月）などがある。

天下の「逸民」　革命の「新民」

日中近代の「文」の交錯

2025年2月14日　第1版第1刷発行

著　者　斉《さい》　金《きん》　英《えい》

発行者　井　村　寿　人

発行所　株式会社　勁《けい》　草《そう》　書　房

112-0005　東京都文京区水道2-1-1　振替　00150-2-175253

（編集）電話　03-3815-5277／FAX　03-3814-6968

（営業）電話　03-3814-6861／FAX　03-3814-6854

本文組版　プログレス・印刷　堀内印刷・製本　松岳社

ISBN978-4-326-85205-5　　Printed in Japan